KB141500

홍구범
전집

홍구범
전집

권희돈 엮음

현대문학

지금 내가 할 수 있는 일은 구범九範이라는 한 인간이 세상에 태어났다가
이루어놓은 그의 모든 노력을 영원히 빛내어주는 길밖에 없는 것이다.

—조연현의 「홍구범은 어디에 있는가」에서—

청년 시절 홍구범의 모습.

▶▶ 청소년 시절 모습.

▶ 혼례 사진.

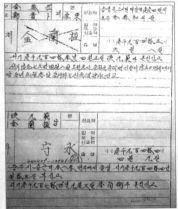

▶ 호적부.

▶▶ 청년문학가협회
결성 당시.
왼쪽부터 박용덕, 조연현,
최태응, 김동리, 홍구범.

▶ 박두진 시집 출판 기념.
뒷줄 왼쪽부터
김차환, ○, ○, ○, 구상,
김동리, 홍구범, ○, 이정호.
가운데줄 왼쪽부터 ○, 조연현,
○, 박두진, 조지훈, 박목월,
손소희. 앞줄 왼쪽부터
장용학, 유동준, 최정희,
노천명, 조애실, 홍효민.

제3회 홍구범 문학제 때
세운 홍구범 문학비.

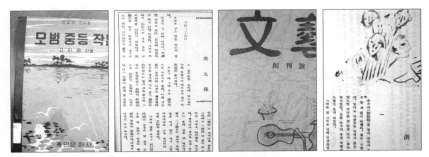

홍구범의 「작가일기」가 실린 교과서와 「작가일기」 본문, 《문예》 표지와 《문예》에 실린 소설 「전설」.

왼쪽으로 보이는 기와집 뒤쪽이 홍구범의 생가 터다.

〈한국문학의 재발견-작고문인선집〉을 펴내며

한국현대문학은 지난 백여 년 동안 상당한 문학적 축적을 이루었다.
한국의 근대사는 새로운 문학의 씨가 싹을 틔워 성장하고 좋은 결실을
맺기에는 너무나 가혹한 난세였지만, 한국현대문학은 많은 꽃을 피웠고
괄목할 만한 결실을 축적했다. 뿐만 아니라 스스로의 힘으로 시대정신과
문화의 중심에 서서 한편으로 시대의 어둠에 항거했고 또 한편으로는 시
대의 아픔을 위무해왔다.

이제 한국현대문학사는 한눈으로 대중할 수 없는 당당하고 커다란
흐름이 되었다. 백여 년의 세월은 그것을 뒤돌아보는 것조차 점점 어렵
게 만들며, 엄청난 양적인 팽창은 보존과 기억의 영역 밖으로 넘쳐나고
있다. 그리하여 문학사의 주류를 형성하는 일부 시인·작가들의 작품을
제외한 나머지 많은 문학적 유산들은 자칫 일실의 위험에 처해 있는 것
처럼 보인다.

물론 문학사적 선택의 폭은 세월이 흐르면서 점점 좁아질 수밖에 없
고, 보편적 의의를 지니지 못한 작품들은 망각의 뒤편으로 사라지는 것
이 순리다. 그러나 아주 없어져서는 안 된다. 그것들은 그것들 나름대로
소중한 문학적 유물이다. 그것들은 미래의 새로운 문학의 씨앗을 품고
있을 수도 있고, 새로운 창조의 촉매 기능을 숨기고 있을 수도 있다. 단
지 유의미한 과거라는 차원에서라도 그것들은 잘 정리되고 보존되어야
한다.

이러한 당위적 인식이, 2006년 한국문화예술위원회의 문학소위원회
에서 정식으로 논의되었다. 그 결과, 한국의 문화예술의 바탕을 공고히

10

하기 위한 공적 작업의 일환으로, 문학사의 변두리에 방치되어 있다시피한 한국문학의 유산들을 체계적으로 정리, 보존하기로 결정되었다. 그리고 작업의 과정에서 새로운 의미나 새로운 자료가 재발견될 가능성도 예측되었다.

그러나 방대한 문학적 유산을 정리하고 보존하는 것은 시간과 경비와 품이 많이 드는 어려운 일이다. 최초로 이 선집을 구상하고 기획하고 실천에 옮겼던 한국문화예술위원회의 위원들과 담당자들, 그리고 문학적 안목과 학문적 성실성을 갖고 참여해준 연구자들, 또 문학출판의 권위와 경륜을 바탕으로 출판을 맡아준 현대문학사가 있었기에 이 어려운 일이 가능하게 되었다. 이런 사업을 해낼 수 있을 만큼 우리의 문화적 역량이 성장했다는 뿌듯함도 느낀다.

〈한국문학의 재발견-작고문인선집〉은 한국현대문학의 내일을 위해서 한국현대문학의 어제를 잘 보관해둘 수 있는 공간으로서 마련된 것이다. 문인이나 문학연구자들뿐만 아니라 더 많은 사람들이 이 공간에서 시대를 달리하며 새로운 의미와 가치를 발견하기를 기대해본다.

2009년 2월

출판위원 염무웅, 이남호, 강진호, 방민호

홍구범은 1923년 충북 중원군 신니면 원평리에서 태어나 한국전쟁 중 납치된 작가다. 이곳저곳 기록에 의하면 납북되었거나 전쟁 중 희생되었을 가능성이 크다. 그러나 아직도 그의 생사에 관한 확실한 자료가 없으니 추측만 할 뿐이다. 분명한 것은 그의 행적이나 작품에 대한 흔적이 모두 전쟁 직전, 즉 1950년 5월에서 끊기고 있다는 사실이다. 그의 나이 28세 되던 해이다.

그는 당시 우익문학의 맹주였던 소설가 김동리, 평론가 조연현과 두터운 교분을 가졌다. 김동리로부터는 소설 쓰기를 배웠고, 조연현과는 《민주일보》《민중일보》에서 함께 기자로 일하였다. 그들이 주축이 된 청년문학가협회 간부 회원으로 활동하며, 그들과 함께 문예잡지 《문예》에도 편집 실무자로 참여하였다. 자연 김동리와 조연현은 당시 신진 작가인 홍구범의 문학적 후견인이었던 셈이다.

홍구범의 본격적인 작품 활동 기간은 단편소설 「봄이 오면」(1947.5)으로 등단하여 미완의 중편 연재소설 「불 그림자」(1950.5)를 발표하기까지 4년간이다. 이 기간 동안 단편소설·중편소설·장편소설·동화·콩트·수필·평론·시나리오 등 여러 장르에 걸쳐 작품을 발표하였다. 이 중 그가 작가로서 뚜렷한 성과를 거둔 분야는 단편소설로서 1949년에는 '화제작 제조기'란 별칭을 얻을 만큼 수준 높은 작품들을 발표하였다.

그는 몸은 우익 쪽에 담고 있었으나, 작품은 리얼리즘적 색채가 강했다. 광복 후 도시와 농촌의 무산자 계급의 순수성과 유산자 계급의 타락성의 대비라든가 치밀한 객관 묘사 등이 뚜렷하여 작품으로만 보면 좌익

쪽 문인이라 할 만큼 리얼리즘적이다. 그러나 리얼리즘적인 창작 방법에 안주하지 않고 작품의 예술성에 깊이 천착한 작가였다. 민중적이되 계급주의의 이분법적 도식을 탈피하고, 현실적이되 철저히 소설적 장치에 녹여내었다. 그의 소설이 생명력이 긴 소설이라 판단되는 까닭이 여기에 있다.

그럼에도 불구하고 홍구범의 작품은 그의 이름과 함께 잊혀오다가, 1981년 3월 《중원문학》 2집에 「잊혀진 향토 출신 작가 홍구범을 찾아」라는 특집이 마련되어 관심을 끌기 시작하였고, 1995년 충북 민예총 문학분과위원회 주최로 '제1회 홍구범 문학제'가 개최되면서 단편소설이 조명되고, 2007년 충북 작가회의 주최 '제2회 홍구범 문학제' 기간 중 『창고 근처 사람들』(푸른사상)이란 제목으로 단편집이 나옴으로써 비로소 그의 이름과 작품이 본격적으로 세상에 알려지기 시작하였다.

이런 토대가 있었기에 이번 전집이 간행될 수 있었다. 한 작가의 전집이 간행된다는 것은 그 작가가 개성이 확립된 작가임을 뜻한다. 여기에 실린 작품은 단편소설 12편, 미완의 중·장편소설 각 1편, 동화 1편, 수필 5편, 콩트와 단상 각 1편, 평론 2편이다. 홍구범과 관련된 글 3편은 부록에 실었다. 장르를 넘어서 생산된 작품 하나하나가 탄탄한 짜임과 개성을 지녔다. 이러한 탄탄한 글쓰기를 바탕으로 본격적인 장편의 시대로 들어갈 작정이었던 것으로 보인다. 미완이기는 하지만 장편에 이르면 그만의 독특한 개성과 함께 유장한 문체로 변화하고 있었다.

단기간에 걸친 작품 활동임에도 작품들이 잡지와 신문에 산재되어 있어 작품을 찾아내는 데 상당한 시간이 들었다. 그나마 원본 훼손이 심하여 해독의 어려움도 만만치 않았다. 이러한 과정을 거치면서 완벽한 전집을 만들기 위해서는 관심의 끈을 놓지 않고 지속적으로 발굴해야 한다는 생각에 이르렀다. 찾을 수 있는 만큼, 해독할 수 있는 만큼이라도 한데 모아서 독자에게 내보이는 것이 옳은 길이라는 판단이 들었다. 이 전집 발간이 우리 광복기의 근대문학을 풍성히 하는 데 기여하고, 불특정 다수의 독자에게 행복한 문학 텍스트가 되기를 희망한다.

이 전집이 만들어지기까지 도움을 준 분들이 많다. 청주대학교 한국문화원 연구원들과 국어국문학과 대학원생인 김영도 · 홍민우 · 김수진 · 전경진 · 이해림은 연일 원본을 뒤지고 해독하여 일일이 워드 작업을 하느라고 땀을 많이도 흘렸다. 특히 한국문화예술위원회 작고문인선집 사업 담당자 여러분들과 거칠고 성긴 원고를 꼼꼼히 정돈하여 예쁜 책으로 엮어주신 현대문학사 편집부 여러분께 감사드린다.

2009년 2월

권희돈(청주대 교수)

* 일러두기

1. 이 책은 홍구범의 작품 및 그와 관련된 글을 묶은 문학 전집이다.
2. 제1부는 단편소설, 제2부는 중편소설, 제3부는 장편소설, 제4부는 동화, 제5부는 수필, 제6부는 콩트, 제7부는 단상斷想, 제8부는 평론을 실었다. 부록으로 홍구범에 관련된 글 3편을 싣고, 작가 연보 및 작품 연보에 이어 연구 자료를 붙여 홍구범 연구자들에게 도움을 주고자 하였다.
3. 작품의 배열은 각 장르마다 발표순을 원칙으로 하였고, 출전은 작품의 말미에 밝혔으며, 어려운 단어의 주석은 각주로 처리하였다.
4. 지문은 현대 표준어로 고치되 어법은 원문 그대로 살리고, 대화 내용의 경우는 가능한 한 방언을 그대로 살렸다.
5. 현대어 표기는 국립국어원의 표준국어대사전을 기준으로 삼았다.
6. 한자는 가능한 한 줄이고 해독의 편리를 위하여 필요하다고 판단되는 경우에만 병기하였다.
7. 너무 긴 문장은 쉼표를 넣어 읽기 쉽도록 하고, 원문의 오자는 바로잡았다. 문맥상 맞지 않는 단어나 글자는 문맥에 맞게 고쳤으며, 보이지 않는 글자나 문장은 ㅁ로 처리하였다.
8. 독백 및 대화는 " "로, 소설은 「 」로, 단행본은 『 』로, 잡지와 신문은《 》의 기호로 표시하였다.
9. 작품의 끝에 있는 날짜는 작가가 탈고한 날짜이므로 그대로 살려두었다.

차례

제 1 부 단편소설

봄이 오면*

절기로는 이미 봄철에 들었건만 날씨는 엄동 그대로 연방 춥고 쌀쌀할 뿐이다. 매일같이 이제 내일이면 그래도 좀 풀리리란 그 내일이 가고, 또 가도 좀처럼 돌아오지 않았다.

"원 별일도 다 겪는구먼……. 다시 겨울이 닥쳐오려나, 이게 무슨 추위람. 쯧쯧."

"어, 참 엔간히도 추운데……."

거리를 왕래하는 사람들이 이즈음 흔히 중얼대는 말들이다.

오늘도 역시 아침부터 어제와 다름없는 혹독한 추위였는데 오후 들어서부터는 바람까지 불기 시작하여 앞으로 통한 유리창 문이 덜그럭 왈그럭 소리를 내었다.

지금 좌우에 질서 없이 널려 있는 값싼 몇몇 가지의 해산물과 잡화 틈에 우두커니 앉아 있는 순녀順女는 유리창 너머로 앞길 쪽을 바라보기

| *신인 추천 작품.

에 열중하여야 옳은 일이건만 한동안 그렇긴사뢰 도리어 그 유리창의 소음에 짜증을 내며 오직 옆쪽 다다미방에서 튀어나오는 어머니와 순희順姬의 다투는 음성을 엿듣기에 골몰하였다.

바로 전까지만 해도 순녀의 모든 관심은 다만 거리로만 쏠려 어느 누가 저한테 물건을 사러 오지 않나 하는 초조로움으로 일관하여 지내던 것이다. 그런데 별안간 옆방에서 어머니의 고함이 귀를 울리는 통에 고만 깜짝 놀라고 말았다. 그와 함께 아직까지 지니었던 심경이 급변하여 가슴이 사뭇 두근거리고, 이어 저도 모르는 중 전 신경이 그편으로만 쏠렸다.

"이년아, 너도 사람년이 되려거든 제발 남의 속이나 태우지 마라……. 왜 무엇 때문에 무슨 지랄 요사를 꾸미려고 치운 다다미방에서 혼자 궁상을 피우느냐, 응? ……."

하는 어머니의 분에 넘친 날카로운 말소리가 들려온다. 그러나 순희의 대꾸는 들리지 않았다.

"글쎄 제발 못 일어나겠니? 나이는 시집갈 때가 가까워가도 늘 한모양 한세니 대체 어찌된 셈이냐? 열일곱 살이나 처먹었으면 남부럽지 않게 집안일도 볼 수 있을 터에 이게 무슨 철딱서니 없는 꼴이냐, 응? 그래도! ……."

하고 어머니는 재차 외치었으나 순희는 무엇을 하고 있는지 아무런 대꾸가 없다. 한결같이 어머니의 억센 숨소리만이 높아지는 듯 때가 지날수록 귀의 고통만이 심해갔다. 그러자 또 어머니의

"이년아, 너와 나와 무슨 천생 원수지한이 있길래 이렇게 속을 태운단 말이냐? 아이구, 이년을 그저……."

하는 호통이 쏟아져 나오자 이번에는 "털썩!" 소리와 함께 순희의 얄은 비명이 났다. 그러자 순녀는 저도 모르게 앉았던 자리를 벌떡 일어서

고 말았다. 이때, 바로 순희의

"왜, 덮어놓고 사람을 때리기만 하는 거요? 공부하겠다는 게 무슨 변이기에 이건 무슨 경우야? ……."

하는 쏘아붙이는 날카로운 음성이었다.

"뭐? 이년아! 공부도 할 사람이 따로 있지 아무나 하는 줄 아니? 어미 애비 다 집어 처먹고 네 마음대로 해봐라. 이년아, 아니꼽게 뭐가 어째?"

하며 또 후다닥 소리가 난다.

순녀는 당장이라도 그곳으로 뛰어 들어가 야단치는 어머니와 맞는 순희를 떼어놓고 싶은 충동을 느끼고 문을 열려 하였으나 떨리는 손은 좀처럼 미닫이에 닿지를 않았다. 사실 어떻게 하여야 좋을지 몰랐다. 그리하여 할 수 없이 문을 열려던 것을 단념하고 틈 사이로 그들의 모양을 살폈다.

어머니는 순희의 몸을 닥치는 대로 쥐어박기에 열중하였고, 순희는 그에 따라 어머니의 마구 닿는 손을 두 팔로 가로막으며 이리저리 누워서 헤맸다. 그러면서 마구 울음을 토하였다.

"때리기만 하면 어머니가, 내가 뭘 잘못했길래 이렇게 야단야, 왜 때리는 거야, 무엇 때문에 때리는 거야?"

"뭐, 이년! 너 같은 년은 죽어도 고만이다. 애비 어미 사정도 모르고 나대는 년은 살아 소용될 게 있어야지. 이년아, 네년도 사람이거든 몇 달 전 이곳으로 오던 생각 좀 해봐라……. 그 치움을 무릅쓰면서, 수십 년간 살던 북간도에서 나라를 찾았다기에 물불을 가리지 않고 몇 달 동안을 주야로 걸어오던 생각을……. 몇 번 죽을 고비를 넘어가며 죽이지 않고 데려왔으면 그만이지 뭐가 부족해 성화를 대니? 응 이 얌통머리 없는 것아!"

어머니는 손을 연방 마주 놀리면서 이런 말을 퍼부었다.

"누가 그런 고생하며 이곳으로 오랬어?"

"이년아, 우리 혼자만 오고 싶어 온 거냐? 남들이라고 다 제 나라 찾았다고 오는데 안 왔으면 뭐가 신통한 게 있겠느냐? ……."

"그래 와서 뭐가 속이 시연한 게 있었어?"

"이년아, 지금 와서 군소리가 무슨 군소리냐? 이렇게 된 것도 다 팔자의 조화이지, 누가 이런 고생줄에 걸릴 줄 알았더란 말이냐, 이년아!"

하더니 어머니는 자기 말에 연속해 들이대는 순희의 불평을 더욱 불쾌하게 여기었는지

"이년아, 주둥아리는 누굴 닮아 처먹어 그렇게 대꾸냐? ……."

하고 더욱 힘을 주어 때리기에 분망하였다.

순녀는 더 그대로 보고만 있을 수는 없었다. 순희를 때리는 어머니가 밉기 짝이 없다. 무슨 죄가 있다고 학교 다니려는 순희를 저렇게 잡도리*를 하는지 모르겠다.

순희는 그럴수록 더욱 나대었다. 어머니의 때리는 손목을 잡으려고 애썼으나 도무지 마음대로 잡히기는커녕 아까보다도 더 심한 데는 대항할 근력이 없는 듯 허우적거리기만 하였다. 이에 따라 순희는 더욱 억센 음성으로 울어제쳤다.

이런 것을 보는 순녀는 더 그냥 선 채 있지는 못하였다. 순희가 한없이 불쌍하였다. 그러자 손이 미닫이 꼬리를 잡아 막 열어제치려고 하는데 또한 어머니의 역정이 났다.

"이년아, 네 갈 길 한 길밖에 없을 것이다. 만약 그 길을 네가 안 걷는다면 집안 식구는 다 굶어 죽을 수밖에 없다. 덧붙이기로 웬놈의 사기꾼

---

* 엄하게 다루는 것. 단단히 준비하거나 대책을 세움. 또는 그 대책.

에 걸려 장사한다던 빚낸 돈도 홀딱 날리고, 애비는 날마다 속이 달아 돌아다니는데 그런데 공부가 다 무슨 얼어 죽을 공부냐. 공부로 말해도 그렇지 네년은 그래도 소학교래도 다닌 셈이지! 그런데 뭐 중학교? 이년아, 넉살도 좋다. 중학교커녕 구구로 집에 붙어 있기만 해도 좋겠다. 그러나 애비 어미로서는 아무리 살려고 애를 써도 살 수 없는 세상! 일을 잡을 게 있느냐, 누가 살려주는 놈들이 있느냐. 이제 와서는 눈앞에 보이는 것도 없다. 그런데 뭐 어쩌구 어쩌……. 이년아, 속 터지는 꼴 제발 좀 보이지 마라."

하고 어머니는 한참 푸념을 하더니 웬일인지 그렇게 잡도리하던 손이 자기의 눈 있는 쪽으로 옮겨진다. 그와 함께 순녀도 어머니도 어느 사이엔가 눈물을 흘리고 슬픔을 깨달았다. 그러자 어머니는 힘이 그만 풀리었는지 순희를 때리던 것을 멈추고 다시 말을 하기 시작하였다.

"이 서울에서 장차 어떻게 살아나가야 할지 근심하고 있는 것은 너도 사람이면 알 터이지……. 죽 한 끼 똑바로 못 얻어먹는 것을 뻔히 겪고 있음을 근심이나 하긴사뤄……. 한 달에 칠백 원씩 하는 이 집세는 누가 줄 것이며 가게 채려놓은 돈이며 느 아범 장사한다고 빚 가져온 것은 누가 갚는단 말이냐? 네가 다 생각해서 하기에 달렸을 터인데……."

함과 한숨을 늘어지게 내쉬었다.

순희는 그대로 드러누운 채 흑흑 느껴 울기만 하였다. 등 뒤에서 어머니의 하는 말을 듣지도 않는 듯 이쪽으로 얼굴을 들어 한 팔로 눈 쪽을 가리고 새우같이 웅숭그려 있는 모양이 순녀에게는 측은하기만 하였다. 지금 순녀로서는 어머니의 말한 것이라고는 한 가지도 염두에 없었다. 이제까지 무슨 말을 지껄였는지 모르리만큼 오직 어머니에 대한 일종의 원망이 마음속에서 우러나왔다. 학교 다닌다는데 매를 맞다니, 요즘 몇 번째 순희가 당하는 일이지만 어쨌든 퍽이나 이상한 일이었다. 전에 이곳에 오기 전 간도성에 있을 때만 하더라도 학교에 왜 안 가고 결석을 하느냐, 공부를 안 하고 놀기에만 힘쓰려면 밭에 나가서 김이나 매어라 하던 어머니가 지금은 그때와는 아주 판이하게 때리고 울고 하는 것을 보면 어찌된 셈인지를 모를 일이다.

이런 생각에 잠겨 순녀는 지금이라도 문을 열고 들어가서 순희를 일으키고 어머니에게 왜 학교에 못 가게 하느냐 쏘아대고 싶었다. 다른 아이들은 아침이면 학교에 가고 저녁때면 집으로 돌아들 오는 모양을 보면 순녀로서도 여간 부러운 것이 아니었다. 이렇게 집에 있고 보니 남들이 다 아는 국가도 외우지를 못하였고 흔히들 부르는 해방의 노래도 두어 구절밖에 모르는 것을 생각할 때 분이 치밀어 못 견디겠다. 마음대로 하자면 한시라도 이러고만 서 있지 말고 어머니에게 대들어 순희를 역성하고 싶었으나, 저도 얻어맞을 것이라고 생각하니 그럴 수도 없는 일이었다.

"이년아, 글쎄 일어나지 못해, 응? 글쎄 어떻게 할 작정이냐?"

하고 어머니는 또다시 분을 참지 못하는지 순희의 등을 쥐어박기 시작하였다. 더욱 억센 악에 받친 손길이었다. 따라 여태껏 흑흑 느껴가면서 울고만 있던 순희는 또다시 몸부림을 치며 울음을 토하였다. 더 못 볼 지경이다. 순녀는 어떻게 하여야 좋을는지 당황하였다. 오직 몸이 속에서부터 오들오들 떨리기만 하였다.

"이년아, 왜 때리기만 해?"

금세 이러한 욕설이 어머니에 대하여 입으로 튀어나올 것만 같았다.

그때, 어머니는 또

"글쎄 요런 진 악종이 어데 있단 말야……. 순녀는 그래도 요렇지는 않지. 학교도 다니다 만 나이 어린것이 집안 사정을 알아 온종일 밖에 앉아서 물건을 팔고 있는데……. 어이그 이 몹쓸 것아, 순녀에게 되려 형이라 해라, 쯔쯔……."

한다. 이 순간 순녀는 어이된 일인지 이제껏 마음속에 품고 있던 어머니에 대한 미움이 어느 틈엔가 물결 사라지듯 없어짐을 느끼지 않을 수 없었다. 그러자 여적 들여다보던 시선이 자리를 옮겨짐을 제 자신도 깨닫지 못했다. 방 안에서는 더욱 날쌘 소음이 난잡하게 일어났다. 그러나 순녀는 무슨 생각에 잠겨 바로 전과 같이 그 전에 충동을 더 느끼지 않았으나, 제가 무엇을 생각하고 있는지도 모르리만큼 어리싱벙한 무아경에 빠지고 있는 것이었다.

그런 중 얼마 지나지 않아 가게 앞 유리문이 와르르 열리는 것과 함께

"니 엄마 있니?"

하는 말과 여인의 모양이 안으로 들어왔다.

순녀는 그 여자의 말보다 먼저 와르르하는 가게 문소리에 깜짝 놀라 본정신이 들자 이어 물건을 사러 온 사람인 줄 알고 다시 한 번 그 여자를 바라보았다. 그랬더니

"엄마 있니?"

하고 여인이 다시 묻는 때에서야 바로 이웃집에 사는 중국에서 돌아왔다는 제 동갑네 숙의 어머니임을 알았다. 그러자 순녀는 말을 못하고 오직 손을 방 쪽으로 돌려 가리켰다.

"왜 저렇게 야단들이냐?"

하고 숙의 어머니는 혀를 몇 번이고 차며 순녀를 웃는 낯으로 처다보며 물었다. 그러나 순녀는 대답하기가 싫었다. 그래서 다만 모르겠다는 의미로 머리를 좌우로 흔들어 보였다. 그 여인은 방 속에서 튀어나오는 어머니와 순희의 아우성을 듣고

"니 아버지도 계시냐?"

하고 또 물었다. 순녀는 역시 머리를 가로 흔들어 없음을 표시하였다.

그러자 여인은 신을 벗고 올라서더니

"왜 이리들 야단이요?"

하고 문을 열며 방 안으로 들어간다. 그러더니

"응, 웬일이야, 그만들 두잖고……. 어린것이 무엇을 안다고 그리 자꾸만 때리면 뭐 속이 시연할 게 있다오? 그만두고 정회町會로 쌀 배급이 어떻게 되었는가나 알아보러 갑시다."

하며 때리는 어머니를 가로막아서며 말린다. 그때에서야 순녀도 저도 모르는 사이 어느 정도 마음이 가라앉음과 함께 숨이 몰아 나왔다. 어머니는 숙의 어머니가 가로막는 손길을 몇 번 거부하며 순희에게 대들었으나

"우리네 신세 다 그렇지, 뭔가 속이 편할 게 있다고 이라나, 글쎄 그만 좀 둬요."

재차 숙의 어머니가 이렇게 말하며 어머니의 두 손을 붙잡고 일으키는 데는 할 수 없었던지 그제야 때리기를 멈추었다.

"글쎄 분이 안 날 수가 있어야지요. 집안 생각은 털끝만치도 없이 어이없게 학교 다니겠다니 그만 복장이 나갈 일이지……."

혼잣말 비슷이 혀를 또 끌끌 찼다. 이러자 숙의 어머니는

"응? 그렇다면 순희의 잘못이게. 계집애라도 집안 생각을 못하면 쓰나. 지금은 우리네 처지 같아서는 제 발로만 걸어다니게 된다면 계집애고 사내놈이고 할 것 없이 전부 나서서 벌어들인다 하드래도 이 모양 면하기가 어려운 터인데 그게 어디 될 말인가. 집안이 첫째 살고 볼 것이지! ……."

하고 어머니의 말에 동의를 하였다.

"글쎄 누가 아니래요. 그러니, 어미치고 분이 안 날 수가 있어야지요. 그것도 전같이 농사래도 마음대로 지어 좀 먹고 살기에 고통이 없었다면

누가 뭐라 하겠나요."

"사실 우리도 말이야 똑바로 말이지 이곳에 오기 전만 해도 남에게 구차한 소리 안 하고 지났다오. 그런데 지금 와서는 고국이라 찾아온 게 되려 후회가 되니 어쩌면 좋겠어요? 그러니 별 수 없이 어린 숙이까지 거리로 내보내게 되었으니 사는 게 아니라 죽는 것만 못하지만, 그렇다고 그 외 무슨 뾰족한 수가 있어야 말이지……. 그런데 참 우리 숙은 집안에 여간 도움이 되는 게 아니라오, 글쎄 하루에 보통 몇 백 원씩 되기 때문에 그래도 이렇게나마 지나지……."

숙의 어머니는 이렇게 어머니 말을 받더니 엎드려 있는 순희를 바라보고

"어머니 말을 들어야지."

한다. 그리고는

"어서 가봅시다. 오늘이나 쌀표*가 될는지……. 무어든 하기에 이렇게 까다로운 건 처음 겪는구먼요."

하며 어머니가 신을 가지러 안으로 들어갔다 나옴을 기다려 밖으로 나서자 이번엔 순녀를 돌아보며

"넌 그리 차려놓으니까 어여쁜 사내 녀석 같구나."

한다. 이 말이 떨어지자 순녀는 자신도 모르게 대번에 얼굴이 홍당무 같이 붉어졌다. 그리하여 어머니와 숙의 어머니의 모양이 사라진 후에야 처음으로 제가 입은 아버지의 큼지막한 웃양복을 내려 훑어보았다. 그리고는 다시 한 번 저 혼자 얼굴을 붉히며 양쪽 손으로 얼굴을 가리고 말았다.

그러기를 얼마간이나 한 후 다시 본정신이 들었을 때에는 집안이 바

| * 쌀을 공급받기 위한 표. 공급 기준에 따르는 수량이 적혀 있다.

로 전과 비하여 너무나 괴괴잠잠하였다. 지금쯤 순희가 어떻게 하고 있나 하는 것이 궁금하여 다시 방 쪽을 향하여 귀를 기울여보았다. 아무런 기척도 없다. 이제 울지는 않는 모양이다. 오직 간간히 "흑! 흑!" 하는 소리만이 가늘게 들렸다.

순녀는 불현듯 순희에게로 가고 싶은 충동을 느끼고 처음으로 문을 열었을 때 별안간 수줍음이 생겨 어떻게 순희에게 대하여야 하나 하는 마음이 앞을 가렸다. 순희는 한 모퉁이에 드러누워 있다가 문 여는 소리에 무엇을 예기하고 있었던 것과 같이 소스라치게 놀라 눈을 번쩍 뜬다. 눈알이 사뭇 시뻘겋다.

순녀는 잠시 주춤거리다가 순희에게로 어려운 발을 떼어놓았다. 이것을 본 순희는 다시 눈을 슬그머니 감아버렸다.

이윽고 순녀의 입에서는

"어머니가 매우 아프게 때렸지?"

하는 말이 간신히 더듬더듬 나왔다.

"……"

순희는 아무 대답이 없다. 순녀도 더 할 말이라고는 조금도 없었다. 그래서 순희 옆에 그냥 앉아서 가만히 있었다. 이렇게 지나기를 한참이나 하고 있는 중 순녀는 순희가 어느 틈엔가 눈을 실오리 뜻이 가늘게 하고 다다미 올을 손톱으로 바시락바시락 뜯고 있음을 알았다. 그리하여 순녀는 그냥 가만히 앉아 있는 제가 공연히 어색한 감이 들어 또다시

"어머니가 매우 아프게 때렸지?"

하고 물었다. 이와 동시에 순녀로서는 도저히 예기 못하던 것으로 더욱 흑흑 느껴 우는 데는 어찌할 바를 몰랐다. 즉시 왜 내가 그 말을 하였던가 하는 후회를 물리치지 못했다. 그러나 어쩔 도리가 없는 데는 순녀마저 고만 울음을 토하고 말았다. 그와 함께 순희의 손길이 순녀에게 닿

자 순녀는 얼른 순희를 붙들고 엉엉 울었다. 그러자 순희는 여적 울던 울음을 뚝 그치고

"넌 왜 우니?"

하였다.

"그럼 언니는 왜 우는 거요? 내가 말하니까 왜 우는 거요?"

순녀도 이렇게 대답하며 역시 울기를 그치지 않았다.

"왜, 울음이 나와서 울었지."

"나도 괜히 울음이 나오는걸 뭐!"

"울지 말어, 울지 마……. 나도 이젠 안 울 테니……."

하며 순희는 그제야 순녀를 부축이며 일어나 앉았다. 그러나 울음은 그쳤다 해도 흑흑 느끼는 것은 마찬가지였다. 순녀도 순희에게 끌려 일어나 울음은 그치려 하였으나 역시 순희와 같이 흑흑 느낌은 연달아 계속되었다.

한동안 아무런 말없이 둘이서 앉았다가 이윽고 순희는 순녀에게

"넌 학교 가고 싶지 않으냐?"

하고 물었다.

"왜, 나도 노상 가고 싶은데……."

순녀도 순희를 처음으로 바로 쳐다보며 이렇게 대답하였다.

둘 사이에 또 말이 없이 한참 동안이나 지나다 순희는 무엇을 생각해 내었는지 다시 순녀를 바라보며

"너 아까 어머니 하던 말 들었지?"

하였다.

"무슨 말?"

"나한테 대한 말."

"……."

"집일을 네가 생각하여."

순녀는 무슨 말을 저한테 묻는지 도무지 알 수가 없었다.

순희도 더 아무 말도 하지 않았다. 오직 천장만 멀거니 바라보았다.

순녀는 무언지를 몰라 궁금하였다.

"그게 무슨 말이지?"

순희는 그저 잠자코 대답이 없다. 그러다 한참 후에

"글쎄 나도 무슨 말인지를 몰라. 괜히 그 말이 생각나서……."

하고 순희는 대답 겸 혼잣말같이 중얼거렸다. 그러는 동안 부지 중 순녀의 입에서는

"아이, 추워!"

하는 말이 툭 튀어나왔다. 순녀는 이제야 치움을 깨닫고

"그만 안방으로 가."

하며 순희를 바라보며 역시 순희도 치운 모양으로 다다미에 대인 발을 달달 떨고 있었다.

"안방엘 가면 여기보다 더 춥지, 불 안 땐 방이면 장판방보다 여기가 더 낫지……."

순녀는 순희의 팔을 잡아당기며 일어섰다.

이때 밖에서 유리창이 또 '드르르' 열리는 소리와 함께

"두부 있어요?"

하는 음성이 들려왔다. 이 말을 듣자

"네에."

하며 순녀는 밖으로 뛰어나갔다. 보지 못하던 여인이 두부 있는 쪽을 바라보다가

"한 모에 얼마냐?"

하고 순녀에게 물었다.

"오 원씩이래요. 몇 모나 쓰시나요?"

"두 모만 다오."

그리하여 순녀가 두 모를 세어주고 돈을 받아 쥐며 나가는 여인에게

"안녕히 가세요."

하는 인사를 마치고 나니 그제야 비로소 물건 파는 데 생각이 치밀었다. 그러자 얼른 돈이 들어 있는, 옆에 숙이가 준 서양 '드로프스' 곽을 열어보았다. 그리고 쥐고 있던 돈을 합하여 거기에 있는 돈을 세어보았다. 한참 동안이나 걸려 몇 번이고 세어보았으나 불과 오늘 들어 판 돈이 사십 원이 채 못 되었다. 보통 날만 하여도 이맘때쯤이면 적어도 이백 원이 넘거나 그렇지 않더라도 일백칠팔십 원은 되었는데 오늘따라 이렇다니 하고 생각하니 순녀는 불안하였다.

하루 종일 이렇게 그치고 만다면 아버지와 어머니는 저에게 무어라 꾸짖을 것인가가 마음에 걸렸다. 순희가 처음 당한 것과 같이 저도 아버지와 어머니에게 당할 것만 같았다. 그런데 사실 괴이한 일이었다. 왜 하필 오늘따라 다른 날보다 이렇게까지 아니들 사러 오는가가 의문이었다. 그렇잖아도 순희로 해서 무서워진 어머니가 만약 이런 것을 안다면 그냥 잘했다고 가만히 둘 리가 만무였다. 아까 어머니가 순희에게 말한 중에 저를 칭찬한 적이 있었는데 이렇게 되고 볼라치면

"이년아, 너도 그 모양이냐? ……."

하고 때릴 것이 아닌가 하고 여기니 사뭇 침이 말라 없어진다.

순녀가 이러한 수심에 쌓여 있자니 이의 대책이라고는 아무것도 없었다. 오직 집에서 나간 아버지와 어머니가 제발 돌아오지 않았으면 하는 마음만이 앞을 가리었다. 이러함과 함께 순녀의 시선은 유리창 너머로 내다보이는 거리에, 왕래하는 사람들에게로만 사뭇 쏠리었다. 그러나 그들은 오직 자기들이 향하고 있는 앞쪽을 바라보거나 그렇지 않으면 부

덮히는 바람을 피하기 위하여 머리를 잠깐 수그려 땅만을 바라보고 걸을 뿐 이쪽으로 곁눈질이나마 하는 사람이라고는 하나도 없었다.

이런 초조로움 속에서 한참 동안이나 지나는데 가게 앞 옆쪽에서 이리로 다가오는 여인이 눈에 걸리자 순녀는 하도 반가움에 저도 모르게 자리를 일어섰다. 그런데 막 그 여인이 문을 열 때 그 사람이 물건을 사러 오는 게 아니라 바로 어머님임을 직감하자 실망은 고사하고 그만 깜짝 놀랐다. 어머니는 안으로 들어서자 순녀를 보더니 그동안 바로 전 같은 태도는 없어지고 보통 때보다 좀 더 온순한 어조로

"그동안 얼마나 팔았니?"

하고 물었다. 이때 순녀는 무엇이라고 대답을 하여야 좋을지 몰라 당황하였다. 그러자 간신히

"아직 모르겠어."

하고 대답하였다. 이리하여 어머니가 안으로 들어간 뒤에서야 다행한 숨을 몰아내고 다시 자리에 앉아 곁에 있는 화로를 부지깽으로 쑤셔보았다. 불이라고는 전부 꺼지고 혹 검으딩딩한 숯덩이가 재에 파묻혀 있을 따름이었다.

순녀는 다시 밖을 바라보기 시작하였다. 지금 한 번은 어쩌다 피한다 해도 종당에는 당할 것이 아닌가 생각하니 곧 울음이 터져나올 것만 같았다.

거리에서 오고 가는 사람들은 그저 한모양으로 다른 쪽만 바라보며 지나갔다. 순녀로서는 그들이 야속하기 짝이 없었다. 금세라도 마음대로만 되는 것 같으면 그들에게 욕을 퍼붓고 싶기만 하였다. 그러자 그와 동시라 할까 조금 뒤라 할까 순녀는 마침내 이러한 잡생각을 거두고 기뻐하였으니 그때 마침 바람을 등지고 거리 위로 종종 걸음을 치던 어떠한 신사가 이쪽을 흘깃 바라보는가 하였더니 곧장 앞으로 다가오는 것이었다.

순녀는 또다시 자리에서 일어나 대기의 태도를 가졌다.

이때 그 신사는 유리창을 열고 들어선다. 이와 함께 순녀의 머리는 저절로 수그려져 그에게 인사를 하였다. 신사도 비스듬히 담배를 물은 입가에 웃음을 띠더니 즉시 그 담배를 손가락 사이로 옮기자

"거 화로에 불 있거든 좀 붙이자꾸나."

하며 순녀와 화로를 번갈아 보았다. 이 순간, 순녀는 당황하였다. 웃는지 우는지 분간키 어려운 복잡한 빛이 한때 번개같이 얼굴에 스치더니 다음 무엇을 생각하였는지

"네에."

하며 안으로 쫓아 들어갔다. 지금 순녀는 곧장 부엌으로 들어가 사면을 휘휘 살폈다. 그러자 다시 방으로 뛰어가서 어머니에게

"성냥 어디에 있어, 성냥!"

하고 다급하게 재촉하였다.

"성냥은 왜?"

"글쎄 왜든 어디다 뒀어?"

이러한 순녀의 조바심이 어머니에게는 알 리가 없었다.

"글쎄 비싼 성냥을 뭘 할라고 그래?"

하는 어머니의 말이 재쳐 나오자 순녀는 오만상을 찌푸리고 한 손은 밖을 가리키며 다른 한 손은 휘휘 옆으로 연방 내저으며 말을 못하도록 하였다. 어머니도 무슨 영문인지를 모르고

"얘가, 별안간 성냥은 왜 찾아?"

하며 의아한 얼굴빛으로 다시 순녀를 이상히 바라보았다. 이때 순녀의 눈은 윗목 쪽 구석에 성냥갑이 있는 것을 발견하였다. 그와 동시에 어머니의 말에는 대답도 하지 않고 그곳으로 달려가 그것을 집어가지고 그만 밖으로 나왔다.

손님 신사도 불 한 번 붙이기에 너무 오랜 사이를 기다리고 있었음을 알았는지 갈까 말까 하는 생각에 잠겨 있던 모양으로 밖을 내다보다 순녀의 자진 발자국 소리에 다시 뒤로 돌아섰다. 그런데 자기의 바라던 화로 불과는 달리 소녀의 손에 성냥갑이 쥐여 있는 것을 보고

"성냥이면 일 없다. 화롯불이 있나 하고 왔더니……."

함과 미안하다는 표시로 웃는 낯을 꾸미며 다시 돌아서려 하였으나 순녀가 어느 틈에 성냥개비에 불을 이미 달리고 말은 데는 어쩔 수 없었다.

신사 손님은 담배에 불을 달고 나더니 다정한 낯빛으로

"너 올해 몇 살이지?"

하고 순녀에게 물었다.

"열세 살이에요."

순녀도 손님에 따라 웃음을 띠며 대답하였다.

"음! 열세 살!"

신사는 감동한 어조로 혼잣말같이 이렇게 지껄이고 나더니

"고맙다. 그럼 잘 있거라."

하며 고개까지 숙여 순녀에게 인사를 하고 문을 다시 열고 나가려다 돌아섰다. 순간 그 신사는 얼핏 아무 대답이 없는 순녀의 얼굴이 옆 눈결에 스치자 무슨 생각이 치밀었는지 당황한 어조로

"참, 잊었구나. 성냥까지 갖다주었는데……."

하고 주위에 널려 있는 물건을 휘휘 살피자 오징어를 가리키며,

"이건 얼마지?"

한다. 그와 함께 순녀는 다시 생그레 웃으며 얼른

"그건 한 마리에 십 원씩이에요."

하였다.

"응, 그거 다섯 마리만 다구."

하자 순녀는 재빨리 신사의 말대로 다섯 마리를 세어 종이에 싸서 주고 돈을 받았다. 그리하여 손님이 간 후 순녀는 뛸 것 같은 기쁨을 억제할 수 없었다. 이렇게 혼자 속으로 기뻐할 때 등 뒤에서

"성냥을 뭘 하려고 그렇게 사람의 정신을 빼다시피 나대며 가져왔니?"

하는 어머니의 말이 들리었다. 그러자 순녀는 뒤를 돌아보며

"다 생각이 있어서 그랬지 뭐!"

하였다.

"생각이 무슨 생각이냐?"

"물건 팔려고 그랬지 뭐!"

"물건을 어떻게 팔려고 하였길래……."

"어떤 손님이 담뱃불을 붙이러 들어왔기에 화롯불은 꺼지고 하여 성냥을 갖다주었더니 사고 싶지 않은 오징어를 다섯 마리나 사가겠지! 고맙다고 하면서……."

하고 순녀는 옆에 와 서 있는 어머니를 흘깃 바라보며 이야기하였다.

"뭐? 내야 누가 그런 줄 알았느냐, 참 기특하다. 그런 줄 알았다면 얼른 내어줄걸 그랬구나."

하고 어머니도 대단히 기뻐하였다.

"그런 걸 왜 안 줄려 들었어?"

"글쎄 이 똑똑아, 누가 그런 줄을 알았어야지……."

하더니 이번에는 순녀의 머리까지 쓰다듬으며 소리까지 내어 좋아 웃었다. 이즈음 들어 어머니가 웃는 것을 대하는 건 퍽이나 드문 일이었다. 그런데 어머니가 웃음까지 웃으니 순녀는 제가 한 일이 생각과 같이 잘한 것이 분명하였다. 그래서 순녀도

"글쎄 그 손님이 담배 붙이고 그냥 가려 하겠지. 그래 싫은 눈치를 주었더니 가던 것을 멈추고 사는구면, 호호!"

하고 말하자 어머니도 기뻐서 어쩔 줄을 모르는지

"아이그, 요 똑똑아! 그런 도량이 요 조그만 몸 어느 구석에서 우러나올까?"

하며 이번에는 순녀의 허리를 안는다. 그와 같은 순간 순녀는 이런 때를 놓치지 않고

"그래도 오늘은 얼마 팔리지 않은걸 뭐."

하고 어리광을 부리며 어머니를 쳐다보았다.

"괜찮다, 안 팔리는 건 할 수 없는 일이지."

하더니 어머니는 순녀의 어깨를 툭툭 두드리었다.

이때 바로 등 뒤에서 기침 소리가 한 번 나자 그들은 일제히 뒤를 돌아보았다. 아버지가 어느 틈에 돌아왔는지 이쪽으로 통한 문어귀에서 자기들을 멀거니 바라보고 서 있었다.

"아이, 벌써 오셨수?"

어머니는 인사 겸 말을 하며 일어선다. 아버지는 안쪽을 한 번 뒤돌아보더니 어머니에게 무엇을 의미함인지 눈짓을 하며 다다미방으로 들어간다. 요즈음 부쩍 지친 아버지의 모습은 오늘따라 더욱 해쓱하게 보였다. 아버지의 이런 묵묵한 태도를 대하자 어머니는 의아한 낯빛으로

"왜 그 차가운 방으로 들어가요?"

하고 물으며 뒤를 따르나 아버지는 도시 아무런 말이 없다. 그러나 지금의 순녀는 이러한 아버지의 태도에 대하여 관심을 두지 않았다. 오직 관심이 있었다면, 어머니가 아버지에게 제가 지금 한 일을 이야기하여 웃으며 저를 귀여워하는 것뿐이었다. 생각하면 생각할수록 지금 어머니가 그렇게까지 저를 칭찬한 것도 이곳에 온 후엔 가다 처음이었고, 또한 기뻐서 웃으며 좋아하는 것도 오늘따라 처음이었다.

이에 따라 순녀 자신도 일상 무엇에 눌려 지내던 것 같은, 저도 모르

게 지니고 있었던 울적함도 어디론지 사라지고, 오직 저를 자랑하고 싶고, 이어 보이는 것 듣는 것 모두가 다 좋고 기쁘기만 하였다. 금세라도 하늘 끝으로 날 것만 같았다. 이러한 심경 속에서도 순녀의 눈은 연해 거리를 내다보았다. 또 아까와 같은 손님이 오지나 않을까 하는 생각으로, 들어오기만 한다면 영락없이 제가 물건을 사가게 하도록 할 텐데 하는 마음뿐이었다.

그런데 지금쯤이면 그 전 간도성에 살던 때와 같이, 어머니의 제 말 끝에 반드시 아버지의 그 커다란 웃음소리가 들려야 할 터인데, 아무런 기척이 없는 데는 순녀도 사뭇 이상스러웠다. 어머니가 지금쯤이면 제 말을 할 때도 되었는데 아마 그동안 잊어버리고 말았나 하는 의심까지 들었다. 궁금한 마음과 그 말을 안 하는 어머니에 대한 미움이 복받쳐 더 앉아서 웃음소리를 기다릴 수는 없어 순녀는 문 있는 쪽으로 살그머니 가서 아버지와 어머니의 동정을 살피려고 귀를 기울였다.

이때 아버지와 어머니는 무엇을 지껄이고 있었다. 그러나 말소리가 어떻게 적은지 여간해 들리지를 않았다. 그렇게 지나기를 조금 후에는 두런두런하는 말소리나마 그치고 말았다. 그러자 또다시 얼마 후에는 아버지의 한숨 소리가 길게 나더니

"어쨌든 그냥 이대로는 도저히 살 수 없으니 별 수 없는 노릇이지……."

하고 어머니에게 말하였다.

"그래, 그러고 순희를 그곳으로 보낼 수밖에 없소?"

어머니의 말이다.

"그럼 어떻게 하나. 빚은 현재 갚을 도리 없고 또한 앞으로 살기가 망단*

| * 이러지도 저러지도 못하여 처지가 딱함.

하니……."

"그럼 술 파는 계집애로 간단 말이오?"

"……. 그렇다고는 할 수 없지……. 이름은 선술집이라 해도 식사도 겸해 영업하는 데니까……."

"그래도 이렇게 일찍 보낼 줄은 참말 몰랐어……."

순녀는 이러한 말 중 혹시 저에 대한 말이 없나 하고 정신을 몇 번이고 가다듬어 듣기에 애를 썼으나 영문 모를 순희의 이야기만으로 그런 말이라곤 도무지 비추지도 않았다.

순녀는 오직 어머니가 미웠으나 그래도 얼마 지나지 않는 동안에는 아버지에게 말할 것이라 생각하고 자리로 돌아와 다시 앞쪽을 바라보았다. 그런 후 저도 모르게 한숨이 나왔다. 그러자 불현듯 숙이 생각이 났다. 숙이는 날이면 날마다 저와는 달리 거리로 돌아다니며 물건을 판다는 것이다. 그리하여 하루에 보통 육칠백 원어치씩 팔고 온다니 그애한테 저를 비교한다면 아무것도 아니었다.

그 바보 같은 숙이가 그렇게까지 돈을 잘 번다는데 저는 어째 이러한가, 생각하니 한심하였다. 그보다 숙이는 물건도 저보담 좋은 서양의 것으로 담배, 껌, 뭐 '드로프스'라든가 하는 사탕, 비누, 담배를 붙이는 것을 가졌고 직접 쏘다니며 손님들에게 사라고 조르니 그렇게 되는 모양이로구나 하였다. 그러한데 이런 움푹 들어간 구석빼기에서 손님이 올 때만 기다리니 잘 팔릴 수가 있을까, 생각하니 불현듯 저도 숙이와 같이 다니고 싶었다. 당장 내일부터라도 나가고 싶었으나 물건도 물건이려니와 바로 즉시 마음에 꺼리는 것은 제가 입고 있는 아버지의 양복저고리가 문제였다. 이것을 벗어버리자면 적어도 이 추운 겨울이 풀리고 날씨가 따뜻하여야 할 것이 아닌가. 그러자 순녀의 입에서는

"옳지, 얼른 추위만 풀려라."

하는 말이 나왔다. 그렇게만 된다면 그까지 이런 짓 안 하고도 얼마든지 돈을 벌 수 있을 것이다. 그러면 순희 모양으로 구박을 받는 대신 얼마든지 어머니와 아버지에게 귀여움을 받을 것은 말할 것도 없고 그들도 좋아들 할 것이 아닌가. 이렇게만 된다면 학교 다니는 것도 부럽기는커녕 그까진 데는 다녀 무엇하랴 싶은 마음까지 들자 순녀는 학교에 넋을 잃은 순희가 바보 같기만 하였다.

순녀는 또다시

"날씨가 풀리기만 하면……."

하고 속으로 굳게굳게 되풀이하여 지껄이는 것이었다.

어느덧 해도 넘어가고 황혼이 잦아드는데 바람은 더욱 억세게 불기 시작하였다. 그와 동시에 순녀의 시선이 한결같이 통하는 유리창의 소음도 때가 지날수록 점점 더 심해갔다. 순녀는 하품과 함께 아울러 저절로 나오는 한숨을 길게 내쉬며 여간해 눈을 돌리지 않았다.

(1946년 10월 14일)

《백민》7호, 1947년 5월(등단 작품)

탄식

R은 바로 전 K에 대한 자기의 미약한 태도에 대하여 기분이 좋지 못했다. 그렇게까지 앞으로는 K와 아주 일전 한 푼의 돈 상관이나 말도 하지 말자던 요즈음의 결심이 허무하게도 수포로 돌아가고야 마는데 그는 적잖게 스스로 자기를 미워하지 않을 수 없었다.

"나의 마음을 내가 조정치 못한데서야 어디 앞날을 기대할 수 있을까? ……."

그는 이렇게 자문하며, 한숨을 들이쉬고 내쉬었다. 그러자 과거에 있어서의 K와 자기와의 관계가 자연 연상되었으나 그는 즉시 머리를 마구 뒤흔들어 그런 생각을 물리치려고 애썼다. 그와 함께

"과거가 소용될 때 뭐 있느냐? 현재 나에게 K는 해독을 끼치는 존재에 불과하다."

하고 이렇게 혼자서 부르짖었다. 그러자 그는 또한 한숨을 내쉬었다.

R은 모리배였다. 불과 일 년 전만 하더라도 점심 한 끼 얻어먹기에 K와 동일하게 힘이 들었던 빈곤한 처지에 있던 그는, 재운이 뻗쳤다 할까 현

재에 있어서는 오백여 만 원의 거액이 그의 수중에서 놀고 있었다. 그는 현재 밀수출 기능자技能者의 한 사람이었다. 북조선으로 쌀을 몰래 가져 갔다. 광목도 가져갔다. 또 인삼도. 그리고 그곳에서는 해산물, 종이 등을 가져왔다. 이러기를 몇 달 동안 하고 보니, 그의 재력은 나날이 늘어 갈 수밖에 없었다. 이와 같이 이에 따라 돈에 대한 애착심도 나날이 높아 갔다. 어떻게 하면 백만 원을 채워볼까, 어떻게 하면 오백만 원을 채워볼 수 있을까. 이런 초조로움은 그동안 그의 고민 전부였다. 이로 말미암아 현재의 고민은 어떻게 하면 좀 더 큼지막한 토대를 잡아온 시기에 거액을 한몫 쥘 수 있을까 하는 것이었다.

R과 K는 지극히 친밀한 친구였다. 어렸을 때부터 그들의 언어, 행동은 한몸 같았다. 그러기에 R은 자기가 돈을 처음으로 벌게 되었을 때 K에게

"우리의 경제적 해결은 이제야 되는가보이."

하였다. 그 후 참으로 돈이 그의 수중에 들어왔을 때 그는 K에게 일류 요리점에서 한턱을 냈다. 그리고 K가 만류하는데도 불구하고 삼천 원을 손에 쥐여주며 생활에 보태 쓰라 하였다. 그 후 며칠 안 되어 이천 원을 또 쥐여주었다.

이십여 일 후엔 K가 R을 찾아와서 배급 탈 돈이 없어 이틀째나 못 팔았다, 생각하다 못해 왔다 하여 힘이 있는 한 성의껏 진력할 터이니 자기를 써달라고 청하였다. 이때 R은 돈 천 원을 주며 일자리는 좀 더 참아주면 사업이 확대되는 대로 생각하겠노라 하였다. 그 후 K는 두서너 번 R에게 청하여 몇 백 원씩 가져갔다. 그럴 때마다 그는 늘 미안한 태도를 지었다. 그러면서 어서 일자리만 안정되면 이 신세를 갚겠노라 하였다.

R은 날이 지나고 달이 갈수록 부쩍부쩍 재력이 융성하였다. 그리하

여 현재엔 각 방면의 고급 인물들과도 교제를 하게 되었고 이에 따라 이후부터는 국외를 상대로 모리를 할 계획 중에 있었다. 그러나 이즈음에 와서는 찾아오는 K가 이상히도 보기 싫어졌다. 그는 K를 생각할 적마다 머리를 절레절레 흔들 만큼 그를 비참하고도 무능한 인물로 인정하고야 말았다. 그보다 K에게 동정을 시여施與*하는 것이 자기로서 할 의무가 어디 있느냐 싶었다. 일도 같이 할 수 없는 처지인 데다가 그의 생활을 보조함은 무의미한 일이었다. 이럴 적마다 R은 탄식하였다. 그것은 자기의 남을 동정하는 현재의 마음을 없애지 않으면 어떻게 돈을 벌 수 있을까, 그것도 나중에 자기가 이利될 것 같다면 또 모르겠다.

"티끌이 모여 태산이 된다"고 전해오는 말은 혼자 마음속에서 때론 긍정하게끔 된 그는 앞으로 K가 돈을 구하러 올 때는 이것을 어떻게 물리치리라 생각하고 굳게 맹세하였다. 그런데 바로 전 K가 와서 삼백 원만 돌려주었으면 감사하겠노라 하였을 때 주저주저하다가 결국에 되어서는 자진하여 내놓고 마는 것이다. 그는 지금 다시 한 번 탄식을 하였다. 그럴수록 K만 생각해도 기분이 나빠졌다.

"K는 어쨌든 비굴한 존재다. 동정도 한두 번이지."

그는 다시 이제부터는 어떤 경우에 부딪치더라도 절대 용납하지 않으리란 마음을 더욱 굳게굳게 뭉쳤다.

십여 일 후였다. K가 또 찾아왔다. R은 몸이 불편한 양 드러누워 마음을 단단히 도사렸다. K는 R에게 일을 또한 독촉하였다. 이에 R은

"아직 잘 되지 않는다."

대답하였다. 그는 초조로웠다. 조금 뒤 K는 머뭇머뭇하다 어린아이

---

* 베풂. 남에게 물건을 거저 줌.

의 병으로 급히 돈 삼백 원이 필요하니 어쩌면 좋겠느냐 하였다. 자기도 모르게

"가만있어!"

소리가 나왔다. 그리고는 조금 뒤 마음을 안정시킨 후 요즈음엔 사업에 돈을 전부 들이밀어 한 푼 없노라 얼굴을 몇 번이나 붉히며 간신히 거절하였다.

K가 물러간 후 R은 안심한 나머지 한숨을 토하였다. 그리고 그때의 자기 태도가 부자연했던 것을 생각해내자

"그까짓 일쯤을 이렇게 힘을 들여야 되다니……. 어쨌든 나는 돈 벌 놈이 못 된다……. 으흐흐……."

그는 또 탄식을 하였다.

《백민》 10호. 1947년 11월

폭소

그들 부부는 막 조반을 마쳤다. 날은 역시 무더워 햇볕은 열어젖힌 창을 통하여 조그만 한 칸 방을 온통 흡수하였다. 남편 되는 범규는 부채질을 하며 책상에 기대어 앉아 앞에 쌓인 책을 바라보고 있다. 아내 되는 란은 바로 방에 붙은 문간에서 자기들이 치르고 난 밥상을 치우고 있었다. 그러면서 흘끔흘끔 남편 쪽으로 시선을 몇 번이나 돌린다.

"오늘은 또 무슨 책이 행차를 하나요?"

쾌활한 음성은 아니었다. 범규는 잠자코 있었다.

란은 일 년 가야 한 장의 독서나마도 안 하면서 날이 갈수록 책이 줄어드는 데는 섭섭한 모양이었다. 그는 남편의 월급만으로는 도저히 생활할 수 없다는 것을 알아차렸다. 그러면서도 범규가 가끔가다 밤을 새우며 원고지와 씨름을 하면 그는 남편에 대한 어려움이 가실 때마다 병이 날까 무섭다고 한사코 말리는 것이다. 이에 범규는

"가만있어, 돈이 생길 터이니……."

하면, 란은 어느 정도 비웃는 낯으로

"돈이고 뭐고 다 싫으니 제발 고만둬요. 난 여태껏 원고 써서 가져왔다는 돈은 보지도 못했지만 바라지도 않아요. 언제나 쓸 때는 돈이 금방 들어올 것같이 서둘러대지만, 써놓은 건 양편 서랍에 첩첩이 쌓였으면서도 무엇이 하나나 발표된 것도 없으면서⋯⋯."

하는 것이었다.

그럴 때면 범규는 화가 벌컥 치밀어 한참 놀리는 펜을 멈추는 것이다. 그저 아내의 말이 옳음을 느끼지 않을 수 없었다. 사실 그는 이제껏 아내를 속여온 셈이다. 원고를 쓸 때 그는 고료를 목표로 쓴 적은 거의 없으면서도 시골 있을 때 구차한 살림을 안 했던 아내가 서울로 따라 올라와 점심도 제대로 먹지 못하는 처지에 있기 때문에 조금이라도 위안이나마 해주자는 데서 그런 말을 내놓게 된 것이었다.

이렇게 범규가 가만히 앉아 있으려면 란은 바로 전 자기가 한 말에 대하여 후회를 하였다. 남편의 성미가 날카로움을 그제야 깨달은 것이다.

그들이 시골서 같이 지낼 때에는 둘 사이에 지극한 애정은 불행히도 가져보지 못했었다. 그보다 남편은 곧잘 아내에게 이별을 청하여도 보았고 때로는 강요도 하여 보았다. 그러자 해방이 되고 남편은 혼자서 서울로 올라와 취직을 하고 일 년 동안이나 자취 생활을 하였다. 그간 시골에 남아 있는 아내 측에서는 비난이 자자하였다. 그것은 누구의 입에서 나왔는지는 모르나 현재 범규는 어떤 조그마한 여자와 살림을 시작하고 있는 중이라는 소문이 돌았기 때문이었다.

이와 함께 그의 처자와는 일 년 내 통신이 두절되고 말았다. 물론 란에게서도 오직 한 번 인편에 근무처로 인삼 한 재를 보냈을 뿐 편지 조각 한 장 없었다. 범규는 범규대로 이런 헛소문으로 이루어진 험악한 처지에 대하여 과히 불안을 느끼지도 않았다. 그보다 일종의 상쾌함을 맛보며 아무런 연락도 없이 혼자 웃고 지냈던 것이다. 그때의 그는 사실 숙원이 달성된 것 같은 승리감을 가졌고 이에 따라 풍설대로 조그만 여자와 동거 생활을 하고 있거니 하는 태도를 지니고 있었다.

그러자 봄도 여름도 지나고 또한 가을도 지났다. 엄동이 닥쳐왔다.

범규는 혼자서 어쩔 줄을 몰랐다. 그는 아침, 저녁을 하여 먹기에 혼자서 짜증을 내기 시작하였다. 근무처에서 어두워질 무렵 벌벌 떨면서 거처하는 곳이라 찾아들어 방문을 열라치면 무슨 마굴을 연상하리만큼 음울하였고 한산하였다. 그러면서도 그는 불도 때지 않았다. 있는 대로 샤쓰거니 외투거니 이불과 요에다 겹쳐 깔고 잠을 잤다. 위에 덮여진 것이 너무나 무거워 가슴이 갑갑하였다. 그러나 덜덜 떨리는 것만은 밤새도록 가시지 않았다. 간신히 몇 시간 눈을 붙였다. 아침에 깨면 바로 근무처의 난로가 그리움을 물리칠 수 없었다.

그는 아침도 안 해 먹고 곧장 십여 리가 넘는 근무처로 달렸다. 그곳에서 물을 데워 세수를 하였다. 그리고는 외상 주는 식당에서 식사를 하였다. 이러기를 월여간. 월급은 고스란히 식당으로 날아갔다. 다 가고도 부족이다. 그는 자취를 한다 해도 무엇으로 당면한 한 달을 지나는지 모르는 경제적 곤궁에 부딪치고 말았다. 그러나 본집으로 돈 보내라고 청할 수는 없었다. 그는 고집이 센 편이었다.

그는 열네 살 적부터 해방 직전까지 사뭇 낭비를 하여 왔다. 집 어른들은 비용을 요구할 때마다 강경한 태도로 나왔다. 그러면 어릴 적에는 몸부림을 쳤고 따로 살림할 때에는 반은 절교를 하다시피 한 달이 지나도록 지적인 집에를 찾지 않았다. 이럴라치면 드디어 할머니가 돈을 갖다 쥐여주며 금시 아버지가 주어서 가져왔다는 말 대신 자기가 몰래 가져왔노라 하였다.

해방 후 그는 굳게 결심하였다. 과거의 난잡한 행동에 대하여 회개를 하였다. 그리하여 서울로 올라온 후 직업을 갖게 되면서부터 일체 경제적 요구를 집에 안 하기로 작정하였다. 이런 중이라 그는 갖은 고초를 받으면서 추위와 싸우지 않을 수 없었다.

음력 섣달이 닥쳐왔다. 범규는 할 수 없이 어떤 선배의 후의를 입어야 되었다. 그리하여 식사는 그 선배 집에서 신세를 지기로 되었다. 한편 선배에 대한 미안한 감은 나날이 높아갔다. 그는 또한 불안하였다. 이러한 때 뜻하지 않게 시골 본집에서 참말 의외에도 전보가 왔다. 그것은 그의 아버지로부터였다.

"…… 오는 ××날 네 처자를 보낸다……."

그는 당황하였다. 너무나 아버지의 태도가 급격적이었다. 그러나 이에 항거할 수는 도저히 없게 되었다. 그는 얼떨결에 살림할 방을 얻을 터이니 조금만 기다리라는 전보를 쳤다. 그러자 며칠 후 또한 뜻밖에 처가에서 봉송封送* 한 뭉치가 당도하였다. 그는 쓴웃음을 맛보지 않을 수 없었다. 그와 함께 현재 자기의 처지가 너무나 가련함을 느꼈다.

그는 드디어 얼마 후 살림을 시작하였다. 이와 함께 집에서 월급으로 살림을 할 수 있느냐는 문의가 왔다. 이에 그는 살림할 수 없으면 어떻게 하겠느냐고 반문하였다. 그랬더니 살림하는 이상 집에서는 굶을지언정 조금이나마 보조할 의사가 있다 한다. 그는 자기로 인하여 집에서 전과 같은 생활체계를 세우지 못함을 다시금 잊을 도리는 없어 염려 말라고 하였다.

이래서 겨울을 나고 봄 한 철을 지났다. 그들은 궁색함을 겪지 않을 수 없었다. 란이가 한 달이 못 가서부터 완연하게 쇠약해 감을 그는 깨달을 수 있었다. 살림하기 시작한 초등에 그는 란에게 별반 이야기를 하고

| * 물건을 싸서 선물로 보냄. 또는 그 물건.

49

지나지 않았다. 이에 따라 란도 범규의 눈치만 살피기에 여념이 없었다. 그러면서도 어딘지 모르게 안심하는 빛을 그의 얼굴에서 찾아볼 수 있었다.

어느 때인가 범규는 술이 얼근히 취해서

"감상이 어때?"

하고 물어보았다.

"……."

그랬더니 한참만에

"좋지요 뭐……."

어색한 어조로 이렇게 대답하였다.

"이렇게 고생을 하면서도……."

"고생은 해도 마음은 전보다 편하니까요."

하며 가늘게 웃었다. 그런 조금 후 란의 얼굴엔 눈물이 어리었다. 범규는 처음으로, 가다 처음으로 아무 말 없이 손으로 눈물을 씻어주었다.

이런 후부터 란은 훨씬 쾌활하여졌다. 범규가 말을 하지 않고 있어도 곧잘 먼저 말을 걸었다. 그리고 전 같으면 감히 하지도 못할 남편에 대한 불평도 말하며 좋아하였다.

"당신은 아마 재주가 한 푼어치도 없는가봐……. 원고를 그렇게 많이 쓰면서도 발표를 못하는 것 보면 머리가 아주 맹탕인가봐……."

또는

"그런데 시골에 있을 때는 어디를 가나 당신이 제일 잘생긴 줄만 알었드니 서울 와보니까 당신보다 갑절 더 잘생긴 이가 드그르르 하구면요."

또

"당신도 진작 기자 좀 그만두고 우리 아버지같이 군수 노릇이나 했으면 좋겠어……. 나 호강 좀 하게……."

그리고는

"참 당신 집도 딱하긴 하우. 아들이 둘인가 셋인가 오직 하나 당신밖에 없는데 글쎄 그만두라 했다고 고춧가루 한 봉지나마도 안 보내니……."

이런 말을 간간이 늘어놓았다.

이럴 때 범규는 자신도 모르게 불쾌감을 금치 못하는 것이었다. 그는 금시에 란이가 보기도 싫어진다. 따라 자연히 과거와 같은 태도로 변하지 않을 수 없었다. 그리하여 자연 불쾌한 눈초리가 상대편 온몸에 덮여지는 것이나, 란의 후회하는 초조로운 안색과 먹고살기에 쪼들린 야윈 모양에 그는 현재 지니고 있는 심정을 청산하고야 말게 된다. 이럴 때면 그는 반드시 자신도 모르는 사이에 한숨을 토하였고 억지로나마 아내에게 정다움을 주려고 노력하는 것이었다.

밥상을 치르고 난 란은 책을 또 팔아야 한다는 데는 섭섭한 모양이었으나, 친정아버지에게 사위로서 편지를 한 번쯤은 하여야 된다고 남편의 기색이 괜찮을 때마다 몇 달째 틈틈이 졸라오던 것이 성취되었다는 데서 쾌활하여진 중이었다. 그러나 이 쾌활은 범규의 거짓말로 인하여 생겨진 것이다. 그는 너무나 아내가 부탁하는 까닭에 할 수 없이 쓰지 않은 편지를 어제 부쳤노라 하였다. 그러나 란은 그것을 믿었다. 이런 중이라,

"그래 오늘은 무슨 책이요?"

하면서 서슴지 않고 범규의 옆에 앉더니

"사나이가 딸린 식구 입구입도 못 시켜 책을 팔면 어찌돼요……."

한다.

이때 그는 또한 터져나오는 분격을 참지 못했다. 이러한 란의 언사와

전에 보지 못하던 당돌한 행동이 미웠다. 이와 동시에 그는 옆으로 머리를 홱 돌려 정면으로 란을 뚫어지게 쏘아보았다. 란은 그적 당황하여졌다. 그러면서 그곳을 피하여 일어서는 것이다.

그러나 오늘따라 범규는 이러한 란의 태도 전부가 미워짐을 참지 못했다. 그와 함께 살림 후 여적 지니어오던 란에 대한 자기의 태도를 후회하는 한편 또한 살림한 데 대한 환멸을 느낀 순간, 부지중 움켜쥐어진 두 주먹을 떨며 후다닥 일어서려 하였다.

이때다. 문간이 찌르르 열리는 것과 함께 인기척이 나고 이어 방문이 활짝 열린 사이로 처음 보는 십사오 세쯤 되어 보이는 소녀가 나타난 것이다. 범규와 란은 잠시 놀랐다. 그 소녀 손에는 커다란 바가지가 쥐여 있었다.

"밥 좀 주세요……. 이북서 온 전재민이에요……."

가느다란 음성이나 또렷또렷하였다.

그들 부부는 잠시 그냥 있었다. 그랬더니 소녀는 의외에도

"야? ……. 밥 좀 주세요……. 야? ……. 밥 좀 주세요……. 야? ……. 좀 주세요……. 야? ……. 밥 좀 주세요……. 야? ……."

하는 구걸의 소리를 수없이 열 번이고 스무 번이고 연달아 중얼거리는 것이다. 범규는 당황하지 않을 수 없었다. 란도 잠시는 남편과 마찬가지로 역시 당황한 태도로

"글쎄 밥이 있으면 좋겠으나 원래 우리는 점심을 안 먹고 아침도 지금 다 먹고 난 후인데……."

하고 말을 하였으나 소녀는 들었는지 말았는지 거의 무표정으로 역시

"네? ……. 밥 좀 주세요……. 네? ……. 밥 좀 주세요……. 네? ……."

쉴 사이 없이 한모양으로 연다는 것이다. 범규는 가만히 앉아 소녀만

바라보고 있었다. 란도 넋을 잃고 바라보며 어쩔 줄을 몰랐다.

이러기를 근 오 분이 지나 십 분이 가깝게 될 무렵 소녀는 눈을 내려 뜬 채 방 안과 문간을 슬그머니 살피더니 그 지루하게도 무턱대고 연달던 소리를 뚝 그치자 생긋 웃음을 입가에 품는가 하였더니 곧장 문밖으로 달아나다시피 나가는 것이다.

범규는 알지 못하는 사이 살림한 이후 가다 처음으로 웃음을 참지 못하였다. 그는 급기야 배창수에 온 힘을 주어가며

"하하하하하……"

마구 연달아 토하였다. 정신없이 소녀에게 마음을 빼앗기고 앉았던 란은 별안간 터진 남편의 폭소에 깜짝 놀라 금방 울상으로 변한다. 범규는 아내의 그 울상이 또한 신기하였다. 그리하여 이어

"하하하……"

그는 더욱 커다란 음성으로 웃어제쳤다. 아내는 더욱이 당황하면서도

"오늘따라 무엇이 그렇게 좋아요?"

남편의 처음 웃는 웃음소리에 란은 무서운 한편 즐거운 것 같기도 해서 이렇게 물으며 웃음까지 띠었다. 그러면서

"그 여자가 그렇게 좋게 보여요?"

한다.

"아암, 그보다 당신의 웃음이 그 여자와 아조 똑같구먼……"

범규는 다시 웃어제쳤다. 그와 함께 그는 란의 손을 잡아당겨 부들부들 떨리는 두 손가락 위에 소중히 올려놓으려 애썼다.

《구국》 창간호, 1948년 1월

귀거래

살던 곳을 이리저리 옮기기란 좀처럼 쉬운 일이 아니다. 평생을 환갑까지만 친다 하고 그동안 제아무리 많은 이사를 한다 해도 평균 일 년에 채 한 번도 드물 것이다. 홀몸 나그네라면 또 모르겠다. 그러나 딸린 식구와 함께 이곳에서 저곳으로 저편에서 이편으로 옮겨 살 때는 얼른 내키는 마음대로만은 처단되지 않는 공기와 원인이 없고서는 되지 않을 일이다. 이제껏 살아오던 때보다는 살 길이 나을까 하는 희망을 품을 때도 있는 것이고 또는 의외의 재난으로 불이 나서 온통 살던 집을 태워버렸다든가 돈이 없어 셋방살이에 치여 할 수 없이 방황한다든가 하는 떼어칠 수 없는 경우에 얽매이기 전에는 옮겨 앉기란 어려운 일이다.

그런데 순구는 처자를 가진 후 이 짓을 하기에만 불과 이태 동안에 거듭 열세 번을 해야 되었다. 해방 되면서부터 시작한 것이 시골에서 서울로 서울에서 놀아먹은 것만이 거듭 열한 번 그리고 종당엔 또 시골 행을 하고야 말았다. 처음에 서울로 올라올 때에는 그야말로 하늘 끝까지 치오를 수 있는 청운의 뜻을 품은 것이 커다란 원인이었다. 그러나 서울에 있는 동안에 있어서는 그렇든 청운의 번갯불은 잠시였고 위험하고 닥치는 것은 모조리 불안과 초조로움뿐이었다.

"어떻게 살아나가야 한단 말이냐."

그는 곧잘 이렇게 혼자 마음속으로 탄식하곤 하였다. 이런 중에 이사를 열한 번이나 한 것이다. 도두가 돈이 없는 탓이었을 것이다. 돈이 없으니 박 쪼가리만 한 단칸집도 장만할 수 없었고 그저 어떻게 하면 진득하니 살 수 있는 셋방 하나를 골라잡아야 할까 하는 것이 언제나 지니고 다니던 문제였을런지 모른다. 그것도 전세는 물론 아니다. 될 수 있으면 "싼 놈……." "월세!" 이것뿐이었다.

배급 쌀 받을 돈도 없어 쩔쩔매는 형편이었으니 월세인들 그리 쉬운 일은 아니었다. 그러니 구하기도 크나큰 난사*인 데다 의외로 하나 잡아들면 이번엔 손가락 꼽듯 꼬박꼬박 방세를 내지 못하니까 자연 신용 없는 몸이 되어 집주인마다 경멸을 받아야 하였고 이러자니 두어 달도 채 못 가서 뭐니 뭐니 하는 따위의 핑계에 억눌려 그 집을 내놓아야 하였다. 정 급할 때에는 잠시 중간참으로 방 둘밖에 없는 친구에게 얹히기도 하였다. 아내와 아들놈은 안방에서 자기는 친구와 같이 건넌방에서 딴 데 거처할 때까지 지낸 적도 실히 서너 번은 되었을 것이다.

이러한 거듭 덮쳐드는 고생에 못 이겨 그는 마침내 다시 시골로 내려가고 말았다. 아무런 목표도 없이 그저 서울보다는 좀 나으리란 암담한 생각으로 갔다. 갈 때 그는 남에게서 빚을 지고 떠났던 것이다. 첫째로 근무처 명함 바람에 술·외상값이 이천여 원과 아주 시골로 내려간다는 말을 하지 않고 사흘간만 고향엘 다니러 갈 터인데 돌아오면 즉시로 갚겠다는 거짓말로 애걸하며 어떤 친구의 배급 쌀 탄 돈 천오백 원을 돌려

| * 어려운 일.

가지고 노비를 삼았던 것이다. 그러나 시골 가서도 몇 달이 지나도록 이 두 가지를 정리하지는 못했다. 소식까지 통치 않고 지냈던 것이다.

그러면 시골로 간 후의 생활 상태란 어떠하였던가. 운이 상상 외로 뒤바뀌었던 것이다. 죽으란 마련은 없다는 말이 그에게도 적합하였다. 참말 뜻밖으로 내려가자마자 어떤 친척의 혜택을 입어 하루아침에 시골서는 제일 돈을 잘 벌 수 있다는 촌으로 비교적 큰 술 양조장을 맡아보게 되었다. 이런 곳에 있으면서도 몇 달 동안은 고스란히 서울의 빚을 잊고 날을 보냈다. 잊고 지냈다는 것보단 가끔 마음속으론 희미하게 생각도 들었으나 얼른 갚아야 되겠다는 뉘우침은 느끼지 못했던 것이다.

외상값에 대해서는 장사하는 놈이 이천 원쯤 문제될 게 뭐냐는 첫 생각에 이어 더욱이 번지수도 모르니 시골에 앉아 있어서는 갚을 도리가 없다는 것과 언제든 서울에 가면 청산하리란 심사였으며, 또한 친구의 돈으로 말하자면 그 즉시 못 보낸 이상 그동안 어떻게든 주선하여 죽임은 면하였겠지 싶었고 언제든 돈이 모인 후에 만나면 떳떳한 사과로 씩씩하게 내놓으리란 평탄한 태도를 취하였다.

이렇게 무심하던 그가, 좀체 움직이지도 않을 그가 시골에 처박혀 있은 지 석 달 만인 어느 날 갑작스레 변심하여 이 두 곳의 부채를 깨끗이 씻어버렸으니, 그때의 그의 심정은 분명히 일종의 발작에 가까웠던 것이다. 불시에 부랴부랴 서울 가는 인편을 이용함으로써 우선 친구에게 만단사연의 사죄의 편지와 역시 외상조로 한몫 넣어 부탁하기를 미안하다 우리 둘이 잘 다니던 아무개 음식점을 찾아가서 주어달라고 하는 뜻과 함께 송금을 하였던 것이었다. 그리고는 다행한 한숨을 늘어지게 몇 번이고 들여쉬고 내뿜었다. 그러면 이렇게까지 만들어놓은 충격을 그가 느끼게까지 된 실마리는 어떻게 된 것일까. 그것은 다름이 아니다. 모든 원인이란 게 오직 박성달이란 촌사람으로 해서였다.

순구가 양조장을 경영하게 될 때 이것을 주선하여 준 친척은 운용 자금은 자기가 도맡아 댈 터이니 순구는 혼자서 현장의 실무를 보되 이익금은 둘이서 반분하여 갈라 가지자는 조건을 내걸었던 것이다. 이러하였기 때문에 순구는 사실 흐뭇하였다. 또한 일을 시작한 그날부터 매상고가 보통 하루에 육십칠만 원을 돌파하였으니 원료 값이나 다달이 바치는 세금, 육칠 명 종업원의 인건비 또는 그 외로 영업장의 잡비까지 합쳐서 따져보아도 순이익이 만여 원은 오를 수 있었다. 이러함에 따라 순구의 모양도 날이 갈수록 달라만 갔다. 이제까지 날이면 날마다 점점 더 자리를 깊숙이 잡던 이맛살이 한 가닥 한 가닥 희미해졌다.

　그리고 지도나 대하듯 앙상히 솟아오른 손등 위의 힘줄이 역시 점점 숨어버렸다. 그의 아내는 가끔 순구의 모양을 한참이나 물끄러미 바라보곤 곧잘

　"당신은 점점 더 의젓해만 가."

　하며 생글거리기도 하였다.

　한 달도 채 못 가서 닭도 십여 마리 한몫 집안에 풍길 수도 있었고 술에서 나오는 찌끼로 금방 새끼를 낳을 도야지도 서너 마리 꿀꿀거리게 하였다. 그러면서 이젠 그리 자주 굴러다니어야 하던 이사는 십 년이 지나도 이십 년이 지나도 여간해 없을 것만 같이 여겨지곤 하였다.

　그러나 순구가 있었던 이곳은 그의 바로 고향은 아니었다. 본집과는 오십 리가량 떨어져 있는 장사꾼 지대여서 인심이 흉악하다는 곳으로 처음 갔을 때에는 종업원들 할 것 없이 모든 사람과의 대함이 서먹서먹하였다. 그런 중 간 지 이틀도 채 못 되어 가장 먼저 저편으로부터 통사정을 하며 사귀러 온 사람이 있었으며 또한 앉아서 맞은 순구 자신도 그에게 대하여 수월하게 동정심까지 갖도록 되었으니 그가 바로 서울의 빚을 갚게 한 사람이다.

처음 만난 그때는 봄 이른 아침이었다. 잠자리에서 일어나는 대로 공장엘 나가 남향진 사무실에 혼자 앉아 유리창 너머로 보이는 복숭아꽃이며 구름 한 점 없이 무료하게 갠 맑디맑은 하늘, 보면 볼수록 점점 더 가까워져만 가는 싱싱한 앞산으로 눈을 굴리며 서울서 지내던 생각, 시골서 가져진 꿈속만 같은 현재를 마음속 깊이 수놓으며 정신을 한참 달리고 있는데 불의에 찾아온 방문자의 알아달라는 신호인 듯한 몇 번이고 터트리는 기침 소리에 본정신이 들었다.

돌이켜보니 그 방문자는 언제인가 벌써 사무실 유리 미닫이를 여닫고 안으로 들어서서 있었던 것이다. 그는 순구를 대하기에 이렇게 스스로 먼저 들어오긴 하였지만 퍽 서먹서먹한 모양이었다. 공손히 잡았던 두 손이 거북스러울 정도로 연해 어수선한 머리카락을 쓰다듬었다. 그러함도 잠시로 다음엔 검정 물을 집에서 들인 듯한 희뿌연 낡은 무명 작업복 깃을 매만지며 어색한 시선을 순구에게 던지다 다시 손을 머리 가로 가져가면서

"저, 새 주…… 주인 양반께 이 인사나 드, 드리려고…….'

하는 끝도 없는 말을 얼버무릴 때엔 그의 눈은 언제인가 방향을 돌려 천장 쪽을 바라보았다. 키가 보통 이상인 데다 긴 편인 얼굴이나 몸집이 바른 편으로 보아 흡사 건북어乾北魚를 연상할 수 있었다.

"앉으시지요."

하고 순구가 말하며 의자를 손으로 가리키니까

"괜찮습니다."

하고는 버릇처럼 더 앉으라는 말이 나오기도 전에 그 의자 끝머리에 꽁무니만 대이며 이번엔 손을 서로 부비기 시작하였다. 그리고는 다시 생각난 듯 엉거주춤 일어서더니 허리를 땅에 닿도록 구부리며

"참, 지 이름은 박승달이라 합…….'

하고는 또한 머리를 긁으며 이 현장에선 처음으로 오동빛 나는 얼굴에 히죽이 웃음까지 띠었다. 그리고는 자기의 몸가짐이 어색스럽고 부자연함을 느꼈던지 역시 처음과 같이 손을 이리저리 떨기나 하듯 움직이더니

"그럼 또 나중에 뵙……."

하는 말을 마찬가지로 끝도 채 못 맺은 채 또한 허리를 생겨진 대로 구부리고는 밖으로 나갔다. 순구는 다만 무서운 중에도 어리벙벙하였다.

"날 대하여 새 주인이라 하였으니 혹 어제 만나지 못했던 종업원이나 아닌가……."

하는 생각도 들었으나 박성달의 물러가는 방향이 안쪽이 아니라 신작로였더니 만큼 외부 사람 같았다. 또한 어제 저녁때 자기가 당도하자 그즉 종업원 대표인 좌상이란 자 말대로 일곱 명을 다 대면해 인사하였던 것으로 보아서도 공장 사람이 아님은 알 수 있었다. 그저 시골이니까 이런 것도 볼 수 있다는 마음에서 순구는 즉시로 이 일을 잊었다.

그런데 바로 그날 해질 무렵 일이다. 박성달이가 두 번째로 또 찾아왔다. 처음 순구는 역시 의아스러웠다. 문을 열고 들어오는 폼이 아침보다는 너무나 차이가 있도록 씩씩하였기 때문이다. 아주 자기와의 관계가 밀접하고 다정한 양 싱긋 웃으면서

"이렇게 자꾸 찾아옵니다."

말소리가 꽤 능란하였다. 거듭 말하거니와 얼굴이 오동빛이라 잘 알수는 없었으나 그런 중에도 좀 누렇다 할까 희다 할까 즉 검은 중에도 제일 희끄무레할 수 있는 눈언저리가 제법 붉었고, 아니 게슴츠레한 눈께로 보아 술이 어지간히 취하였거니 싶었다. 이러한 순구의 직감이 맞아떨어졌다.

박성달은 아침에 앉던 의자에 이번에 깊숙이 궁뎅이를 놓더니

"저 술 좀 먹었습니다."

하고는 이어

"사실 말이야 바로 드리는 게 상책이니까……. 제가 오늘 술을 먹은 것은 다름이 아니라 새 주인 나리에게 말씀도 올리고 또 저의……."

하고 뒷말을 찾기 위해서 잠시 멈추고 있을 때 순구는 '나리!'란 말에 기분이 좋지 못함을 느끼고

"나리란 말이 요즘도 있소? 아예 그런 말은 함부로 내지 마시오."

이렇게 준절히 타일렀다. 그랬더니 박성달은

"네네, 그러면 뭐라 여쭤야 좋겠습니까? 아아, 주인 양반이라고 합지요……."

하자 순구의 말이 있기도 전에 심히 감격한 어조로

"네, 옳습지요. 꼭 같습니다. 새 주인 양반은 과연 주인 양반이올시다. 네, 참 꼭 같습니다. 전의 주인 윤씨와 꼭 같습니다."

하고는 "휘―" 한숨을 술 냄새와 함께 토하였다.

이때 순구는 또한 의아하지 않을 수 없었다. 왜냐하면 뜻밖에도 껌뻑껌뻑거리는 그 붉은 박성달의 눈에 눈물이 어렸음을 발견하였기 때문이다. 순구는 무슨 영문을 몰라 어리둥절하여 잠잠히 있을 수밖에 없었다.

박성달은 눈물을 훔치지도 않았다. 그는 말을 이어 늘어놓았다.

"참 미안해서……. 제가 이렇게 술을 먹은 것은…… 술이 먹고 싶어서가 아니올시다. 그저 주인 양반에게 제가 부탁드리고 싶은…… 어쨌든 앞으로 주인 양반에 의지해서 살까 하는 마음이 있으나 처음 뵈어 그런지 영 말이 잘 나오지 않아…… 취하면 좀 말씨가 좀 늘까 하고 먹은 것입지요……. 그러나 저는 원래 술이 과한 편인데 이것이 요는 문제올시다. 앞으로 절대로 먹지 않겠으니……."

"……."

"문제는 이 술이옵지요. 전의 주인 윤씨는 저를 참말 눈물이 핑핑 나도록 막 나무라셨지요. 그분하고 저하고는 특별한 관계가…… 이건 부끄러운 말이올시다만은…… 주인 양반이니까 말씀 드리지만…… 저 바로 저이 과부 장모를 전의 주인 윤씨 아버님이…… 저…… 저 바로 보고 다니셨읍지요. 참 윤씨는 효자지요. 그래선지는 모르지만 저를 남보다 달리 생각하셔서 돈을 모르고 술만 처먹으면 종당엔 거지밖에 될 게 없다고…… 보릿때는 보리짝 볏때에는 벼짝씩이나 실히 주시면서 막 걱정을 하셨지요……."

"……."

"그러나 제가 그분 말씀을 듣지 못한 게 지금 와서는 한이올시다. 그저 제놈을 생각하면 당장에 목이라도 찔러 죽고 싶은 마음밖에 없지요만 그럴 수도 없고……. 그런데 아시다시피 윤씨 댁이 이곳 사람들의 밀주를 세무서에 밀고하여 벌금들을 물렸다는 죄를 입어 그들에게 몽둥이찜질을 당하여 죽게 되어 서울로 쫓겨가신께 전 고만 저, 저……. 고만 죽고만 싶었읍지요. 그래 주인을 찾아뵙고 참말 울었던 것이올시다……."

이 말이 떨어지자 박성달은 또 눈을 껌벅껌벅 되잖게 움직였다. 그리고서는 마찬가지로 긴 한숨을 몰아쉬고 난 후,

"이렇게 돼서 저 혼자 남아 떨어지고 보니 한 몸이 죽지 않을 수가 있어얍지요. 모두가 허무맹랑하게만 되어 지금 와서는 저를 위하여 야단치던 것이며 품팔이한 삯돈을 가져오라는 분은 없어지고……. 사실 윤씨는 저에게 돈이 단 한 푼이 생기더라도 꼭 자기에게 갖다달라 하였지요. 그러면 그 돈을 착착, 바로 저 금고올시다."

하고는 사무실 구석에 놓은 금고를 손가락으로 가리키면서

"저 금고에다 저금을 하라고. 만약 않으면 넌 볼 것 다 본 놈. 언제 거

지가 될지 모르는 놈이니 아예 눈앞에 보여주지 말라고 걱정이올시다……. 자, 그런데 이것 봅시오. 참말로 철나자 이별이라더니 이 말이 꼭 들어맞았읍지요. 이제부터는 저도 그분 말을 어기지 않고 술도 절대 먹지 않고서 지나보려 할 때 고만 그 윤씨는 떠나고 말았지요. 이제는 돈이 있어도 저 금고는 소용없고 술을 마셔도 걱정해줄 분도 없어지고……. 이것 어떻게 살아야 되겠읍죠? ……."

하자 박성달은 입을 실룩거리며 비상한 눈초리를 지어 순구를 쳐다보는 것이었다. 그러나 순구는 여전히 잠자코 있었다. 아직도 의아스런 마음이 풀리지 않았던 것이다.

이윽고 박성달은 다시 입을 열어

"주인 양반은 뭐라시던 전 꼭 주인 양반을 전의 윤씨라구만 여기고 지낼 것이올시다. 어쨌든 이런 놈이라도 잘 살아야 좋은 것 아니겠나요? ……."

하였다. 그러자 다시 한 번

"좋은 것 아니겠나요."

하며 애걸하듯 연해 바라볼 때 순구는 자신도 모르는 사이 입이 열렸던 것이다.

"그야 좋다 뿐이요."

이 말이 떨어지자 박성달은 모든 것이 성취나 된 듯 용기 가득 찬 어조로

"사실 어쩌면 이렇게 똑같으실까요……. 참 주인 양반은 꼭 윤씨와 꼭…… 같으십니다……."

하더니

"그럼 가겠습니다."

하고 일어서는 것이었다. 그러면서 연해 허리를 몇 번이고 굽실대며

"저 이제 내일부터는 성을 간다 해도 술은 절대로…… 절대로 먹지 않을 것이오며 참 그러면 먼저 한 가지 부탁이올시다마는 제가 윤씨 간 뒤, 생후 처음으로 진심해서 모은 돈이 꼭 저— 얼마더라……. 저— 천이백 원가량 되는데 내일 갖다드리겠으니 저 금고 속에 저금을 하여 주십시오. 지가 시원찮으면 얼마든지 걱정하시야 됩니다. 전 갑니다. 주인 양반만 믿고 전 물러갑니다."

하는 말을 남기고 박성달은 기쁜 안색으로 돌아갔다.

순구는 가슴이 후련하였다. 그러나 박성달이가 술이 취해서 지껄이고 갔다는 데서 후련하여진 것은 아니었다. 그는 박성달을 이런 곳에서 나 볼 수 있는 너무나 순박한 농민으로 생각이 들었기 때문이다. 전 주인에게 보답 못한 것을 자기에게 의지함으로써 살아나가자는 박의 심리가 그는 희미하게나마 짐작되었다. 그래서 박이 자기를 이렇게까지 상대하여 지낸다면 능력이 있는 한 자기도 박이 실망하지 않을 정도로는 힘을 돋우어주는 것이 좋을까 하였다. 이러한 마음과 함께 그는 미리부터 보아온 모든 장부를 다시 넘기며 생후 처음 겪는 영리사업인 이 공장의 운영 실태를 참고 삼아 들추어보았다.

이리하여 박성달이가 또 찾아온 것은 바로 그 이튿날 정오경이었다. 그때는 본인의 말대로 술은 취하지 않았다. 그러나 어제 이미 사귀인 탓인지 처음 들어설 때에만 잠시 어색한 모양이었으나 조금 지난 후에는 아주 태연스러웠다. 잠시 동안의 어색한 것이란 게 다름이 아니었다. 머리를 북북 긁으며 인사를 겸해서 하는 말이

"아— 참 어제 지가 가져온다던 돈 말인데요. 모아놓은 천이백 원 말인데요. 보이러 올 때 꼭 가져오려고 하였는데 다른 일로 이 앞을 지나느라 그냥 두었읍지요. 그런데 막상 이곳을 지나버린다니 편안하신지 궁금해서 그저 들렀을 따름이올시다……."

하고는 그 정해진 의자에 앉았다. 순구는 박성달이를 만나니 반가움도 맛볼 수 있었다. 그래서 힘 안 들이고 이것저것 말을 수월하게 내놓았다. 그는 웃으면서 무심히

"가지고 올 일이지……."

하였다. 그랬더니 박성달은 얼른 손을 저으면서

"아니올시다. 지금 가면 당장 가지고 올 것이올시다."

아주 정색하면서 이렇게 말을 하고는 어인 일인지 외면을 하였다.

조금 뒤 박성달은 삼백 원도 넘는 일등답—等畓이 한몫 스무 마지기가 나는데 평당 구십 원이면 살 수 있다는 이야기를 하는 중에 몇 번이고 침을 꿀떡꿀떡 삼키다 사지 않겠느냐고 물었다. 그래서 순구는 내가 무슨 돈이 있어 그것을 사느냐고 하였더니 원 별말을 한다고, 적어도 양조장 주인이 되려면 부자 돼야 되는데 왜 돈이 없다고 하느냐 하였다. 그러면서 윤씨의 이야기를 또 늘어놓아 말하기를, 그분이 있을 때엔 논을 사든 또는 팔든 돼지 새끼를 사고 팔 때 하다못해 똥거름을 농사짓는 사람에게 내어줄 때에도 꼭 자기를 중간에 놓고 하였다 하며 앞으로 이런 것을 할 적엔 자기를 시키면 물불 헤아리지 않고 발 벗으며 나서겠다 하였다. 그리고는 조금 뒤에 일어서면 가겠다고 인사를 하였다.

그러자 문을 열고 나서더니 다시 들어와서 싱긋거리며 하는 말이

"저— 술 한 잔만 먹고 갔으면……."

이러하였다.

"술은 절대로 먹지 않겠다면서? ……."

"아니올시다. 제가 돈만 쓰지 않고 먹으면 상관 없읍지요. 윤씨 어른도 양조장에서 먹는 것만은 용서하셨지요."

하고는 눈치를 흘금흘금 보며 계면쩍은 표정을 지었다. 순구는 쾌활히 웃었다. 그러면서

"음, 그려! 옳지. 그래야지……."

하자 뒤이어 안쪽 공장을 향하여

"좌상!"

하고 힘 있게 종업원을 불렀다.

"술 한 대접 얼른 가져오시오."

조금 뒤 좌상이 술을 가져왔다. 그러자 옆에 서서 빙글대는 박성달이가 눈에 머물자

"헤이, 이 주인님에게도 또 야단이군……."

하였다.

"이 자식아, 걱정 말아!"

박성달은 신이 난다는 듯이 찌끼를 떼며 이렇게 대꾸를 하고는 술 대접을 받자마자 꿀떡꿀떡 한숨에 들이켰다.

이튿날도 또 그 이튿날도 날이면 날마다 박성달은 순구를 찾아왔다. 올 때마다 대개 막걸리 한 대접씩은 으레 들이켜고 갔다. 종당엔 들를 때마다 그는 마실 줄 알고서 왔다. 순구 자신도 박성달이가 오면 으레 한 대접 술이 도망가는 것을 번연히 알면서도 그저 그쯤 못해줄 게 뭐 있느냐 싶었다.

그러나 박성달이가 말하던 천이백 원은 여간해 순구의 눈에 띄지 않았다. 둘이서 앉아 있을 때 순구의 입에서 돈 이야기나 혹은 눈이 무심결에 금고 편으로 향해질 적이면 잊어버린 듯 가만히 앉아 있던 박성달은 그제야 저금한다던 것이 생각난 듯 고만 또 잊었으니 혹은 자꾸만 돈 드는 사람이 있어 이할 변으로 며칠간 돌려주었으니 저금한 것보다 더 낫지 않았느냐, 그것을 받거든 한 푼 빠짐없이 꼭 가져오겠노라 하였다.

이러한 태도에 순구는 그저 그의 하는 짓이 재미만 나서 머리만 끄덕거리며 그 대답을 하고 지났다.

두어 달가량 지난 어느 날이었다. 순구는 그동안 공장 운영에 대하여 어지간히 계획과 실천에 있어서 역량을 양성할 수 있었다. 돈이 어떻게 나가서 술이 어찌되어 판로販路는 이리 열면 잔안이 한 폭에 이만큼 쳐서 하루의 매상고 총수입이 얼마란 것도 대체로 맞아떨어뜨린 수도 있었다.

이에 따라 얼마 지난 후이면 순이익이 이만큼 쥐어질 수 있다는 계획 장부도 따로 내용적으로 편들고 있는 중인데 특히 이날은 원료품인 쌀과 나무가 며칠 못 가서 없어질 것 같아 이것을 구입할 도리를 강구하고 있었다. 여간해 돈 가지고도 마음대로 싸게 살 수 없는 것이 바로 이 두 가지인 제일 중요한 쌀과 그리고는 나무였다. 다른 원료인 누룩이라면 지정된 제조회사가 있고 또한 일정한 금액이라 마음대로 사들일 수 있었는데 쌀과 나무는 그렇지 않았다.

쌀로 말하면 원래 전부터 내려다지 한 장〔市日〕마다 말에 오십 원에서 칠십 원 심지어는 백 원까지 폭등하여 현재엔 이천이백 원이란 엄청난 시세였다. 이러하였으니 쌀장수들은 그들 견해대로 앞으로는 더 오르리란 심사여서 잔뜩 감춰두고 내지를 않는 바람에 한두 말 상대가 아닌 하루에 몇 섬씩 소비하는 이 공장에서는 모든 게 치명상이 아닐 수 없었다. 또한 나무도 역시 같은 형편이었다. 해방되면서부터 마구 잘려버려 산이란 산은 보이는 곳마다 전부가 벌거숭이가 되고 말았다. 혹간 있어야 그것은 전부터 원래 엄중히 감시해 오던 보안림保安林이었고 그 외의 사유림私有林이 있어 벌채를 하고 싶어도 당국은 허가를 일절 사절하고 있으니 나도는 것이 없는 것도 물론 한두 집 뜨내기로 나오는 게 있다 쳐도 값이 몇 갑절 비싸진 데다 이것들도 수량에 있어 문제가 되지 않았다.

그리하여 얼마 남지 않은 원료 장부를 놓고 속을 혼자서 썩이고 있는데 문이 드르르 열리며 박성달의 모양이 나타났다.

"또 왔습니다. 그런데 이렇게 자꾸만 와서……"

하며 히죽이 웃고는 앉는다.

"요사인 뭘했소?"

순구가 물으니

"그저 손에 닥치는 대로 날품 팔지요."

하였다.

"어디 그런 것도 같지 않은데……. 일하는 사람 같지는 도통 않아……."

"왜요, 일은 하는 편인데……."

"그럼 일하는 사람이 어떻게 그리 잘 쏘다니며 무슨 품을 판단 말이요?"

이렇게 순구가 빙긋 웃으며 말하니까 박성달은 버릇으로 머리를 북북 긁고 나더니

"남의 일 없을 땐 집에서 품을 팔지요."

한다.

"집에서 품을 팔다니?"

"집에서 술 파는 장모 뒤치다꺼리를 하여 준단 말입죠. 저희 내외는 장모와 같이 살고 있읍지요."

순구는 더 말을 건네지 않았다. 대개 이것으로 비추어보아 일정한 직업도 없는, 말하자면 그저 이렇게 돌아다니는 것을 일삼고 살아나가는 박성달이라고 짐작이 되었다.

이윽고 순구는 역시 그저 하는 말로

"자네는 몇 남매나?"

물으니 힘없이

"열한 살배기 하나 있던 것 십 년 전에 없앤 후 여적 없답니다."

하였다. 순구는 아까부터 염려 중인 쌀과 나무를 역시 생각하고 있노

라 또 말이 없었다. 이럴 때에 밖에서 사람이 찾아왔다. 그는 이 고장에선 제일 유명한 쌀장수 이춘이란 자였다.

이춘은 들어서면서부터 특이한 웃음을 얼굴 전체에 살살 늘리며 만나면 언제나 하는 식으로 판에 박은 듯한 인사를 순구에게 하고 난 후에 의자에 앉더니

"그런데 황상!(황상이란 순구의 성으로서 부르는 말) 혹 날 쓰시지 않겠습니까?"

하였다. 순구는 사게 되던 안 되던 생각하던 중에 듣는 소리다.

"오늘 대소 장시세는 어떻게 되었나요?"

"자세한 건 모르지만 장꾼 말에 의하면 이렇답니다."

하고는 손가락 끝을 들어 보이고는 여전히 싱글싱글 웃었다.

"그럼 요전 이곳 시세하고 같았구먼요."

"그렇지요. 여간해 얼마 동안은 떨어질 것 같지 않습네다."

"원 너무 비싸서……."

"그래서 제가 온 것입니다. 사실 황상하고는 사교가 있는 터이라 내일과 진배없어 온 건데, 참 빙장인 김 영감하고는 알다 뿐입니까……."

하고서 기침을 한 번 하더니 여적 웃던 빛은 어디론지 감추어버리고

"그런데 내가 지금 이야기하는 쌀은 한 시세가 싸단 말이지요."

은근한 어조로 말하였다.

"그럼 어떻게?"

"한 말에 천백구십 원!"

"현품은 얼마나 있나요?"

"음— 이야기하여 놓은 게 삼십 석은 되나봅니다."

순구는 생각에 잠겨 있었다. 한참이나 눈치만 살피고 있던 이춘은

"웬만한 터이면 이런 말씀 안 여쭙겠는데, 딴 남과는 다른 관계고 또

마침 현품이 있다기에 간신이 한 시세를 깎았지요. 생각대로 하시지요. 모르는 터 아닌 이상 한 시세 깎은 것을 숨길 수도 없는 형편이니 어쨌든 이렇게 해서 같이 살아봅시다."

하며 이번엔 껄껄껄 웃었다.

쌀 조건은 이춘의 말대로 드디어 성립되었다.

조금 뒤 이춘이가 싱글싱글 웃으며 만 원 뭉치를 여러 개 책보에 싸 가지고 돌아간 후 순구가 무심히 옆에 앉아 있던 박성달을 보니 죽은 듯 머리를 숙인 채 있었다. 이때 순구의 마음속은 약간 설레이었던 것이다. 언제인가 쌀이든 뭐든 모든 것을 보아주겠다던 박성달이의 말이 깨달아 졌던 것이다. 속으로 미안하다는 마음과 이어 이제껏 한 대접씩 술을 마시려고 왔지만 박의 용무는 그것만이 아니란 것도 싶어 치근한 생각도 들었다. 그러나 박은 무능한 편이 있다는 것을 또 반면에 깨닫지 않을 수도 없었다. 그러자 나무 생각이 떠올랐고 어쨌든 이것이나 박에게 말하여 보자……. 번번이 안 될 줄 알면서도 대접 삼아 한 마디쯤 건네는 것이 자기로서의 할 일이란 싶어

"참, 저 어디 장작 좀 살 수 없나?"

하였다. 이 말이 채 떨어지기도 전이다. 박성달이의 번개 같은 시선이 온통 순구에게로 쏠리더니

"네? 장작이오? 글쎄요. 살 수 있고말고요……. 아, 아니 돌아다니면 살 수 있을 터이지요……."

하며 참으로 반가운 말을 들었다는 듯이 허둥대며 책망하듯

"진작 얘기하셨으면 어떻게든 벌써 얼마든 사셨을걸……. 어디…… 저— 방주관쯤 가서 살피면 될 게올시다. 그럼 지금 당장 돌아다니어봅지요."

하고는 뒤도 안 돌아보고 문 쪽으로 향하였다. 순구는 속으로 웃음이

나서 못 견디었다.

"아, 술도 잊어버렸나?"

하였더니 박성달은 그런 중에도 술이란 데는 정신이 번쩍 들었던지 결국엔 또 한 대접 쭉 들이켜고는 나갔다.

이튿날 이른 아침이었다. 순구가 아직 자고 있을 때 박성달이가 찾아왔다. 그래서 집에 사람을 통하여 아침 뒤에 만나자 하였더니 급한 일이 있으니 지금 당장 보여야겠다고 조른다 하여 장작에 대한 것이라는 생각을 희미하게 하면서 일어나지 않을 수 없었다. 만나고 보니 그 때문이다.

말을 들으면 그날 해질 무렵까지 이웃 면의 다섯 동리나 돌아다니고 왔다는 것이다. 그중 한 군데 참나무 장작이 이천 관가량 있다는 것이다. 이것이 처음엔 담배 건조실 장작으로 쌓아두었으나 산에서 아직 내려오지도 않고 또한 동리에 있는 것만으로도 넉넉하다 하여 팔아버릴 의사가 있다 하였다. 값은 관당貫當에 운반해주고 십이 원이라는데 어찌됐던 십 원 위이면 절대로 사지 않겠노라 말을 하고 나서 부인으로 마음대로 술을 얻어먹어 미안한 터이며 이번엔 처음으로 시키시는 것인 만큼 뭐 수수료를 달랄 리도 없고 일만 착실히 볼 터이다, 하였다. 그리고 가서 다시 작정해보아 십 원에 되면 아조 계약을 하고 오겠으니 현금 오천 원이 필요하다 하였다.

순구는 어디 어떻게 하나 싶은 호기심에서 또한 지금 한 말이 그럴듯하여 청구하는 대로 돈을 선뜻 내주었다. 그랬던 것이 보름쯤 더 지난 후에 어찌 계약했던 쌀 조건과 이 장작 조건이 같은 날 같은 시각에 그만 싸움판을 이루고 말았던 것이다.

싸움의 시초는 장작보다 쌀 때문이었다. 장작은 쌀에 대한 순구의 여분으로 말미암아 터진 것으로 쌀 관계만 아니었던들 어느 기간 동안은 이뤄나갔을는지도 모른다. 이춘이가 갖다준다던 쌀 문제가 옥신각신 말썽이 되었던 것이었다.

이춘이와 서로 말을 건네어 선돈을 주었을 때 현물은 이튿날 중으로 양조장까지 도착시키겠다고 한 것이 열흘이 지나도 오지 않았다. 그동안 쌀 시세는 무던히 변경되었다. 그때 이춘은 순구에게 거짓 시세를 말하여 계약이 된 것이다. 사실은 이천백 원 금이 아니라 이천백오십 원 금이었던 것이다. 이만 정도로나 이튿날 낙착이 되었던들 그저 한때 속았거니 하는 마음만 가질 수 있었던 것이며, 또 쌀을 가져온다는 날의 이곳 시세가 아주 뒤바뀌어져 전날보다는 전혀 딴판으로 이천이백이십 원으로 뛰어올랐다.

이에 순구는 다행히 안심하고 현물만 오기를 기다렸던 것이나 아무리 독촉을 해도 이춘은 까딱도 않았고 보내주지도 않았다. 그러던 것이 열흘이 지난 후 시세가 또다시 떨어져버리니까 그제야 이춘이가 생글생글 웃음을 띠고 미안하단 소리를 줄줄이 늘어놓으며 물건이랍시고 가져왔다. 그래도 순구는 분함을 참았던 것인데 종업원을 시켜서 그것을 계근計斤*하여 보니 어떻게 된 셈인지 한 가마에 두 서너 근씩은 으레 부족하였다.

이에 순구는 그만 분함이 폭발되고 말았다. 이렇게 격분하기는 생후 처음이라고도 할 수 있을 것이다. 그의 입에서는 당장

"에잇 도적놈!"

소리가 공장 안을 마구 흔들어놓았다. 날벼락을 맞은 이춘은 잠시 어쩔 줄을 모르고 쩔쩔매다

"도적놈이라니? 응? 나이도 분간 못하고……. 응, 도적놈이라니?"

하며 성을 부리려 하는 것을

| * 무게를 달아본다는 뜻.

"이 자식, 잔말 말고 어서 물러가……."

하고 순구가 또 한 번 윽박을 주니까 이춘은 말리는 사람들에 끼어 못 이기는 체하고 물러갔다.

순구의 가슴은 마구 날뛰었다. 이춘은 쥐새끼만도 못한 놈이라 여겨지기만 하였다. 이렇게 한참 흥분된 마음을 진정치 못하여 씨근거리고 있는데 박성달이가 어슬렁거리며 찾아왔던 것이다. 문을 열고 들어서다 순구의 험악한 낯빛을 눈치 채었던지 주저거림과 함께 다시 돌아가려 하였을 때다. 순구의 여분은 박성달에게까지 치밀고 말았다.

"가만있어!"

야무진 말소리다. 그리고는 경관이 취조나 하듯

"그래 그놈의 장작은 어떻게 된 셈이야?"

하고 눈을 부라리었다.

"글쎄 아침에 저— 말한 것과……."

그러나 순구는 말을 가로채었다.

"뭣이 어째? 똑바로 말해봐."

박성달은 어인 일인지 그만 풀이 죽고 말았다. 얼굴빛도 변해버렸다. 두 손을 쥐고 서 있는 꼴이 꼭 죄인을 연상케 하였다.

"그저 용서합시오……."

"뭘 용서해?"

박성달은 떨었다. 그러면서

"제가 여적 거짓말 해왔습니다."

"……"

"아유! 전 죄인이올시다. 그때 장작은 값이 서로 틀려 계약을 못하고 딴 곳에 알아보려고 돈을 지니고 있었는데…… 그것이 잘 눈에 띄이지 않고 그나 그뿐이면 며칠 후래도…… 돈만 갖다드렸으면 될 것인데……

가지고 다니다보니 일천오백 원이나 축을 내어……."

"어쨌든 지금 당장 내놓아!"

순구는 박성달을 죽일 것만 같이 쏘아보며 소리를 질렀다. 박성달도 괘씸한 놈이었다. 그동안 계약금을 치르고 왔으니, 그쪽에서 너무 싸다 하여 일부러 틈을 내서까지는 심지를 않으려는 눈치이니 가진 거짓말을 한 것이 드러난 지금에 있어 무엇으로 이를 양해할 수 있느냐만 싶었다.

"우선 이것 전부…… 삼천오백 원만……."

박성달이가 이렇게 입 안에서 우물거리며 내어놓는 지전을 순구는 빼앗다시피 쥐어가지고

"너도 멀쩡한 도적놈이구나……."

하며 마구 쥐어진 돈 뭉치를 순구의 얼굴을 향하여 던졌던 것이다.

이러한 순구의 날카로운 심정은 이튿날도 또 그 이튿날까지도 도무지 풀리지 않았다. 현재 자기 주위에 있는 모든 사람은 전부가 아귀인 양싶었다. 이런 때마다 어찌됐던 박성달을 괴롭히자는 생각뿐이 앞을 가리곤 하였다. 그럼으로써 이틀 동안에 남은 돈 천오백 원을 독촉하기 위하여 종업원을 세 번이나 보냈다. 그러나 받지는 못했다. 두 번은 만나지 못했다 하고 한 번은 보았으나 돌려지는 대로 곧 보내주마는 것이라 한다.

그런 중 세 번째 독촉을 하였던 날 밤 순구에 있어서는 고민의 밤이 되었던 것이다. 이리로 온 지 석 달 만에 처음으로 자기란 것을 느끼게 되었던 것이다. 그것은 돈을 받기 위해 종업원을 보낸 후 왜 내가 이렇게까지 심하게 받으러 보내야 할까 하는 의문이 부지중 들었던 것이었다. 순간 그는 가슴이 뭉클하였다. 나에게도 요즘 늘 생각하는 그 아귀가……. 그는 여기까지 생각을 진전시키자 머리를 마구 흔들었으나 연해 무럭무럭 자라나는 머릿속 세계는 물리칠 수 없었다.

빚을 주고 받으려는 마음,

빚을 쓰고 갚으려는 마음,

받고 싶어도 못 받는 처지,

주고 싶어도 못 주는 처지,

주고도 받지 않으려는 마음,

쓰고도 주지 않으려는 마음.

그날 밤, 그는 이러한 잡동사니 말을 자꾸만 자꾸만 외치고 있었다.

수면 부족으로 머리가 띵 울리고 아픈 편이 있었으나 순구는 이튿날 아침 일찍이 일어났던 것이다. 그는 거리로 나섰다. 그러나 마음만은 날 것 같았다. 동쪽에서 해가 솟아오른다. 그는 기지개를 펴듯 하여 새로운 공기를 힘껏 몇 번이고 들이마신 후 주머니에서 두터운 봉투를 내들고 이곳에선 서울 출입이 제일 많다는 화물 자동차 주인을 찾아갔다.

그런 후 그는 웬 까닭인지 박성달에게 돈을 받으려고 더 하지 않았다. 만나자는 마음도 없긴 하였으나 그렇게 자주 보이던 박성달이 우연히나마도 도통 대할 수 없었다.

그런 후 이춘이란 자는 길목에서 두어 번 만난 적이 있었다. 그럴 때 이춘은 어떠한 생각에서인지 순구가 느끼기엔 고개를 까딱하는 것 같았다. 순구는 이러함을 오직 묵살하고 지나친 후엔 부지중 침이 길 위로 떨어지고 만다. 하지만 자기도 만약 현재의 생활을 앞으로 지속하다간 종당엔 반드시 이춘으로 변할 것만 같다는 불안이 마음 속속들이 느껴짐을 억제하지 못하였다. 동시에 자기 자신은 이렇게 되잖게 모여지는 돈보다 차라리 고생은 할망정 늘 친구와 대할 수 있는 지난 날의 서울이 그리웠다.

얼마 후 순구는 드디어 이곳에서 또 서울로 이사하게 되었다. 그렇게까지 엄두가 나지 않고 이쪽에서 저쪽으로 옮길 때마다 언제나 우울하여 야만 되던 그때의 조바심이 지금은 어디론지 사라져버렸음을 느낄 수도 있었다. 그는 영원히 이 현재의 상태대로만 마음이 변하지 않기를 혼자 스스로 축원해마지 않았다.

이렇게 지난 며칠 후 어느 날 저녁때, 가족은 당분간 그냥 두기로 하고 조그만 가방 하나를 종업원에게 들려서 정거장으로 나갔다. 차가 오기까지 그는 역무*를 방황하며

"이곳을 아주 잊어버려야 된다."

"그렇다, 잊어버리자. 그동안의 지나던 모든 것을 깨끗이 씻어버리고 떠나자! ……."

이렇게 되는 대로 혼자 중얼거렸다.

느림뱅이 기차는 생각보다 한 시간가량이나 지난 후에 당도하였다. 그는 차창 옆에 우선 자리를 잡고, 말려도 못 들은 체 따라나온 종업원들에게 대충 인사를 하고 난 후 어서 가 일이나 보라고 짜증까지 내가면서 쫓아버린 때였다. 출찰구 쪽에서 어떤 검정 옷을 입은 사나이가 달음질을 쳐서 이쪽으로 오더니 종업원들에게 허둥지둥

"주인 양반 어느 편에?"

하면서 눈을 굴리는 것이다. 그는 분명히 순구가 한 달 동안이나 보지 못한 박성달임에 틀림없었다. 순간 순구는 놀랐다. 박성달은 순구를 발견하자

"떠나시는 것두 못 보일 뻔했어유……."

하자마자 눈물을 징징 쏟았다.

"계시는 동안 괜히 심려만 끼쳐드려서……."

* 역에서 하는 행정이나 일. 여기서는 역사를 뜻함.

하고는 두어 번 흑흑 흐느끼기까지 하는 것이었다. 순구도 공연히 마음이 심란하였다.

"부디 잘 있어. 전 일은 다 잊어버리고, 내가 너무 과하게 한 모양이니……."

이렇게 순구는 말하자 창밖으로 팔을 내밀어 그의 손을 잡고 흔들었다. 그랬더니 바로 박성달은 손을 공손히 빼고 뒤에 서 있는 종업원들에게 돈 백 원만 꿔달라고 손을 내밀었다. 그러나 종업원들은 빙긋 싱긋 웃으면서 전부 거절하니까 이번엔 도리어 박이

"이 자식들, 나를 믿지 않아도 좋다."

하고 성이 난 소리를 벌컥 지르더니 순구에게 눈이 돌려지자 처음 만날 때와 꼭같이 미안쩍은 빛을 띠었다.

순구는 주머니에서 이백 원을 내어 박성달에게 받으라 하였다. 그랬더니

"아니올시다."

하며 거절을 금세 하는 것이다. 그래도 순구는

"급한 데 있거든 갖다 쓰오. 안 받긴 왜 안 받을 게 뭐 있소. 야, 얼른 받우……."

하고는 짜증을 내듯이 주니까 그제야 박성달은 어렵게 받더니 곧장 다시 출찰구 있는 쪽으로 달렸다. 그리더니 바로 차가 떠나려는 취후의 기적이 날 때 박성달은 다시 달려왔다. 손에 쥐어진 신문지 뭉치를 순구에게 들이밀며

"가다가 심심하시거던 썹어보시지요. 뭐 마땅한 게 있어야지……."

그것은 엿이었다. 순구는 모든 것을 알아차린 느낌이었다. 눈대중으로도 지금 자기가 준 이백 원이 바로 이것이라는 것을…….

순구가 그것을 받자

"부디 잘 가서……. 저— 일천백 원은 나중에."

박성달이 말을 채 맺지 못하였을 때 기차 바퀴 밑에서 칙— 칙— 소리가 나더니 순구의 모양은 앞으로 움직였다.

순구는 잘 나오지 않는 말을 억지로 내어 박성달에게

"잘 있으오……."

하니

"네— 다음 주인 양반 오시면 인사 여쭙고 틀림없이 술 안 먹고 저금할 꺼올시다."

차가 움직이는 대로 순구를 따라가며 이렇게 소리를 크게 질렀다.

오직 알아들었다는 의미에서 고개만 끄덕끄덕하던 순구의 눈엔 박성달의 모양이 보이지 않을 정도로 안개가 자욱이 담겨 있었다.

(1949년 1월 23일)

《민성》 33호, 1949년 2월

창고 근처 사람들

1

읍내에서 삼 마장*가량 떨어졌다 할까, 역까지 가노라면 그곳을 채 못 가서 열 집 미만의 마을이 한길 왼편 쪽 전답을 끼고 가지런히 널려 있다. 역과 읍내를 왕래하는 사람들은 이편을 바라볼 때 첫째로 멀리서부터 눈에 띄는 것은 한길 반대 방향으로 전답 가운데 우뚝 솟아 있는 큼지막한 창고였고, 다음으로는 이 마을 중앙에 새로 건축한 지 얼마 되지 않은 듯한 화려한 주택이다.

처음 이런 시골에서 보는 사람들은 흔히 대개가 다른 왕래인에게 저게 누구의 집인가를 물어보아야 마음이 후련해질 만큼, 저런 집이라면 여간한 사람이 아니면 주인 노릇을 못하리란 생각들을 하고 감탄들을 할 정도의 시골로 더구나 이 고장에서는 처음으로 손을 꼽을 만한 집이었다.

그곳에서 다시 눈을 돌려 전답 뒤편을 바라볼라치면 또한 얼마 떨어

| * 거리의 단위. 오 리나 십 리가 못 되는 거리를 이른다.

지지 않아 흰 모래밭이고 그 중간을 흐르고 있는 강물, 더욱이 그 강 뒤편에 꾸불꾸불 솟은 산, 반 이상의 흰 암석과 그 사이로 낙엽송이 잠뿍 서 있는 흘낏 보아도 싱싱한 산이다. 이렇게 산수 좋은 곳에도 저만큼이나 눈이 번쩍할 집이 있으니 참 별장 지대가 그만하면 훌륭하다고 혀를 차며 다시 창고와 그 집으로 눈이 돌려진 후, 그쪽을 향해 가노라면 다음으로 또 깨달아지는 것은 비로소 그곳이 별장 지대가 아니라 일개 마을이라는 것이다.

그때는 그곳과 가까워진 후인지라 그제야 그 주택 이외에도 여러 집이 널려 있음을 알 만큼 다른 오막살이집들은 이 두 건물에 눌려 더욱 폭삭 가라앉은 것만 같았다. 그리하여 마을 안이 환히 보이도록 가깝게 되면 때가 맞으면 간간이 그 어마어마하다는 주택과 창고를 출입하는 사람들을 볼 수도 있었다.

그들 중에는 소위 일본의 국방복을 입은 두 사람과 인부 차림새의 몇 사람 또는 며칠 만에 한 번씩 가끔가다 나타나는 여자였다. 물론 이 여자는 주인의 아내였고, 인부 차림새의 몇 사람은 노낙이* 박 서방을 비롯한 그 집의 상용 인부임에 틀림없었으며, 또한 국방복으로 말하자면 청년과 중년 농촌 신사였다. 청년은 주인의 조카도 되고 비서 격도 되는 자였고, 다른 중년 농촌 신사라는 게 바로 이 창고와 주택의 진짜 주인이란 것이다.

듣는 바에 의하면 이 주인은 현재 일본이 전쟁하게 된 데서부터 생겨진 국민총력연맹**의 이 고장 참사參事***이며, 게다가 군 농회 부회장, 석유배급조합장, 읍 평의원, 생활필수품조합장, 또한 방앗간업자 통제조합

---

* 노래기의 방언. 노래기는 망나니로도 불린다.
** 1940년 10월 국민정신총동원 조선연맹을 재편성하여 발족한 친일 단체.
*** 기업체, 단체 따위에 두는 직위의 하나. 또는 그 직위에 있는 사람.

장, 또 무슨 조합장, 무슨 이사장 하여 이름을 걸어놓은 게 따지고 보면 실로 아홉 가지나 된다 한다.

그런데 이 주인은 또 몇 달 전 이래 도회의원이 되고자 맹렬히 운동을 하고 있는 중으로 더 말할 수 없는 이 고장의 대표적인 유지라 하였다. 그런데 사람들은 이 주인에 대한 칭호를 무어라고 해야 옳을는지 당황하였다. 그런 중 누구의 입에서 먼저 나왔는지는 알 수 없으나 조합장 벼슬이 제일 많다 하여 강姜이라는 성자를 붙여서 '강 조합장'이라 하자 이것이 곧 그의 칭호가 되고 말았다.

그리고 또한 이곳에 동명洞名이 따로 없었던 것만은 전쟁이 생기기 전까지 강 조합장을 비롯한 마을 사람 전체가 유감으로 생각해왔던 것이다. 원래 읍내와 너무나 가까운 데다가 호수戶數가 적어 동명을 붙이기까지는 이르지 못하고 오직 읍내의 어느 동명에 딸려 불려 적잖이 불편을 느끼고 있었는데, 전쟁이 일어나고 강 조합장의 칭호가 난 후부터는 읍내 사람들 사이에서부터 부지중 '강 조합장 마을'이란 별칭으로 고정되고 말았다. 그것은 나날이 강 조합장이 유명해지니 자연 동리 이름도 그를 따랐다. 그러므로 이렇게 부르는 사람마다 이 마을은 어딘지 신흥 기분이 나고 명랑한 것 같은 느낌을 가질 수 있었다. 이에 따라 마을 안에 있어서도 강 조합장 자신과 그 가족들을 중심으로 한 그 외의 사람들까지도 어딘지 모르는 삶에 대한 생생한 희망들을 가지고 있는가 하면, 그 반면 하루하루 지나기에 쪼들려 이러한 여염이라고는 조금도 없는 축들도 있었다.

이리하여 아침나절이 되면 이곳 사람들은 제각기 여러 가지 일로 집에서는 출동들을 하였다. 저의 일을 하는 사람, 남의 일을 해주는 품팔이 등 한동안 그들의 행동은 분망하였다. 그들 중 고정된 품팔이라면 두 여인뿐이었는데 이들은 몇 달 전 남편들이 한꺼번에 끌려간 징용으로 더불어 혼자 벌어먹고 살아야 하는 처지였다.

그런데 이 중 차순네의 모양만은 어느 때와 마찬가지로 이즈음 날마다 역시 마을 사람들에 끼어서 동구 밖에 나타났으나 입장댁의 모양은 며칠째 두고 쉽사리 외부에 나타나지 않았다. 친형제 이상으로 행동을 같이하는 차순네의 말을 들으면 입장댁은 병으로 누워 있다는 것이다. 더욱이 이틀 전에는 꼭 죽는 줄만 알았다 한다. 헛소리를 밤새도록 질렀으며 도통 잠 한숨 못 자고 고통에 못 이겨 날뛰었다 한다. 그런데 어젯밤부터는 의원이 왔다 가고 약을 먹는다 하여 그러한 극도의 상태는 어지간히 모면할 수가 있었으나 아직도 나다닐 만큼은 회복이 되지 않았다 한다.

2

"이렇게 누워 앓고 있는 것도 그이는 모를 테지. 같이 한군데 가 있다는 용동 박 서방이 죽었다는 그놈의 험악한 탄광에서 별고나 없이 지나는지, 어찌된 까닭으로 답장한 지가 한 달이 가차워가도록 일자 무소식이란 웬일일까. 아무리 무뚝뚝하기로니 그럴 수가 있단 말인가. 집에서나 한 몸 죽어 없어진대도 이러다간 어느 귀신도 모르는 고혼이 되어버릴 것이 아닌가. 어그 어그 맙소서, 이럴 때 어린아이나 년이든 놈이든 하나 있다면야 제 돌아보지 않기로니 내 서러울 배 없을 것을……

나한테 대인다면 차순 어머니는 얼마나 팔자가 좋은가. 그래도 마음에 붙일 곳 있는 차순이가 있겠다, 또한 다정하고 더욱이 남에게까지 후덕한 마음씨 가진 남편이 있지 않은가. 그런 데다 한 달에 적어도 세 번씩 꼭꼭 하는 편지가 오늘 또 하나 왔으니 이달 들어 벌써 두 번이나 온 셈이다. 아작 차순 어머니는 일하러 나간 동안에 온 것이라 보지 않았지만······.

어쨌든 차순 아버지는 보통 사람이 아니다. 아내에게 그만치 하는 사나이가 어디 있으랴. 아마 우리 집 그이는 무슨 꼬단*이 있는가봐. 사내들이 전쟁터에 나가느라 그 일본엔 젊은 여자들의 날과부가 많이 있다는데 사나이들 마음속을 누가 알랴, 어떤 년에게 빠져 정신 못 차리고 있는지도 모를 배 없지 않은가? ······. 그렇다면 이 꼴 이 팔자를 어이해야 된단 말인고, 열흘이 가까웁게 앓는 동안 조석 끼니도 없어서 벌써 사흘째 두고 차순네에게 신세를 지고 있는 이런 나를 배반하고 딴 계집을 둔다면 어이 하늘이 무심할소냐.

너덧 달 전, 보리가 한창 팰 무렵, 기차 정거장에서 이를 깨물며 참으려든 눈물이 제절로 펑펑 솟아나오던 이 눈에 그이의 눈에도 자기와 같은 눈물이 감돌고 있음이 확실히 비치었다. 그때 말한 것이 있다. 내가 돌아올 때까지 부디 몸만 성히 잘 있어. 그러면 내 돈 벌어가지고 올 터이니······. 하던 말이 있지 않은가. 아냐 아냐, 그러려니 생각하는 내년이 잘못이지. 십여 년이나 같이 살아온 그이의 마음을 내 몰르랴. 미친년의 생각이지 왜 그이를 내가 원망하랴. 하늘이 두 쪼각이 난대도 변치 않을 그의 심지를 내가 몰르고 지나오다니 몸에 병이 나고 보면 아마 마음도 변하나봐······.

그렇다면 왜 편지가 안 온단 말인가. 일이 하도 데서 사이가 없는가. 그보다 어디 잘못하다 다치지나 않었나. 용동 박 서방같이 그리 죽지나 않었나. 아니 아니, 내년이 어쨌든 망칙한 년이야. 생각할 게 없어 그런 진저리 날 사나운 생각을 하다니······. 잘 있을 테지. 그렇지! 일에 너머나 시달려 편지까지는 할 사이가 없는 것이겠지······."

| *사정.

병석이랄 것도 없었다. 모기가 찾아들기 시작하는 토방 낡은 자리 위에 입장댁은 혼자 드러누워 있는 채 캄캄한 천장 쪽을 바라보며 이러한 생각으로 혼자 마음을 졸이고 있다가 불길한 예측을 물리치기 위해서 반듯이 두었던 머리를 문 열린 바깥쪽으로 돌렸다. 머리를 움직인 탓인지 조금 아픔이 가라앉은 줄 알았던 골이 약간 좌우로 울림과 함께 어지러웠다. 그래도 요 며칠 전보다는 어지간히 나은 것 같다. 꼭 죽는 줄만 알았다. 전에 없던 무슨 뭉치인지 가슴 숨복통* 있는 데를 사뭇 찌르고 머리가 돌고 패였었다. 그리고 사지가 마디마디 끊어져버리는 것같이 쑤셔서 며칠 밤을 햇뜩햇뜩 새우며 고통을 치렀다.

그러던 중 어제 저녁나절 차순네가 의원을 데려와서 맥을 짚고 약 두 첩을 오늘 아침까지 먹고 나니 점심때가 지나고부터는 어지간히 정신을 찾을 수 있었다. 생후 삼십이 넘도록 약이라고는 먹어본 일이 없었다. 가끔가다 앓기는 하였지만 정 죽겠어야 드러눕기밖에 하지 않았다. 그러노라면 자연히 보통 때로 돌아올 수가 있었던 것인데, 이번엔 어찌된 셈인지 그렇지를 못했다. 지금 다시 생각해도 꼭 죽는 줄만 알았다. 그 약이 아니었으면 지금쯤 죽게 되어 턱을 까불며 게거품을 흘리고 있었는지도 모를 일이다. 온몸에 소름이 끼친다.

그 약이 참 신효한 것이긴 했다. 그러기 때문에 사람이 무르면 약을 먹는 것이라고, 자기도 이제부터는 적어도 남편이 돌아올 때까지는 약을 먹으리라 생각하였다. 남편 온 후에야 죽어도 그만이다. 서러워해줄 사람도 없는 외로운 자기가 죽어 없어진다면 어떡하나 하는 무서움이 들었기 때문이었다. 날마다 약이 떨어질 사이 없이 지어다들 먹는 이웃 강 조합장 집같이 그저 뜨끔만 하면 지어다 먹을 수밖에 없는 일이었다.

| * 명치.

그러나 다음, 입장댁은 참말 병으로 쓴 입맛을 몇 번이고 상을 찡그리며 다시었다. 그들 처지와, 내 처지가 같으냐는 생각이 그즉 들어서였다. 그러자 입장댁은 차순네가 생각되었다. 친형제간보다 더 다정히 자기에게 대하는 차순네에 그 은혜를 언제 다 갚아야 한단 말인가. 그 내외는 참 하느님이 아마 중매한 것이지 어찌 그렇게 친남매 이상으로 똑같이 만났을까. 뭐니 뭐니 해도 차순네 아니었으면 이번에 내가 어찌되었을 건가. 남의 삯일을 하면서도 틈틈이 들러주었고 의원이며 약을 먹게 한 것도 전부가 차순네의 힘이었으며, 오늘 저녁나절만 해도 차순이를 데리고 일하러 갔으니 안 들러도 무방하련만 또 들렀기에 쌀밥이 먹고 싶다 하였더니 어디 강 조합장 집에 가서 말해보겠다고까지 않았던가……

　지금에 있어서는 얼른 한시바삐 일어나서 일을 하게 되어야 차순네에게 조금이라도 미안함을 덜 텐데 하는 마음뿐이었다. 이 생각은 아까 차순네가 다녀간 직후에도 한 적이 있었다. 그래서 해가 서산으로 넘어갈 얼마 전에 몸을 간신히 꼬아가며 남편을 기다리고 있는 지게 작대기에 의지해서 시험 삼아 강 조합장네 창고 있는 곳까지 갔다 왔던 것이다. 그러나 도무지 내일이 지난대도 마음대로 행동하기는 어려울 것만 같았다. 지금도 역시 마찬가지이지만 속이 사뭇 쓰리고 달아오르는 데는 어찌할 도리가 없다.

　그러자 불현듯 의원의 병세에 대한 말이 생각되었다. 첫째 먹는 것이 부족한 탓으로 생긴 허기와 너무나 힘에 부치는 일을 삼가지 않은 데서 몸살이 생겼던 데다가 화까지 합했다는 것이다. 의원의 말이 옳기는 하였다. 들피증*이 이번 병에 첫째의 원인이라 할 수 있었다. 날마다 감자만 먹다시피 하는 자기였다. 그러니 지금이라도 근래에 구경도 못하던

---

* 굶주려서 몸이 여위고 쇠약해지는 일.

그 쌀밥만 먹는다면 오늘 밤 사이에는 확실히 힘이 날 것만 같았다.

이러한 생각을 하여 그런지 이와 동시에 입장댁은 갑자기 뱃속이 근질근질하여짐을 느끼는 것과 함께 역시 배 안에서 꼬르륵 꾸르륵 하는 소리가 귀에 들리자 며칠째 잊어버리다시피 한 식욕이 일시에 일어남을 물리칠 수 없었다. 어째 차순네가 그저 돌아오지 않을까, 그윽이 고대되었다. 일을 다 마치고 강 조합장 집엘 들를 터이니 지금쯤 그곳에서 한창 말하는 중일 것이다. 그렇지만 이렇게까지 늦도록 오지 않음은 이상한 일이었다. 차순네가 다른 데서 중간참* 하지는 않을 것이다. 그 성미로 보아 내가 이렇게 자기를 기다리고 있음을 아는 이상 될 수 있는 한 빨리 올 것에 틀림없었다.

"웬일일까? ……."

입장댁은 불안한 마음으로 달빛을 통해 사립문 쪽을 바라보며 연방 솟아나는 땀을 맨손으로 씻으면서 차순네의 모양이 얼른 나타나기를 또한 고대하는 것이었다.

3

윤달 든 칠월도 지나 열흘 후면 추석이 돌아올 선선해질 때이언만 하늘 중턱에서 동쪽으로 동쪽으로 밀리는 구름을 벗어날 때마다 나타나는 달빛은 아직도 그 희지 못한 사뭇 누런 빛깔을 쏟는다. 읍에서 불과 일 마장이 채 떨어지지 않은 이 마을이긴 하였으나 촌과 조금도 다를 게 없는 한적한 곳이었다. 물논에서 울어야 할 개구리들은 못도 없는데 강가

| * 일을 하다가 잠시 쉬는 동안이나 끼니때가 되었을 때에 먹는 음식.

에서인지 게걸대었고 간간이 반딧불이도 날았다. 근래에 처음 겪는 늦더위는 언제나 가시려는지 사람들의 손에는 아직도 때 묻은 부채가 쥐어 있었다. 맞지 않은 이 더위에 사람들은 이것도 무슨 전쟁에 대한 천지의 변괴가 아닌가 하는 의혹들을 품기까지 하였다.

차순네가 어린아이를 업고 헐레벌떡 집 사립문을 들어섰을 때는 온몸에 땀이 함빡 흘렀다. 그에겐 오늘따라 더욱 더위가 심해진 것만 같았다.

"원 날도 참, 망칙해라……. 이렇게 더울 수 있나. 비가 올라고 덥기나 하지 말었으면 좋으련만……."

혼잣말로 비 오는 날의 일할 것을 걱정하는 중에서 이렇게 중얼대며 곧장 입장댁 방으로 행하였다.

"아, 이제 오나?"

기다린 지 불과 얼마 지나지 않았건만 하도 오랜 사이가 지난 것만 같이 자신도 모르게 앉아 있던 입장댁은 차순네의 모양을 발견하자 기쁨과 원망을 합친 태도로 이렇게 외쳤다.

"응, 일어나 앉았군! 그래 좀 정신이 도는 것 같어?"

차순네는 입장댁이 묻는 말은 들었는지, 우선 누워 있을 줄만 알았던 입장댁이 앉은 게 허턱 즐거워 대답 대신 도리어 이렇게 묻는 것이었다. 이때, 입장댁은 바로 전 차순네에게 자기의 한 말은 잊은 듯

"아이그, 참 이번에 댁 아니었드면 어느 지경 갔을는지……. 그 약을 두 첩이나 먹고 나서부터는 행결 마음이 가벼워진 것 같구면……."

하였다.

"그래야지, 어서 아주 나야 할 터인데……."

하고 차순네는 말하자 봉당에 깔려 있는 가마니 위에다 잠이 한창 든 어린아이를 내려 눕히고 자기도 그 옆에 털썩 앉았다.

"그래 오늘은 뉘 일했어?"

"박 서방네……."

"박 서방네 일한 지가 몇 일째 됐지?"

"이제 사흘 한 셈이지."

하는 차순네의 말을 듣고 있는 입장댁은 전부터 자기가 고대해오던 그 쌀에 대하여 마음속으로 어찌된 경과를 얼른 알고 싶었으나, 차마 입 밖으로는 내지 못하고 자기도 능히 짐작할 수 있는 이러한 의미 없는 말을 하였다. 그러나 눈만은 차순네가 앉은 주위를 살피며 혹시 어두운 데 어느 편에 그게 들어 있는 듯한 것이 놓여 있지 않은가 하고 살피기를 그치지 않았다. 이럴 줄 알았더라면 아까 그 환히 비치는 달빛 속으로 사립문을 차순네가 들어설 때 왜 똑바로 살피지 않았던가 하는 뉘우침까지 생겼다.

그러나 지금 생각하여 보아도 자기의 눈이 그것을 살피지 않았던 것이라고는 생각할 수 없었다. 보기는 보았지만 차순이를 업었드니만큼 그의 두 손이 뒤로 돌려진 까닭에 있는지 없는지를 몰랐고 그러자 봉당에 올라선 후에도 역시 자기 편으로 앞을 두어 어린것을 내렸으니 알리가 없었다. 그렇지만 지금 아무리 그 근처를 뚫어지게 살펴보아도 그런 것이라고는 좀체 눈에 띄지 않았다. 봉당에 달빛이 안 들어온다 하더라도 어느 정도 희미하긴 하였다. 제아무리 검정 보자기나 그릇이라 할지라도 이만치나 눈을 쏘아보면 있기만 하다면 안 보일 리가 만무했다. 그러자 필경 틀렸구나 하는 생각이 들자 입장댁은 실망과 함께 그래도 하는 마음이 생겨

"이리 늦도록까지 일을 하였구먼?"

하고 속으로 차순네가 할 다음 말에 그윽이 귀를 기울이며 이렇게 말을 하는 것이었다.

"아이, 참 저녁이 넘어 늦어서 배가 고플 텐데……. 그런데 입맛이

없어 뭘 먹는담……."

차순네는 혼잣말같이 이렇게 외치며

"헐 수 있나 감자나 또 썹어보는 게지……."

하더니 자리에서 일어선다. 그러더니 곧장 바로 옆에 붙은 자기네 집으로 달려갔다.

그동안 입장댁은 이러한 차순네의 태도에, 자기가 여태 바라고 있던 게 허사로 돌아갔음을 깨닫지 않을 수 없었다. 이에 따라 지금까지 지니고 있던 희망이 일시에 낙담으로 변함과 함께 더욱 참지 못할 식욕이 무섭게도 온 창자를 휩쓸었다. 자신도 모르는 사이 양옆 두 손이 저절로 배를 몇 번이고 누르곤 하였다. 그러자 다음 그는 아마도 아까 자기가 먹고 싶다는 말을 하였을 때 구해보겠노라 하던 차순네가 그 약속을 잊어버리고 만 것이나 아닐까 여겨지기도 하였다.

자기 집으로 달려갔던 차순네는 바로 돌아왔다. 그동안 입장댁이 그렇게 먹으려던 쌀이 융통되지 않은 데 대하여 뭐라 위안할 것인가를 생각해 보았던 것이다. 그러나 묘책이라고는 어느 한 가지 떠오르지 않았다.

다시 봉당에 올라서자 한 손에 들고 있는 아침에 먹다 남은 삶은 감자가 담겨 있는 바가지를 입장댁 앞에 놓으며 미안스러운 어조로

"세상 인심도 갈수록 험악해만 가니, 원 쌀 한 옴큼 꾸기도 안 되는 군!"

하며 어둠에 쌓인 입장댁 쪽을 바라보았다.

"……."

"구미는 없을 테지만 억지로래도 조곰 하지."

"어여 차순 어머니나 먹어!"

입장댁의 말이었다. 지금 그의 마음속은 파도를 이루었다. 그렇게까지 초조롭게 바라던 것에 대한 결정적인 절망과 아울러 누구에게도 호소

할 수 없는 분개가 전신을 요동시키고 말았다. 그런 중에도 자기 일로 하여 이렇게 어둡도록 노력해준 차순네에게 인사말이라도 하여 이 복받침을 한시바삐 진정시키려는 것을 생각하지 못한 것도 아니었으나, 그보다 강 조합장 집이 과연 그렇게도 몰인정한가 하는 의혹이 먼저 앞을 가려 그러함을 억누르는데 자신이나마 어찌할 바를 분간키 어려울 만큼 분함을 주체하지 못하였다. 아무리 제 욕심만을 채우려는 귀신같은 집이기로니 그럴 수가 있단 말인가. 자기가 지금 이렇게 죽게 된 것도 이게 다 뉘로 인해 이 모양 이 꼴로 되었는지 저희 연놈들도 사람의 탈을 썼다면 짐작이나 할 것이거늘 그렇게까지 갈가지* 노릇을 하다니, 우리 집 그이가 뉘로 인해 중용에 뽑혀 갔단 말인가.

우리 집만도 아니었다. 이 차순 아버지도 그놈으로 인하여 간 것이 아닌가. 그 연놈의 조카라는 건달과 저희들 일꾼인 노낙이 박가인지 무엇인지가 한몫 모가지를 얽히었을 때 그놈의 강 조합장은 그들 대신 한시나마 없으면 안 될 자기네 두 사람을 읍사무소 직원 놈들과 짜고 생목**을 얽어 보내지 않았던가. 이것을 내 모를 배 아니며 저희들도 혼이 빠지지 않았다면 잊을 리 없거늘 오늘에 와서 나에게 그렇게까지 한다? 더구나 나같이 된 차순네가 갔는데도…….

그래도 난 이제까지 그것들을 원수로는 생각해오지 않았다. 그야, 일본으로 끌려간 전후에는 그렇지도 않았지만 시일이 지날수록 이것도 다 우리네 팔자로만 돌려왔던 것이다. 그런데 이게 웬일인가, 참말 이 원한을 어떻게 풀어야 옳단 말이냐. 두 번 아니라 불 속에 뛰어들어 내 몸이 손톱 하나 안 남게 타버려 죽는 한이 있기로서니 이 원수들을 잊는다면 내년이 아니로다. 배가 고픈 게 다 무엇이랴…….

* '범의 새끼' 방언.
** 산사람.

입장댁은 사실 여태 지니고 있던 그 불길 같은 식욕도 어디론지 사라지고 오직 기가 탁 막혀 심장이 터져버리는 것만 같았다. 지금 그 여자로서는 자기 생각 이외에는 다른 아무것도 없었다. 이때 차순네는 입장댁의 얼굴 모양은 보이지 않았으나 갑자기 높아진 그의 험한 숨소리를 들을 수 있었을 무렵 별안간

"그래 대관절 년놈들이 무어라 말을 하며 떼이든가?"

하고 물었다. 직접 강 조합장 집 식구에게나 대하는 것 같은 흥분된 어조 바로 그대로다.

"읍의 손들을 청해놓고도 지금 쌀이 없어서 어떻게 할지 근심이 되어 속이 타는 형편이라고 엉크럭*을 쓰는데……."

"그래서?"

역시 퉁명스러운 말씨로 재차 이렇게 물었다. 입장댁의 이러한 언변에 차순네는 어안이 벙벙하였다. 자기가 잘못이나 한 것같이 대하는 그 여자의 마음속을 몰랐다. 따라서 차순네도 일종의 불안을 느끼며

"그래서는 멀 그래서야, 그쪽에서 그렇게 나서는 데야 낸들 어떻게 할 수 없는 노릇이니 그냥 한참 앉았다 왔지."

"왜 없다는 거야?"

"누가 알어, 왜 없다는지."

차순네도 점점 말씨가 좋지 못하게 날카로워졌다.

그러나 입장댁은 차순네의 이러한 태도에 조금도 관심이 없는 듯 더욱 날카로운 음성으로

"아, 그놈의 창고 안에 쌀이 막 허트러져 있는데도?"

한다.

| * 잘 안 될 일을 무리하게 기어이 해내려는 고집.

저녁나절 자기가 창고 있는 데까지 갔었을 때 본, 밑바닥으로 통하여진 수챗구멍 같은 지난 장마 때 헐어진 구멍이 생각되었다. 그 구멍을 가시덤불로 막았는데도 조금 드러난 틈을 이용하여 까마귀 두 마리가 들락날락하며 무엇을 한참 쪼아 먹는 것을 보았었다. 그리하여 그곳으로 가 보았더니 흐트러진 것은 눈이 부실 정도의 백옥 같은 쌀이 반 옴큼가량 널려 있었다. 까마귀가 잔치를 하도록 쌀이 밖에까지 나와 있을 때야 그 안에는 얼마나 있을 것이냔 말이다. 생각하니 더욱 울분이 끓어오름을 물리칠 수 없어

"창고 밑바닥이 구멍으로 쌀이 밖에까지 나오는데, 그래도 없다 소리를 하나?"

이러한 입장댁의 태도에 차순네는 차순네대로 그만 자기도 모르는 사이 성이 벌컥 치밀어 올라

"그러니 어쩌란 말야. 쌀 안 준다고 창고에 있는 쌀을 훔쳐오란 말인가 어떡하란 말야……."

하였다. 너무나 야속스러웠다. 무엇 때문에 힘쓸 것 다 쓰고 이렇게 꾸지람을 당해야 하나 하는 것이었다. 자기가 쌀이 없다고 거절한 것같이 드러내다니 두 번 생각하여 보아도 맹랑한 일이었다. 그리하여 차순네는

"내가 있는 쌀을 거절한 것같이 야단이 무슨 야단이야. 이 밖에 더 어떡하란 말이야? ……."

하고 입장댁과 같은 억센 음성으로 드러내다시피 말하였다. 이 소리에 입장댁도 불시에 본정신이 들었다. 그러자 여태 자기가 마주 언성을 높인 데 대하여 후회를 하고

"글쎄 그런 게 아니라……."

하며 그제야 작은 소리로 말을 가다듬어 하려는데

"그런 게 아니라 어쨌단 말이야. 이제 가다가는 별꼴을 다 겪는구면……."

하고 차순네가 말을 가로막자 입장댁은 더욱 당황하지 않을 수 없었다. 그래서 또

"내가 말한 게 그런 게 아니라……."

하는 중

"그런 게 아니라 뭣이 어쨌단 말이야? 다 내 팔자를 기괴하게 타고난 탓이지, 쯧쯧."

차순네는 이렇게 또 말을 막으며 자리에서 벌떡 일어서고 말았다. 사람이란 이러한 것일까, 자기는 성의껏 하노라 애썼는데도 불구하고 지금 와서는 도리어 이렇게 억지를 받아야 함이 웬일일까, 생각만 해도 한심스러웠다.

입장댁도 이런 자리에서 어떻게 하여야 좋을는지 몰라 잠시 아무 말이 없을 때 일어났던 차순네는 자고 있는 어린것을 안았다.

"왜 갈라구?"

"……."

차순네는 아무 대답도 하지 않고 뜰을 내려설 때 등 뒤에서 입장댁의

"아이, 참 잊었었군……. 내년 좀 보아, 여, 여기 서방님한테서 편지 온 것……. 내참, 깜박 잊었군……."

함과 몇 번 부스럭거리는 소리가 나더니

"야, 여 있어."

한다. 차순네는 귀가 번쩍 달아올라 기쁨에 사무쳤으나 한편 또 분이 번쩍 치밀었다. 그 편지가 어떤 것이라고 날마다 그렇게 기다리고 있음을 뻔히 알면서도, 이렇게 밤늦게까지 그 말을 않고 있음은 무슨 심사로선가 하는 의심과 더불어 입장댁이 손을 내밀고 있는 쪽으로 눈을 쏘아

노려보았다. 그러나 달빛이 아무리 밝다 해도 입장댁은 그러함을 깨닫지 못하고

"여태 것은 내 전부 잘못했으니 용서하고 잘 계신가 여기서 읽어 좀 보지……"

하였다. 하지만 차순네는 또 차순네대로 다시 봉당으로 올라서 그것을 뺏다시피 받아 쥐고는 아무 말도 없이 그냥 다시 마당으로 내려서더니 걸음을 빨리하여 자기네 집으로 발길을 옮겨놓았다. 그는 입장댁에 대한 분노와 편지에 대한 기쁨으로 마음이 날뛰었다.

4

차순네는 자기 집으로 들어가자 어린아이를 누이기가 바쁘게 쓰다 남은 초잔등을 찾아 방에 불을 달아놓고 남편, 그립던 남편에게서 온 편지를 보기 시작하였다. 한 번 보고 난 후 또 한 번 읽었다. 한 번은 속으로 가만히 읽고 또 한 번은 소리를 작게 내어가며 읽기도 하였다. 그리고 불현듯 만나보고 싶은 충동에서 눈물도 흘려보았다.

남편이 첫째 아무 별고 없이 몸 성히 지낸다는데 왜 내가 이렇게 눈물을 흘리는 것일까 생각도 하여 보았다. 계집이 울면 집안의 복록을 줄인다는데 하는 생각도 들었다. 그러나 이렇게 혼자서 우는 것도 공연히 좋았다. 그러자 눈물을 또다시 흘려보고는 웃음까지 띠며 드러누운 채 초야 닳아 없어지건 말건 거물거물 춤추는 천장을 바라보는 것이다.

그런 중 불현듯 입장댁이 생각났다. 이와 동시에 차순네는 머리 옆에 놓여 있는 편지를 또 들여다보고 중간서부터 다시 읽어보는 것이다.

'……그저 내가 돌아갈 동안만은 고생할 작정하시오. 이리 된 것도

생각하면 우리네들이 타고날 때부터 정해놓여진 운이니까, 이렇게만 알고 그저 꾹 참고 몸이나 성하게 잘 있으오. 한평생 고생만 하라는 마련은 없을 터이니까……. 그리고 사는 데 대하야 불편한 게 있으면 강 조합장에게 의론하면 잘 처리해줄 것이니 잊지 말고 그리하시오. 내가 이곳에 떠나올 때 강 조합장 말한 것이 있소. 무어든 내가 다 보살펴줄 터이니 안심하고 잘 가라는 말이 있었소. 그건 그렇고 옆집 입장댁은 어떻게 지내시오? 곳은 갈려 있다 하지만 조 서방(입장댁의 남편)은 전부터 나와 친형제간 못지않게 지난 터이고 또한 한날한시에 그곳을 떠나게 되어 나와 같은 경우에 놓여졌으니 입장댁 역시 당신과 사정이 같은 사람이오. 그러니 부디 둘이서 친형제같이 다정하게 서로 도와가며 잘 지내시오…….'

차순네는 예까지 읽고 나서 다시 한 번 또 연달아 읽었다. 그러자 아까 입장댁과 자기의 한 일이 다시금 또 떠올랐다. 가만히 생각하면 할수록 자기가 너무 경솔하였던 것만은 확실하였다. 왜 그렇게 내가 그런 태도를 취하였을까. 지금에 와서는 도리어 입장댁을 대면할 낯도 서지 않았다. 그 며칠째 두고 날마다 밤을 새워가며 앓고 난, 아직도 제정신으로 돌기 전인 입장댁의 말이 아무리 거슬린다 하더라도 성한 자기로서 병후의 쇠약해진 그 여자에게 그렇게 한 것은 지나친 행동이 아니고 무엇이냐 싶었다.

입장댁으로 말하자면 그런 말이 당연히 나와야 할 것이 아닌가. 초면부지의 사이에서도 병으로 쌀을 돌려달래서 거절하였을 때 욕설을 퍼붓는다 해도 틀린 일이 아니거늘 하물며 편지에도 쓰여 있다시피 강 조합장 집과, 우리들 간에서 이렇게 된 바에야 입장댁이 아무런 말도 없이 그냥 덤덤히 있다면 그걸 사람이라 할 수 있을까. 그것은 참말 입장댁으로서 하지 않으면 안 될 마땅한 것에 틀림이 없지 않은가.

입장댁만이 아니다. 내년이란 인물은 비위 가진 사람년도 못 되는 천치이지, 낸들 입장댁과 같은 처지에 있지 않은가. 다 같이 강 조합장 때문에 남편들을 일본으로 빼앗기고 오늘 거절당한 것만도 내가 중간에서 청한 것이니 둘이 다 천대받은 것이 아니었든가. 그런데 왜 나는 가만히 있었는가. 도리어 입장댁을 미워하기까지 하였으니 내년이 사람년이랄 수 있으랴. 지금쯤 입장댁은 얼마나 외로움에 쌓여 있으며 또 얼마나 나를 원망하고 있을 것인가……

이런 복잡한 생각에 잠겨 있던 차순네는 아까 일에 대한 후회와 자기를 미워하며 혀를 몇 번이나 끌끌 차고는 밖으로 나왔다. 지금 차순네는 다시 입장댁의 집으로 가는 것이었다. 그리하여 사립문을 들어섰을 때 방 안에서 누워 있으려니 하던 입장댁이 의외로 마당 한가운데서 깔린 거적 위에 앉아 달 있는 쪽을 하염없이 바라보고 있음을 알 수 있었다.

"왜 그저 아니 자!"

등 뒤로 가서 이렇게 차순네가 말할 때에서야 입장댁은 놀란 듯이

"응? 누구여?"

하며 뒤를 돌아보았다.

"나여……"

"난 누구라구, 왜 그저 아니 자고 또 왔어?"

반가운 중에도 어색스러운 듯 나직이 말한다.

"그저 오고 싶어서……"

차순네도 어쩐지 말이 잘 나오지 않았다.

"그래 서방님 안녕하시대여?"

"응. 잘 있다는구먼……. 댁 안부까지 물었든데……"

차순네는 자기가 나중에 두 번이나 거듭 더 보던 남편의 편지 내용이 또 생각났다. 이에 뭐라 입장댁에게 사과를 할는지 오직 어색스럽기만

하였다.

"안녕하시다니 다행이군! 내 안부까지 하여 주시니 이렇게 고마울 데가 어디 있나……."

하고는

"왜 앉지 않고 서 있어? 야, 이쪽으로 앉어!"

한다. 차순네도 그제야 가리키는 곳에 앉으며

"아까는 퍽 섭섭하였지? 앓고 일어난 것도 모르고 심술을 부려서……."

하였다.

"원, 별말을 다 하는군. 내 잘못이지. 난 되려 어떻게 사죄를 할까 하고 지금 생각하던 참인데. 공연히 조합장 집에 대한 분함을 참지 못하고 떠든다는 게 해놓고 보니 댁에게 쏘은 것같이 고만 되어버렸구먼……. 참 너머나 미안해여, 잘 생각해주기만 바래여……."

"잘못은 다 나에게 있지. 댁이 나에게 욕한 것도 아니오, 강 조합장네에게 하는 말에 그것을 모른 게 내가 천치이지……."

"아마 병을 앓고 나면 마음도 보통 때와는 달러지는 모양이지?"

"그렇지도 않지. 나도 혼자 집에서 가만히 생각해보니까 그게 옳은 일이여. 무어 안 할 말 했나?"

"그런데 차순 어머니, 저녁 안 먹어 어떻게 할라고……."

"난 먹고 싶지 않지만 참 병후에 아무것도 먹지 않어 어떻거나?"

"난 아시부터 먹고 싶지 않었지만 나로 해서 감자나마 먹지를 안 해서 내일 어떻게 일 나갈라고 그려?"

"뭐—, 난 원래 생생하니까 괜찮지만 댁 때문에 큰일 났는데……."

"그러나 저러나 난 상관 말고 저기 감자 그릇 갖다가 어여 먹어!"

"아니, 난 괜찮은데. 배고프지?"

"글쎄……. 참, 고프잖어?"

"글쎄……."

차순네는 이리하여 방문턱에 그저 한모양으로 놓여 있는 감자 그릇을 가져왔다. 그리하여 한 알을 집어 입장댁을 주었다. 입장댁도 그것을 받자 자기도 한 알 집어 차순네의 손에 놓는다. 그들은 아무 말 없이 먹는다. 오직 "쩝쩝!" 씹는 소리만이 주위의 고요함을 깨뜨렸다.

조금 뒤, 무엇을 생각하였는지

"내 나이 댁보다 한 살만 적었드래도 아니 하로만 늦게 났더라면 의형제나 맺자고나 할껄……."

하고 입장댁이 입을 열었다.

"친형제라고 여기어도 허물될 게 없을 터에, 나도 그런 생각이 전부터 있었는데 말이 났으니, 지금부터 내 댁더러 형님이라 할께."

차순네는 기뻐하며 이렇게 말하였다.

입장댁도 차순네의 이런 다정한 태도에 감격하였다. 이와 동시에 그들은 여태 겪지 못한 숨어 있던 힘이 둘 사이에 용솟음쳐 우러나옴을 금치 못했다. 이리하여 얼마 지나지 않은 후에는 그들은 함께 이제까지의 모든 울적함을 벗어나 오직 새로운 기분에 젖었다.

"참 그놈의 강 조합장네를 생각하면 자다가도 기가 막힐 일이여……."

입장댁의 말이다.

"든까지, 짐승 같은 것들 생각하면 뭘하나. 우리도 언제 잘살 때가 있을 테지……."

차순네가 또 남편의 편지를 생각하며 이렇게 말하였다.

"그리고도 나중에 죄 안 받을까?"

"죄 안 받는다면 하느님이 무심하지."

"글쎄 그 흔청만청 처들 백이는* 쌀 한 옴큼이 무엇이길래, 약도 외상 주는 터에 아주 떠먹는다는 것도 아니고, 나중에 일이라도 해주고 갚을 터인데 까마귀 잔치까지 열게 하면서 그럴 수가 있단 말인가⋯⋯."

"까마귀 잔치라니?"

"왜, 창고에서 말이야⋯⋯."

"응, 난 뭣이라구. 그것들 보기에 우리가 까마귀만이나 한가? 호호호호⋯⋯."

차순네는 자기도 놀라울 만치 날카로운 소리로 웃기까지 하였다.

"누가 아니래여, 참 기가 치일 노릇이지, 호호호⋯⋯."

입장댁도 웃었다.

그들은 잠시 잠잠하였다.

이윽고 차순네는

"퍽 시장하지?"

한다.

"응!"

입장댁은 자신도 모르게 부지중 이렇게 말이 튀어나오자 자기의 너무나 솔직한 답변을 묵살하려는지

"자네는?"

하고 되처 물었다.

"응! 나도⋯⋯."

하자 차순네는 이어

"왜 감자 안 잡수셨어! 뭐? 이것 봐! 내가 다 먹어치웠나베! 이를⋯⋯."

| * 홍청망청 여럿이 먹는다는 뜻의 비속어.

하며 놀란다.

"난 먹고 싶지 않았어. 먹고 싶으면 내대로 집어 먹었게……."

"그래도 시장하다면서?"

"감자라……."

입장댁 역시 무의식중에 나온 이 말을 듣자 차순네는 잠잠히 있었다. 이때, 그 여자 머리엔 아까 입장댁이 말하여 자기가 웃었던 창고가 떠올랐다. 까마귀 이야기가 생각났다. 밑바닥으로 뚫려 있는 허물어진 구멍! 지난 장마에 헐어졌을 때 무심히 보았던 그것이 눈앞에 떠올랐다. 그 다음은 쌀, 그리고 비열한 강 조합장, 그의 식구들……. 또한 입장댁 등등, 한순간에 이러한 여러 그림자가 머리를 사뭇 어지럽게 하였다.

이윽고 차순네에겐 자기도 예상치 못하던 어떠한 힘이 솟아올랐다. 그와 동시에 입장댁을 쳐다보았다. 달빛에 더욱 해쓱한 얼굴이 언제부터인지 자기를 이상히도 바늘 같은 눈초리로 쏘아보고 있다. 차순네는 자신도 모르게 몸을 부르르 떨었다. 용솟음쳐 나오는, 그러나 주체할 수 없을 만큼 자기를 무서워지게 하는 어떤 힘을 억제할 수 없었다.

5

얼마 후 그들이 사립문을 나란히 나섰을 때, 어느 틈엔가 입장댁 손에는 자루와 바가지가 쥐어 있었다. 그리고 자루가 쥐어진 손에는 성냥도 한몫 끼어 있었다.

"닭이 울었든가?"

문을 나서자 차순네의 나직막하고도 침착한 말이다.

"아직 안 울었을걸!"

"어쨌든 잠은 전부 들었을 테지?"

"밤이 자정가량 된 것은 틀림없을 거여……."

초저녁 하늘 중턱에 있던 달은 그동안 어느 틈엔가 서쪽으로 반은 기울어져 역시 동쪽으로 동쪽으로 밀리는 구름을 헤치며 벗어나고 있었다. 몇 집 안 되는 동리 안은 더욱 밤이 깊어진 듯 멀리서나마 개 짖는 소리 한 마디 들려오지 않는다. 오직 있다면 은은히 들려오는 강물 소리와 철에 맞지 않는 힘없는 개구리와 어서 제철이 닥쳐오기를 고대하는 풀벌레 소리, 그리고는 조심스럽게 마을 뒷길을 걷고 있는 두 여인의 발자취 소리라 할까…….

처음 집을 나설 때 중턱 이상만이 보이던 창고가 어느덧 동리를 여인들이 벗어났을 때는 그 높다랗고 커다란 우중충한 모양이 바로 눈앞에 나타났다. 그러나 그들은 정면으로 통한 길로는 접어들지 않았다. 앞쪽으로라도 밭을 지나야 하였지만, 그 대신 그들은 논두렁을 끼고 될 수 있는 한 길을 멀리 잡아 창고를 옆으로 지나놓고도 더욱 강 있는 쪽으로 걸어갔다.

이리하여 얼마 동안 지난 후 나루터까지 왔을 때 차순네는

"여기가 바로 뒤편이니까 이제부터 곧장 가기로 하지……."

한다.

"옳지. 그것이 뒤에 있으니까 그래야지……."

입장댁의 대답이다.

그들은 등 뒤편에서 아까보다 더욱 확실하게 들려오는 강물 소리에 발을 떼어놓기가 전보다는 수월하였다. 다시 논길로 접어들었다. 창고까지는 이제 바로 중턱이었다.

이때 그들 중에서는

"왜 이렇게 별안간 추어졌을까? ……."

하는 말이 새어나왔다.

"지금 가을로 변하는 게지."

이런 말도 하였다.

그런 후로는 다시는 더 아무 말도 없었다.

조금 뒤, 그들은 바로 앞에 쌓여 있는 가시덤불을 옆으로 치우기 시작하였다. 바로 이것만 치우면 그만이다. 두 여인의 손은 자기들도 알지 못하게 저절로 생각과는 달리 허황되게 움직였다. 연방 가시에 찔려 화끈거리는 그 손이언만 얼마 지나지 않은 후에는 구멍이 나타남과 함께 가시덤불의 자취는 옆쪽으로 전부 옮겨졌다.

그들은 잠시 선 채 창고 안으로 통한 구멍을 묵묵히 내려다보았다. 그러자 차순네는 허리를 굽히고 엉거주춤 앉더니 손을 넣어 가장자리를 휘휘 저어본다. 그리고는 자기의 아랫몸을 굽어보자 역시 아무 말 없이 다시 두 손을 그곳에 대더니 잡혀진 시멘트에 파묻혀 있는 돌을 힘껏 훔치려 든다. 땀도 나지 않는 손이언만 이렇게 얼마 동안 씨름을 하자니 거무데데한 뜨뜻하고도 끈적거리는 것이 손에 묻어난다. 그러자 손은 입가로 옮겨졌다. 그때 차순네는 확실히 손에서 비린내가 코를 쏨을 느꼈다. 피가 흘렀다. 그러나 마음까지는 쏠리지 않았다.

다시 일어서자 사방을 휘휘 살피고 옆에 서 있는 입장댁을 똑바로 쳐다본 후 재처 몸을 숙이더니 아주 엎드려 누워버린다. 그와 동시라 할까 조금 뒤라 할까 뒤에서 내려다보고 있는 입장댁 눈엔 어느덧 차순네의 머리가 보이지 않았다. 그와 함께 어깨를 비비는 소리가 났다. 그러자 어깨도 보이지 않았다. 그리고 조금씩 허리도 보이지 않았다. 또 궁둥이를 비비는 소리가 났다. 이어 헝겊이 찢어지는 야무진 음성이 난다.

입장댁도 등을 굽히고 들고 뒤흔드는 차순네의 허리 밑을 밀었다. 힘을 주어 입을 옹송그려가지고 자꾸 주먹으로 밀었다. 또 "찌직!" 하는 옷

자락 찢어지는 소리가 길게 났다. 그러자 밀던 입장댁의 손이 별안간 구멍 안으로 홱 딸려 들어감을 느꼈을 때에는 차순네의 그 힘들던 허리 밑도 없어지고 오직 딸려 들어가는 두 다리가 손에 걸쳤다. 입장댁은 손을 빼고 옆에 놓았던 자루, 그리고 바가지를 집어들고 그 자리에 그냥 앉은 채 그 구멍만 노려보고 있다. 성냥은 어느 때부터였는지 이미 바가지 안에 놓여 있었다.

실은 얼마 지나지 않았건만 입장댁은 퍽이나 오랜 사이가 지났다고 생각할 때, 그때 구멍 안에서 손이 밖으로 나타나더니 흔들어졌다. 입장댁은 그 흔들리는 손바닥에 성냥이 든 바가지를 놓았다. 그와 함께 바가지도 없어졌다. 또 손이 나온다. 이번엔 자루까지 들어갔다.

숨을 몰아쉰 입장댁은 일어섰다. 그리하여 사방을 살폈다. 그리고 그 즉, 또 거듭 눈을 휘휘 움직이고는 선 채 구멍을 열심히 내려다본다.

하나, 둘, 셋, 넷……. 때가 지날수록 가슴속 방망이질은 더욱이 심해갔다. 입장댁이 팔짱을 끼고 팔뚝에까지 울리는 뜀의 수효를 세 번째 다시 세어 마흔여덟 번째인가 그렇게 되었을 때 창고 안에서 갑자기 울려나오는 비명이 귀를 찢었다. 그와 함께 그 구멍에서 검은 머리가 쑥 내밀었다.

"왜? …… 자루는? ……."

무의식중 놀라움 속에서 이렇게 입장댁이 외쳤을 때 그 여자의 눈을 번개가 홱 스치는 것이 있었다. 그와 같은 순간에 자신의 눈이 감겨졌으리라고 생각하였는데 또 그 번갯불이 눈알을 빼어버리는 것같이 홱 지나쳤다. 그러자 다시 머리를 위로 눈을 떴을 때 의외에도 가마아득한 쇠창살 사이로 불길의 혓바닥이 홱 밖으로 치밀어 나옴을 보았다.

순간, 어이된 셈인지

"도적이야! 불이야!"

입장댁의 부르짖음이다. 이 소리가 아직도 근방을 울려 채 사라지기도 전, 그 구멍에서 비비대기를 치던 차순네의 반쯤 나온 어깨는 갑자기 뒤로 물러가는가 하였더니 머리까지 감추고 말았다.

그러나 입장댁은 연방

"불이야! 불이야!"

하고 외치며 그곳에서 정면 길로 달음질을 치는 것이다.

"불이야— 불이야—"

이리하여 창고 안에서 함석 통이 마구 폭발하는 것 같은 난잡한 폭음이 쏟아지기 조금 전, 강 조합장 집의 크나큰 대문은

"댁 창고에 불이!"

하는 입장댁의 외마디소리와 함께 요란스럽게도 덜그럭거리었다.

읍내 소방대의 사이렌이 울기 시작한 것도 이와 같은 시각이었다.

6

이튿날 이른 아침, 지난밤 화재로 회진이 되어버린 창고 터에서는 일인日人 경찰서장을 비롯하여 경무 주임 이하 사오 인의 경관들과 소방대원 몇 사람, 그리고 공의公醫*를 세워놓고 강 조합장 밑 그의 조카들 중심으로 실정 조사를 진행하고 있었다. 그들 옆에 외떨어진 곳에는 형용도 찾을 길 없는 차순네의 시체가 가마니에 덮여 있었다.

하룻밤 동안에 얼굴이 반쪽이 되어버린 강 조합장은, 그의 조카와 경무 주임이 서로 이에 관하여 문답하고 있는 것을 보자 서장에게 유창한

| * 일정한 지역에 배치되어 환자를 돌보는 의사.

일본말로

　"이 사건의 진상은 이에 더 확대될 염려는 없습니다. 물론 서장도 아시다시피 내 개인의 물품만도 아닌 군내의 배급될 물품이니만큼 나의 책임도 중대한 것은 사실이고, 이에 따라 나도 현재 그 손해액을 배상할 각오까지 하고 있는 터입니다. 오직 이번 원인은 극히 단순한 것이고 서장도 대개는 짐작하실 줄 아나 만약 이러한 것을 가지고 조사에 시일을 오래 허비하거나 한다면…… 내 서로 친밀한 사이니 이야기하는 겁니다만은……. 나의 공적公的 체면이란 아주 매장될 것을 아시겠지요? 그러하니 아주 이 자리에서 보고할 재료를 결정하여 주심을 바라는 바입니다."

　하며 극히 갈망하는 태도로 사정하였다.

　이십여 년간을 같이 사귀어오던 일인 공의도 옆에 서서 이 말을 듣고 나자 서장을 쳐다보며

　"사실 이 강씨는 특별히 생각해야 할 것입니다. 그냥 평범한 사람도 아닌, 말하자면 이번 전쟁에 공훈이 많은 열성가의 체면이 조금이라도 손상된다면 군내는 물론 적지 않은 앞날엔 그 영향이 도내에까지 미칠 것입니다. 또한 그것도 그렇고 징용 간 자의 가족이 절도를 한다는 소문이 일반에 퍼진다면 역시 이것도 영향이 클 것이며 더구나 이 주인으로 말하면 또 평시와는 달러 언제 도회의원이 될지 모르는 터에 이 문제로 하여 그것이 실현 안 된다면, 우리 둘에게도 또 나중에 영향이 없다고는 할 수 없단 말여……. "

　하였다. 이때 서장은

　"그렇습니다. 나도 지금 생각하고 있는 중인데……. 어쨌든 어느 모로 생각해보든지 이것으로서 간단히 완결지을 것을 결정하고 이 사건 전부를 저 사람 말대로만 처리하겠습니다."

　하며 묻고 기록하는 경무 주임의 상대를 하고 있는 주인의 조카를 가

리켰다.

"자— 그러면 어떻게 또 방도를 취할까요?"

조금 뒤 일이 어지간히 끝난 듯 경무 주임이 서장을 바라보며 이렇게 말하자

"조항만 맞춰 기록할 재료를 조사하였으면 이것으로 조사는 일단락 짓지."

하였다.

이때, 읍내에서는 군수, 읍장, 세무서장, 우편국장 등등의 일류신사를 비롯한 뭇사람들이 인사차로 꾸역꾸역 닥쳤다.

강 조합장도 서장의 선처에 대하여 사례의 말을 하였다. 그러고는 어느 정도 마음이 후련해져서 모여드는 손들에게로 발을 옮겨 나아가서 대충 인사를 교환하고 다시 그들 앞에 나서더니 커다란 음성으로

"여러분, 이 미미한 자로 인하야 이렇게 원로를(이 마장도 안 되지만) 와주신 데 대하야 무어라 감사의 뜻을 표하여야 할지 당황합니다. 오직 감루感淚가 솟아나옴을 억제할 수 없습니다. 특히 이 성전하聖戰下에 이런 일이 있었다는 건 백 번 죽어도 저의 죄는 없어지지 않을 것입니다. ……이번 손해로 말하자면 주로 석유를 비롯한 공공물과 사소한 제 개인 것을 합한다면 실로 막대한 숫자를 내이고 있습니다. ……화재의 원인은 절도가 창고 안에 들어 성냥을 킨 것이 많이 쌓여 있는 석유 초롱에 인화되어 드디어는 이렇게 화진이 되고 만 것입니다. ……이로 말미암아 저는 국민의 일원으로 반성을 해보았습니다. ……모든 것이, 첫째 절도가 창고 안에 들도록 부주의하였던 것이 저의 국가에 대한 죄악이 아니고 무엇이겠습니까? ……그러나 저는 이 죄를 벗어나도록 국가를 위해 죽은 후에까지라도 분골쇄신 노력할 각오입니다. ……우선 이번 회진이 된 공공물의 배상금을 내일 작정이며 이어 여러분이 용서만 하신다면 이

고장 체면에 걸리는 신사神社 문제에 대하야 전적으로 제가 그 건축 일절의 비용을 삼가 내놓을까 합니다……."

이때 여태 이 말을 듣고 있던 일류신사들은 일제히 박수로 강 조합장에게 감격을 표시하였다.

이날 저녁때 거적에 쌓인 차순네의 시체는 공동묘지로 옮겨졌다. 그의 남편을 대신 중용에 보내고 살던 노낙이 박 서방 지게 위에 놓여 막 동구 앞 한길을 지날 무렵 강 조합장 집엔 이곳 군청으로부터 영화의 소식이 전하여 왔다. 강 조합장은 금일부로 도회의원의 사명이 발표되었다는 도청으로부터 통지가 있었다는 것이다.

7

이듬해 봄, 작년 화재로 벌판이 되어버린 이 터전엔 전의 것과는 도저히 비교할 수 없는 더욱 장대한 창고가 신축되었다. 계획할 때에는 다시 그곳에 건축하기를 꺼렸던 면이 있었는데 용한 집터잡이를 보였더니 그곳이 대지大地라고 하였다 한다. 지금 와서는 절대 그런 재난이 없을 뿐 아니라 그 재난이란 게 앞으로는 도리어 부귀를 가져올 한때의 때임이라 하여 안심하고 그 터를 또 이용하였다는 것이다.

성대한 낙성식까지 치르고 난 이튿날부터 강 조합장 집과 창고 사이에는 역시 조합장, 그의 조카, 노낙이 박 서방을 비롯한 인부들 그리고 여인의 모양을 볼 수 있었다. 그런데 전에는 주인집 주부 한 사람뿐이었는데 이번에 그 주부를 따르는 아이를 업은 한 여인이 있었으니 그는 곧 차순이를 업은 입장댁에 틀림없었다.

화재 즉후부터 우연히 주부의 눈에 들어 지금은 조합장 집에서 일을

하여 주게 되었다. 주부는, 가끔가다 입장댁이 언제나 업고 있는 차순이를 보며

"저까진 것은 왜 업고 단겨?"

하고 물을라치면, 틈만 있으면 마당 한구석에 널려 있는 약 찌끼를 손으로 헤쳐 말리며 그는

"나 아니면 누가 키울 사람이 있어야지요……."

하였다. 그러자 주인 아내는 차순네를 생각해내고

"어이그, 망한 년야. 죽어 싸지, 하늘이 무서운 줄 몰르고……."

하면,

"그게 다 하늘이 죄를 준 것이겠지요. 그렇게까지 하고 살라면 되나……."

입장댁은 곧잘 이런 말을 하고 히죽한 웃음까지 띠어가며 주인댁을 쳐다보곤 하였다.

"그런데 이 바보야, 글쎄 그건 버리지 않고 마당만 더럽게 자꾸 말리나?"

하고 주인댁이 상을 찡그리면

"왜요? 두었다 아프면 제가 다려 먹을걸요……."

하고는

"참, 이게 무슨 약이지요?"

이렇게 물었다.

"아이그, 전엔 너무 괄괄하여 미워 죽겠드니 요새는 아주 바보가 되었군……. 끌끌."

"아아 참, 이게 체한 데 먹는 약이지……."

하고는 주인댁을 흘끔 돌아보며

"영 남편쟁이가 없어지드니 바보가 되어가는구먼요. 그러니 아프면

이런 약이래도 먹어가며 죽지 말고 기달려야지요."

하였다. 그리고는 일부러

"아그그그……. 요 망한 것아, 너 때문에 허리가 끊어지는 것만 같구나……."

하고 주인댁이 웃기를 기다리며 약에서 손을 떼고 일어선다. 그리하여

"글쎄 그건 왜 그렇게 위해?"

하고 주인댁이 또 이렇게 말하면

"이건 영영 내 딸 삼을걸요."

한다.

"어떻게?"

"뭘, 어떻게요? 즈 아범 오면 내가 아주 키운다고 할걸요."

"그게 그렇게 되나?"

"왜 안 돼요? 나 아니면 이까지 생색도 안 나는 계집애를 누가 키워요? 어쨌든 즈 아범 오면 자식으로 생각하지 말라고 딱 잘러 말할걸요, 뭐."

하고는, 입장댁은 으레 또 한 번 주인댁을 바라다보며 자기 말에 동의하기를 바라곤 하는 것이다.

《백민》 17호, 1949년 3월

서울 길

이월도 중순이 넘어 절후로는 분명히 봄이 돌아온 셈일 터인데 북쪽을 향해 달리는 차(트럭) 윗바람은 살을 에일 듯이 차갑다.

아직도 서울을 이백구십 리 앞두고 달리는 화물차는 오늘 해전으로 도착될 것 같지는 않았다. 아침 아홉 시가 채 못 되어 증평을 출발한 것이 그동안 벌써 고장이 가고 하여 겨우 육십 리를 지나놓고 굼벵이 기어가듯 차는 산중턱으로 뻗친 준령을 넘기에 총 마력을 기울였다.

일본 패잔병이 헐케 팔아버린 것으로 이렇게 고개를 넘을 때는 물론 나럼직한 곳이나 평탄하다는 지대에서도 언제나 늙은이의 골기침 같은 덜컥거림은 한모양으로 연속하였다. 더구나 꽁꽁 얼어붙은 돌덩이 흙덩이는 일천오백 킬로 이상의 화물 중량에 눌려 구르는 바퀴를 사양 없이 받아친다. 그럴수록 차대는 날뛰었고 따라 덜컥거림은 더욱 심하다.

차 위에는 짐으로 묶은 가마니가 전부 차지를 했고 이불 뭉치 속 같은 이삿짐도 몇 가지 한옆으로 놓여 있다. 지상 삼 미터 이상의 이 화물 위에는 사람들이 오륙 인 옹기종기 모여 앉은 채 차대가 움직이는 대로 연방 몸의 중심을 잡지 못하고 흔들리었다. 그들도 이 차와 같이 서울로 향하는 손님들이었다.

몇 해 동안의 교통 불편은 해방 후 지금도 그 상태를 벗어나지 못했다. 오직 화물차를 이용하여 쌓인 짐과 함께 여행을 함이 지금 와서는 평범한 일로 되어버린 것뿐이다. 출발지로 말하면 이런 화물차를 타지 않고도 갈 수 있으리만큼 충북선 철도편이 있어 기차를 이용할 수도 있었으나, 그것은 하루 한 번만 지났고 그런 중 더구나 어려운 차표를 사랴 또한 조치원서 갈아타랴 하자면 꼬박 이틀이 걸림으로 차라리 이렇게 가는 것이 한가하고 빠르리란 생각에서, 몇 갑절 되는 여비 문제는 고사하고 이것을 우선 손아들* 주선하는 것이었다. 그럼으로 이 중에는 서울 가는 도중의 장호원이라든가 이천 등지의 여객들도 타려고들 하지만, 전에 볼 수 없는 서울을 목적하고 가는 손님이 언제나 많고 운임 관계도 있고 하여 웬만한 거리의 승객을 거절하고는 아주 도착지인 서울까지 가는 손님들만 골라 태우는 것이었다.

□□□에 길이 있다고는 하지만 □□□모양이 다 다르다. 중년가량 된 남자와 여인 그리고 지금 바로 전에 오른 늙은이는 차대가 날뛸수록 손은 짐 위에 얽힌 밧줄을 잡으며 혹 밑으로 떨어지지나 않을까 그것만 사뭇 걱정을 하는 모양이고, 그 외의 두 사람은 또 그와는 반대로 술이 얼큰하게 취한 모양이었지만 아주 태평스런 태도였다. 그중 한 사람은 일상 이런 경험을 쌓고 있는 조수였고, 또 한 사람은 이 차를 서울까지 빌린 화주貨主였다.

그들은 이 중에서 제일 명랑하게 보여 묵묵히 있는 다른 사람들을 제외하고 서로 말을 하기에 바빴다. 조수는 한편쪽 다리를 예사 짐 밖으로

| * 손쉽게들.

내어놓고 기름투성이가 된 군복 바지 주머니에다 양편 손을 넣은 채 바로 전 화주에게 한 잔 받은 예의를 표시하기도 할 겸 감탄의 어조로 말을 걸었다. 스물다섯이 지나 서른이 가까운 듯한 숯 그을음이 군데군데 묻은 그의 얼굴에서 환히 드러나는 입술은 누구에게 당하였는지 푸르덩덩하게 부어 있었다.

이 조수와 같이 이야기를 주고받는 화주는 활기가 넘쳐흘렀다. 팔월 십오일 이후에 기른 머리에는 반지르르하게 기름을 듬뿍 바른 데다가 외투 섶을 틈이 없도록 여미고 웅숭그려 앉아 있으면서도 연하여 안경을 통해 조수를 바라보며 우월감으로 인한 기쁨을 금치 못하는 기색이었다. 그의 차림차림이나 지금의 태도로 보아서는 세상에 무서울 것이 없다는 이십대 소년의 활기 바로 그것이 연상되었다. 그만치 그는 모든 것에 자신이 만만한 태도로 있어서 한창 조수의 말에 따라 자기의 운동 능력을 내심 발휘하여 간간이 승리적 미소를 쥐 같은 좁다란 얼굴에 연달아 띠고 있다.

"……그럼 이만큼 무엇을 만들자면 그동안 고생도 이만저만이 아니겠읍죠?"

하고 조수는 다시 말을 계속하였다.

"그건 묻지 않는 것이 더 날 것이요. 고생고생 하지만 사실 고생은 이만저만이 아니었고…… 첫째, 쌀 구하기에 제일 힘이 들었으니까. 그러나 지금 와서는……."

하고 화주가 말하는 중 조수는 그의 말이 끝나기도 전에

"몇 섬이나 가지고 이마침 됩니까?"

하며 궁금한 눈치로 물었다.

"이것이― 전부 팔아놓은 게― 백삼십 석이 되는 데서 지금 오십 석 가까이 남아 있으니까……. 에― 팔십 석은 심히 들은 셈이지요."

"참 엄청나군요. 그래 그토록 쌀을 어떻게 팔았나요? 여간 수단으로
는 그런 사업하기에 힘들 것이었겠습니다."

"수단이랄 게 뭐 있겠소. 때의 운수가 밝혀주었다고밖에는……. 왜
연말에 군정청 발표로 쌀 한 말 최고 가격을 삼십팔 원으로 하고 그 액수
를 넘겨 매매하면 시국의 반역자로서 엄벌한다는 통에 팔기가 수월하였
다고 할 수 있지요, 하하하. 그런 형세에 어두운 무지한 자들은 어떻게
돌아갈는지를 어디 알아야지. 일월 일일이 오기 전에 조금이라도 더 받
고 팔려는 통에 내가 금전이 유통되는 한 팔아놓았단 말이지."

하고 버릇되다시피 한 미소를 띠고 나서 다시 말을 이어

"이런 때에 눈만 잘 뜨고 있으면 일이십만 원 벌기는 문제없지."

"이건 갖다 넘기면 얼마가량이나 될까요?"

하며 다시 그들이 깔고 앉은 화물을 둘레둘레 살폈다.

"지금 예상으로는 요 며칠 전 서울 시세가 백 근에 한 근당 십오 원이
었으니까 약 이십오륙만 원은 될 것이라지만……. 우선 갖다놓고 나서
가격이 올라가는 대로 시세를 메워 며칠간 여유를 두고 팔까 하는 생각
이오."

"뭐 이십오륙만 원요? ……. 허……. 참 잠깐이구먼요."

하고 조수는 화주의 말이 끝나자 입을 딱 벌리며 놀라는 눈치로 그를
쳐다보았다. 그리고는 번듯이 드러누워버렸다.

그러자 근처에서 잠잠한 채 앉아 있던 사람들도 일제히 그를 바라보
았다. 허나 그들은 오직 속으로 감탄할 뿐 한동안은 역시 말없이 그대로
있었다. 눈들은 전의 조수 못지않게 화주와 화물을 상대로 번갈아 경이
의 표시로 움직였다.

조금 후 그들 중에서 처음으로 먼저 화주에게 말을 거는 사람이 있었
다. 그는 화주 맞은짝 편에 엎드리다시피 앉아 있는 삼십이 될까 말까 한

젊은 여인의 바로 옆에 앉은 사람으로서 사십이 될까 말까 한 거무데데한 얼굴을 가진 남자인데 나이는 십여 년의 차이가 있다 하지만, 일견하여 그 여자의 남편임이 확실하였고 어린아이를 검정 포대기에 둘러싸고 있었다.

남자는

"참 댁은 부자 되시었습니다. 무어든 벌리기를 아초부터 크게 벌려야 쥐이는 것도 크단 말이지!"

하고 혼잣말 비슷이 중얼거리며 주위에 쌓인 □□□□□□□□

"그러면 서울 가서 차를 어데다 대시렵니까?"

"명륜정 친척집이 있으니까 그곳에 나려놓기로 하지요."

"그러면 나중에 팔 때는 다시 운반하시여야 하겠구면요?"

"물론 다시 해야지요."

"네……."

하고 덮어놓고 연속하여 감탄하는 어조였다.

이때 그들의 말만 옆으로 묵묵히 듣고만 있으면서 무슨 수심이 낀 듯한 칠십이 가까운 듯한 노인이 비로소 입을 열며 화주를 바라보았다.

"화주 양반……. 명륜정이면 어디쯤인가요?"

"명륜정이라면 종로 사정목에서 창경원 쪽 동소문동 넘어가 명륜정이지요."

하고 대답하자, 노인은 무엇이 무엇인지 분간키 어려운 안색으로 덤덤한 채 화주의 입만 뻔히 바라보았다. 이때 화물 위에 번듯이 드러누워 콧노래를 부르고 있는 조수가 벌떡 상반신을 일으키더니

"아 영감! 우리 회계나 하고 그런 이얘기합시다.

하고 손을 불쑥 노인 쪽으로 내밀었다.

"회계라니요?"

노인은 불시에 닥치는 조수의 언동에 의아한 낯빛으로 그를 쳐다보았다.

"차비 내란 말입쇼."

하더니 조수는 벌렸던 손을 다시 흔들며 내밀었다.

"얼마나 되오?"

"십 리에 십 원씩……. 탄 곳이 음성이니까 이백구십 원."

"뭐 이백구십 원이오?"

하고 노인은 입을 떡 벌린다. 그의 마음은 얼떨떨하였다. 참으로 예상 외의 막대한 금액이었다. 전에 이곳으로 승객차가 다닐 때는 삼 원이면 되었던 것이 이렇게까지 되리라고는 참으로 놀랄 일이었다. 다시는 말도 나오지 않았다. 그는 주머니에 있는 돈을 생각하여 보았다. 전부 털어야 뻔한 백 원짜리 두 장 이백 원이다. 그는 다시 한 번 비싼 데 놀라고는 벙어리같이 잠잠히 앉은 채 외면을 하였다.

"이 양반이 남의 손을 푸대접해도 분수가 있지. 이런 치위에 그래 사뭇 떨리게만 맨들어놓을 작정이오? 어서 내요……. 왜 돈이 없소?"

조수는 시간이 지나갈수록 내민 손이 분이 치미는지 불순한 어조로 노인을 뇌까려 내려다본다. 하지만 내밀었던 손은 제자리로 돌아가지는 않았다. 그러나 노인은 이렇다는 대답도 없이 먼 산을 하염없이 바라보고만 있었다.

"어서 내십쇼?"

하고 다시 조수는 어조를 좀 누그려 독촉하였다.

그제야 노인도 그냥 가만히 앉아는 있을 수 없어

"원 차비가 그렇게나 비싸오? 아무리 돈 가치가 없다 쳐도 십 리에 십 원이라니 어디 된 말이오? 그것 참……."

하며 입맛을 몇 번이고 다시었다.

"아따 이 양반이 돈만 생각하고 고생 않고 타고 가는 것은 생각지도 않는 모양일세."

하고 조수는 누그렸던 어조를 급작스레 높이는 소리를 하더니 뒤이어

"하룻밤 숙박비가 얼마인지나 아시오? 삼십오 원이요 삼십오 원……. 그나 그뿐이오? 점심에 적어도 이십 원…… 기러가지고도 며칠 고생고생하고 그 비용만 들을 줄 아시오? 딱한 노인 다 보겠네……. 괜히 그러지 말고 어서 내시오. 망령도 떨을 곳이 따로 있지……."

하며 노인을 달래다시피 그러나 경멸의 웃음을 띤 채 이야기를 하였다.

노인은 역시 먼 곳을 바라보았다. 그러자 손이 두루마기 옆을 통하여 주머니를 부스럭거린다. 조수의 눈은 사뭇 그곳으로만 쏠리었다. 다른 좌중, 화주며 중년 남자도 일제히 그곳으로만 시선이 옮기었다. 돈을 이 제야 꺼내려는 짐작인 모양이다. 그러나 한참 후 그 노인 손에 쥐여 나온 것은 돈이 아니고 담배였다. 노인은 여적 손에 쥐고 있던 대에다가 그것을 엄지손가락으로 꾹꾹 담았다. 그러자 별안간 화주의

"아아아……. 영감……. 여기서 담배를 피우면 못써요. 만약 불이라도 나면 다 하늘로 올라가는 줄도 모르고……."

하는 호들갑스러운 음성이 당황하게 났다. 따라 노인도 그제야 깨닫고 무참한 기색으로

"참 잊었소이다. 워낙 버릇이 되어버린 것이기 때문에……."

하고 담배를 담은 채 그냥 성냥을 키어 붙이지 아니하고 전같이 쥐고만 있었다. 이러자 조수는 무슨 신명이 나는지

"하하하, 노인 양반도……. 정작 할 일은 안 하고 부디 하면 안 될 일만 골라 하는군요."

사뭇 안색이 새파랗게 질리다시피 의심이 가득 찼던 화주도 그제야 안심이 되었는지

"하하, 그런 버릇은 장소에 따라 될 수 있는 한 고쳐야 합니다. 지금 노인의 담뱃불이 만약 이 화물에 달려 불이 난다면 누가 이것의 손해를 물어주겠습니까. 그도 노인이 부자 양반이어서 척척 낸다면 몰라도……."

하고 한 번 너그러운 듯이 웃었다.

"참 그리다 큰일 납니다. 제가 북해도 탄광에 있을 때 화약고에서 이런 일이 생겨 공장을 전부 태우다시피 한 일이 있었습니다. 참 불은 극히 조심하여야 합니다."

말하는 대로 이 사람 저 사람에게 시선을 옮기고 있던 어린아이를 안은 중년 남자도 노인을 쳐다보며 주의하도록 말을 하였다.

"그런데 노인……. 차비는 아조 아니 낼 작정이오? 그러면 여적 온 것 십 원만 내고 고만 여기서 나리기로 합시다."

하고 또 조수는 재촉하였다.

"아따 그자 조바심도 참 심한데……. 누가 떠어먹고 도망을 가는지……."

하고 노인도 참을 수 없다는 듯이 성을 내었다.

"누가 떠어먹고 가실까봐 그리는 것이 아니라 귀측이 오르면 그 당장에서 바로 회계를 시행하도록 되었으니까 그리는 것이지요. 하기야 노인이 떠어먹고 도망을 한다 하더라도 그냥 내버려두지도 않지만, 하하!"

조수는 치근치근히도 노인을 희롱하는 어조다. 조수의 이런 말이 나오자 노인은 참을 수 없는 분개가 더욱 치밀어 올라

"그래 대체 얼마요."

하고 억센 어조로서 처음으로 조수를 뚫어지게 바라보았다.

"에누리 없는 이백구십 원이라니까……."

조수는 금방이라도 무슨 요절을 낼 것 같은 표정으로 이렇게 되받아

처 말하자 노인은 다시 바로 전과 같이 주머니를 훔척훔척하기를 얼마간이나 되풀이하더니 이윽고 백 원짜리 한 장을 꺼내어 조수에게 주었다.

조수는 그것을 빼앗다시피 받아

"이것을 가지고는 도저히 어림도 없으니까 일백구십 원 더 내시오."

하고 이번에는 다른 손을 다시 또 내밀었다.

노인은 그를 또 한 번 쳐다보았다. 그때의 시선은 전과는 달리 일종 애걸하는 눈치였다.

"어서 더 내시오."

하는 조수의 말을 들었는지 못 들었는지 노인은 역시 그대로 아무 말 없이 그를 바라보고만 있다. 조금 후 아무리 없어도 내민 조수의 손이 제 자리로 돌아가지 않는 것을 깨닫고

"여보 차주 양반 ……. 이 돈 없는 늙은것이니 그냥 태워주는 셈치고 그것만 받아주시오."

하며 애걸하지 않을 수 없었다. 주머니 속에는 백 원 한 장이 또 남아 있기는 있었으나 그것을 다 내어놓아도 역시 구십 원은 부족할 뿐 아니라 그것마저 내어놓는다면 서울 가서는 또 어떻게 한단 말인가. 첫째 손자를 데려올 노자가 없어진다. 그러나 조수는 그런 노인을 그대로 묵인치는 않았다.

"여보 영감 어서 더 내시오. 이럴 줄 알았더라면 아초에 태우지 않았습니다."

조수는 성을 벌컥 내며

"왜 이렇게 나이도 지긋한 양반이 젊은이에게 속을 태워주는 거요……. 누구를 조롱하는 겐가……. 얼른 더 못 내요?"

조수는 아주 불쾌한 모양이었다.

"이곳에서 나리든지 돈을 더 내든지 얼른 작정하시오."

이렇게 자분참* 폭탄이 노인에게 떨어지자 노인은 재빨리 주머니에서 남아 있는 백 원 한 장을 또 꺼내어 성난 얼굴로 조수에게 주며

"이제 내 주머니에는 고리 동전 한 푼 없으니 마음대로 하시오."

하고 입맛을 몇 번이고 쩝쩝 다시며 전과 같이 또 먼 곳으로 눈을 돌렸다. 그것을 또 받은 조수는

"어쨌든 정 이러면 서울까지는 못 갈 줄 아시오. 돈대로 경안쯤 가서는 나리시야 해요."

하며 돈을 주머니 속에다 넣었다.

"마음대로 하시오."

노인도 불쾌함을 참을 수 없는 듯 뻣뻣이 이렇게 조수에게 대꾸를 하였다. 이렇게들 와자지껄하며 좌중은 전부 추위도 잊어버리고 떠들어대건만, 그중 여인은 혼자 괴로움에 지쳐 그런 것에 귀도 기울이지 않았다. 앉아 있는 게 아니라, 일본 북해도 탄광에 갔다 왔다는 어린애를 안고 앉아 있는 그 중년 남자에게 그동안 몸을 의지하다시피 하여 반쯤 누워 있었다. 몹시 피로에 젖은 모양으로 눈이 움푹 들어갔다. 가끔가다 억센 바람에 부딪침인지 눈을 맞아 어리었다.** 그런 중에도 그 여자의 눈은 오늘 생전 처음으로 사서 입은 듯 □□□□□인지 흘러 묻은 반점이 마음에 꺼려 이따금씩 손으로 대구 비벼보고는 하였다. 그 여자는 비로소 남편에게 입을 열어

"서울은 아직도 멀지요?"

하고 가만히 물었다.

"아직도 멀었어……. 고걸 타고 벌써 이렇게 야단이여. 정신 좀 차려……."

---

* 지체 없이 곧.
** 눈에 눈물이 조금 괴다.

남편도 역시 아내만이 알아듣도록 나직한 음성으로 말하였다. 그런 후에 그들은 침묵을 지키었다. 화주는 역시 웅숭그리고 앉은 채 이제는 맨 처음과 같이 무엇을 골몰이 생각하고 있었다. 아마 자기의 유복한 앞날을 꿈꾸고 있으리라. 한옆에서 조수는 비스듬히 앉은 채 그야말로 회계하는 셈인지 양복 윗주머니를 부스럭부스럭하더니 꾸깃꾸깃한 돈을 마구 꺼내가지고 한 장씩 펴서 세어본다. 노인은 그저 그 대중으로 맨 처음과 같이 먼 곳을 하염없이 바라보고 있었다.

차는 달리었다. 어느덧 고개도 굼벵이 기어가듯 넘어서서 이제는 자신만만히 내리막길을 달리었다. 가끔가다 목탄 화통에서 기괴한 탁탁거리는 음성을 내면서 더욱 털털거리며 오를 때 지연된 시간을 이럴 때 보충이나 하려는 듯이 마구 속력을 내었다.

길 위에는 누런 흙이 보이었건만, 양옆에 솟은 산 서북쪽 허리에는 아직도 눈이 하얗게 덮여 있다. 하늘 중턱을 헐숙 지난 해는 보이기는 어렴풋이 보이나 옅은 구름에 씌워져서 광선은 실낱같이나마도 새어나지 않았다. 울적한 날씨에 □□□□□□□□□ 그들은 드디어 진력이 났다.

한참을 이렇게 내어달리다 평탄한 길을 잡아 다시 속력을 낼 무렵, 화주는 어느덧 술기운이 없어져 여태 다물고 있는 입을 크게 벌려 하품을 하더니 손목시계를 본다. 어느덧 오후 두 시가 가까웠다. 그는 벌써 이렇게 되다니 하고 놀랐다. 생각하니 예정대로 오늘 해전으로는 도저히 서울을 못 대일 것이다. 그의 마음은 초조로웠다.

그러자 조수를 바라보고

"이렇게 가면 몇 시간 후에라야 서울에 도착되오?"

"글쎄요. 이렇게 간다 하더라도 증평서는 꼼박 여덟 시간은 걸립니다."

"그렇게 오래 걸려요?"

"보통 보아서 좋은 차는 여섯 시간 반이면 가지만, 이 차는 워낙 헐은 것이 돼니서 그렇게는 엄두도 못 냅니다."

"그러면 오늘 몇 시쯤 닿을까요?"

"지금이 몇 시지요?"

"오후 두 시입니다."

"한 시간에 오십 리씩 잡아서 앞으로 고장만 생기지 아니하면 이 조시로* 꼬박 가면 다섯 시 좀 넘어서 닿을 테지요."

하고 조수가 말하자 화주는 그윽이 안심하는 얼굴빛으로

"꼭 오늘 해전으로 도착되어야 할 터인데."

혼잣말 비슷이 말하자

"예. 염려 마십시오. 꼭 도착되도록 합쇼."

하며 조수는 자기가 운전이나 직접 한 듯 장담을 □□□□□□□□도 어느 정도 든든하였다. 그는 가는 길로 짐을 내려놓고 오늘 밤부터라도 장안 과자업자들을 찾아 시세를 맞추어보자는 심사였다. 그리하여 처분을 하는 대로 다시 계획하고 있는 대두박大豆粕을 사서 시골 농민에게 넘기어야 될 것이다. 농번기는 가까워가도 비료 띠어오는 농민은 한 놈도 없다. 그만치 그들의 눈은 아직도 어두웠다. 이것만 몇 차 하여 온다면 수지는 또 맞을 것이다. 비료 없이 농사는 지을 수 없으니까 사지 않을 사람은 없다고⋯⋯ 하는, 이런 것을 생각하여 내인 자기의 명철한 두뇌에 대하여 스스로 다시금 놀라며 기뻐하였다.

그는 이렇게 앞날에 대한 계획을 머릿속에서 구체적으로 일일이 분석하여 나아감이 지금의 그로서는 일생에 있어 제일 행복하였다. 그러자 그의 마음속에는 삼십만 원, 오십만 원, 백만 원⋯⋯. 이렇게 자기와 관

* '속도'의 일본어.

계되는 금액이 순간순간 올라감을 느꼈다. 그럴수록 그의 마음은 날뛰었고 그에 따라 점점 더 그곳으로 자꾸만 달리었다. 이러기를 한참이나 하는 중 그들은 모다 입을 닫쳐버렸다. 그래 그런지 추위가 한결 스며들기 시작하였다.

그러자 어린아이를 안은 중년 남자가 또 오랜만에 입을 열었다.

"지껄이다가 가만히 앉아 있으니까 치움만 닥치는구먼요. 심심한데 화주 양반 인사나 합시다."

하고 자신도 모르게 고쳐 앉으려다 자기 아내와 어린아이에 몸의 자유를 잃어버린 것을 깨닫고, 주춤거리면서

"도안 사는 박히식이라 합니다."

하고 고개를 약간 숙이었다.

그동안 화주의 심경은 전해 비하여 변동이 많았다. 술기가 없어진 탓도 있었겠지만, 그는 급작스레 교만이 온몸을 지배하였기 때문이었다. 그러나 인사를 하자고 달려드는 그를 답례도 없이 물리칠 용기는 없어 오직

"난 증평 사는 임입니다."

하고 이름은 대지도 않고 성만으로서 응대하였다.

"네…… . 그렇습니까? 앞으로 많으신 혜택 입을 줄 압니다."

북해도 등지의 객지로 돌아다녔다 하지만 근본이 농부 출신이란 것은 그의 말씨에 잘 나타나고 있었다. 이렇게 화주에게 인사를 하자 역시 같은 태도로 이번에는 노인을 향해 약간 돌아앉는 기색으로

"노인장 인사 여쭙니다. 도안 사는 박히식이올시다."

하고 다시 같은 말을 되풀이하였다. 이때에서야 노인은 시선을 그에게 옮겨

"네…… . 음성에 사는 최치석이오."

하였다.

그 후 그들은 또 잠잠하였다. 한참 후 인사했던 중년 남자는 화주에게 무엇이나 배우려는 듯이

"이런 건 그래 어떻게 생각하여 내시었읍니까? 참 거룩한 일입니다."

하고 온갖 경의를 표하여 치하하였다.

"뭐 그저 우연히……."

하고 화주는 아무 말이 없다.

하지만 중년 남자는 말을 이어 하며 화물을 □□ 화□□□□□□□□ 았으나, 이번에는 귀찮다는 듯이 인상을 조금 찡그리며 대답마저 없다. 그러자 중년 남자도 무안하였는지 약간 얼굴이 붉어졌다. 또 침묵의 시간이 한참 지나갔다. 이때 넋 없이 먼 곳을 바라보고만 있던 노인은 커다랗게 한숨 반 말 반으로 그 남자를 보며

"댁은 어데까지 가오?"

하고 물었다.

"서울까지 갑니다."

"누구를 찾아보러 가오?"

"잠시 다니러 가는 게 아니라 그곳에 가 자리 잡고 아조 살러 갑니다."

하자 노인은 그를 눈여겨 다시 한 번 똑바로 바라보았다. 그러더니

"이건 좀 무엇합니다만 올해 연세가 얼마나 되었소?"

하고 물었다.

"뭐 연세랄 게 있습니까? 제 나이 서른다섯입니다."

"북해도 갔다 왔다고 말했소그려. 이번에 나왔소?"

"예……."

노인은 무엇을 생각하는지 또 잠잠히 있었다. 그러나 한참 후

"몸 성히 돌아왔으니 참 다행이오."

하고 한숨을 쉬었다. 그리고는 다시 먼 곳을 바라보았다.

"몸만 성하게 돌아오면 무얼해요. 사뭇 고생만 하고 지내는 팔자에……."

□□□□□□

하고 중년 남자가 갑자기 노인에게 묻자, 노인은 잠시 아무 말이 없다가

"하나 있는 손자가 병으로 위독하다는 전보인가 기별이 와서 가는 길이랍니다."

"무슨 병인데요?

"모르지……. 죽을병이 들리었답니다. 같이 있는 주인의 편지에는 무어 늑막염이라나요. 세상이 하도 소란하니까 늙은것이 걸어갈 수도 없고 하여 이거나마 타기에도 사흘이나 길거리에 나와 기다렸으니까. 그러니 지금 간대도 그동안 어떻게 되었는지……. 꿈자리도 하도 뒤숭숭하니까……."

"괜찮을 테지요."

"그걸 누가 장담한답니까? 내 자식놈도 잘 있으니 건강하느니 하더니 턱 당하고 보니 죽은 것을……. 도모지 믿지 못하것구먼……."

하고 입맛을 다시드니

"참 오래 살자니까 눈뜨고 자식을 안 죽이나 손자 죽는 것을 아니 겪나. 이놈의 팔자 이렇게 드셀 줄이야 누가 알았든가."

하더니 눈을 껌벅껌벅하였다. 따라 긴 한숨이 나왔다.

"설마 그럴 리야 있을라고요."

하고 중년 남자도 공연히 친근한 생각이 들어 이렇게 위안의 말을 하였다. 그러나 노인은

"주인이 데리고 가라면 벌서 알쪼이지. 소생할 힘이 없으니까 전보까지 쳤겠지오. 그것도 이제는 아조 고질이 되어 치료할 수 없다니……. 그애 죽기 전에 가서 집으로나 다려올라고. □□□□□□□□손으로 다 □□□□□□□□ 이젠 손자마저 죽이고……."

하고 차마 말을 맺지 못했다.

"노인장은 올해 몇이나 되시었길래 왜 노체로 혼자 가시나요?"

"아, 그……. 이래 봬도 일흔다섯이나 주어먹었다오. 갈 만한 사람도 없고……. 며느리 혼자인데 제 말로는 자꾸 제가 가겠다고 울며 나대지만 여자이니, 그래도 꼬부러진 남자래두 내가 날 것 같아서……."

노인은 붉게 충혈된 눈을 다시 다른 곳으로 옮기었다.

"그렇게 마음 상하시면 무어 소용 되는 게 있어야지요. 다 돌아가는 대로 운수로 돌려버리는 것이 제일 시연한 일이지요. 인력으로 억지로래도 되지 않는 일에 너머 마음을 쓰지 마십시오."

하고 중년 남자는 다시 위안의 말을 하였다.

이윽고 노인은 어느 정도 마음의 안정을 잡았는지 그보다 자기의 탐탁지 않은 일을 잊어버리려는지 고개를 돌려

"그래 노형은 서울 가서 무얼 하고 사실 작정이오?"

하며 중년 남자를 보았다.

"뭐 이런 출신이 좋은 게 있습니까? 그저 가서 밥만 먹을 것을 할 셈이죠."

"그래도 무턱대고는 이사 가지 않을 것 아니요."

"북해도 탄광에서 같이 있는 친구가 시골 살기 싫거든 자기와 같이 뜨내기장수나 하자고 해서요."

"왜 시골서 농사나 하고 살지 그 무시무시한 서울까지 가서 살라고 할 건 뭐 있소?"

하고 노인은 자기 손자의 경우를 생각함인지 그런 얼굴에 약간 떨리는 음성으로 이렇게 말하였다.

"그도 몇 달 동안 생각해보았습니다만, 여기저기 떠다니든 몸이라 한 군데 더구나 몇 집 안 되는 시골서 살기는 꽤나 쓸쓸하여 마음을 잡을 수가 없어요. 그러니 그곳에서 번둥번둥 놀고만 있자니 누가 그냥 밥 먹여주는 사람 없고 하여 이 김에 집칸이나 팔고 호미 자루나 팔아 농사는 아조 구만 치우기로 하고 이렇게 나섰지요."

하고 그는 노인의 말에 대답을 하더니 무슨 생각이 치밀었는지 부지중 얼굴을 푹 수그리고 있는 화주를 바라보자 다시 눈을 돌려 엇묶은 가마니짝에 둘레둘레 싸이었다. 그리고는 혼잣말 비슷하게

"저 양반한테 돈 버는 법을 좀 들어야 할 텐데……."

하고 다시 화주와 화물에게 대하여 감탄하였다.

그는 화주의 눈치를 보았다. 그러나 화주는 고개를 숙인 채 무엇을 곰곰이 생각하고 있는 것 같아 그의 말을 들었으면서도 못 들은 체하고 그냥 한모양으로 있었다. 하지만 중년 남자는 자기의 말을 화주가 듣지 못한 관계로 대답이 없다는 것인 줄 알고 그저 말을 이어

"화주 양반, 이렇게 가만히 앉아 계시면 치위를 더 타는 법입니다. 이애기나 하시지요."

□□□□□□

여적 숙이었던 고개는 들려졌으나 별로 탐탁지 않다는 표정은 드디어 시무룩한

"이애기란 무슨 이애기란 말이오?"

하는 음성을 낳았다.

"그런 거대한 사업을 하시자면 이애기도 많으실 터인데……."

"난 말구변이 없어 그런 이애기는 못하오."

하고, 화주는 퉁명스럽게 한숨에 말방아를 찧고 다시 고개를 수그려 버렸다. 이렇게 되고 보니 화주의 마음도 유쾌할 리 없었다. 아무것도 보잘것없고 자기에게 득이 될 것 한 푼어치 없는 놈이 창피하게 자꾸 달려 드는 것이 이제 와서는 귀찮았다. 그러자 다음 그는 이런 사람들을 이 차에 태운 것이 미웠다.

이 차는 자기가 서울까지 왼차를 대절한 만큼 이런 것도 전부 자기 마음대로 처리하여야 옳을 것이다. 그러나 운전수며 조수는 그것까지는 자기에게 승낙을 받지 않고 이렇게 태워 남의 속을 태우는 것이다. 그렇다고 자기가 이런 것을 거절하여야 화주로서 마땅하기는 하지만 그렇게는 차마 할 수도 없는 일이었다. 운전수나 조수에게 미움을 사면 어쨌든 자기에게 손해가 적지 않을 것이니, 그런 권리를 부릴 수는 없었다. 바로 전까지 이것저것 생각하는 기쁜 계획도 지금은 다 사라져버리고 이런 좋지 못한 우울과 부딪치게 되니, 그는 더욱 옆에서 거지같이 웅크리고 앉아 있는 그들에 대한 증오감이 치밂을 억제할 수 없었다.

한편 중년 남자는 그제야 자기의 말을 몹시 성가셔 하는 것을 깨닫고 입을 닫아버렸다. 자기의 당돌하고 무안한 언동을 뉘우쳤다.

조수는 어느 틈엔가 짐 사이 움푹 들어간 몸에 궁둥이를 박고 비스듬히 기대인 채 외투를 잔뜩 뒤집어쓰고 잠이 들어 있는 모양이었다. 그러자 또 노인이 입을 열었다.

"오늘 해가 넘어가기 전 서울을 가야 할 터인데……. 그동안 죽지나 않았는지……."

하며 혼잣말로 중얼거렸다.

"설마 노인께서 힘에 붙인 길을 이렇게 손자 때문에 찾아가시는데 그럴 리야 있을라구요. 하늘이 동정을 하여서라도……."

중년 남자는 또 위로하지 않을 수 없었다.

"팔자가 워낙 세면 그렇지도 않습네다. 댁 말씀 같으면 늙은 내가 죽지 않고 우리 아들이 죽었을까. 할 수 없는 일이지……."

하고 노인은 쓸쓸한 입맛을 다시었다.

"자제는 무슨 병으로 이 세상을 떠났나요?"

"그런 것도 모르는 채 이렇게 살아 있답니다. 북해도 탄광에서 일본 놈의 일 하다 죽었다니까."

"언제요?"

"한 댓 해는 실히 되나봅니다. 그것도 그놈들이 속여 어디 진작 알기나 알았던가요. 해방 후 같이 갔든 자들이 와서 이야기하여 처음으로 알았지."

"무슨 탄광인데요?"

"뭐 잡뽀로 탄광이라나요."

하더니 노인은 별안간 무엇을 깨달았는지

"참 당신은 어데 있었소."

커다란 소리로 물었다.

"저도 북해도지만 워낙 넓고 또 탄광도 한두 군데가 아니니까요."

"그도 그럴 테지……."

"손자는 몇 살이나 됩니까?"

"열아홉이지요. 한참 힘 쓸 때에 고만 그 몹쓸 병이 들려서."

"무얼 하고 있었는데요?"

"뭐 상점 점원 다녔답니다. 처음에는 해방되자 이렇게 시골구석에서 썩으면 나라가 서도 사람값에 못 간다고 고학인가 한다고 도망을 가더니 기어코 이 지경이 되고 말았소."

"그러면 지금 손자 있는 곳은 일하든 상점이겠구먼요?"

"그렇지요. 이제는 주인도 주체하기 어려운 모양인가보오. 전보 편지가 두 번 다 얼른 데려가라고만 하였으니……. 남의 자식 앓는 것에 뭐 고치는 것까지야 상관이나 하겠소……."

"그래도 주인도 사람이니까 그냥 있지는 않았을 터이지요."

"그러면 자꾸 데려가라 독촉이 심한가?"

"……."

"어쨌든 소생되기는 어려운 모양이오."

하고 노인은 또 한숨을 쉬었다. 무엇을 생각하고 있었던지 한참이나 묵묵히 있다가 또 말을 이어

"하……. 그건 다 그렇지만 노비 때문에 큰일 났구먼……. 다 톡톡 털렸으니……. 그것도 며느리가 혼자 근근이 모은 품돈과 빚인데……. 이제 가기는 가지만 더구나 병자를 다리고 무엇으로 돌아온담……."

하는 그윽히 수심에서 우러나오는 말을 혼자 더듬더듬 중얼거렸다.

"거 참 난처한 노릇입니다."

중년 남자는 동정하는 말은 하였으나 다음 조금 □□□□

"그 상점 주인에게 부탁하면 그것쯤은 들어줄 터이지요. 무엇으로 보든지 돌려주지 않지는 않을 겁니다."

하였다. 그제야 노인도 조금 안심이 되었는지

"글쎄 지금 내 생각도 그렇기는 하지만 세상 인심이 하도 험악하니까."

하고 노인은 들고 있는 담뱃대를 자기도 모르게 입에 물었다. 그러자 중년 남자의 놀라움과 더불어 노인도 절대 금연이라는 것을 알고 다시 손으로 가져갔다.

그들은 이렇게 말을 주고받으며 서로 의지하고 믿는 포근한 동료의 정의 같은 것을 느꼈다. 좌중에서는 그들 둘이 제일 의사가 통하는 모양으로 여중旅中의 피로와 치움과 우울과 모든 불행들을 혼자서 느끼고 삭이느니보다는 이렇게 서로 이야기로써 바람과 함께 달리는 화물차 뒤로

날리고 싶었다. 그러나 날리면 날릴수록 노인의 불행은 얼마든지 새롭게 솟아나고 그럴수록 중년 남자의 위안의 말도 바래지는 것이었다.

이리하여 그들의 지껄임은 좀처럼 끝을 맺지 못하고 자꾸 연속되었다. 그러나 중년 남자에게 이제는 아주 기대어버린 여인은 시간이 지나 화물차가 달릴수록 피로는 점점 더 몸을 휩쓰는 모양이다. 지금 여자는 정신을 잃은 듯 전까지 마음에 거리끼는 치맛자락의 흙이 묻은 상처도 염두에 없었다. 간간이 고통의 표정으로 얕은 비명까지 나왔다.

그렇지만 워낙 털털거림이 심했고 날뛰는 차에다 서로들 지껄이느라 남편인 중년 남자는 도시 그런 것들을 깨닫지 못했다.

"사람이 옆에서 죽는데도 몰라요."

하고, 그러나 남편만이 알아듣도록 옆구리를 손으로 찌르며 말했다.

"왜 더 심해요?"

그제야 남편도 깨닫고 이렇게 말하며 아내를 내려다보았다.

"속이 느긋거리는 것이 아조 죽겠어요."

"에이 못난이……. 고걸 타고 벌써부터 차멀미가 나면 어떻거는 거여."

"그래도 죽겠는걸 어떻게 해요."

"가만히 정신을 차려. 죽을병은 아니니 서울 가면 나을 병이니까."

하고 엷은 미소까지 띠었다.

그리고는 다시 옆으로 눈을 돌렸다. 이 통에 노인도 잠시 잠잠하였다. 그만 말이 깨어지고 말았다.

한참 후 여인은 간신히 또 입을 열어

"서울은 아직 멀었지요?"

하고 남편은 보지도 않으면서 물었다.

"아직 멀었어. 내가 이제 서울 왔으니 나리랄 때까지는 가만히 정신이나 차리고 있어."

하며 그는 처음과 같이 깔고들 앉은 화물을 둘레둘레 살펴보았다. 그리고는 노인에게

"언제나 이렇게 돈을 벌어 좀 보나요."

하고 말하였다.

"그것도 다 팔자지. 어디 애쓴다고 될 것 같으면 누구나 다 부자 노릇 하게……. 되려면 다 우연히 되고 그렇지 않으면 그만치 될 밑천이 첫째 있어야지……."

하고 이번에는 노인이 중년 남자에게 위안에 속한 말을 들려주었다.

□□□□□□ 가로수는 좌우에서 뒤로 뒤로 달리고 간간이 전신주도 같은 속도로 뒤로 물러갔다. 속력 없는 차바퀴는 구르다 말고 팔팔 뛰다시피 하여 달리는 것이 사뭇 그 정도로 일관하여 갈 수 있는 것은 아니었다. 힘에 부치는 일을 억지로 하면 종당에는 병이 날 것. 이 차도 기계에 맞지 않는 속도를 높이자니 그냥 그대로 지속할 리는 없었다.

몇 시간 후 드디어 또 고장이 생기고 말았다. 이천 뒤 고개를 넘어서 한참이나 평탄한 길을 자신 있게 달리다 가로 움푹 파여진 곳을 운전수는 깨달을 사이가 없이 그냥 같은 속도로 지나다 고만 짐 실은 바로 밑에서 "땅탕" 소리가 요란하게 나며 그와 동시 차대는 아주 형언할 수 없게 흔들리었다.

그러자 여적 심심치 않게 주고받던 노인과 중년 남자는 자기도 모르게 밧줄을 힘 있게 쥐었고, 여인도 그와 같은 순간에 남편의 바지를 잡고 늘어졌다. 그 통에 화주의 고개도 휘둥그런 눈과 함께 들리었고 조수는 눈이 시뻘거니 일어나 앉았다. 그와 동시라 할까 한 삼십 초 지난 후에는 차도 그만 정지를 하고 말았다.

즉시 운전대 문이 열리고 운전수가 나왔다. 조수도 눈을 비비며 껑충

뛰어 땅 위로 내려서더니

"그 어데가 고장인가?"

하고 운전수 옆으로 다가가서 그와 같이 차 밑을 이리저리 보았다.

"또 고장이요?"

화주도 어느덧 휘둥그런 눈이 풀리고 얼굴과 같이 찡그리며 말하였다.

"에이 드런 놈의 차."

하고 화주는 혼자 중얼거리며 자리에서 일어섰다. 퍽이나 조바심이
나는 모양이다.

조금 후 운전수의

"하─하─ 여기가 고만 부러져 달아났구나. ─스─흡."

하며 입맛을 다시는 소리가 나자 잼처* 실망한 어조로

"이것을 어떻게 하나."

하는 근심에 젖은 말소리가 들린다.

"이제 어떻게 곤칠지 철공장도 없고 큰일 났습니다."

하고 조수도 운전수 뒤에서 지껄였다.

"어디가 고장이오?"

화주는 약간 성이 난 말씨로 이렇게 물었다.

"뒷바퀴 우 짐받이를 고인 쇠가 부러져 달아났습니다."

운전수는 이렇게 말하며 한참이나 뚝닥거리더니 다시 일어서서 손을
비비며 또 한 번 입맛을 쩝쩝 다시었다.

그러자 한참 후 운전수는 무엇을 생각하였는지

"참, 톱 가지고 왔지……."

하며 조수를 바라보았다.

| * 어떤 일에 바로 뒤이어 거듭. 되짚어.

"가지고 왔어요. 저— 도구 통에 들었지요."

"그럼 됐어. 이 우에 올러가 저기서 굵다란 가지 하나 얼른 벼 오지……."

하며 그는 다시 쪼그리고 앉아 고장 난 곳을 들여다보았다.

조수가 나무를 비어오자 퇴침만 한 길이로 잘라가지고 그 토막을 고장 난 데에다가 갖다 대이고 □□□□□□ 수선을 마쳤다.

□□□□□□

그동안 앉았다 일어났다가 궁금함을 못 이겨 내려갔던 화주도 얕은 숨을 몰아쉬고 나더니

"인제 서울까지는 무사할 터이지요?

"네— 이젠 아조 괜찮습니다. 하도 짐이 무거워서……."

이러한 운전수의 말을 들으며 화주는 서산으로 다 기울어져가는 해를 바라보며 시계를 보았다. 벌써 다섯 시가 이십 분이나 지났다.

이때 조수는 두 사람의 말을 공연히 빙글빙글 웃으며 번갈아 듣고 있더니

"화주 양반……. 한 잔 사야겠습니다."

하고 또 술 생각이 나는지 화주를 바라보았다.

"한 잔이고 무엇이고 약속이나 이행합시다. 어디 해 넘어가기 전에 서울에 도착되겠습니까? 어서 가십시다."

하며 그는 상을 또 찡그리며 올라섰다. 그러자 조수는 윗주머니에서 돈을 꺼내어

"팔백삼십 원."

하고 운전수에게 돈을 준다. 운전수는 그것을 받으며 빙그레 웃었다. 그러더니

"또 한 잔 먹을까. 이까짓 거 우리 먹어치우자고……. 우선 해장이나

하고 오늘 밤 서울서 다 덜지 뭐!"

하더니

"우선 그럼 저기 가서 한 잔 하지."

하며 이번에는 화주를 바라보고

"요번엔 우리가 살 테니 잠깐 한 잔 하시고 가십시다. 도저히 해전으로는 못 갑니다. 일곱 시 반쯤은 틀림없이 도착되도록 하여 드릴 터이니……."

하였다. 그러나 화주는 아무 대답 없이 앉아 있더니 무엇을 돌려 생각하였는지 온화한 얼굴을 지어가지고

"정 잡수고 싶으시거든 두 분이나 가서 얼른 잡수고 오시오. 전 술이라고는 못하는 데다 아까 몇 잔 하였더니 머리가 쑤셔서 도모지 생각이 없습니다."

이렇게 화주가 말하자

"정 그러시다면 우리나 잠깐 다녀오겠습니다. 저희들은 돈 생기면 이렇게 먹으러 돌아다니는 것이 일이랍니다. 하하하."

운전수는 한바탕 웃고 나서 뒤로 돌아서 오던 길목 술집으로 조수와 같이 걸어갔다. 오륙백 미터 둘이나 넘는 그곳을 향하여 무슨 이야기들을 하는지 커다란 음성으로 웃으며 느릿느릿 걸어가는 모양이 차는 조금도 생각지 않는 것 같았다.

희멀거니 그들의 뒷모양만 바라보던 화주는 바로 전 운전수에게 보이었던 안색은 그동안 또다시 사라지고 불길 같은 증오의 빛이 온통 감돌았다.

"에이 나남* 자식들……. 남 손해 나는 것도 염려 없나……. 망한 놈

*나쁜.

들……."

하고 혼자 속으로 중얼거리며 아까 앉았던 자리에 덜퍽 주저앉았다.

"왜 그 사람들이 산다는데 치움도 덜 겸 같이 갔다 오시지 그리요?"

하며 노인은 화주를 보았다.

"괜히 엄벙덤벙 따러갔다 보재기는 누가 쓰구……."

화주는 노인의 말에 알지 못할 분이 넘친 말로 픽 쏘았다.

"참 그도 그렇습니다. 자동차 부리는 자들은 성격이 불같습니다. 대개는 불량들 하지요."

하며 중년 남자도 한말 지꺌였다.

화주도 이 소리를 들은 체 만 체 또 고개를 숙이었다. 분함을 참으려는 듯 조금 후에는 침을 힘 있게 짐 밖으로 내어 불었다.

반 시간이 지나도 운전수와 조수의 모양은 여간해 나타나지 않았다. 그런지 한 시간이 거의 지나, 해가 아주 서산에 넘어간 후에야 그들은 얼큰하게 술이 취해가지고 돌아왔다.

화주는 여태 참았던 분함이 갑자기 치밀어올랐다. 허나 그즉 그는 돌려 웃는 낯으로

"그렇게 잡수시고 운전은 어떻게 하십니까?"

하고 말을 하였다.

운전수는 가까이 오자 싱글싱글 웃음을 띠며

"참 미안합니다. 정신 잃지 않을 정도로는 이렇게 일상 먹어야 이런 일 합니다."

하더니 아까 수선한 곳을 발길로 탁탁 차보고는 조수에게

"이만하면 다이죠부*지."

* 괜찮다는 뜻의 일본어.

하고 다시 이어

"자 그러면 출발합시다. 화주 양반 좋아하게 막 달린단 말이지…….
그까짓 차도 내 차 아니겠다 막 가자……."

하며 운전대로 올라가려다 말고

"참 여보 조수……. 발화 얼른 시켜……."

하였다.

조수는 술 먹은 김에 신명이 나서 한참 동안 막풍구*를 돌리는데

"고만 돌려 고만! 자 — 그럼 참말 출발이다."

하고 운전수는 다시 운전대로 들어간 후 와르르 발동이 되었다.

그러자 조수가 뒤로 쫓아와 짐 위로 껑충 올라 전에 앉았던 움푹 들어
간 자리에 궁둥이를 붙이었다. 운전수보다 몇 곱빼기 더한 듯 뻘겋다. 기분
도 매우 좋은 듯 뒤로 다시 비스듬히 기대이더니 다짜고짜로 화주를 보며

"화주 양반! 예쁜 색시 구경도 못하시고……. 술집에 오늘 계집애가
왔는데 참 예쁩디다."

하고는 군침을 몇 번이고 삼켰다.

"꽤 마음에 듭디까?"

화주도 건성으로 이렇게 조수 말에 대꾸하였다.

"아이 홀딱 들어마시고 싶던데요……. 닷새 후쯤 다시 지나게 될 것
이니까 그때는 또 들러야지!"

하더니 질그릇 깨지는 듯한 탁성으로 알지 못할 노래를 불렀다. 그러
기를 한참이나 하다가 별안간 노인을 돌아보며

"인제 경안이 십 리도 채 못 남았으니까 나릴 준비를 하여야 합니다."

하였다.

| * 차의 시동을 걸기 위한 장치.

"글쎄 그러지 좀 마시오. 늙은것이 밤은 이렇게 어두워가는데 어떻게 걸어간단 말이오."

노인은 애걸하며 말하였다.

"그럼 돈을 더 내시오."

"글쎄 돈 있으면 아까 내놓지 왜 지금까지 끌 게 뭐 있단 말이요."

"어쨌든 공짜는 없으니까 그런 줄이나 아십쇼."

하며 조수는 굳세게 거절을 하였다. 이때 별안간 그들 중 여인의

"아구 아이구……."

하는 비명이 나자 잼처 왈칵하는 소리가 났다. 그러자 옆에 있던 사람들도 일제히 그곳을 바라보았다.

순간

"저……. 저놈의 여편네가 뭐 저려! 남의 소중한 짐 버릴 작정이야? 에이 더러운 여편네. 냉큼 밖으로 주둥이 못 돌려? 그래도 저려……."

하는 화주의 팔팔한 호통 소리가 났다.

그와 바로 동시에 그 여인의 남편인 중년 남자는

"에그 이 못난이야! 야! 이걸로 얼른 입을 틀어막아 어이그 쯧쯧."

하며 어린아이 안았던 포대기를 젖히고 기저귀를 급히 내어주고는 주먹으로 아내의 머리를 쥐어박는다.

여인은 엉겁결에 그것을 받아 입에다가 틀어막았다. 그러자 다음 순간 또 왈칵 쏟았다. 이번에는 그래도 기저귀 덕택으로 화물에는 토하지 않았다. 좀 더 숨을 돌린 여인은 처음에 짐 위에다 자기가 토한 걸 깨닫고 주인의 험상스런 시선과 마주치자 엉겁결에 주인을 보는 채 엉거주춤 일어서려 하다 차가 또 덜컥 뛰는 바람에 고만

"어이그머니……."

하고 남편을 붙잡으며 쓰러진다.

"이것이 미쳤나?"

남편은 또 아내를 쥐어박았다.

"못난이가 왜 일어서긴 또 일어서⋯⋯."

하며 아내를 잼처 쏘아보았다.

"누가 이럴 줄 알았어? 화주 양반에게 미안하다는 인사나 하려다 이렇게 되었지⋯⋯."

여인은 띄엄띄엄 이렇게 말하더니 또 끙끙 하였다.

여인은 다른 기저귀 하나로 먼저 토하여 놓은 것을 닦으며

"화주 양반께 뭐라 사죄해야 좋을는지⋯⋯. 참 미안하외다. 차를 처음으로 오래 타는 계집이라 이렇게 고만⋯⋯."

남편은 말을 채 못 맺더니 다시 아내의 머리를 쥐어박으며

"이 못난이야⋯⋯. 이 금덩어리 같은 귀중한 짐 우에다 계집년이 이게 무슨 꼴인가?"

하고 말하자 역시 당황함은 사라지지 않은 듯 또 화주에게

"참 미안합니다."

하고 연거푸 사죄를 하며 그곳을 닦았다.

"누가 알우⋯⋯. 재수 없게⋯⋯."

화주의 퉁명스런 대답이다.

옆에서 노인은

"아직 겨울이라 속으로 들어가지 않습니다. 닦으면 괜찮겠소."

하고 말하였다.

바로 전까지 떠들썩하던 조수도 한동안 이런 모양을 호기 있게 바라보더니

"그것은 재수 있을 장분입니다. 더구나 여자가 걸쭉하게 해놓았으니 재수는 틀림없이 있을 것입니다. 하하하."

하고 연달아 커다랗게 웃었다.

중년 남자는 혼잣말 비슷이

"그렇기나 하면 좋으련만……."

하고 중얼거리었다.

그러자 조금 후 차는 조수의 말과 같이 경안을 통과하게 되었다. 시가市街 중간쯤 와서

"여보 노인……. 이곳에서 나리셔야 합니다."

하고 조수는 엄숙한 태도로 명령하였다. 그러자 화통을 쑤시는 쇠몽둥이를 번쩍 들어 운전대 지붕을 몇 번 두드렸다. 그와 동시에 차는 멈추어 섰다.

"어서 나리시오."

하며 조수는 다시 노인에게 독촉하였다.

"글쎄 왜 이러우. 손해 보는 셈치고 이 늙은것 서울까지만 그냥 이곳에 태워주면 좋은 것 아니겠소."

노인은 몹시 당황한 어조로 이렇게 사정사정하였다. 그러나 조수는 그런 건 귓가에도 들리지 않는 듯

"능력 없는 몸이 왜 야단야. 어서 나려. 차 떠나게……."

하며 호들갑스러운 목소리와 함께 일어나 위엄을 보이었다.

"난 죽어도 못 나리겠소. 돈 한 푼 없는 몸이 나치부치* 모르는 곳에 나리면 잠은 어데서 자고 가기는 어떻게 걸어간단 말이오."

노인도 성이 난 말을 이렇게 하였다. 그런 다음 그는 또 애걸하였다.

"여보 조수 양반……. 보아하니 당신도 별로 유복하지는 못한 것 같은데 없는 놈 사정 좀 못 보아줄 게 뭐 있단 말이오."

| * 아는 이 아무도 없는

"뭐 이런 늙은 게 있어……. 남 잘 살고 못 사는 것까지 참견할 게 뭐야."

이때 운전대에서 뿡― 소리가 난다. 얼른 가자는 신호였다. 조수는 더욱 팔팔하여졌다. 그동안 거리를 왕래하는 사람들도 하나 둘 모여들었다. 조수는 다급하여 어쩔 줄을 몰랐다.

"이 늙은이가 괜히 이렇게 창피스럽게 속을 태워……."

하자 조수는 별안간 차에서 내려뛰어서 차바퀴로 올라서 노인을 마구 끌어내렸다.

"불쌍한 노인을……."

여적 옆에서 보고만 있던 중년 남자가 옆에서 말하자

"불쌍하긴 뭐 불쌍해요. 이런 늙은이는 고생 좀 하여야 해요."

하고 조수는 도리어 윽박질렀다.

"늦어요, 얼른 가십시다."

화주의 역시 찡그리는 말소리다.

이때 운전대에서는 뿡뿡 소리가 몇 번이나 연속하여 났다.

"이것아 얼른 나려."

하자 조수는 그순간 노인을 끌다시피 자기 옆으로 □차□ 해서는 날쌔게 번쩍 들어 땅에 덜컥 내려놓았다. 그리고는 제일 커다란 목소리로

"오라잇!"

하고 운전수에게 호통을 치며 얼른 차대 위로 껑충 올라타자, 차는 다시 움직이기 시작하였다.

"서울까지에 이 늙은것……."

하며 노인은 차에 매어달린다.

"이 자식아 죽어……."

하는 조수의 하직 인사를 발길과 함께 받은 노인은 드디어 차에서 떨어졌다.

노인은 비틀거리며 다시 일어나자 지팡이를 마구 땅에 두드린다. 차는 여전히 덜덜거리며 삐거덕 찌그덕 기괴한 소리와 함께 일직선으로 난 시가지 한복판을 달리기 시작하였다. 화주는 이맛살을 찌푸린 채 몇 번이고 손목시계를 들여다보았다. 그러나 중년 남자의 두 눈은 차가 달리는 쪽과는 반대 방향인 노인이 비틀거리는 곳을 향하여 좀체 움직이지 않았다.

이월도 중순이 넘었다는데 한결같이 먼 산에는 눈이 쌓인 채 황혼이 잦아드는 낯선 저잣거리에서 두루마기 □□□ 노인은 어느 때까지나 차가 달아난 뒷좌석을 허전히 바라보고 있는 것이었다. 조금 뒤 차에서는 다시 조수의 □□□□□□□는 듯한 탁한 노랫소리가 들리기 시작하였다.

(1946년 4월 20일)

《해동공론》 9호, 1949년 3월

농민
—순만의 일생

돌도 채 지나기 전에 순만은 아버지를 잃었다. 토사吐瀉병으로 죽었다는 것이다. 어머니는 혼자서 순만을 데리고 먹고살 도리가 없어서인지 아직 나이가 젊은 탓이었는지 고개 너머 박 목수에게 재가를 하였다.

그때 순만도 어머니를 따라 그곳으로 갔다. 목수는 술이 심한 데다 불량하였다. 그에겐 아홉 살 된 아들이 있었다. 그는 이 아들을 천대할까 보아 어머니를 툭하면 때리고 순만을 덮어놓고 싫어하였다. 어린 순만이가 똥을 싸는 것을 보면 벌떡 일어나 그 똥에다 처박았다. 또 순만이가 울면 어머니는 있건 말건 걸레 조각이나 그렇지 않으면 자기의 험악한 주먹으로 어린 조그만 입을 반은 때려가며 막았다. 그러면서

"이년아, 아무리 네년 값이 있다 해도 요놈까지 내가 맡을 수는 없다. 당장 죽여버리든지 딴 데로 나가든지 해여, 이년아!"

하며, 순만 어머니에게 동리가 울리도록 소리를 버럭 지르곤 하였다.

목수의 본 아들은 그의 아버지가 하는 대로 커가는 순만을 또한 때리고 싸웠다. 목수는 단 한 시간 동안이라도 외출에서 돌아오면 그 아들에

게 집안일을 반드시 물었다. 아들은 아들대로 열 가지를 물으면 일고여
덟 가지는 고개를 끄덕끄덕하였다.

"에미가 널 때리든?"

"순만의 밥이 네 밥보다 더 많았지?"

이런 후엔 어머니는 대꾸도 못하고 또 맞았다. 순만도 어머니와 같이
두드려 맞았다. 순만은 이러하였기 때문에 기를 펴지 못했다. 목수가 들
어오면 슬슬 피하느라 어쩔 줄을 몰랐다. 어머니도 그러했다.

일곱 살 되던 해다. 어머니는 갑자기 중풍에 걸려 여드레 만에 세상
을 떠났다. 순만은 숨이 넘어가리만큼 "왝! 캑!" 하며 마구 슬피 울었다.
며칠 뒤 그는 목수의 집에서 쫓겨나 길을 헤매며 지냈다. 밥을 얻어먹으
며 이 동리에서 저 마을로 정처 없이 떠돌아다녔다. 옷도 없었다. 잘 곳
도 없었다. 계절이 바뀌는 대로 벌거숭이도 되고 그렇지 않으면 부대나
가마니를 등에 걸쳤다. 따라서 다리 밑에서도 자고 남의 집 헛간에 몰래
들어가 북데기* 속에서도 눈을 붙였다.

가는 곳마다 마을 아이들은 그를 그냥 두지는 않았다. 떼를 지어 몰
려다니며,

"비렁뱅이 이놈아!"

욕하고, 돌이든 나뭇가지로 때렸다.

이럴 때마다 그는 아무 대꾸도 없이 욕을 먹었고 슬슬 피해가면서 언
어맞았다.

열다섯 살 적에는 어느 읍 가까운 주막에서 심부름을 하여 주게 되었
다. 고생됨은 역시 마찬가지였다. 주정꾼들과 같이 밤을 해뜩해뜩 새워
가며 심부름을 하였다. 그는 사내아이도 되고 계집아이도 되었다. 욕 잘

* 짚이나 풀 따위가 함부로 뒤섞여서 엉클어진 뭉텅이.

142

하고 소리 잘 하고 사내를 사흘 도로리*로 갈아들이는 이 집 주인인 여자
는 그에게 나무도 하여 오라고 하였다. 달에 한 번씩 치르는 피 속옷 빨
래도 시켰다. 다듬이질도 하라 하였으며 밥도 지으라 하였다. 물론 찌꺼
기를 먹일 따름. 품값으로는 동전 한 푼 주지 않았다. 그러나 헌 뜨갱이**
로 만든 중의적삼은 두 벌 얻어 입었다.

　겨울옷을 모르고 떨며 지냈다. 그저 아무렇게나 제 손으로 빨고 기워
입으며 헌 털뱅이만으로 지냈다. 이번엔 아무리 추워도 부대와 가마니를
두를 수는 없었다. 주인댁이 들고 야단을 치며 못하게 하였다. 옷을 하도
떨어뜨려 이루 해댈 수 없다는 것과 그 버릇을 고치기 위하여 일부러 겨
울옷을 안 해준다는 말을 손들에게 하였다. 그러면서 떨면 떨었지, 부대
나 가마니를 걸머진 거지새끼는 이런 영업집에 둘 수 없다는 것이다.

　시키는 일에 조금이라도 비위가 상하면

　"천생 이 비렁뱅이야! 옷 벗어놓고 당장 가버려!"

　하며 부지깽이 찜질을 하였다.

　그는 가만히 서서 아무 말 없이 맞았다. 삼 년이 지나 열여덟 살이 된
뒤에는 머리가 너무 커서 징글맞다고 나가라 하였다. 순만은 다시 각처
를 헤매며 돌아다녔다.

　이번엔 어느 동리 구장네 집에서 개답改畓하는데 여러 사람들 틈에
끼어서 돌도 지고 흙도 날랐다. 온종일 일을 해도 단 한 마디의 말도 없
이 힘에 부칠 만큼 허약한 몸으로 처음 노동을 하였다. 쉬는 법이 없었
다. 구장은 순만의 이런 성실한 것을 보자 일한 지 열흘 만에 아주 같이
살며 일을 하여 달라고 옷과 방을 차려주었다. 그는 구장에 대하여 속으
로 희미하게 감사하였다. 그러나 똑같은 일을 똑같은 태도로 과로를 하

---

* 같은 현상이나 특징이 한 번 나타나고부터 다음번 되풀이되기까지의 기간.
** 질이 좋지 않은 옷감.

여서인지 열흘도 채 못 가서 병이 나고 말았다. 눈이 쑥 들어가면서도 일을 쉬지는 않았다. 드디어 자리에 누워야 되었다. 그것이 또 며칠 후엔 염병으로 변하였다. 머리카락이 쏙쏙 빠지어 고통에 겨운 신음 소리를 엉겁결에 자꾸만 더하였다.

구장은 이러한 순만에 대하여 혼잣말로

"제—기, 녀석이 하도 얌전해서 부려볼까 하였더니 되려 혹을 붙였군!"

하면서도 병시중은 그치지 않았다.

앓기를 이십여 일, 순만은 이곳에 더 머물러 있을 수는 없었다. 첫째 주인에게 미안스러움을 억제하지 못했다. 게다가 아무리 생각해보아도 자기의 병이 나을 것 같지는 않았다. 차라리 죽어 없어질 것이라면 구장의 신세를 더 입을 수는 없다는 생각에서 어느 날 밤 여름 달이 훤히 밝은 틈을 타서 그 집을 비씰비씰 나섰던 것이다.

아무도 없는 산 길가에서도 잤다. 어느 마을 앞, 대장간에서도 쉬었다. 열이 간간이 식을 때마다 누룽지를 얻어 물에 불려 먹었다.

좀처럼 병은 낫지도, 더하지도 않았다. 자기 한 몸 가누기가, 끝끝내 이리도 어려운 것을 돌아보자 눈물은 줄줄이 흘렀다. 구장 집을 떠난 지 열흘 후에는 그만 스스로 죽어버릴 것을 작정하였다. 그는 허리끈까지 풀어 대장간 얕은 대들보에다 매어달았지만 그러나 목숨이 모진 탓인지 여간해 목을 걸지는 못했다. 그곳에서 며칠을 두고 앓았다. 낮이면 앓는 중에도 동리를 간신히 쏘다니며 입 축일 것을 구걸하였고 밤이면 언제나 허리끈을 풀어 애써 죽기를 바라곤 하였다.

이렇게 지나던 중 계절이 더워서 병에 지장이 없었던지 그곳에 머문 지 열흘이 가까워서는 열이 점점 내리기 시작하였다. 사흘이 더 지난 뒤에는 아주 정신이 났다. 그제야 순만은 전에 고맙게 굴던 구장 집을 다시 찾았다. 은혜를 조금이라도 갚자는 마음에서 겸연쩍은 낯으로 갔다. 원래 말이 없는 그라 구장을 대하자 머리만 숙여 공손히 절하고는 가만히 서 있었다. 구장은 그를 보자 대번에 펄펄 뛰며,

"이놈아, 병 고쳐준 공은 모르고 달아나더니 얻어먹을 수 없으니까 또 찾아왔구나. 한 번 속지 두 번 안 속아! 대가리에 피도 안 마른 쥐새끼 같은 놈! ……."

하며 뺨을 몇 번이고 후려갈겼다.

순만은 역시 같은 태도로 잠잠한 채 얻어맞았다. 이리하여 그는 또한 떠돌아 살았다. 그러자 얼마 후 버들골이라는 동리에서 살게 되었다. 이번에도 남의 집 일꾼으로 들어갔다. 마침 중늙은이 두 내외와 그들의 딸, 열일곱 살짜리밖에 없는 집에서 고용살이를 하였다. 착실함은 여기서도 유달리 나타났다. 날이면 날마다 사내 늙은이와 같이 밭도 메꾸고 논도 주물렀다. 묻는 것이나 대답할 뿐, 날이 갈수록 잔망하던 몸도 차츰 굵어서 흡사 소같이 꿍꿍 일을 하였다.

동리 사람들도 아기 품으로는 그를 취급하지 못했다. 겨울이 되어 반해 동안 일해준 품 사경을 받고 나가든 다시 있든 결정을 지을 때가 되었다. 처음에 들어올 때 옷 한 벌과 어른의 반 몫으로 벼 닷 말을 준다고 하였던 것이다. 옷은 벌써 얻어 입고 벼를 받아야 될 이월이 지나도 순만은 달라지를 않았다. 그저 이렇게 먹고 입고 살 수 있는 것만이 덮어놓고 든든하였다.

그런데 순만에게 처음으로 운이 뻗쳐서인지 하루는 주인이 그를 조용히 불러 앉히더니 딴 데로 갈 생각은 말고 같이 사는 것이 어떠냐는 것이다. 땅뙈기라고 먹을 것도 안 되는 조금밖에 없지만 늙어가는 자기 내외를 위해서 살아달라고 하며 위인된 품이 밥걱정은 안 할 것 같으니 돌아오는 가을쯤은 사위로 삼을 생각까지 있다 하였다.

순만은 어리둥절하였다. 무언지 꼭 꿈속만 같았다. 감히 생각도 못하던 것이었다. 이런 일이 있은 후부터는 그는 주인의 딸 복순을 전과는 사뭇 달리 대하였다. 지난 날같이 한타령으로 말을 못해도, 또 자기의 옆을 지나치는 때가 있으면 역시 외면 대신 부지중 하늘을 우러러보아도 반드시 복순의 뒷모양만은 놓치지 않고 남의 눈을 피해가며 흐뭇이 바라보았다. 복순도 복순대로 피어오르는 얼굴을 돌리며 내외를 하는 척하였으나 멀리 순만이가 보일라치면 얼굴이 은연중 발개지면서도 눈을 피하지 않았다.

순만은 하루하루를 마음속으로 자기들의 혼인할 것만 푸근히 바랐다. 이제 와서는 그렇게도 뼈아프게 지나던, 지난 날의 고생도 한갓 옛이야기로만 돌리고 오직 나중에 살아나갈 것만 생각하고 더욱 힘을 써가며 일을 하였다.

늦은 봄 어느 날, 주인은 순만에게 혼잣말로 돌아오는 가을엔 복순과 혼인을 시키겠다 하였다. 그러나 그해는 워낙 가뭄이 심했던 탓으로 모든 것이 예상했던 것과는 달랐다. 추수가 보통보다 적었기 때문에 혼인은 자연히 이듬해 가을로 밀렸다. 하지만 순만은 날마다 볼 수 있는 복순이라 별로 멀어진 날짜에 마음을 졸인다거나 하지는 않았다.

이듬해 가을이 되었다. 그렇지만 순만의 혼인은 되지 않았다. 소출도 평년 이상으로 걷을 수 있었는데 혼인에 관하여서는 영감은 도무지 입을 떼지 않았다. 그보다 시일이 지날수록 순만을 대하는 몸가짐이나 말가짐이 전보다 달라지기만 하였다. 어느 때는 의심스러운 태도로, 간혹 또 어떤 때는 짜증을 내는 빛을 띠기도 하였다. 짜증을 내는 때라면 뒤에 눈치챈 일이지만, 고개 넘어 동리에 사는 민 서방이 와서 둘이서 수군거리다 간 후였다.

늦가을이 되었을 때, 동리 안에서는 이상한 소문이 돌았다. 그것은 복순의 혼인에 대한 말이었다. 복순은 고개 넘어 민 서방 셋째 아들하고 혼인을 한다고 하였다. 논 세 마지기와 밭 하루갈이를 가지고 신랑감이 처가살이를 할 것이라고들 하였다. 그리고 복순의 신랑이 오면 일꾼이 소용없으니 순만은 나가야 할 것이라고 하며, 그 마을 안 광농廣農 하는 집에서들은 순만에게 고용살이를 부탁하였다. 순만은 다만 하늘을 우러러보며 혼자 한숨지었다. 복순도 무엇도 다 집어치우고 어디로든 또다시 방랑의 길에 접어들려는 마음이었다.

어느 날, 영감은 이태 전 순만이가 머물러 있도록 부탁하던 때와 같이 혼자서 그를 조용히 불러 앉히더니 그러한 말을 비추었다. 사경은 내일이라도 후하게 줄 터이니 그리 알라는 것이었다. 그러면서 이곳에서 남의 집을 살려거든 요전부터 박 서기 집에서 하도 졸라대니 그곳으로 가는 것이 어떠하냐는 말까지 하였다.

순만은 그저 잠잠한 채 물러나왔다. 그날 밤은 유난히도 달이 훤히 밝았다. 그는 저녁밥을 채 반 사발도 마치지 못하고 자기 방에서 밖으로 나왔다. 그리하여 삽짝을 나서서 걸으려니까 등 뒤에서 자기를 부르는 소리가 가늘게 들렸다. 그것은 복순이었다. 이렇게 이야기해보기는 처음 당하는 일이라 순만은 놀랐다. 그래서 멍하니 우뚝 선 채 있으려니까 복순은 떨리는 음성으로

"새경이 더 중해요?"

하며 뚫어지게 순만을 쳐다보았던 것이다.

이날 밤중, 복순은 집을 뛰어나왔다. 순만도 복순이 하자는 대로 따랐다. 그는 세상에 이럴 수도 있을까 하는 생각과 이어 자기들의 이러한 짓이 무슨 큰 죄만 짓는 것 같아 가슴이 사뭇 달아올랐으나 다만 복순이가 있다는데 그리함을 진정할 수 있었다.

"설마 죽을 법은 없겠지……. 어디든 가서 살지요……."

하는 복순의 야무진 음성에 순만은 그저 고개만 끄덕였을 뿐이었다.

그들은 굴러굴러 여러 곳을 돌아다녔다. 그러다 종당엔 충주라는 읍에서 기차 정거장 가는 길. 이름도 없는 조그만 동리에서 덮어놓고 자리를 잡았다. 우선 두 가지 생각에서였다.

첫째로 자기네들의 일이 막히지 않을 것 같은 읍과의 거리가 가까운 곳이며 다음으로는 촌이어서 토막이라도 지어 거처해도 관청에서 막지 않으리라는 생각에서였다. 그리고 이 고장에서 제일간다는 부자인 양씨가 사는 곳으로는 인가가 불과 얼마 되지 않았으므로 사노라면 땅뙈기라도 얻어 부칠 수 있을까 하는 의견이 있어서였는지도 모른다.

그들은 이곳으로 오자 동리 뒤편 멀찌감치 떨어진 곳에 곧 토막을 짓기 시작하였다. 바로 옆쪽을 흐르는 강변에서 순만은 돌을 져 날랐고 복순은 남편과 같이 모래를 삼태기에다 날랐다. 이리하여 그들은 꼬박 열흘 동안을 걸려 거처할 집이라고 만들었다. 그런 중 순만은 몇 해 전 염병으로 구장네 집에서 쫓겨나와 어느 대장간에서 그만 죽어버리려고 들던 일이 생각이 나자 그래도 이제까지 산 것이 다행이었다는 것을 느낌과 함께

"여보, 우리는 이런 집을 또 하나 더 지어야겠소."

하고 옆에서 자기가 하는 일을 거들어주는 아내에게 말하였다. 그것은 이 동구 앞에다가 대장간을 차려놓으면 장날마다 벌이가 제법 잘 될 것이라는 생각에서였다. 이 말을 복순도 그럴듯이 들었다. 그리하여 그들은 거처할 집이라고 꾸민 뒤, 신작로 옆에다 토막을 조그맣게 하나 더 지어 대장간을 꾸며놓았다.

그 후, 그들은 뼈가 부서지도록 일을 찾아다니며 하였다. 순만은 주로 양씨네 집에 얹혀 날품을 팔았고 틈 있는 대로 나무를 하여서 읍으로 가져다 팔았다. 복순도 복순대로 날이면 날마다 남편을 따라다니며 일을

하였다. 그러나 일 년이 지나도 이태가 지나도 살기 어려운 것은 마찬가지였다. 양씨네의 땅을 얻어 부쳐보자는 마음도 헛되게 돌아갔다.

양씨네 세력은 혀를 딱딱 벌릴 만큼 대단한 것이었다. 일본말도 제대로 잘 못하는 그는 한 해에 벼를 적어도 이천여 석이나 넘긴다는 돈의 힘으로 이 근방에서 이름을 휘날리고 살았다. 더구나 일본과 중국이 전쟁을 시작한 후부터는 그들의 힘은 더욱 빛났다. 비행기를 한 대, 일본 군부에 헌납한 뒤에는 군수나 경찰서장은 물론 도지사 같은 사람도 출입하였고 이에 따라 그의 사업도 날개를 펴고 나날이 번창하여 갔다.

물자 부족으로 말미암아 모든 사람들은 죽지 못해 사는 판이건만 오직 양씨만은 이러한 통제기관을 모조리 도맡아 영리를 취하였다. 식량영단*의 이 고장 이사장 심지어는 설탕이나 고무신 같은 배급품까지도 이 사람의 손을 거치지 않으면 일반에게 돌아가지 않을 만큼 중요한 지위를 확보하게 되어 전쟁이 끝날 임시에는 도평의원道評議員에까지 승진하게 되었다. 그는 모든 사람들의 상전이었다. 동리 안에서는 더욱 그러했다.

그가 시킨다면 주위에 살고 있는 사람들은 죽는 시늉까지도 할 만큼 되어 있었다. 잘못 어정거리다가는 땅을 떼여버리는 것은 맡아놓은 당상이다. 아무리 소작조정령**까지 있어 군청이나 재판소의 간섭을 받아야 할까 말까 한 때였지만 양씨에 한해서만은 자기 마음대로 지주 행세를 하였다.

어느 해인가 그때는 바로 순만의 내외가 이곳에 온 지 이태가 지난 어느 가을 이렇던 양씨네 집에 초상이 났다. 바로 양씨의 늙은 어머니가 죽었던 것이다. 동리 안 사람들은 전부가 그 집으로 모여들었다. 그리하

---

* 일제 강점 말기 조선 쌀의 강제 공출과 배급을 통제하기 위해 일제가 설립한 특수 법인.
** 1932년 일제는 농림국을 신설하고 조선소작조정령을 제정하여 소작쟁의 조정권을 장악, 조선 민중을 착취하는 수단으로 삼았다.

여 궂은 일을 돌보아주었다. 그런데 순만의 내외만은 다만 그들 틈에 끼이지를 않았다. 마음이야 없었을까마는 복순에게 태기가 있었기 때문이었다. 이제 두 달 후면 몸을 풀게 된 만삭이었으므로 궂은 일을 치르는 것은 세상에 나올 어린이에게 불길하다는 말을 받들어 못 갔던 것이다. 그런 중이면서도 순만은 도무지 마음이 놓이지 않았다. 자기들이 가지 않는 것이 양씨에 대하여 크나큰 죄만 짓는 것 같아 그는

"여보, 가도 상관없을 텐데……."

하였다. 그랬더니 복순은

"남이라고 다 꺼리는 것 우리만이 특별하게 할 것 뭐 있나? 그들 위해 우리네 어린것을 소홀히 여기다니, 쯔잣……. 마음대로 하라구……."

하며 한숨을 토하는 것이었다. 그러면서 뒤이어 하는 말이

"생각해보라지. 거기 가서 일한다고 당장 굶주림을 면하는 것도 아니니 어서 대장간에나 가서 일이나 해요. 오늘 장 놓치지 말고……."

하였다.

이것이 나중에 문제가 되었던 것이다. 높은 손들과 같이 크게 장례식을 치른 후, 양씨는 사람을 시켜 순만을 불러다 세우고

"이놈아, 삼사십 리 밖에서도 일부러 찾어와 일을 보아준 것들도 많은데 명색이 한동리에 사는 놈이 콧중백이 한 번 까딱 안 해, 못난 놈은 못난 구실이나 해야지, 네가 군수보다 도지사보다 더 높은 놈이냐. 당장 너 같은 놈은 증용*에나 보내야 해……. 천에 고현 놈 같으니, 지금이래도 보따리 싸가지고 내 눈에 보이지 말라……."

하며 호령호령하였다.

| * '징용'의 방언.

순만은 다만 머리를 숙인 채 아무 말도 없이 꾸중을 받았다. 그저 자기가 잘못했다는 생각뿐이었다.

전쟁은 나날이 심해갔다. 징용장이 방방곡곡을 휩쓸어 날았다. 중국에다 겹쳐 미국과도 전쟁이 벌어진 뒤부터는 더욱 이러함이 심했다. 농부들은 열 사람에 다섯 여섯 사람은 대개가 일본 탄광이나 군수 공장으로 끌려갔다. 이에 반항하거나 피한다면 징역을 보냈다. 서슬이 시퍼런 그때에, 식민지 조선의 인민은 그저 떨기만 하였다. 죽지 못해 사는 형편이었다. 어디든 가라고 하면 가야 되었다. 이에 순만도 생후 한 번인들 생각조차 하지 못했던 일본 구주九州로 끌려가고야 말았다. 그러나 순만은 일본인들이 좌우하는 관청에서 처음부터 보낸 것은 아니었다. 말하자면 양씨가 보낸 것과 진배없었다. 왜 그런가 하면 양씨의 처가로 따져 먼 촌 일가인 홀아비인 삼뱅이* 박 서방을 대신하여 간 것이었다.

처음 징용장은 이 삼뱅이에게로 왔다. 삼뱅이는 벌써 십여 년 전부터 양씨네에게 얹혀서 해낭**같이 살아왔기 때문에 허섭스레기 일은 그가 중심이 되어 무엇이든 하여 온 사람이었다. 그래도 이리저리 따져서 남과는 다른 터라 한 가지 심부름을 시켜도 미덥다는 생각에서 양씨는 그를 징용에 보내기를 꺼리었다. 그래 생각하던 끝에 묘안을 내어 꾸민 일이 바로 순만에게 미치고 말았다.

양씨는 삼뱅이에게 징용장이 내린 그 이튿날, 아침 곧 읍사무소를 다녀왔다. 그리고 그날 점심나절쯤 해서는 전날 다녀간 읍사무소 노무계원이 또한 동리로 왔다. 때마침 순만이는 동리 사람들 틈에 끼어 양씨네 밭

---

* '쏨뱅이'의 방언. 양볼락과의 바닷물고기. 쏘가리와 비슷한데 몸의 길이는 20센티미터 정도이며, 대체로 붉은 갈색이다. 등지느러미에 12개의 가시가 있다. 못난 사람을 비유하여 이르는 말.
** 조선 시대에, 궁중에서 음력 정월 첫 해일亥日에 임금이 가까운 신하들에게 내려주던 비단 주머니. 늑돼지 주머니.

에서 보리를 베고 있었다. 그중에는 삼뱅이 박 서방도 끼어 있었으나 그는 도통 힘이 없이 일은 하는 둥 마는 둥 실망에 쌓여 있었다.

읍사무소 노무계원은 바로 그들을 찾아왔다. 그는 삼뱅이의 징용장을 다시 회수하고 다른 징용장 하나를 순만에게 주고는 받았다는 표시로 도장을 찍으라고 하였다. 순만은 어리둥절하였다. 다만, 노무계원과 삼뱅이를 번갈아 볼 수밖에 없었다.

그날 밤, 복순은 남편이 징용을 간다는 데 대하여 슬프게 울었다. 순만이가 징용장을 받을 때의 일을 이야기하자

"세상도 망한 세상이야. 이게 다 뻔한 일이지. 모두가 양가의 농간이지 뭐야……. 일가라고 삼뱅이는 슬쩍 빠지게 하고 대신으로……."

하여 토막 속에서 소리를 마구 질렀다. 순만은 어쩔 줄을 모르고 누가 이 소리를 들을까보아 복순의 입을 손으로 가리며 그렇게 떠들지 말라고 굳이 말렸다.

순만은 양씨네 집을 찾았다. 가다 처음으로 마음대로 잘 돌려지지 않는 입을 열어 나라에서 시키시는 일이니 가기는 가지만 이제 얼마 안 가서 생겨질 아이와 그 어미의 살아갈 길이 망단*하다고 하며 은혜는 죽어도 잊지 않겠으니 잘 보호해 달라고 간청을 하였다. 그랬더니 양씨는 나라에서 시키는 것까지 아는 너이니 난들 그냥 있지는 않겠다고 하며 어쨌든 나라를 위해 일만 잘 하면 나도 너의 처자는 굶어 죽게 하지 않을 것이니 안심하고 잘 가라 하였다.

며칠 후 순만은 이곳을 떠났다. 우는 아내를 등 뒤에 남기고 마음에 없는 곳으로 향하여 차에 몸을 실었다. 죄수와 같이 자유를 잃고 일본 병정의 감시 아래 부산을 지나 현해탄을 건너서 아주 깊숙한 산속, 어느 탄

---

* 이러지도 저러지도 못하여 처지가 딱함.

광에서 만 이태를 지났다. 그는 시키는 대로 꾸벅꾸벅 일을 하였다. 추운 겨울에도 굴속으로 들어가라 하면 벌거벗고 살이야 얼어 터지건 말건 흙탕물 속에서 돌과 흙을 건져내기도 하였으며, 석탄을 실은 궤짝에 매달려 공중을 날기도 하였다. 하지만 그는 이러함을 자기의 생활이라고는 생각하지 않았다. 언제나 아내와 어린것을 하루바삐 만날 수 있을까 하는 것이 곧 그의 생활 전부였을는지도 모른다. 그렇다고 이러함을 겉으로는 내지 않았다. 편지도 쓸 줄 모르는 그였으니 마음속의 것을 남에게 말하여 대서代書를 시킬 수도 없었다.

그동안 그는 간신히 남에게 부탁하여 꼭 네 번 편지를 하였다. 복순도 순만과 같이 대서로 두 번 편지를 하였을 따름이었다. 한 번은 떠난 지 며칠 만에 사내아이를 낳았다는 것과 또 한 번은 그저 어린것에 의지해서 품을 팔아 먹고사니 안심하고 몸조심이나 잘 하라는 것이다. 그런 후에는 근 일 년이 가까워가도록 편지가 없었다. 순만은 남에게 써서 하자니 자연 마음 내키는 대로는 되지 않을 것이라는 생각에서 그저 어서 돌아갈 때만 오기를 마음속으로 바라며 지냈다.

그런 중에 그는 어느 날, 일을 하다 그만 왼편 팔을 석탄 파는 기계에 치이고 말았다. 병원에 실려가서 며칠 치료를 받다가 종당엔 팔을 아주 잘렸다. 영원한 불구자가 되어버린 그는 한 달 동안을 병석에서 누운 채 서러움을 물리치지 못했다. 그러나 병신이니 일은 못할 것, 이제 집으로 돌아가게 될 것을 생각할 때, 한편으론 돌이켜 다행하기도 하였다.

이런 중, 별안간 뜻하지 않은 해방이 되었다. 일본이 전쟁에 지고 말았다는 것이다. 그날 즉시로 석탄 채굴은 중지되었다. 따라서 이제까지 소나 코끼리 모양으로 마구잡이 불리는 조선 동포는 금시에 여보란 듯이 머리들을 들었다. 이튿날부터 그들은 짝을 지어 고향을 찾아 돌아왔다.

불구자가 된 순만은 치료를 받느라 그들보다 약 한 달이나 뒤떨어져

왔다.

지난날 그다지도 슬픔 속에서 떠났던 정거장에 다시 모양을 나타낸 순만은 우선 처자가 살고 있을 양씨네 마을을 향하여 황혼 속을 걸었다. 의수義手를 한편 양복바지에 집어넣은 채 마을이 점점 가까워질수록 눈은 자기들의 집, 오직 하나의 보금자리인 토막을 발견하려 애써 움직였다. 얼마 아니 가서 토막은 멀찌감치 눈에 감실거렸으나 자기가 늘 상상하고 그리워하던 전의 것과는 아무래도 다른 것이었다. 웬일인지 전보다 커진 것만 같은 느낌이었다.

그러나 다음으로 바로 눈앞에 또한 나타난 것은 대장간이었다. 집으로 가는 길이 아무리 급하다 할지라도 이곳을 그냥 지나칠 수는 없었다. 그런데 그 대장간에서는 쇠를 다루는 모진 음향이 간간이 났다. 순만은 그곳을 우선 들렀다. 바로 자기들 토막에서 동리로 제일 가깝게 살던 택이가 쇠스랑을 만드는지 땀을 찔찔 흘리며 벌겋게 다룬 쇠를 다듬고 있었다. 그는 순만을 이내 알아보고

"왜, 이제야 오나?"

퉁명스러울 정도로 말하였다. 순만은 그저 머뭇머뭇 고개만 끄덕였다. 그리고는 우선 식구의 안부를 물었다. 택이는 이내 받아

"아들놈은 우리에게서 크지……."

한다. 순만은 이 말이 귀에 찔려

"걔 어머니도?"

어름거리며 택이를 다시 쳐다보니 그는 잠시 쭈뼛쭈뼛하다가 다만

"자네의 토막은 곳집〔葬具庫〕으로 변했다네……."

하였을 뿐이었다. 순간, 순만은

"무슨 소리? 그럼……. 그럼……."

함과 무엇을 애원하는 듯한 낯빛으로 변해서 덤벼들 듯 택이에게로

다가갔다. 택이는 고개만 몇 번 끄덕였다. 순만의 눈은 뒤집히는 듯 한동안 되잖으니 끔벅 어려지더니 날 바닥에 궁뎅이가 깨지도록 털퍽 주저앉아버리고 말았다.

택이의 말은 간단한 것이었다. 복순은 여덟 달 전에 죽었다는 것이다. 순만이가 징용 간 후 얼마 지나지 않아 복순에게 홀아비 삼뱅이로부터 같이 살자는 청혼이 있었다. 그러나 복순은 귀도 기울이지 않았다. 한번은 가다 처음으로 양씨 부인이 쌀 한 말을 들려가지고 와서 위로한다는 것이 삼뱅이와 같이 살면 어디까지든 돌보아주겠다고 하였다. 죽은 원인은 바로 여기서 생긴 것이라고 한다. 복순은 쌀을 밀어 박차며 양씨 부인을 원수라 하였다. 이게 시초가 되어 서로 욕설까지 하게 되고, 나아가서는 닭같이 붙잡고 싸웠다. 양씨 부인은 이런 망신됨이 어디 있나 하여 분에 겨워 울었다. 때마침 양씨가 집에서 이 소문을 듣고 부랴부랴 달려왔다. 복순은 그래도, 마구 나대었다. 소리를 지르며 달려드는 양씨를 보고 사람의 도적놈이라고 하였다.

양씨의 수염은 곧장 솟아올랐다. 마음에 내키는 대로 몽둥이를 집어들고 요런 망종亡種이 어디 있느냐고 이를 웅숭그려 물고 딱 한 번 후려갈긴 것이 그를 즉사케 하였다. 몽둥이는 복순의 앞가슴을 후려쳤다는 것이다. 그러나 양씨는 죄인으로 몰리지는 않았다. 관청에서도 대개 알았지만 양씨 대신으로 삼뱅이가 죽인 것같이 하여 징역을 갔다.

그 후 토막은 양씨가 시키는 대로 더 넓히고는 동리 안에서 쓰는 곳집으로 변했다. 혼자 동그마니 남은 아이는 택이 자신이 맡았다. 어린것은 없지만 여러 아이하고 기를 만한 힘은 없었으나 만만한 사람이 나서지 않으니 어찌하느냐는 것이다. 그래서 순만이 오기만 기다리며 길러왔다고 한다.

이런 이야기를 대개 들은 순만은 부지중 앉았던 자리에서 일어났다기보다 솟아올랐다. 그러나 이와 동시에 다시 털퍽 주저앉으며 혼잣소리로 어떻게 살아야 좋으냐 하며 흑흑 느꼈다. 택이는 그만 자기들 집으로 가서 아들이나 만나보라고 하며 하던 일을 거두고 재촉하였다. 순만은 이윽고 택을 따라나설 수밖에 없었다. 핑글팽글 돌리는 어지러움 속에서 동리 옆을 지나칠 때 우연히 만난 삼뱅이의

"어—허—. 왔구먼……."

하고 얼버무리며 달아나는 꼴에도 그는 아무런 충격도 느끼지 못했다. 그저 어리둥절한 가운데 지나쳐버렸을 뿐이었다.

어둠 속이라 아이의 얼굴은 잘 볼 수 없었다. 그저 세 살배기를 자기 아들이란 데서 마당 멍석자리에서 힘껏 껴안으며 흑흑거렸다. 택이의 처 말대로 하면 순만과 얼굴 모양이 조금도 다르지 않다 한다. 머리가 쑥 붙은 것하며 어쩌면 그렇게 닮았느냐는 것이다. 순만은 불이라도 켜고 실컷 보고만 싶었지만 그만 참았다. 다만, 희미한 초저녁 달빛을 통해 짐작이나 하려 하였으나 그것도 눈을 가로막는 것이 있어 이루지 못했다.

저녁밥도 한술 뜨지 않았다. 상을 물린 택이에게 어떻게 해야 좋으냐고 하며 양씨는 자기와 무슨 원수 사이기에 사람을 이렇게까지 망쳐놓는지 모르겠다고 떠듬떠듬 이야기하였다. 택이는 이게 다 팔자에 매어 된 것이니까 뭘 어찌하느냐 하고는 어린것 데리고 살다 때를 보아 마땅한 여자나 나서면 얻어 살아갈 수밖에 별반 도리가 있느냐 하였다. 그러면서 참 양씨가 해방 후부터는 사람이 아주 딴판으로 변했다면서 그는 공산패가 되었다는 말을 했다. 요즈음은 자기들에게도 말솜씨나 몸가짐이나 천양지판으로 고맙게 군다는 것이었다. 날마다 하다시피 여러 번 자기들을 모아놓고 이야기하는 폼이 쇠련인가 쏘련에게 붙어 나라가 들어서면 농부들이 나서서 나라 일도 보고 누구나 지금보다 잘 살 수 있다고 연설을 하였다고 한다. 이런 연설은 읍내에 가서도 해서 사람들이 모두

좋아하여 군수를 시킨다고 야단이라 하며 순만도 전의 일은 다 잊어버리고 찾아가면 반갑게 대할 것이니 가서 인사라도 하라고 권고하였다.

순만은 공산이니 쏘련이니 연설이니 하는 말은 도무지 처음 듣는 것으로 무엇인지를 몰랐다. 다만, 그가 생각하는 것은 그저 우둥퉁하고 기름이 번쩍이는 무서운 얼굴에 몽둥이를 들은 양씨의 모양이었다. 그리고 앞으로 어린 아들을 보아서라도 살아갈 수밖에 없다는 것과 그러자면 누가 어떻든 자기 할 도리는 하여야 된다는 것이었다. 그는 택이에게 아내의 무덤을 물어 바로 앞산 공동묘지임을 알았다. 이튿날 찾아가서 통곡이나 실컷 하기로 하고 어느 틈에 잠이 든 아들을 눕히곤 자리에서 일어났다.

그는 아니 내키는 발을 억제하여 내 할 도리를 하여야 된다는 마음에서 양씨를 만났다. 양씨는 허 웃으며 사랑방으로 들어오라고 하였다. 처음 겪는 일임엔 틀림없었다. 순만은 이러한 양씨에 의아스러웠으나 몇 번 우물쭈물하다 드디어는 할 수 없이 하라는 대로 했다. 혼자 있던 양씨는 부채질을 하며 순만을 앞에 앉히고는 모든 일을 섭섭히 생각하지 말라고 했다. 그러면서 이제 우리 공산 나라만 서서 일만 잘 하면 천석꾼 노릇도 쉽사리 할 수 있다 하였다.

순만은 모든 것이 꿈속만 같고 아직도 어지러움이 가시지 않아 고개만 숙이고 듣고 있었다. 양씨는 불빛에 순만의 한편 소매에 눈이 머무르자

"아, 자네 팔을 다친 모양일세……."

하더니 그렇다면 또 공산 나라만 서면 그냥 가만히 앉아 놀아도 나라에서 먹을 것을 대어줄 터이니 안심하라고 하면서 말을 이어,

"난 자네네들 편일세. 항상 없는 사람들이 측은해서 요즈음 견딜 수가 도무지 없단 말이야. 그래서 우선 내일쯤은 이 동리 집집마다 쌀을 서

너 말씩 그냥 주기로까지 생각하고 있지."

하는 것이다.

이 순간 순만의 몸은 저도 모르게 부르르 떨렸다. 한동안 그의 얼굴
은 사뭇 파랗게 질렸다. 생후 처음으로 어떤 너무나 벅찬 뭉치가 아랫배
에서부터 자꾸 치받으며 가슴께로 올라옴을 느낌과 동시에 눈알이 불속
에서 타는 것만 같은 괴로움을 금치 못했다. 그는 자기의 몸을 어찌할 바
를 모르고 당황 중에 쌓여 있다가 급기에는 목을 따는 도야지 소리를 내
었다.

"이 새끼……. 쌀로 또 누굴? ……."

하는 말 한 마디와 함께 앞에 놓여 있던 쇠재떨이가 그의 손에서 양
씨 이마를 향해 날아갔다. 재떨이는 바로 양씨의 귀 곁을 우연히도 스쳐
벽을 땅 때렸다. 그러나 양씨는 얇은 비명과 함께 놀래 그 자리에 쓰러졌
다. 이 음향이 채 끝나기도 전에 순만의 모양은 벌써 방에 없었다. 그는
어쩐 일인지 온몸에 쥐가 나는 것 같은 느낌 속에서 맨발인 채 밖으로 뛰
쳐나갔다.

"사람을 죽였다! 달아나자."

그는 곧장 택이의 집으로 달려갔다. 마당 명석 위에서 벌써 잠이 든
그 집 식구들 틈에 끼어 자는 어린것을 바른 팔 하나로 간신히 안기가
바쁘게 되돌아 삽짝 밖으로 나와 아까 몇 해 만에 처음으로 오던 길로
달렸다. 발이 자꾸만 헛놓일수록 어린것은 자는 중에도 몇 번씩 칭얼대
었다. 순만은 가슴이 터질 것만 같았다.

그는 자기를 따르는 그림자에 깜짝 놀라곤 하였다. 그와 함께

"허허— 내가 사람을 죽이다니……."

함과 그는 자기도 소름이 끼칠 울음을 참지 못하고 몇 발자국마다
"어헝! 어헝!" 길 위에 흘어놓았다.

이리하여 바로 순만이가 대장간 앞을 지나치게 되었을 때, 그에겐 촌보도 옮길 힘조차 없어지고 말았다. 금방 뒤에서 누가 잡으러 쫓아오는 것만 같은 무서움에 억눌려 그는 대장간 안으로 들어갔다. 어린것을 안은 채 한구석에 쪼그리고 앉아 가쁜 숨을 죽이려 들었다.

이때, 활짝 트인 앞편 하늘 한가운데에는 초열흘께 달이 유난히 빛나고 있었다. 이날 밤, 순만은 수월하게 참으로 힘 안 들이고 이 대장간 대들보에다 목을 매고 죽었다.

이튿날 아침, 시체 옆에는 발육이 불충분한 농민의 어린 아들이 사지를 버르적거리고 있었다. 그는 언제부터인지 거미줄 천장 쪽을 향하여 누운 채 기진맥진 "액, 캑! ……." 마구 울었다.

(1949년 6월 8일)

《문예》 창간호, 1949년 8월

노리개

손위가 둘, 아래로는 한 사람이 있었다. 그들은 다 계집아이였다. 사내는 남규南奎뿐이다.

어른들의 귀여움은 남규 혼자만이 도맡아 받았다. 할아버지와 할머니는 자기들이 죽은 후에 제사를 받들 것은 남규라 하여 그를 지극히 사랑하였다. 아버지와 어머니는 자기네들이 늙으면 직접 의지를 해서 살아나갈 수 있는 외아들이란 점에서 은은히 그를 소중하게 생각하였다.

남규는 모든 것을 제멋대로 놀았다. 한 번 울음을 칭얼대기 시작하면 그칠 줄을 몰랐다. 그 울음이란 게 따지고 보면 아무것도 아니다. 집안사람들의 하는 짓이 제 마음에 조금이라도 거슬리면 버릇처럼 나댔다. 먼저는 코가 킹킹거리고 입이 벌름벌름하면서 눈이 끔뻑끔뻑 움직여졌다. 그는 이렇게 울었다.

집안사람들은 될 수 있는 한 그의 비위를 거스르지 않도록 노력하였다. 이러하였기 때문에 그는 집안의 호랑이가 되었다. 누이들을 툭하면 때리고,

"이년!"

"이 망한 년!"

하며 날뛰었다. 어린 누이동생이 울면

"이년! 왜 울어? 야 호떡이나 한 개 받구……."

하고는 철석 뺨을 갈겼다. 손위의 누이들과는 싸우기에 먼저 찍자*를 부렸다. 빨려고 두었던 헌 버선을 대개 끄집어내었다. 그 목다리는 바닥이 때가 끼어 반들반들하였다. 가만히 들여다볼라치면 새까만데 고춧가루도 묻고 마른 밥풀딱지도 있었다. 혹간 김치 잎 같은 것도 그리고 별별 잡동사니가 다 붙어 있었다. 남규는 이 버선목을 두 손가락에 멀찍하니 들어서는 큰누이나 작은누이에게로 던졌다. 그러면 누이들은 또 시작이로구나 생각하고 상을 찡그렸다. 이내 남규는 히히 웃으며 그 버선을 다시 들고는

"이것 참 맛 좋은 거다!"

하며 그것을 이번엔 누이들의 입에다 틀어막으려 한다. 당장 그들은 얼굴이 새파랗게 질려서

"아구……. 이 녀석이 또……."

이것은 큰누이의 말.

"퉤퉤……. 또 지랄이야!"

작은누이는 이렇게 터주고는 두 손으로 남규를 뿌리치며 소리를 질렀다.

남규는 이제 되었구나 하는 생각과 함께

"뭐? 이년들이!"

하고 씩씩거리며 버선 짝으로 마구 후려갈겼다. 그럴라치면 누이들

| * 괜한 트집을 잡으며 덤비는 짓을 속되게 이르는 말.

은 그만 피해 달아났다. 남규는 신이 나서

"이것들아 내가 누구라고 까불어!"

하는 말을 쏟으며 버선은 던져버리고 닥치는 대로 빗자루나 방망이를 마구 휘두르며 쫓아다녔다.

"느것들 이젠 내 손에 고방*이다!"

하며 쥐 잡듯 방과 마루 그리고 앞마당 뒤란을 뛰어 돌았다. 집안은 온통 싸움판으로 변하였다. 이러한 꼴을 본 할아버지는 남규에게

"나중에 대감이 될 사람이 왜 이러느냐?"

하며 일부러 성이 난 체하였다. 할머니는 할머니대로

"시집을 갈 것만도 서운한데 왜 누이들을 그리 못살게 구느냐?"

하였고 어머니는

"에그, 왜들 이리 법석이냐?"

하였다. 아버지는 아무 말 없이 불쾌한 빛만을 얼굴에 띠우고 바라보고만 있었다.

이렇게 될라치면 남규는 실망한 나머지 그만 목이 찢어지도록 엉엉 울어제쳤다. 그러면 누이들은

"아주 애도 망나니야."

하며 눈을 흘기며 그를 쏘아보았다. 남규의 울음이 마구 터지면 이번엔

"또 날벼락이 내린다."

하고 할아버지가 그를 달래는 눈치로 웃으며 이야기하였다. 할머니는 한 번 시작하면 여간해 그칠 줄 모르는 손자의 울음을 막으려고 일부러 누이들에게

"이년들, 입이나 좀 닥치구 있어라."

* '광'의 방언.

162

하며 눈을 흘겼다.

이와 동시에 남규에겐 다시금 용기가 솟아올랐다. 그는 아무 데서든 발버둥을 치다 부랴사랴 일어나며

"이년들아, 내가 누군 줄 알고?"

하는 말을 또한 외치고

"이년, 이년……."

이렇게 중얼대며 다시 누이들에게 달려들었다. 온 식구들은 남규의 "내가 누군 줄 알고……." 하는 말에 웃음을 터뜨리고 만다. 완전히 그의 기세는 높았다.

누이들은

"밖에 나가선 꼼짝 못하고 얻어맞기만 하는 출신이 집에선 아주 야단 이야……."

하며 쫓겨다니기에 정신을 잃었다.

누이들의 이러한 불만은 거짓말이 아니었다. 이러함은 누이 중에도 작은누나가 더 잘 알고 있었다. 작은누나는 같은 학교 두 반 위였다. 말 그대로 남규는 동구 앞만 지나 학교에 가면 자기 집에서와 같이는 머리 를 마음대로 들지 못했다. 누가 저를 때리면 비죽거려 울며 집도 아닌데 찾는 것은 할아버지였다. 이러하였기 때문에 그는 언제나 외롭게 지냈 다. 학교에 다니는 재미도 없어 어떻게 하면 집에서 그냥 노라리*를 할까 하는 생각뿐이었다.

어느 때인가, 그때는 아마도 남규가 삼 학년이었을 것이다. 히달이라 는 아이와 연필 까닭으로 다투다 그의 이마에 상처를 내서 집으로 돌아 왔다. 이것을 본 식구들은 야단들이었다. 중에도 할머니는 펄펄 뛰며 덮

---

* 건달처럼 건들건들 놀며 세월만 허비하는 짓. 또는 그런 사람을 속되게 이르는 말.

어놓고

"뉘놈의 자식이기에 우리 어린것을 이렇게 해놓았나, 내일 나하고 학교엘 같이 가자. 그놈을 잡아내어 선생놈이구, 그놈의 애비 어미 연놈을 그냥 두지 않구야 말걸……."

하며 분함을 이기지 못했다.

남규는 이때 처음으로 집안에서 떨었던 것이었다. 할머니의 이 말이 너무나 무서웠다. 그렇잖아도 다리 하나를 절름거리는 조그만 할머니가 학교까지 간다는 것도 남에게 보이기 싫은 데다가 또 소리소리 지른다면 더욱 제가 아이들에게 맞을 것만 같은 조바심을 억제할 수 없었다. 그는 울지도 않고 목구멍만 태웠다.

할머니는 두고두고 손자의 상처에 대하여 비슷한 군소리를 하였으나 학교까지는 가지 않았다. 그럴 적마다 다만

"상처도 어디 낼 데가 없어 해필 이마에다 그래놓았담……. 이마 상처는 운수를 불길하게 한다는데……."

하였다.

남규는 할머니가 말로만 걱정하는 것을 다행으로 여기고 전과 같이 나가서는 꼼짝 못하고 집안에서는 누이들을 못살게 굴었다. 어느 때, 할아버지는

"글쎄, 남규야, 너 커서 장가를 들고도 색시를 누이들과 같이 때리고 싸우려느냐? 글쎄 이놈아!"

하며 싸움을 말렸다. 그러면 남규는 공연히 낯이 간지럽고 무안해서

"잉!"

하며 얼굴을 붉혔다. 할아버지는 손자의 이러한 모양이 우스워서

"너의 아내감은 이제 어디서 크든지 퍽 훌륭할 텐데 그때도 저러면 어쩌려느냐? 그저 절이나 하고 지나지……."

하였다. 그런 중에도 남규는 절이나 하라는데 분이 나서

"색시 따위 없어!"

하고는 뺑소니를 쳤다.

색시란 말이 나오면 처음엔 저도 모르게 웃음이 났으나 좋아서 그러는 것은 아니다. 마음속으로는 색시라면 머리가 흔들려지도록 싫은 것이었다. 그 색시란 게 얼른 생각만 해도 누나들과 같으려니 여겨졌고, 따라 입에서 저절로 침이 "퉤, 퉤!" 뱉어졌다. 생각만 해도 공연히 입 안이 시거웠다.* 그보다는 차라리 저와 같은 사내아이들이 좋았다. 그러나 사내아이들이라고 따져보면 어느 놈 하나, 또한 제가 좋아할 만한 것은 없었다. 모두가 공연히 저에게 계집애라고 욕하고 덤벼드는 놈뿐이었다.

이러하였기 때문에 그는 집 밖으로 나가서는 늘 침이 마르리 만큼 두려웠다. 아이들에게는 그의 모든 짓이 흠으로 변하였다. 나이나 키가 제일 작은 데다 남이 입지 못하는 양복을 그가 입고 다니는 것도 아이들은 놀려댔다.

"야이, 양복!"

하고 그의 별명같이 떠들어대었고 또한 얼굴이 계집아이 같다 하여

"이 계집애년아!"

하며 못살게 굴었다. 그러면 그는 상을 몇 번이고 찡그리다가 그래도 할 수 없을 때에는

"이놈들이 그러면 선생님한테 이른다……."

라고 하였다. 남규의 이런 말에 아이들은

"이 계집애야 그러면 어쩔 테냐?"

하는 말로 더욱 달려들며 발길질도 하고 쥐어박기도 하였다. 남규는

| * '시다'의 방언.

기어코 집에서 하던 버릇으로

"할아버지!"

하며 울었다. 아이들은 남규의 이 할아버지라는 부르짖음에 웃으면서 정해놓고 덤볐다. 남규는 이렇게 외로움 속에서 학교를 다녔다.

어느 해, 봄이었다. 그때는 사월이 되면 학년이 바뀌었다. 처음 학기가 이달부터 다시 시작되는 것이다. 이에 따라 남규는 사 학년생이 되었다.

그는 어느 날 새로 사들인 책을 등에 짊어지고 오 리쯤 떨어진 집에서 타박타박 학교로 갔다. 교문 앞에까지 혼자 걸으면서도 오늘은 어떤 놈들이 덤빌 것인가 하는 생각으로 마음을 졸이지 않을 수 없었다.

운동장 편에서 금방

"야이 양복아!"

"계집아이 저 온다."

하는 소리가 들리는 것만 같이 생각되었다. 이럴 때 남규는 언제나 마찬가지 버릇으로

"그러거들랑 선생님께 또……."

하고 말을 속으로 되뇌며 교문을 들어섰다. 그런데 이쪽에서 노는 아이들은 다른 클래스 아이들뿐이었다. 말썽 많은 같은 교실 아이들의 모양은 이날따라 웬일인지 나타나지 않았다. 그는 마음이 후련한 중에도 궁금히 여기고 바로 교실로 들어갔다. 운동장에 보이지 않던 아이들은 오늘따라 이상히도 교실 안에 모여 있었다. 그들은 처음 보는 어떤 양복 입은 아이를 구경하는 모양으로 교단 있는 데서 뺑 돌려 서 있지 않은가.

남규는 그 알지도 못하는 동무를 아이들 틈으로 한 번 보니 저도 그쪽으로 가서 한몫 끼어 구경하고 싶었다. 옷도 저와 같은 양복을 입었다. 얼른 보기에 얼굴도 예쁘다고 생각되었다. 세상에 태어난 후로 남을 어여쁘다고 생각하기는 이번이 그로서는 처음이었다. 하지만 그곳으로 가

지는 못했다. 그냥 정해진 자리에 가만히 앉은 채 바라보고만 있었다.

아이들은 처음은 그에게 서울에서 왔으면 단스(댄스)도 잘할 텐데 어디 한 번 하여 보라고 했다. 그는 눈만 말똥말똥 굴리며 고개만 가로저었다. 또 아이들은 이름이 무어냐고 물었다. 서영수라고 대답했다. 뒤미처 남대문이 엄청 크다는데 얼마나 하냐고 물었다. 그는 그만 귀찮다는 듯이 모른다고 했다. 아이들은 벙벙히 그를 쳐다보고만 있었다. 그중 남규에게 제일 말썽꾸러기인 언제인가 상처까지 내어준 히달이가

"서울 있었다면서 바보다. 에이 바보야!"

하며 그 자리에서 물러선다. 그러다 남규에게 눈이 머무르자 히죽거려 웃으며

"이 계집애야 또 하나 양복이 왔다!"

한다. 그러더니 아이들을 둘레둘레 살피며

"남규는 흔 기집애, 저 서울 바보는 새 기집애다……."

하며 일부러 껄그덕 껄그덕 웃었다.

이로부터 남규와 서울서 전학해온 영수는 언제든 학교 아이들에게 같이 취급되었다. 그들은 한타령으로 놀림감이 되고 또한 같이 얻어맞았다.

남규는 서울 동무가 오던 날부터 늘 보아지고 생각해지는 것은 오직 영수뿐이었다. 공연히 영수가 귀여운 것만 같아 학교에서 집으로 돌아온 후이면 혼자 외로움을 느꼈다. 왜 그런지 영수는 저보다 훨씬 높은 사람만 같이 생각되었다. 그는 돌아오는 내일을 혼자 기다리며 무엇으로 어떻게 하면 단둘이서 재미나게 놀 수 있을까 하는 마음만이 가득했다. 어떤 때는 할아버지가 제사에 쓸 것이라고 골방에 깊숙이 간직해둔 대추를 몰래 큰 놈으로만 골라서 봉투에 넣어가지고는 학교로 갔다. 그리고는 밤도, 하다못해 누룽지까지도 뭉쳐 양복 주머니에 넣어 갔다. 그리하여

학교에 가서는

"얘, 영수야……."

하며 남모르게 불러 운동장 한구석으로 데리고 가서는 간직해 넣어 두었던 밤이든 대추를 주며 먹으라고 했다. 영수는 잠잠히 받아먹기만 했다. 그는 별반 말이 없는 아이였다. 그저 가끔가다 한다는 소리가 서울은 여기보다 참 좋은 데다 하는 말뿐이었다.

이러한 때면 으레 같은 반 아이들이 왔다. 꾸러기 히달이가 으쓱거리며 그들을 몰고 와서는

"이 흔 계집애, 새 계집애……. 느덜 여기서 뭣하나?"

하며 공연히 남규를 먼저 툭 치는 것이다. 이에 아이들도 제멋대로 낄낄거리면서

"야이, 양복! 계집애야!"

하며 놀려댄다. 그러면 남규는 금방 울상으로 변하여

"느덜, 선생님한테……."

한다.

"이 계집애야……. 일러라 일러!"

하고 더욱 나대면서 이번엔 영수에게

"야, 서울 바보야!"

하며 달려든다.

영수는 그저 눈알만 말똥말똥 굴리며 아무 대꾸도 없이 잠잠한 채 서 있기만 하였다.

어느 날인가 남규는 영수에게

"너 우리 집에 가서 자고 놀다 낼 학교에 같이 오자."

하였다.

남규는 학교에서 서로 떨어져 헤어지는 것이 웬일인지 섭섭하고 슬

프기만 했다. 그러나 영수는 고개를 가로저으며 어머니한테 혼날까봐 못 간다는 것이다. 영수가 사는 데는 학교에서 남규의 집 반대 방향으로 시오 리가 뚝 떨어진 방주관이라는 동리라 했다.

남규는 그날 밤 집에 돌아와서 할아버지에게

"우리 이사 가!"

하였다. 할아버지는 손자의 이 말에

"이산 웬 이사냐?"

했다. 그리하여

"방주관으로 이사 가!"

하고 흥흥거리며 졸랐으나 그대로 될 리는 없었다.

남규는 할아버지한테 떼를 써서 잔돈푼을 얻어가지고는 날이면 날마다 늦도록 학교 근처에서 영수와 같이 과자며 빵 같은 것을 사서 먹으며 놀았다. 남규는 무엇이든 영수가 하자는 대로 했다. 분명히 저는 나쁜 것으로 생각한 장난이라도 영수가 하자고 하면 좋아서 하였다. 그리고 제가 좋아하는 것이라도 또한 영수가 그만두자고 하면 안 했다.

그리하여 서로 헤어질 때가 되면 어느 때나 마찬가지로 서운함을 참지 못하여 영수가 사라져 보이지 않을 때까지 걷다가는 되돌아보고 되돌아보곤 하였다. 이랬기 때문에 남규는 공일空日이 옴을 속으로 은근히 싫어해야 하였다. 그날만 되면 하루 종일 영수가 보고 싶어 견디지를 못했다.

또한 어느 월요일 날이었다. 남규는 영수와 잡담을 하다가 저도 모르게 몇 번이나 얼굴을 붉히며

"난 어제 사뭇 네가 보고 싶어 혼났다."

하며 가만히 웃었다.

"왜?"

하고 영수는 눈을 똥글똥글 굴리며 물었다. 남규는

"뭐? 왜는 뭐야?"

하는 것으로 영수를 뚫어지게 바라보았으나 이번엔 낯이 더욱 화끈해지며 공연히 코가 가려운 것만 같아 몇 번이고 헛재채기만을 하였다. 나오는 것을 억제하여 한참

"큭 캭……. 큭 캭……."

하니까 영수도 따라 웃었다. 남규는 이때를 놓치지 않고

"우리 저쪽에 가서 돌치기 하자!"

하며 먼저 뺑소니를 쳤다.

한 달이 지나고 두 달이 지났다. 어느덧 여름 방학이 되었다. 그렇듯 남규와 영수는 한 달 동안이나 헤어져야 했다.

남규는 사뭇 집안에서 누이들과 싸웠다. 그런 중에도 문득 영수의 생각이 하루에도 몇 번씩 떠올랐다. 누이들과 싸우다가도 이 생각만 나면 하늘 끝까지 오르려는 그의 기세도 저절로 스르르 풀리고 마는 것이었다. 이럴 때면 그는 혼자 집안 한구석에 앉아 영수의 모양을 마음속으로 그리며 어서어서 다음 학기가 되기만을 기다렸다.

그런 중에 다시 개학일이 왔다. 혼자 이날을 손꼽아 기다리던 남규는 아침밥도 먹는 둥 마는 둥 학교로 달려갔다. 학교에 가는 것은 오직 영수를 만나자는 것뿐이었다. 만나면 처음엔 못 본 척하리라 하는 생각까지 하였다. 그래서 영수가 먼저 저한테로 와서 아는 체를 하면 그제야 반갑게 놀리라는 이런 생각을 하며 전날 할아버지를 졸라 얻은 주머니 속의 동전 열 닢을 딸랑거리며 반은 뛰어갔다.

그러나 이날 영수의 모양은 나타나지 않았다. 웬일인지 이튿날도 마찬가지였다. 그리고 다음날도, 또 그 다음날도 영수는 도무지 오지 않았다.

"왜 안 올까? ……."

그는 혼자 궁금히 여기고 짜증까지 내며 기다렸다.

한 달 동안이나 놀려먹지 못했다는 데서 히달을 중심으로 한 아이들은

"얏! 양복이! 요년의 계집애야!"

하며 마구 못살게 굴었다. 그리고 또 그중 어떤 아이는

"느 동네 계집애 왜 안 오니?"

하며 침을 뱉었다.

남규는 전보다 더욱 외로움을 물리칠 수 없었다. 그는 어떤 것인지도 분간 못하면서도 이럴 때면 언니가 툭하면 소리를 지르며 죽어버린다던 그 말을 희미하게 생각해 보는 것이다. 저도 그만 죽어버렸으면 하는 생각에서 할아버지나 선생님한테 이르는 말을 대신하여

"느덜 그럼 난 죽는다……."

하고 슬픈 눈초리를 지어 그들을 바라보았다.

"죽어도 고만이다. 야, 어서 죽어봐!"

하며 히달이가 바짝 달려들며 머리를 툭 치고 아이들과 같이 달아나 버린다.

남규는 그만 공중을 바라보았다. 그러면서 그중에 떠오르는 영수의 얼굴을 보는 듯하자 불현듯 눈물이 솟아올랐다.

며칠 후였다. 토요일이었다. 공부 세 시간을 끝낸 뒤 보를 싸가지고 집으로 돌아가려는데 선생님이 잠깐 기다리고 있으라고 하였다. 조금 뒤, 선생이 다시 교실 안으로 들어올 때 뒤에는 영수가 따라왔다.

그동안을 못 참고 떠들썩거리던 교실 안은 잠잠해졌다. 남규는 영수를 보자 너무나 반가워서 앉은 채 어쩔 줄을 몰랐으나 웬일인지 공연히 몸이 떨렸다. 영수는 교단 옆에 정면으로 가만히 서 있었다. 남규의 눈은 한결같이 영수의 얼굴에서 떠나지를 않았다. 그러면서 영수가 자기를 보려니 싶어 그것을 기다렸다. 그러나 영수의 눈은 창밖 운동장 쪽으로만

돌려진 채 있었다.

선생은 교단 위에 올라서자

"에— 서영수는 이번에 다시 서울로 전학하기로 되었다. 집에서 이사를 했기 때문에 너희들과는 헤어지게 되었으니 서로 인사나 하여라."

하고는

"기립!"

하였다. 아이들은 전부 일어섰다. 그중에서 남규만은 제일 나중에 일어났다. 선생은 이번엔 영수를 보더니

"너부터 먼저 절을 해!"

하자 영수는 아이들 앞으로 몸을 돌리더니 절을 했다. 뒤이어 선생은 아이들에게

"례!"

하였다. 아이들은 답례를 했다. 그러나 남규는 이번에도 제일 나중에 혼자서 하였다.

선생은 나갔다.

남규는 영수를 보려고 하였다. 그때 영수는 아무 말도 없이 선생의 뒤를 바로 따라갔다. 남규는 책보를 메면서 얼른 운동장으로 달려갔다. 그는 금시에 눈물이 나올 것만 같았다. 영수가 저에게 울면 저도 엉엉 마구 울겠다고 생각하며 화단 있는 데서 직원실 문을 열심히 쏘아보았다.

이윽고 영수의 모양은 나타났다. 그의 아버지인 듯 어떤 양복 입은 어른 뒤에 따라나왔다. 그러나 남규는 그곳으로 달려가지는 못했다. 억지 울음이 앞을 가려 발이 옮겨지지를 않았다.

영수는 뒤도 옆도 돌아보지 않고 곧장 어른을 따라 교문 쪽으로 갔다. 남규는 참다 참다 못하여 싸우기나 하듯

"영수야!"

하고 외쳤다. 그때 그의 눈엔 눈물이 흠뻑 고여 있었다.

영수는 휘휘 살폈다. 남규임을 알자 한 번 생긋 웃을 따름 더 들여다보지도 않고 사라지는 것이다.

얼마 후 남규는 교문을 나서서 집으로 향하여 혼자 걷고 있었다. 그는 속으로

"영수 자식 나쁜 자식!"

하고 중얼거렸다. 그러다가 그는 제 옆에 아무도 없음을 깨닫자

"나쁜 자식 영수놈!"

"영수 자식 어디 보자!"

하는 소리를 마구 질렀다. 그러면서 발밑에 있는 돌을 집어서는 가로수를 겨누며

"네가 영수놈이지!"

하고는 그것을 마구 아무렇게나 던지며 소리를 연해 꽥꽥 질렀다. 이때 시장으로 통한 옆 골목에서 히달이가 쫓아나오며

"야이 계집애야, 너 미쳤구나……."

하며 달려들었다. 남규는 가던 발을 우뚝 멈추었다. 그리고는 가다 처음으로

"뭐 이 자식아!"

하며 그를 노려보았다. 히달은 남규의 달라진 태도를 느끼자

"이 자식 봐라! 이게 까분다……."

하고 그의 멱살을 잡는다.

남규는 그런 중이면서도 누가 있나 없나를 살피러 교문 쪽을 돌아보았다. 그때 교문에서 작은누나와 그의 동무 갑순이가 막 이쪽으로 향하여 걸어옴이 보였다. 순간 누나가 늘 욕하는 "나가선 꼼짝 못하는 놈……." 함이 머리를 스쳤다.

    남규는 입을 악물고 히달에게 발길질을 하였다. 동시에 주먹은 멱살을 잡힌 히달의 팔을 쳤다. 이와 함께 히달은 남규의 생각에도 이상스럽게 땅에 넘어져 잠시 허덕였다. 남규는 다시 한 번 교문 쪽을 돌아보았다. 누나와 갑순이는 자기들의 싸움을 보았는지 허겁지겁 오는 것이었다. 순간 남규는 갑순이가 어여쁘다고 생각했다. 그는 지금 제가 히달에게 지면 안 된다는 생각뿐이었다.

    "남규 이 자식이……."

    하며 일어나려는 히달에게 남규는 다시 달려들었다.

    "음, 이 자식! 니가 날 여적 깐이 봤지……. 이 자식!"

    하고는 땀을 뻘뻘 흘리면서 히달이와 한덩어리가 되어 그의 위에서 사뭇 나댔다.

(1949년 7월 17일)

《신천지》38호, 1949년 8월

쌀과 달

사월도 지난 봄의 따뜻한 햇볕은 지금 대청 밑 봉당에서 허리를 구부리고 일하는 만삼의 등 뒤를 사뭇 쪼였다.

그는 방금 숙모에게서 받은 쌀 소두* 서 말을 미리 가지고 왔던 자루에다 소중히 넣고 나서 그것의 귀를 새끼로 몇 번이나 힘껏 돌려 맨 다음 다시 질빵을 만들기에 골몰하였다.

이렇게 손을 재빨리 놀리면서도 그의 생각은 다른 데 있었다. 지금쯤 자기를 눈이 빠지도록 기다리고 있을 아내와 봉학이놈의 모양이 자꾸만 머리에 떠오르곤 하였다. 어제 아침나절 자기가 집을 나설 때만 해도 먹을 것이 아무것도 없는 것을 보았었다. 그동안 필연코 굶었으리라 생각하니 눈앞이 팽팽 돌아갔다.

원래 작년 그 지악**도 하던 가물이 들어 얼마 되지도 않는 소작 농사를 아주 실패하고 말았으니 춘궁기인 요즈음을 근근이나마 지낼 도리라

* 한 말의 반이 되는 말. 곧 닷 되들이 말이다.
** 더할 수 없이 악하다.

곤 전혀 없었다. 그것도 자기 혼자서 겪는 일이라면 하다못해 이웃에서라도 여기저기 구처를 하여 호구나마 한다지만 말 그대로 하늘이 만들어놓은 일이니 그렇지도 못하였다. 근방 사람들도 역시 마찬가지였다. 그래서 할 수 없이 이렇게 백여 리나 되는 곳을 무릅쓰고 일부러 찾아와서 쌀을 팔아가도록 되었던 것이다.

마루 위에서는 숙모가 자루를 다루는 만삼을 노려보고 있다.

"아이구, 별 세상도 다 보게 되는구먼! 돈 가지고도 이리도 팔기가 힘이 들다니……. 그나마도 참 간신이 사정사정해서 팔은 게여. 요새는 그래도 이렇게 친지가 있으니까 이만이나 하지 안면부지의 곳에서는 이나마 구할 수도 없어. 참 별꼴도 다 겪는군……."

하고 숙모는 어색한 안색을 억지로 평범하게 꾸미면서 말하였다.

소문에 갈가지라는 별명을 듣는 삼촌 집이었다. 한 푼을 발발 떨며 장만한 것이 적어도 볏섬으로 이백을 넘긴다면서도 자기가 쌀 걱정으로 이렇게 찾아왔다고 몇 번이나 낯을 붉혀가며 얼버무렸을 때 숙모가 맞받아 한 말이 있다.

"어디 우리 집도 먹는 것을……. 있기만 있다면야 집 식구는 굶어도 좀 돌려주겠구먼……. 글쎄 지주란 말도 그전 말이지 해방인지 무엇인지 되고부터는 소작하는 놈들이 모다 공정가격인가 뭔가로 쳐서 주니 손해만 날 수밖에. 받는 것은 적은 데다 먹기는 고등한 값으로니 제 땅 가지고도 마음대로 못하는 세상, 참 어떻게 살아야 옳을지 큰일이여!"

이러한 숙모의 엉그럭에 만삼은 찔끔하여 다시는 더 입도 떼지 못했다.

그리하여 하룻밤을 어두운 생각으로 지나고 조반까지 치른 후에도 어찌할 바를 몰라 그냥 머뭇머뭇 앉아 있으려니까

"조카, 하도 사정이 딱한데 그냥 가랄 수도 없는 일이니 어디 나가서 나 구해볼까?"

하고 숙모가 근심스러운 듯 상을 찡그리기까지 하며 되묻는데 돈을 톡톡 털어 팔은 게 바로 이 쌀이다.

이러한 연유로 숙모는 지금 자기가 동리 안을 쏘다니어 고생 고생하여 어려운 걸 간신히 팔았노라고 만삼의 귀가 울도록 몇 번이나 생색을 내기에 바빴다. 이에 따라 만삼은 이 쌀이 다른 데서 나온 것이 아니라 바로 이 집의 것인 줄 마음속으로는 대충 짐작되었으나 겉으로는 숙모의 말을 믿고 고마워하여야만 되었다.

"참 이다지도 팔기 어려운 것을 구해주시느라 염려하셔서 모처럼 왔다는 게 폐만 잔뜩 끼쳐드려……."

하는 인사를 똑같이 세 번째나 되풀이하노라니 짐의 준비도 다 되었다.

"그럼 가겠어유. 안녕히 계서유. 작은아버지께다 고리 말씀 드리시구……."

하며 그는 여태 손질하였던 쌀자루를 짊어지고 밖으로 향해 나갔다. 그가 막 대문간을 나서려니까 등 뒤에서

"참, 그것 요새 빼앗는다는데 정거장에서 무사할런지 모르겠네……."

하는 숙모의 마지막 인사 겸 지껄이는 소리가 들려왔다.

"어젯밤 나릴 때 눈여겨봐두 아무도 뒤지지 않던데유. 괜찮겠지유."

만삼은 이렇게 대답하고 역으로 뚫린 큰길로 나서서 걸었다. 사실 어젯밤 차에서 내릴 적에 그는 쌀을 가지고 갈 심사에서 근처를 유심히 살펴보았으나 별로 그러한 광경은 없었으므로 안심하고 차 시간을 대어 짊어지고 걷는 것이다.

그러나 마음속은 다른 한편 삼촌 집에 대한 일종 불쾌함을 억제할 수 없었다. 보통 같으면 이렇게 일찍 나오지 않아도 좋았다. 차가 오려면 아직도 두어 시간이나 남았을 것이다. 하지만 숙모의 눈치가 자기의 머물

러 있는 것을 분명히 귀찮아하는 기색이라 더 머뭇거리고 있다가 점심까지 먹게 되면 더욱 미안해질 것이니 그러느니보다는 차라리 한가롭게 역에서나 기다리다 갈 작정으로 이렇게 나온 것이었다.

만삼은 길 위를 터벅터벅 걸었다. 못살면 다 이런 홀대를 받는 것이라고 생각하니 여태 불길같이 치밀어 오르던 분함도 사라지는 줄도 모르게 어느 정도 가라앉는다.

벌써 어제 아침 일이었다. 닷새째나 쑥과 산나물을 그냥 끓여 먹던 나머지 아내는 젖이 나오지 않게 되었다. 낳은 지 석 달도 채 못되는 어린 딸은 안 나오는 젖을 빨기에 울며 고생하였다. 하다못해 아내는 그때도 쑥만 넣고 끓인 죽을 땀을 흘려가면서 마시고 나더니

"이거 어떻게 할 작정이오? 이러다가는 어린애도 어른도 다 죽지 않을까. 어떻게든 곡식을 구해 연명이라도 해야지⋯⋯."

하고 더 참을 수 없었든지 자기에게 또한 이렇게 말하였다.

"없는 곡식을 어데다 구해온단 말이여? ⋯⋯."

자기는 아주 관습이 되어버린 이런 말로 도리어 물었더니 아내는 눈을 흘기며

"당신 같아서는 누가 갖다주기 전엔 굶어 죽기 알맞은 사람이지."

하더니 조금 뒤 다시 말을 이어

"왜 삼촌 댁에서 그렇게 잘 사는데 가서 좀 못 구해오고 이리 하늘만 바라보고 있으면 누가 살려준대여?"

또다시 이렇게 말하고는 우는 어린것을 쥐어박기까지 하며 아내도 눈물이 글썽하였다.

"거긴 가기도 싫은걸. 뻔한 일이지. 간댔자 뾰족한 수가 생긴대야 말이지. 돈이 없어 못 파는 것보다 물건이 첫째 없는걸⋯⋯."

이렇게 대꾸를 하였더니

"일가 있어 좋다는 게 뭔데? 이럴 때 서로 구해주는 것이 일가 있어 좋다는 거지. 글쎄 오늘은 좀 찾아가 보아유. 그래도 작은댁에서는 그냥 가만히 계시지 않을 테니 내 말만 듣고 지금이라도 얼른 떠나지그랴. 첫째 이 어린것들이나 살려야 하지 않어? 저 봉학이 꼴도 좀 눈 있거든 봐. 누렁방퉁이가 된 저 꼴을……."

아내는 몇 번이고 혀를 차며 이곳으로 오기를 자꾸 조르는 통에 할 수 없이 이렇게 집을 나섰던 것이다. 그랬더니 봉학이놈 좋아하는 꼴이라니 차마 측은하여 못 볼 지경이다.

"아버지, 얼른 할아버지네 집에 가 쌀 가져와. 난 밥 먹음 울지 않을 테야!"

하며 자기의 몸을 휘감고 뛰며 마음을 치던 것이 지금도 눈에 선하다. 다섯 살 먹은 놈의 말로는 너무나 자기의 가슴을 쓰리게 하였다.

그렇지만 지금 자기는 아내와 봉학이가 눈이 빠지도록 기다리는 곡식을 쌀을 이렇게 짊어지고 돌아가는 것을 다시 깨달을 때 날개라도 있었으면 당장 날아가 그들의 기뻐함을 보고 싶었다.

정거장에는 벌써 스무 명가량이나 군데군데 앉고 혹은 서성거리며 차를 기다리고 있었다. 그는 공연히 수선한 가슴속을 누르며 구석구석을 살폈다. 한옆으로 무엇을 넣은 가마니와 자기와 같이 곡식이 들은 듯한 포대가 놓여 있는 것을 발견하고 그도 그곳으로 가서 짐을 내려 그것들과 나란히 놓았다. 그리고는 선 채 사방을 두리번두리번하다 옆에서 뒷짐을 지고 왔다 갔다 하는 중년 신사에게

"단양 가는 차는 몇 시쯤 있나유?"

하고 물어보았다.

"두 시 사십오 분에 있답니다."

신사가 그의 말에 이렇게 대답하자 그는 또다시 물었다.

"그럼 지금부터 얼마 동안이나 남었나유?"

"한 반 시간가량이면 도착됩니다."

만삼은 의외에 차 시간이 가까워진 것과 이어 벌써 두 시가 지난 것을 깨닫고 하마터면 못 탈 뻔하였구나 생각하니 가슴이 섬뜩하였다. 허나 그즉 아내와 아들을 살리느라 우연히 이렇게 시간에 맞춰 나온 것 같은 생각이 들어 저절로 다행한 한숨마저 나왔다.

그는 짐을 놓은 옆으로 가서 앉았다. 다른 짐의 주인들인 모양으로 역시 가마니며 포대 옆에 자기 또래 된 남자들이 앉아 있었다.

그러자 바로 포대 옆에 앉아 있던 사나이가 만삼에게

"그건 무엇입니까?"

눈으로 자루를 가리키며 물었다.

"쌀이올시다."

만삼은 이렇게 대답하고 나서 이번에는 옆에 놓인 포대를 그도 역시 눈으로 가리키며

"이건 무엇이지유?"

하고 물었다.

"이것도 가운데는 쌀이지만 가생이는 감자를 넣었지오."

하였다.

"그리 감추지 않아도 괜찮지 않어유?"

"그래도 운수가 불길하면 다 걸린답니다. 조사만 하는 날엔 걸리니까요."

"어저께 밤에는 조사 않던데유?"

"그렇지만 그놈들이 조사하면 구찮으니까요."

경험이 많은 모양으로 그는 말하였다.

이런 것을 듣자 만삼은 가슴이 두근거렸다. 여태 마음속에 지녔던 미더움이 어디론지 사라져버리고 두려움만이 온몸을 휩쌌다. 그래서 만삼은 또 이렇게 물어보았다.

"그러면 감자는 조사를 한대도 괜찮은가유?"

"감자 같은 것은 괜찮은 모양이오."

이런 대답을 듣자 그는 더욱 불안을 느꼈다. 그렇다고 지금 당장 자기도 감자를 구하여 그와 같이 준비를 할 수는 없었다. 다만 순사가 오기 전 기차가 도착되어 급히 타버리면 고만이라는 생각만이 앞을 가렸으나 역시 그것도 믿지 못할 요행을 바라는 것 같았다. 그렇지만 지금의 만삼으로서는 이것을 바라지 않을 수도 없었다.

만삼은 얼른 기차가 "삐—ㄱ" 소리도 없이 순사 모르게 도착되기만 바랐다. 따라 그의 눈은 자신도 모르게 벌써 전부터 역전에 있는 경찰관 파출소를 끊임없이 바라보았다.

십 분, 십오 분이 지날수록 그의 마음은 뛰었다. 더 주저 눌러앉은 채 있을 수는 없었다. 그는 일어서서 마음을 걷잡지 못하고 침이 마를수록 입맛만 다셨다. 그러다가 대합실 안을 바로 전 그 점잖게 서성거리는 중년 신사 모양으로 뒷짐을 지고 자기도 왔다 갔다 하였다. 하지만 그의 눈은 역시 파출소를 떠나지 못하였고 조금 후에는 자신도 모르는 사이 뒷짐졌던 팔이 각각 풀어지고 가슴속은 더욱 울렁거렸다. 다시 자루 있는 옆에 가서 앉았다.

이때다. 눈여겨보고 있던 파출소 앞으로 웬 사나이가 륙색에 무엇을 잔뜩 넣어 짊어지고 껄렁거리며 이편으로 오는 것이 눈에 띄었다.

'저것도 쌀일 게다.'

그는 이렇게 혼자 생각하니 자기의 경우와 같은 자가 점점 늘어감이

한편 든든하기도 하였다. 취조할 상대자가 많을수록 순사들도 마음대로
는 처리를 확확 못할 것 같아서였다.

이러함도 잠시였다. 얼마 지나지 않은 뒤에는 아주 실망하였다. 그
자기와 같은 친구가 채 그곳을 지나기도 전에 파출소에서 한 사람의 순
사가 나타나더니 무어라 소리를 지르는 것과 함께 류색은 순사 있는 쪽
으로 다시 돌아서 가는 것이 보였다. 순간 만삼은 또 일어서고 말았다.
여태 마음속으로 억제하여 꾸몄던 요행을 바라는 위안의 힘은 어디론지
없어지고 조금씩 싹트던 불안이 한꺼번에 온몸을 휩쓸었다.

그는 부랴사랴 자루를 들고 밖으로 나갔다. 그리하여 그것을 후미진
변소 뒤에 감추고 다시 돌아서 파출소 편을 바라보았다. 류색의 모양은
기어코 파출소 안으로 들어가 보이지 않았다. 그는 그편으로 발길을 옮
겼다. 하지만 얼마 지나지 않아서는 대합실 쪽으로 향하였다. 그러다가
는 파출소로 또 가다가는 역시 정거장으로 돌렸다.

이러기를 얼마 동안이나 되풀이하였는지 차가 도착될 때가 곧 닥쳐
질 것이라 여긴 그는 아까와 같이 소리도 없이 닿아지기를 바라며 대합
실 안으로 허겁지겁 들어갔다.

"차 오려면 아직 멀었어유?

전에 알려주던 신사를 찾아 물었다. 이와 동시에 그는 또 실망하였
다. 차는 아직도 이십여 분이나 연착된다는 것이다.

만삼은 다시 밖으로 나오며 파출소를 바라보았다. 이때 순사의 모양
이 그곳에서 나타나더니 이편으로 걸어온다. 이것을 보자 그의 가슴은
그만 덜컥 내려앉고 말았다. 그러나 다음은 그와 반대로 또 안심하였다.
그곳에서 도저히 그대로는 지고 나오지 못할 줄 알았던 류색이 전과 같
이 그대로 짊어진 채 순사 뒤에서 꺼부럭꺼부럭 이편으로 오는 것이 보
였다.

그런 중이면서도 그의 마음은 역시 산란하였다. 그 륙색에 들은 것이 쌀이 아니고 다른 것이라면 하는 의심이 들자 더 이렇게 속을 썩이며 우물거리고 싶지는 않았다. 순사 오는 쪽으로 향하여 어름어름 걸었다. 그러자 순사와 서로 마주치게 되었다. 순사 앞에서 잠시 머뭇거리다 있는 용기를 다 내어

"순사 나리! 저 쌀 좀 가지고 가는데 어떨런지유?"

작은 목소리로 물었다.

"음. 쌀?"

순사는 이 한 마디만으로 그냥 더 말이 없다. 그는 순사 뒤를 따랐다. 쌀을 금하는 것은 사실이 아닌 모양이다. 그러나 만약 금하는 것이라면 지금부터 사정을 하는 것이 차라리 이로울 것 같아 연해 뒤를 쫓으며

"얼마 안 되오니 가지고 가게 하여 주십소서. 식구가 굶고 있으니……."

하고 순사의 뒷모양을 열심히 바라보며 애걸하였다.

"음. 가만있어!"

순사의 대답이다. 귀찮다는 어조 그것이었다. 그는 생각하였다. 이런 순사면 금한다 쳐도 자기의 청을 물리치지는 않을 것이라 믿어졌다.

순사는 대합실 안으로 들어갔다. 사방을 휘익 살피던 눈이 포대와 가마니로 돌려지자 그곳으로 뚜벅뚜벅 가더니

"이것 주인 누구요?"

여러 사람들을 돌아보며 가마니를 가리켰다.

"네. 그건 콩하고 팥이올시다."

가마니 주인의 말이다.

"이렇게나 많이 가져다가 뭣할 것이야?"

"씨값이나 할까 합니다."

"얼마에 샀어?"

"산 게 아니라 일가 집에서 얻은 것입니다."

이렇게 대답하자 순사는 다시 눈을 돌려

"이건 무엇이요?"

하며 이번에는 포대를 만진다. 그러자 아까 만삼과 이야기하던 남자가 내달으며

"감자올시다. 우심 나시거든 풀어보셔도 좋습니다."

하고 얼른 가로막아서며 새끼를 풀으려는 듯이 만지작거렸다.

"안 풀어도 좋아."

순사는 그곳에서 눈을 떼더니 그제야 만삼을 보고

"당신 짐은 어데 있어?"

한다. 만삼은 어쩔 줄을 모르고

"저기 있습니다."

하며 밖을 가리켰다.

"그럼 그것 가지고 파출소로 가!"

순사는 말하며 다시 밖으로 나섰다. 만삼은 만삼대로

"그저 나리님! 이번만 용서하시고 보내주십시유."

아까와 같이 순사의 뒷머리를 애걸하는 눈으로 바라보았다.

"글쎄 어쨌든 파출소까지 가서 어떻게 하든지······."

하고 순사는 휘적휘적 걸어간다.

만삼은 이런 말을 듣자 감추어두었던 자루를 짊어지고 순사를 따랐다.

가기는 가지만 순사에게 사정만 잘 하면 그냥 가지고 갈 수도 있으리란 생각에서 파출소 안으로 들어갔다.

"거기 내려놓아!"

순사는 하나밖에 없는 테이블을 앞으로 의자에 털썩 앉더니 철필을

들어 휴지쪽 같은 데다 대고

"어디 살어?"

한다.

"글쎄 요번만 어떻게든 용서……."

만삼은 또 한 번 말을 채 맺지도 못하며 허리를 구부렸다.

"잔소린 말고 묻는 것이나 대답하기야!"

순사는 약간 상을 찡그리며 이야기하였다.

"단양 삽니다."

"단양 어디?"

"대강면이라나유."

"대강면 어디?"

"미, 미……. 미노리입니다."

"번지는?"

"그건 자세……."

"번지도 모르고 사는 출신이 있어? 바보 같으니."

순사는 이렇게 말하며 한참 쓰더니

"성명은?"

하고 또다시 묻는다. 이러자니 만삼은 어리둥절하였다. 대답하기가 바쁘도록 무섭게 물어제치는 통에 사정할 여유조차 가지지 못하였다. 그래

"김만삼이올시다."

그는 입에서 나오는 대로 대답하였다.

"만삼이라구? 무슨 자 무슨 자야?"

"한문자로는 자세히……."

"제 이름자도 몰라? 바보 같으니라구……."

순사는 또 만삼을 나무라더니 자기 생각대로 이름을 써놓고

"쌀은 몇 말이야?"

"서 말이지유."

"그리고 참, 나인 몇 살이야?"

"서른다섯이지유."

이러한 만삼의 대답을 전부 쓴 후에 순사는

"丹陽郡 大崗面 未老里. 番地未詳. 金萬三. 三十五歲. 白米三斗."

하며 죽 되풀이하여 읽더니

"틀림없지?"

하였다. 이에 따라 만삼도

"틀림 있겠습니까?"

하고 대답하였다. 순사는 이와 동시에 여태 쓰던 펜을 책상 위에 놓고 처음으로 만삼을 보며

"이곳엔 어떻게 하라고 쌀을 이리 가지고 가나?"

아주 엄한 얼굴을 지어서 말하였다. 만삼은 이제야 사정할 때가 왔다고 생각하여 얼른 온갖 말솜씨를 부려가며

"그저 나리님! 굶어 죽기가 싫어서 이렇게 되었습지유. 그저 이번만 눈감어주시면 후덕한 은혜를 잊지 않겠어유. 그저 이번만……."

하는 말을 채 맺기도 전에 순사는 들었는지 못 들었는지 아무 상관없이 뒷문을 밀치고 자기가 살림하고 있는 사택으로 들어갔다. 조금 뒤 말과 궤짝을 가지고 나오더니

"어디 그 쌀 여기 쏟아봐. 참 서 말인가? ……."

하며 말을 가리켰다.

"나리님!"

만삼은 또 이렇게 중얼거렸다.

"그런 소린 말고 시키는 대로 해. 여기가 어디라고……. 응?"

순사는 눈을 부라리고 퉁명스럽게 고함을 쳤다.

이통에 만삼은 그만 찔끔하였다. 어떻게 되는 영문인지 몰랐다. 다음 그는 순사가 시키는 대로 쌀을 말에다 옮기고 다시 말에서 역시 준비하여 있던 궤에다 기계같이 넣었다.

이러기를 다 마치고 나니

"서 말은 서 말이군!"

순사는 말하자 주머니 속에서 지갑을 내었다.

"그저 나리님! 이것만은 용서하여 주셔야 되겠어유. 처자가 굶는 것을 보고 간신히 구한 게랍니다."

"글쎄 잔소린 일없어!"

순사는 점점 더 험악한 어조로 변하였다. 만삼은 무턱대고 덜덜 떨며

"어, 어……. 어젯밤 내릴 적에는 나리님네들이 계시지 않길래 괘, 괘…… 괜찮을 줄 알고……."

울상으로 말하며 순사의 눈치를 살폈다.

"그땐 내가 나가지 않았고 조사를 안 했으니까 그렇지! ……. 본 이상에야 사정이 어데 있나?"

역시 같은 어조로 말하며 순사는 지갑을 들썩들썩하더니

"하도 사정이 딱하니까 사실 규칙대로 하자면 그냥 압수를 하고 며칠쯤 구류를 해야 하지만……."

하며 얼마나 되는지 돈을 내어주었다.

"돈이에유?"

만삼은 다만 이렇게 말하고 순사를 멀거니 바라보았다.

이때 별안간 역 있는 쪽에서 기적 소리가 크게 들렸다. 그 소리는 지금 만삼에게는 귀를 의심할 만큼 모기 소리와도 같이 가늘었다. 도리어

순사가 만삼의 갈 것을 염려하였는지

"얼른 받고 차나 타고 가!"

하고 돈을 내밀었다.

만삼은 한자리에 그대로 서 있었다. 한결같이 떨며 순사만 쳐다보았다.

"이 바보야, 여기가 어딘 줄 알고 어른의 말을 안 들어? 얼른 가지고 못 나가?"

소리를 급작스레 꽥 질렀다.

이 고함이 끝나기도 전 만삼은 소스라치게 놀랐다. 자신도 모르게 순사에게서 돈을 받아쥐었다. 이어 순사의 손이 날바닥에 아무렇게나 굴러 있는 빈 자루를 가리키자 그것도 집어들었다.

그리고 재차

"당장 못 물러나? 사무 방해되게 서 있으면 어쩔 테야……."

순사가 다시 힘껏 외치자 만삼은 역시 엉겁결에 밖으로 나왔다. 그는 역 있는 반대 방향으로 허우적허우적 걸었다.

이 무렵 정거하였던 기차는 다시 기적 소리를 높이 울렸다. 잠든 몸에 찬물을 끼얹은 듯 이 소리를 머리가 찌르르하도록 억세게 들음과 함께 본정신이 들은 그는 그제야 자기가 잘못 온 것을 깨닫고 다시 돌아서 그쪽으로 달음질을 쳤다. 허나 그때는 이미 차가 출발을 한 후였다.

만삼은 주춤하게 서서 떠나는 기차를 바라보았다. 순간 아내와 아들이 눈앞을 지났다. 그는 미친 듯 서 있던 날바닥에 털썩 주저앉고 말았다. 그렇지만 얼마 후에는 다시 마음을 돌릴 수 있었다. 그리고는 이번 차에 가지 않은 것을 한편 다행이라 여겼다. 순사에게서 받은 돈이 있으니까 그것으로 다시 쌀을 팔아 밤차로 가면 그만이라는 생각이 들었다. 밤에는 그놈들도 어제와 같이 나오지 않을 것 같았다. 더구나 자정이 가까운 밤중이라 단잠 자느라 나오지 않을 것이다. 이와 함께 낮차를 타려다 이렇게 고생하는 자기를 미워도 하였다.

만삼은 다시 일어서서 읍내로 발을 옮겼다. 그러며 순사에게서 받은 돈을 훔척거리며 꺼내보았다. 이어 한 장 한 장 세어본 후 그는 다시 주머니를 만져보았으나 생각하고 있던 금액과는 아주 딴판이었다. 놀라웠다. 전부가 일백십사 원……. 그는 다시 윗주머니를 만지작거려 돈 있는 것을 꺼내보았다. 차비로 남긴 육십오 원 이외엔 아무것도 없었다. 그는 눈이 휘둥그런 채 걸음을 멈추고 파출소를 바라보았다. 그는 곧 그곳으로 걸어갔다. 전에 일본놈들이 끼어 있을 적에는 무서움이 앞을 가려 감히 가지를 못하였으나 어쩐지 지금은 그런 생각이 없었다. 그만큼 그의 머리에도 든든한 느낌이 있었다.

조금 뒤 만삼은 파출소 문을 열고 들어섰다. 졸고 앉은 그 순사 앞으로 가서

"나리님, 또 왔습니다."

하며 허리를 굽혔다.

순사는 아무 말 없이 독수리를 연상하리만큼 시뻘건 눈을 홉뜬 채 만삼을 뚫어지게 쏘아보았다.

"나리님, 제게 돈 얼마 주셨지유?"

그는 눈을 피하며 물었다. 순사의 어조는 예상 외로 낮았다.

"그 쌀이 실상인즉 하등미밖에 되지 않지만 사정이 하도 딱하니까 상등미로서 최고 가격으로 한 말에 삼십팔원씩, 일백십사 원이지 얼마야?"

"네? 삼십팔 원씩이유?"

만삼은 의아스런 낯으로 이렇게 혼잣말 비슷이 되쳐 물으며 가만히 선 채 있었다.

한참 후 그는 또 입을 열었다.

"삼십팔 원이면 한 말 팔 수 있나유?"

한 말에 삼십팔 원이란 말은 처음 들었다. 그래서 신기하고 한편 자기가 서 말에 칠백오십 원이나 주고 팔은 것을 후회하고 또한 삼십팔 원이라는 것에 의문이 생겼기 때문이었다.

"이 도적놈아! 팔 수 있고 팔 수 없는 것은 내 알 수 있어? 어른도 몰라보고 구찮게 구는 거야? 당장 못 물러가?"

순사는 이번엔 일어서며 고함을 쳤다. 만삼은 다시 쫓기다시피 그곳을 나섰다.

아무리 생각해도 순사가 잘못 계산을 한 것만 같았다. 순사 자신도 자기의 계산이 틀린 것을 아직 모르고 있는 것 같기도 하였다. 만삼은 현재 자기가 못난 인물이라 순사에게 의사를 똑바로 말 못하는 것이 슬펐다. 그러자 그는 다시 파출소 안으로 들어갔다. 순사는 전과 같이 졸고 있다가 그가 들어옴을 보고는 또 험악한 낮을 꾸미었다.

"나리님, 전 워낙 바보고 말을 잘 못하는 놈이라 나리께서 매우 알아들으시기가 힘드시는 것만 같으니 좀 잘 삭여 들어주셨으면 원이 없겠습니다."

하고 그는 허리를 다시 구부리며 말하였다.

"이 바보야, 그럼 말을 똑바로 해봐!"

만삼의 말에 순사는 빙긋 웃음까지 띠우며 대답하였다. 만삼은 순사의 낮빛이 변함을 보고 속으로 기뻤다. 그래서 자기도 허황된 웃음을 붉어지는 얼굴에 싱그레 띠우며

"순사 나리께서는 한 말에 삼십팔 원씩 팔아 잡수시나유?"

하였다.

이 순간 순사의 웃던 빛은 삽시간 사라지고 전에도 볼 수 없었던 더욱 험한 푸른 얼굴로 변하여가지고는 벌떡 일어서더니 구석에 놓인 전에

쓰던 격검채*를 들고

"이젠 바보도 똑똑한 체를 하는구나. 이 자식아, 남이야 얼마에 팔아먹든 네 상관할 께 뭐야?"

하며 만삼의 등을 한 번 힘껏 후려갈겼다.

만삼은 의외의 닥치는 벼락에 억눌려 정신없이 그만 밖으로 쫓겨나왔다.

"이 자식아, 거기 가만있어!"

등 뒤에서 이런 순사의 호통을 들으면서 그는 걸음아 날 살려라 하고 힘 있는 대로 뛰었다. 탄탄한 큰길 위를 어디로 가는 것인 줄도 모르면서 떨리는 다리를 힘을 다하여 앞으로 앞으로 재빨리 뛰었다.

이러기를 얼마쯤 숨이 복받쳐 오름을 억제할 수 없어 그가 뒤를 돌아보았을 때 쫓아오려니 하던 순사의 모양은 보이지 않았다. 그는 숨을 휘― 몰아 쉬었다. 이때 옆길 쪽에서 우르릉 하더니 무엇이 뿅 하며 삐그럭 하였다. 만삼은 또 더욱 놀라서 가로 뛰며 쳐다보니 미군 서너 사람이 트럭을 몰고 자기 옆을 휙 스쳐 달아나며 낄낄거리고 웃는다.

"하마터면 죽을 뻔했다!"

그는 식은땀이 온몸에 솟아남을 느끼고 부르르 떨었다.

그날 밤 만삼은 술이 취해서 혼자 산 고개를 넘고 있었다. 기차를 타는 대신 걸었다. 왜냐하면 기차를 타다가 잘못하여 그 순사에게 걸려드는 날엔 또 얼마큼 죽을 지경을 치러야 할지 몰라서 애초부터 이렇게 걷기로 작정하였던 것이다. 그리하여 파출소와 제일 멀리 떨어진 읍내 끝에 붙은 음식점에서 국밥 한 그릇을 요기한 뒤 찬물을 몇 대접 마시고도

| * 검도 연습을 할 때 칼 대신 쓰는 참대로 만든 긴 막대기.

속이 시원치를 않아 먹을 줄도 모르는 소주를 몇 잔인가 들이켰더니 취하는 줄도 모르게 어느덧 만취가 되었다.

그는 무턱대고 집 있는 쪽을 향하여 다리를 옮겨놓았다.

하늘 가운데 걸린 둥근 달빛을 따라 고개를 마구 흔들며 길을 찾아 걸었다. 제법 콧노래도 부르면서……. 그러나 가끔가다 시커먼 구름 뭉치가 달빛을 먹었다. 이럴 때마다 만삼은 미친 듯 외치는 것이다.

"이 도적놈아!"

"어른도 몰라보고—"

"당장 못 물러가?"

"이 자식아, 거기 가만있어!"

하는 말을 아까의 순사와 같이 닥치는 대로 뻑뻑 지르면서 공중으로 향하여 주먹질을 하며 펄떡펄떡 뛰었다. 뒤 허리끈에 매어달린 빈 자루는 이럴 적이면 더욱 춤을 추었다.

(1946년 4월 24일)

《민족문화》 창간호, 1949년 9월

전설

1

추수기를 접어들면서부터 마을 사람들은 눈코 뜰 새 없이 바빴다. 젊은이들이 없는 논과 밭이었다. 일하는 사람들은 대개가 늙은 영감들이거나 그렇지 않으면 여남은 살밖에 되지 않는 아이, 그리고는 여인들이었다. 올해 추수의 중심 역할은 전에 없이 이들만이 도맡아보게 되었다.

그러면 말 그대로 진짜 일꾼들인 남자 청장년들은 다 어디로 갔나. 간 것이 아니다. 그들은 아직 동리 안에 살고 있었다. 그러나 머지않은 앞날엔 이 고장을 떠날 것만은 사실이다. 그들 전부는 동학 군인이었다. 부녀자들 이상으로 눈코 뜰 새 없었다. 아직 관군과 왜군을 상대로 싸우지는 안 했다손 치더라도 전쟁터로 나간 거와 진배없이 오직 닷새에 한 번씩 식량을 가지러 가는 것 이외엔 집안과는 전혀 상관이 없었다. 이만큼 그들은 전쟁 연습에 맹렬하였던 것이다. 불과 몇 달 전에 세운 그들의 모임 장소인 수도장修道場 앞 들판에서 날마다 잠을 잤다. 그리고 첫닭이 울 무렵이면 전날의 피곤에 겨운 곤한 잠을 뿌리치며 일어났다. 그측 벌써 옷갓을 차리고 박 총령朴總令이 엄연히 앉아 있는 수도장으로 모여 승

전의 기도를 올린다. 그것이 끝나면 일제히 장총, 칼, 죽창을 들고 마을을 싸고 있는 드높은 금봉산으로 달렸다.

금방 일대엔 때때로 공포 소리가 진동하였다.

2

두서너 달 동안을 객지로 돌아다니던 황무영黃茂榮은 이곳에서 떠날 때와 마찬가지로 지난 밤중 동리 사람 아무도 모르게 그의 집으로 돌아왔던 것이다. 그는 전 같으면 한시나마 집에 붙어 있지를 못하였을 것이다. 더욱이 이번엔 평상시와 달리 오랫동안 출타까지 하고 난 뒤이라 동리 안이 궁금해선들 늦어도 돌아온 이튿날 이른 아침이면 벌써 쏘다녀야 할 터인데 웬일인지 날이 밝은 후 저녁때가 되어도 그는 발을 문밖으로 내어 디디지 않았다. 그렇다고 사십이 넘도록 감기 한 번 안 걸렸다는 날렵하고 역사力士라는 칭호를 사람들에게서 들어온 그가 병이 나서 그런 것도 아니었다.

벼 타작 소리가 귀를 지분거려도 또한 간간히 공포의 산울림이 문을 찌렁 울려도 그는 이럴 때마다 다만 눈을 떴다 감았다 할 뿐으로 온종일 방 안에 질펀히 누워 있었다. 오래간만에 남편을 맞이한 그의 아내도 역시 한모양으로 남편 옆에 앉아 있으면서

"어제도 삼돌네가 왔다 갔는데……. 나리가 안 오셔서 큰일 났다고……."

한다.

"왜?"

"올해는 워낙 소출이 적어서 좀 받으실 걸 감해달라는 것이지요."

남편은 아무 말이 없다.

"참, 또 저기도 왔었지요. 강 첨지 사돈하구……. 그리구 일냉이네 두……."

역시 이에 대한 말이 없는 남편을 한번 흘낏 바라본 아내는 미안스러운 낯빛으로

"웬만하시거든 몇 집 안 되니 좀 돌아다녀보시지……. 그리고 참, 정 진사丁進士 댁엔 안 들리시우?"

하더니 다시 생각난 듯

"서울 소식도 알릴 겸 요즘 동학으로 해서 집안이 난장판이 되었는데 겸사 겸사로 전의 지나든 정리로도 벌써 가보아야 한 터인데요……."

한다. 이에 남편은

"듣기 싫어!"

하고는 눈을 감는다. 아내는 잠시 의아한 낯으로 남편을 내려다보다가

"그렇기도 하지……. 동학 떼가 워낙 드세니까……."

하는 말을 혼자 중얼거렸다.

그러자 조금 후 아내는 집안이 너무나 고적함을 느꼈던지

"그런데 이제 나이는 작고 먹어 늙어가는데 양자라도 들여놓을 생각 이나 할 게 아니오?"

하였다. 남편은 처음으로 웬일인지 빙그레 웃는다. 그러더니

"다 가만있어……. 누가 제 자식 아닌 양자를 하나……. 응? 첩이래 도 얻어 손을 보지."

하였다.

"그러면 첩일망정 때를 놓치지 말고 얼른 두어야 하잖소? ……. 전부 터 벼슬한 후에 둔다니 벼슬아치의 첩은 뭐가 그리 특출한 게 들어올 게 라고……. 그나마 되지도 잘 않는 벼슬에 시일 놓치지 말고 아무거나 두

는 게 좋겠군."

이러자 남편은 펄떡 엉덩방아를 찧고 주먹으로 방바닥을 치면서

"듣기 싫어!"

하고는 이번엔 큰 소리를 질렀다.

아내는 더 말을 안 했다. 오직 마음속으로 이번의 벼슬하러 올라간 서울 길이 허사가 되고 말았다는 데서 남편이 이렇게 역정을 낸다고 생각하며 즉시 자기가 한 말을 후회하였다.

3

돌아누운 황무영은 장차 자기가 어떻게 나가야 할까보냐고 다시 곰곰이 생각하였다.

'나는 중인이다.'

속으로 이렇게 혼자 부르짖고 난 그는 뒤이어

"조상을 남과 같이 잘 두지 못해서 진짜 양반이 못 된다……."

하고 중얼거렸다. 역시 아내는 듣지 못할 정도의 혼잣말이다. 이어 그는 과거를 자연히 회고하였다.

"양반 되기가 이렇게 어려운가?"

사실 어려웠다. 지나온 십여 년 동안을 두고 자기의 피를 개신改新하자고 별러왔어도 별무 신기였다. 아직도

"황 생원……."

하는 소리는 떼칠 수 없다. 생원이란 두 자를 빼고 영감 소리를 듣게만 되기를 애써 바라왔던 것이다. 이 소원이 성취만 된다면 그의 뼈 살 피 모든 것은 이제까지의 중인의 것이 아니고 청신한 양반의 것이었다.

그렇다면 자기의 이 변혁이 곧 허구한 앞날 자손들에게 대대로 영화를 누리게 하는 근본 열쇠가 될 것이다.

"아서라. 그 열쇠가 잘 잡히느냐 말이다."

불현듯 얕은 비명을 내렸다.

"이번 서울 길도 또 트자에 열(틀)이 아닌가*……."

소원을 성취 못했으니 자기의 생각한 바가 틀리고 말았다. 몇 달 동안 관변측을 방황하며 무진히 애를 썼어도 헛일이었다.

그는 베개를 돋아 빈 머리를 무의식중에 몇 번이고 흔들었다. 그러나 떠오르는 생각은 연이어 계속되었다. 그러자 십 년 전 자기 내외가 지니고 있던 토지 세간을 팔아가지고 몇 대를 두고 내려 살던 문경을 헌신짝 버리듯 등지고 양반 고장이라는 이곳 충청도로 옮겨오던 일이 눈앞에 역력히 나타났다.

그때의 그의 심정으로는 서울보다 차라리 이 충청도가 나을 것 같았다. 서울은 양반들이 기세를 올려 직접 벼슬로 등행**하는 곳이라 자기 같은 힘없는 존재는 감히 발을 붙이기 어렵도록 그들은 거들떠보지도 않을 것이라는 생각이었다. 그 반면 이 충청도는 전해오는 말에 의하여도 모든 것이 관대한 것 같았으며 또한 그야말로 고관들이 낙향하여 점잖이 여생을 보내는 곳으로 이름이 있었기 때문에 그는 이곳에서 사람(양반)으로서 수련을 하자는 심산이었다.

그리하여 곧장 충청도로 접어들면서부터 자리를 어디다 잡아야 할 것이냐고 방황 중에 있었던 어느 날 밤 그는 알지도 못할 드높은 산 위에서 용이 등천을 하는 꿈을 꾸었다. 그는 이것이 길몽이라는 것을 깨달았으면서도 이튿날 아침 일찍이 여관 주인에게 점쟁이 집을 물어 찾아가서

* '틀렸다'를 자의적으로 표기한 말.
** 높은 곳을 올라감.

해몽을 청하였더니 과연 "귀자를 안 낳으면 반드시 높은 벼슬을 할 것" 이라 하였다. 이래서 그는 꿈에서 본 산도 이 근처임에 틀림없을 것이라 생각하고 언덕배기 고대高臺에서 사방을 훑어 우러러보다가 확실하지는 않았으나 어느 한 산봉우리가 그와 근사한 것 같았다. 이에 또한 점쟁이 에게 물었더니 그 산은 충청도에서도 몇째 안 가는 청룡, 황룡이 꿈틀거 리는 지대로 그 산의 정기가 그곳 아랫마을에 살고 있는 정씨네 집으로 뻗쳐서 현재 그 자손들은 상당한 양반의 세력을 가지고 있어 나날이 번 창해 가고 있다 하였다.

이에 더 머뭇거리지 않고 그날로 여관서 삼십 리가 떨어진 이 마을을 향해 산(금봉산)을 바라보며 찾아들어 살게 되었던 것이다. 그 후 그는 이 꿈을 혼자서 무던히 아끼고 자기의 삶의 전부를 그것에다 의지해서 살아 왔다. 그러기에 아내에게까지도 감히 꿈 이야기를 하지 않았다. 그러면 서 한편 아내가 태기 없기를 또한 속을 은근히 졸여가며 무던히 바랐다. 이러했기 때문에 혹시 자기가 그것을 알렸다가는 여태 산색産色 없던 아 내가 아무래도 아이를 밸 것만 같았다. 그는 귀자를 낳는 것보다는 우선 자기 대에 영화를 누렸으면 싶었다. 자기가 씻어나면* 후대 자손들은 자 연히 힘 안 들이고 세상에 나설 것이라 생각되었다.

4

세월은 끊임없이 흘렀다. 그러나 오늘날에도 아직 그 꿈은 실현되지 않았다. 그에게 있어 그동안이란 너무나 지루했던 것이다. 더욱이 십 년

* 신분상승을 하여 거듭나면.

198

이 넘고 말았다는 데는 더 참을 수 없었다. 이렇게 되고 본다면 그 후 여태 노력하여 오던 보람도 없었을 뿐더러 지성이면 감천이란 말도 맞지 않는 것 같았다. 그동안 별별 수단과 정력을 써가며 이제껏 노려오던 정 진사에게 빛이 발광을 하다시피 하여 간신히 서울로 올라가게까지 되었던 것이었다.

"망할 자식들. 곤충이나 되어버려라⋯⋯."

그는 지금 다시 정 진사 부자에 대한 미움에 사로잡혀 흥분은 상투 끝까지 달하였다.

"임금 이상으로 놈들을 받들어왔어도 그놈들은 나에게 정성 대신 도리어 방해만 끼치다니? ⋯⋯."

생각만 해도 이가 부득부득 갈렸다. 마음을 졸여가며 근 이 년 동안을 두고 발과 손이 닳도록 애를 써서 얻은 편지부터가 시원찮긴 하였다. 그 편지란 게 이를테면 곧 추천장이었는데 이것이 벌써 현재 지니고 있는 실망의 결과를 가져오게 한 것이다.

황무영은 정 진사로부터 바로 그의 부친인 서울에서 떵떵 울리는 정 참판으로 가는 편지를 받아 쥐고 참말 흐뭇하였던 것이었다. 그때는 정 진사가 편지를 자기 아버지에게 써서 주겠노라 한 지 보름이 가까웠던 터라 그는 그동안 한 섬지기가량 되는 땅에서 다섯 마지기를 벼째 팔아 넉넉히 노자를 장만한 후로 막상 길을 떠나게 된 때였다. 편지를 받아 쥐자마자 동리 사람들도 모르는 첫닭이 울 무렵 그는 곧장 서울로 향하였던 것이다. 그러나 발길을 옮기면서도 그 편지에 무어라 자기를 소개하였는가에 대하여 궁금함을 억제할 수 없었다. 그리하여 날이 얼른 밝아지기를 기다려 동편이 희미하게 트일 때 그는 연해 걸음을 걸으면서 잘 보이지도 않는 것을 몇 번이고 눈을 씻어가며 읽었던 것이다. 그때 그는 실망하였다. 그 내용인즉 이 황무영은 모르실 사람으로 근자 십 년 전에 외처에서 같은 동리로 들어온 명색이 중인인데 하도 졸라대어 할 수 없이 올려보내니 며칠쯤 유숙시키다 정당한 분부로 개심하도록 지시하여 돌려보내면 제 입장이 선다는 것이었다.

　그는 그때부터 벌써 정 진사를 미워하기 시작하였다. 서울로 가도 별수가 생기지 않을 것을 동시에 깨닫고 다시 길을 돌아서 집을 향해 걸으며 생각하니 또한 발이 움직이지 않았다. 이번엔 틀림없이 적어도 관을 쓰고 내려올 것이라고, 어젯밤부터 정화수로 칠성께 기도를 드리는 아내에 대한 면목이 없었고, 밉든 나쁘든 정 진사가 또한 놀랄 것이 떠오르자 다음 그는 다시 서울로 향하였다. 어쨌든 이렇게 된 판이니 배은망덕한 정 진사를 생각할 것 없이 직접 정 참판에게 애걸하는 것이 되던 안 되던 시원할 것 같았다.

　그는 커다란 체구에 알맞지 않는 한숨을 간간이 길에 퍼뜨리며 꼬박 며칠을 걸려 서울에 도착한 후 근 한 달 동안을 떼를 써가면서 정 참판에게 졸랐으나 예상 그대로 거절이었다. 세상이 망해가기로니 중인의 천한 몸으로 양반을 넘어다보는 것은 역적과 다를 배 없다고 끝판에는 생호령으로 면회를 받지 않게까지 되었다. 그는 드디어 그곳 여러 청지기들한테서 등을 밀려 나왔다. 그와 함께 극도의 절망을 품었다. 그는 원래부터 정 진사와 같이 드센 술을 날마다 여관방에서 마셨다. 그것도 며칠 나중에는 청루靑樓에까지 가는 것을 생후 처음 알았다.

　그런 중 이럭저럭 한 달이 지나 노자는 떨어지고 말았다. 그래도 그는 낯이 서질 않아 시골로는 그냥 내려오기가 싫은 터이라 생각 끝에 나라에서 한참 모집하는 군인이 되었다. 마침 전라도서부터 벌떼같이 일어나는 동학군과 접전을 하여야 될 무렵이었다. 그는 또 근 한 달이 넘도록 다니던 중 불현듯 혼자서 꼬박 기다리며 이런 줄은 모르고 그저 한모양으로 칠성께 기도 드릴 아내가 그리워졌다. 또 한편 감투 써보려고 온 자

기가 그와는 정반대로 언제 팔자에 없는 죽음을 할지 모르는 총을 만져
야 되다니 하는 서글픈 생각을 금치 못했다. 그는 드디어 그날 밤으로 영
문營門*을 도주하여 곧장 이렇게 돌아온 것이다.

5

생각 끝에 황무영은 벌떡 일어나 앉았다. 그리고는 긴 담뱃대를 힘껏
재떨이에 두드리며

'이놈들의 원수를 어떻게……'

하고 속으로 부르짖었다. 그와 함께 넓적한 엄지손가락으로 담배를
꾹꾹 눌러 담다가 그 장죽이 눈에 거슬렸다. 담뱃대를 윗목 편으로 동댕
이치고는

"저 곰방대 찾아와!"

하고 아내에게 커다란 소리로 외쳤다.

아내는 남편의 이러한 갑작스러운 짓에 눈을 휘둥그렇게 뜨고 있다.
웬 영문인지도 모르면서 일어나 벽장문을 열고 그 곰방대를 찾았다.

황무영은 눈을 쏘아 한모양으로 던져진 장죽을 바라보았다. 그는 이
것이 금세 싫어진 것이다. 양반 노릇을 하려고 일부러 장죽을 들고 다니
며 피워대던 자기에 대한 미움이 일시에 복받쳐 올랐다.

'나는 중인이다……. 아니 그보다 상놈을 원한다……'

하는 생각으로 곰방대, 십 년 전 문경에서 가졌던 그것을 찾아오라는
것이었다.

| * 병영의 문.

한참 후 아내는

"왜 저것은 막혔수?"

하며 먼지가 뽀얗게 묻은 곰방대를 찾아가지고 그것을 한참이나 종이에 씻고 또한 털며 몇 번이고 손수 입에 물고 품어보더니 남편 앞에 놓았다. 그러면서 평시보다 달라진 그를 한동안 바라보더니

"퍽 피곤하신 모양인데 약이라도 잡수서야 하잖우?"

하고 근심스럽게 말한다. 이와 동시에

"참, 엊그제 당신 잘 자시는 구기자 열매를 몇 개 구해둔 것이 있지!"

하더니 또한 벽장문을 연 조금 뒤 빨간 열매를 내놓는다.

'어디 아흔아홉 아니라 구백구십까지라도 살아보자!'

그는 이러한 생각과 함께 그것을 한입에 탁 털어넣고 꿀떡 삼킨 후 담배를 퍽퍽 피워대며

'갈 길……. 나의 갈 길을 정해놓아야 된다.'

하며 혼자 속으로 다졌다.

그는 또 드러누웠다. 그리고는 무엇 하나를 심각히 생각하였다.

어느 때인가 동학군의 뭇 공포 소리의 산울림은 또한 요란스럽게 모든 것을 와지직 흔들어놓았다.

그는 또 벌떡 일어나 앉았다.

'오직 갈 길은 한 길밖에 없다.'

이렇게 내심으로 단정을 내린 황무영은 처음으로 이제까지의 자기에서 벗어날 수 있었다. 그는 드디어 일어서서 방문을 열었다.

6

'차라리 동학에나 뛰어들어…….'

황무영은 이런 비장한 생각과 함께 밖을 나서자마자 때마침 삽짝 안으로 들어오는 젊은 두 청년과 서로 눈이 마주쳤다. 철쇠와 봉출이었다. 그들은 수건을 이마에 질근 동이고 각기 방망이를 허리에 찬 동학 군인이다.

황무영은 잠시 얼떨떨하다느니보다 놀라웠다. 그런 중이면서도 말로는

"너희들은 뭐냐?"

하였다. 청년들은 잠시 머뭇거리다가 다 같이 겸연쩍은 웃음을 띠며 이구동성으로

"모시라고 해서 왔습니다."

한다.

"뭐?"

황무영은 머리를 옆으로 기우뚱하며 무엇을 따지는 듯한 태도였다. 혹시나 자기를 정 진사와 한타령으로 취급하려는 것이 아닌가 하는 생각이 머리를 번개처럼 스쳤다. 그러나 전에 지내던 터수도 있고 하여 어찌되던 용기를 내어

"이놈들, 어른이 오래간만에 왔으면 인사래도 해야지 덮어놓고 나를 모시러 왔어? 정 진사네 모양으로 때려 엎으러 왔느냐?"

하였다. 청년들은 한동안 머뭇거리는 낯빛을 띠다 철쇠가

"누가 때려 엎으러 왔나유?"

하는 말을 하자 황무영은 그제야 안심할 수 있었다. 다음 이번엔 신이 좀 나서

"뭐 이놈, 그러면?"

하고는 역시 뚝뚝한 마찬가지 어조로 얼굴에 웃음까지 띠며

"네 말마따나 그래 나를 왜 모시러 왔단 말이냐? ……. 나 온 지는 어떻게 알고……."

하였다.

"지금 막 금봉산에서 연습하다 쉬는 시간이 되어 모여 앉았던 끝에 웃말 조 서방 말씀이 황 생원이 오셨단 이야기가 나서요……."

"음!"

"그래서……."

"그래 어쩌자고 나를……."

이때 철쇠는 철쇠대로 자기들의 말이 통하는 황무영의 이런 태도에 어느 정도 마음이 후련한 나머지

"저희들로 말한다면 감히 이렇게 온 것이 안된 일이지만유……. 즈들 말 끝에 황 생원님이 역사라는 말이 있자 옆에 계신 박 총령이 곧 만나야겠다고 모셔오라 해서 왔으니 별로 노여워 마십시오……."

하자 황무영은 무턱대고

"아따 이놈, 그곳에 들더니 말주변까지 늘었구나……. 그래서 왔어? 이놈들……."

하였다.

"예—."

"이놈. 예가 다 뭐냐? 그럼 날더러 금봉산까지 가자는 말이냐?"

"아니올시다. 박 총령께서 일부러 맞이하시느라 먼점 저희들 몇 사람과 같이 오시다 수도장서 기다리시겠다고 그곳으로 가셨습니다."

황무영은 더 긴 말을 하지 않았다. 오직 의미 모를 "음!" 소리만을 하였다.

이러자 바로 즉시 그들 세 사람은 아무 말 없이 삽짝 밖으로 나서서

동구 앞쪽으로 멀찌감치 떨어져 있는 동학당 집을 향해 걸었다. 그들은 침묵을 서로 지키고 있었지만 생각만은 연방 머리를 지분거렸다. 두 청년은 이 황무영이가 장차 어떻게 나갈 것인가 또한 늠름한 것같이 보인 자기들을 황무영은 어떻게 여길 것인가 두려웠던 것이다.

한편 황무영은

"음. 내가 역사?"

하고 혼자 중얼거렸다.

도적을 우연히 잡았다는 데서 역사란 소리를 듣고 있다. 어느 해 집에 도적이 들었다. 해가 지고 모두가 잠들고 있는 틈을 타서 두 놈이 침입하였다. 그때는 잊히지도 않는 동짓달 보름께였더니만큼 달이 삽짝으로 통한 문을 삼켜 방 안에까지도 환한 빛을 찌르고 있었다. 밤중에 자기는 한잠이 깨어 역시 나중에 어떻게 될 것인가에 대하여 혼자 곰곰이 생각하고 또한 그 용꿈을 다시 한 번 눈앞에 그리고 있을 때였다. 별안간 그 훤한 문에 흘깃 검은 그림자가 스치는가 하였더니 문이 슬며시 열림과 함께 그림자 둘이 또렷하게 방 안으로 숨어들었던 것이다.

그때 자기는 어떻게 되는 영문을 몰랐다. 부지중 자기가 베고 있던 목침이 그곳을 향해 날라갔다. 그와 동시에

'아이고 난 죽는구나! …….'

하는 생각과 자기의 급작스러운 행동에 실망하고 이불을 푹 뒤집어쓰고 말았던 것이다. 다음의 일은 어찌되었는지 몰랐다. 그 후 아내의 말에 의하면 벼락같은 소리와 함께 윗목 편에서 "아구구……." 하는 신음 소리가 귓결에 몹시 스쳐 깜짝 놀라 깨었는데 그즉 쿵 하고 무엇이 쓰러지는 것 같더니 검은 그림자 하나가 문을 박차고 달아났다는 것이다.

아내의 놀라움에 지친 날카로운 소리에 다시 정신을 차리고 둘이서 엉겁결에 밖으로 뛰어나가 모여든 동리 사람과 같이 방 안으로 들어왔을

때 윗목엔 호랑이 같은 웬 사나이가 피투성이가 된 머리로 죽어 나자빠진 것을 볼 수 있었다.

그 후 자기는 때 아닌 이러한 일로 말미암아 근동에서 역사라는 칭호를 받았다.

그는 지금도 연해 점잖이 걸어가며

'음. 나는 역사?'

하고 다시 한 번 마음속으로 따져보았다.

7

박 총령이 마을로 내려온 후에도 금봉산에서는 벌떼 같은 장정들의 외침과 공포 소리는 여간해 그치지 않았다.

동학당 수도장 깊숙한 방에서는 지금 박 총령과 황무영이 단둘이 마주 앉아 있었다. 박 총령은 얼굴에 긴장한 빛을 나타내고 연해 열변을 토하였다.

"우리 한국 평민들은 너머나 기가 약합니다. 우리 평민을 해치는 적은 수효의 놈들을 옆에 놓고도 감히 그것을 물리치려 하지 못하니……. 이 어찌 서글픈 일이 아니겠소? 더욱이 그놈들은 오직 벼슬만 바라고 저희들만 먹고살자고 당파로 하여금 나라의 정치를 망치고 싸우니 하늘인들 무심할 수가 없단 말이요. 더욱이 오랑캐들의 외국 세력을 잡아넣어 나라는 어떻게 되든 저희들 패만 이기면 고만이라는 이 엉뚱하고 생각만 해도 기가 치이는 원통 답답한 이 처사를 우리 평민들은 그냥 보고만 있을 수는 없단 말이요. 그리하야 우리는 일어난 것이오. 우리의 이 행동은 곧 하늘이 시킨 당연한 이치에서 나온 것으로 이때 우리 평민들은 누구나 다 하늘의 이치에 따라 첫째 우리들의 피를 빨아먹는 소위 양반놈들을 없애버리고 망해가는 나라를 우리들 손으로 다시 세워야 할 것이 아니오? ……."

하더니 박 총령은 뒤이어

"지금 현재 우리 전봉준 장군께서는 이미 고부, 금강을 걸쳐 논산에까지 놈들(관군과 일군)과 같은 새로운 무기도 없이 있대야 새총〔鳥銃〕으로도 이렇게 대승하여 올라오시는 중으로 이곳 우리도 며칠 후면 여러 곳 병정들과 합쳐 공주로 집결되어야 할 터인데, 그런데 참 해괴한 일이 많소. 그것은 우리 평민들이 너머나 용감치를 못하단 말이요……. 알겠소? 아직 하늘의 이치를 모르는 편이 있소."

아까부터 황무영은 아무 말도 하지 않았다. 박 총령 말에 오직 고개만 끄덕끄덕 하였을 뿐 간간이 얼굴을 자기도 모르는 사이에 붉히곤 하였다.

그러자 박 총령은 황무영의 손을 덥석 잡으며

"여보 당신도 우리와 같은 사람이오. 듣기엔 당신이 중인인 모양이나 중인이란 게 있을 리 없거든……. 알겠소? 양반놈이면 양반놈 상놈이면 상놈이지 중인이라는 건 없다고 나는 생각하오. 중인이라면 역시 상놈과 마찬가지로 벼슬을 못한 것도 사실 또한 백성에게 못할 노릇을 한 것도 없을 것. 이만하면 우리는 죄 없는 평민이 아니오? 우리 평민, 죄 없는 우리들은 다 같이 손을 이때에 잡지 않으면 안 되오……. 더욱이 댁은 또한 우리가 가장 바라는 용맹스런 역사라니, 이때 당신이 가지고 있는 힘 모두를 하늘에 바치잔 말이오……."

하며 손을 더욱 굳세게 잡았다.

황무영도 한숨지었다. 웬일인지 그의 손에도 점점 더 생기가 돌았다.

"응? 어떻소? ……."

박 총령은 잼처 이렇게 물었다. 그러면서 또한 말을 이어

"우리 중엔 용맹스러운 것 이것이 필요하단 말이요. 아까도 이야기하려다 못한 것이지만 나도 이번 일로 해서 이 고장에 처음으로 들어왔기 때문에 이곳 사정을 잘 모르지만 글쎄 이렇단 말이요. 다름이 아니라 정진사 놈인가 이놈의 집으로만 해도 그렇지……. 이놈의 그전 죄상을 단연 용서할 수는 없는 일이란 건 댁도 짐작하시오? ……."

하고는 상대편을 바라보았다.

황무영은 여적 잠자코 있었던 자기로서 이번에도 그냥 묵묵히 넘겨버릴 수는 없다는 의식도 있었고, 또한 정 진사의 모양이 머릿속을 휙 스치자 덮어놓고

"암 그렇구말구요……."

하였다. 이에 박 총령은

"내 그건들 알 수가 있었겠소. 이곳에 모이는 여러 동지들이 분개하면서 떠들어대니깐 알았는데, 그래 나는 참다 못하야 그즉 그놈을 잡아 오라고 영을 내렸는데 이게 웬일이오? 이놈들이 말은 하면서도 정작 원수를 갚자는 데는 고만 뒤꽁무니를 뺀단 말이오……."

하고 박 총령은 더욱이 분개하는 빛을 얼굴에 나타내었다.

황무영도 이때 속으로부터 용솟음쳐 나오는 분개를 금치 못했다. 그리하여 그도 박 총령과 같이 얼굴을 험악하게 찌푸렸다.

"그것만도 아니오……. 황 노형! 나는 그때 실망한 나머지 요전에 그놈의 아들놈을 이리로 보내서 우리와 함께 나가자고 분부를 나려 간신히 그놈에게 제일 원한이 많은 철쇠를 호령하면서까지 보냈잖었겠소. 그런데 이놈이 가긴 간 모양인데 정가놈은 꿈적도 안 한단 말이오. 오늘 들으니까 아들놈들 두 놈을 벌써 그날 밤중에 제 할애비 있는 서울로 피신을 시켰다니 낸들 더 그냥 가만히 있을 수 없소……."

하고는 주먹을 부르르 떨었다.

이때 황무영도 눈이 박 총령 주먹에 머무르자 자기도 손을 움켜쥐고 박 총령이 눈치 채도록 부르르 떨어 보였다.

"노형! 여보 나의 이런 태도가 글렀소? 똑똑히 이야기하시오. 황 노형이 본 그놈 진사는 어떻습디까?"

하고 박 총령은 떨던 손으로 다시 황무영의 떠는 손을 잡으면서 바라보았다. 이때 황무영은

"그런 놈은 욕을 보여야 합니다."

"알았소. 우리 평민은 싸워야 합니다. 이제까지의 우리의 적은 모조리 없애버려야 합니다. 저에게 다 매끼시오……. 힘 있는 한 우리 죄 없는 평민들을 푸대접하는 그놈들을 물리칠 터이니까요……."

하고는 놀고 있던 한편 손을 이번에는 자기가 먼저 움직여 박 총령의 손을 힘껏 잡았다.

8

"자식! 정가놈의 자식! 두고 보자. 내일 새벽이면 내 손에……."

한 시간쯤 후 동학당 수도장에서 나온 황무영은 집으로 향하여 길을 걸으며 혼자 중얼거렸다.

"나는 양반놈이 아니다. 나는 박 총령 말대로 죄 없는 평민이다. 그리고 남들의 정평 있는 역사, 하늘이 기다리고 있는 용맹지인勇猛之人이다……."

하고는 길 위에 가래침을 한 번 힘껏 뱉었다.

"자식. 자식, 두고 보자! 난 중인……. 아니 평민이다."

그는 허리끈에 찼던 곰방대를 빼내어 담배를 피워 물었다. 생각하니

장죽보다 맛이 더 훌륭한 것 같았다. 그의 마음은 흥분 중에도 만사가 태평하였다. 그러자

'나는 과연 남들이 말하는 역사인가? ⋯⋯.'

하는 의문이 또 들었다. 이와 함께

'우연이든 어쨌든 도적을 죽였다. 이만하면 몸 어느 구석에 나도 모를 얼음장 같은 힘이 숨어 있음이 확실하다. 그렇다. 이 힘을 솟아내어 첫째 정가놈⋯⋯. 그리고 평민을 못살게 하는 그놈 일파를 없애버리자⋯⋯.'

하고 생각하니 동학군의 수령인 전봉준 장군이 보는 듯 역력히 머리에 떠올랐다. 이와 동시에 그도 지금의 자기와 같으려니 여기니 더욱 신이 났다. 그는 불현듯 전봉준 장군의 입장이 부러웠다. 자기가 관군 노릇을 할 때도 누구나 무서워하던 그 녹두장군이 바로 이 전봉준이가 아닌가 생각하였다. 말대로 그 조그만 자가 어쩌면 관군과 왜군을 막 물리치는가 곰곰이 따지니 보통 사람이 아닌 그야말로 하늘이 낸 사람⋯⋯. 그리고 보면 반드시 용꿈을 꾸었을 것이라 믿어졌다.

"나도 용꿈을 꾸었다⋯⋯."

황무영은 이렇게 혼자 또 외치자 그는 펄떡 뛰었다. 이곳 조그만 군졸과 같이 전쟁터로 나가는 것보다 차라리 직접 장군에게로 가서 공을 세우자는 욕심이 생겼다. 그러자 그 장군은 전에 중인이었던가 상놈이었던가 하는 생각이 들자 또한 펄떡 뛰었다. 지식으로 말해도 자기와 같으면 같았지 나을 건 없으리라 여겨졌기 때문이었다.

"황 장군!"

하고 중얼거려보니 구미가 당긴다. 그는 또 한 번 길을 걷다 말고 날았다.

"황 장군이다⋯⋯. 나는 황 장군이다⋯⋯. 필연코 요즘 사태로 보아

동학군이 이긴다. 그러면 없어질 양반놈들이 시킨 시시한 초사 나부랭이에 대랴 ……. 뭐야 뭐? 참판 아니 판서……. 그보다 영의정이 될지도 모르는 내가 아닌가."

그는 지금이라도 당장 논산으로 가고 싶었다. 그리하여

"오늘 밤으로 갈까? ……."

하고 자문하여 보았다.

"아니 아니……. 원수를 면점 갚고……."

하는 마음이 뒤미처 들자

"자식, 정가놈의 자식! 내일이면 고만이다……."

그는 이렇게 다시 외치고 또 한 번 침을 탁 뱉어버리며 곰방대를 물고 걷기 시작하였다. 그러면서 자기가 여태 바라오던 그놈의 벼슬이 안 된 게 다행하였다. 그와 함께 관군이 되었다가 이렇게 탈출한 것이 또한 신기하였다.

9

그날 황무영은 집에 돌아와 저녁밥을 먹으면서 옆에 있는 아내에게 서울 갔다 온 후 비로소 전과 같은 명랑한 기분으로 이야기를 하였다.

"여보 정 진사놈을 내가 죽여버리고 말 테요……. 우리가 그동안 얼마나 그놈을 받들었소? 지난 십 년 동안을 그놈의 술을 전부 대다시피 하였고, 또한 왜 몇 달 전에 우리들더러 팔라든 재 너머 다섯 마지기……. 그건 당신한테 이야기를 안 했지만 내 그것까지 그냥 가지라고 하였거든……. 그런데 이놈이 배은하고 나에게 손해만 입힘으로 이러다간 나중엔 논전지 다 없어질 것이니 그냥 둘 수는 도저히 없어……."

하며 커다란 뭉치의 밥이 얹힌 숟가락을 입을 딱 벌리고 넣는다.

이러한 갑작스런 남편 태도에 아내는 어리벙벙하였다. 오직 눈을 휘둥그렇게 뜬 채 밥을 먹던 것을 멈추고 남편을 바라보았다.

이때 삽짝 밖에서

"황 생원님 계시나유? ……."

하는 어린 계집아이의 음성이 들려왔다.

황무영은 아내더러 나가보라고 눈짓을 하였다.

아내는 나갔다. 그러자

"네가 웬일이냐?"

하는 말이 들려오고 뒤이어

"어서 들어오렴……."

하더니 바로 그들은 들어왔다. 보니 의외에도 정 진사 집에서 일을 해주는 계집애 종이었다.

"이 편지 진사가 주시드라는구먼요."

하며 아내는 착착 접은 종이쪽을 남편에게 주었다.

황무영은 아무 말 없이 그것을 펴보았다. 그러자 그는 혼자 비웃음을 품더니 한참 후

"먼저 가라! 내 밥 먹고 갈 테니……."

하며 계집아이에게 말하였다. 계집아이가 나간 후 그는 또 한 번 비웃으며 아내가 듣도록

"흥! 다 이럴 때가 있나 흐흥! 처음으로 편지까지 먼점 해가며 나를 만나고 싶다니? ……."

하며 다시 "흐흥!" 하며 그 편지를 손에 넣고 꾸겼다. 그러면서 어디어떻게 하고 있는지 그 꼴이나 보자는 호기심이 났다. 그리고 오늘까지는 조금도 지금의 자기를 알리지 않고 비위가 상하긴 하지만 전과 같은

태도를 가짐이 재미날 것이라고 생각했다.

10

황무영은 그야말로 호기당당하였다. 점잖이 가래침을 몇 번이고 어두운 길에 던지며 정 진사네 집 마당엘 들어섰다. 이제부터는 전과 같은 어려움에 겨운 발자취로 변해 걸어야겠다는 마음에서 종종걸음을 치려 할 때, 그의 눈은 높다란 사랑문이 활짝 열린 것을 보았다. 그즉 또한 불빛 속으로 문턱에 앉아 있는 정 진사의 모양도 발견하였다. 그는 잠시 걸음을 멈추었다.

그러자 정 진사가 누구를 꾸짖는지

"너 이놈……. 네 자식 죄가 곧 네 죄이지. 자식놈은 나를 해치려는데 너는 그놈의 다리깽이는 못 분질러놓고 와 빈다고 다 되는 줄 아니? 응 이놈아! ……."

하는 호통 소리가 나더니 잼처

"그래 그놈을 자식이라고 그냥 둔단 말이냐? 이놈 그래 내가 그놈 철쇠놈의 처를 보았다손 치자……. 그래 그게 뭐가 원통하단 말이냐……. 양반에게 죽임만 당하지 않으면 고만이지……. 이놈! 다 듣기 싫다. 가!"

하였다.

황무영은 그즉 철쇠 아비에게 하는 말임을 깨달았다. 동시에 그는

'요놈의 정가놈 내일이면 죽는 줄도 모르고……. 그저 이놈을…….'

하고 속으로 부르짖으며

'우리는 죄 없는 평민이다. 평민의 아내라고 마음대로 너희놈들이 짓

밟어…….'

하고는 주먹을 불끈 쥐었다. 그러자

'아서라. 오늘 밤만 더 참자…….'

하는 마음이 들자 그는 잠시 지금 지니었던 자기의 흥분을 가라앉힌 후 다시 발을 옮겨놓았다. 그리하여 정 진사가 앉아 있는 방 앞 뜰 밑까지 가자, 그곳에서 허리를 굽히고 죽은 듯이 서 있던 철쇠 아비가 힘없이 물러가는 것을 보고

"이놈, 세상이 망했기로 양반님네를 몰라보다니……. 이놈, 냉큼 못 물러가……."

하는 거짓말까지 할 수 있었다. 그러면서 층층대를 오르려 할 무렵 정 진사는

"아 자넨가……. 어서 들어오게!"

하고 마루로 급히 나왔다. 황무영은 어깨가 으쓱 올라갔다.

'이놈에게 처음으로 하게 소리까지 들어본다.'

하는 생각이 들자 속으로 웃으며

"네— 소인이 너머 늦게 찾아뵈러 와서 황송하옵니다……."

하며 뜨락으로 올라섰다. 정 진사는 그의 손목을 덥석 잡으며

"자 어서 들어오게……."

하며 방 안으로 끌었다. 이어

"그래 자네 일은 어떻게 됐나?"

하고 편히 앉으라 몇 번이고 손수 앉히며 이렇게 물었다.

황무영은 아무런 말이 나오지 않았다. 그랬더니 정 진사는

"별수 없었을 터이지……. 내 가친이 원래 인정이 별로 없는 분이라……. 가만있게. 좋은 때가 올 터이니……."

하고는 다짜고짜로

"이 일을 그런데 어떻게 하여야 좋단 말인가? ……"

하며 또한 그의 손목을 잡아 흔들었다. 황무영은 속으로

'이놈의 자식 잘도 논다……'

하며

"글쎄요. 저 없는 동안 아조 딴 세상이 되어버렸구면요……. 것 참!"

"자네도 지금 내 사정을 대개 알 테지? 참, 언제 왔지?"

"오기는 어제 밤중에 왔는데 하도 고단해서 이렇게 늦었습니다."

"응. 그러면 부인께 대개 들었겠구면……. 그래 고단하다고 이제 오다니……. 난 바로 저녁때에서야 자네의 모양을 먼빛으로 보았다는 사람이 있길래 그래 돌아온 줄만 알았지……. 에이 사람 난 그동안 자네만 얼른 오기를 손꼽아 기달렸는데……."

하며 야속하다는 눈으로 바라보았다. 황무영은 또한 속으로

'부인자를 다 써가며 말한다.'

하고는

"그저 잘못했습니다."

하며 고개를 숙였다.

"나는 지금 의지할 곳이라곤 하나도 없네……. 알겠나? 자네도 짐작하다시피 자네밖에는 의지할 데가 또 어디 있나? ……."

하며 정 진사는 애원하는 빛으로 처다보았다.

"글쎄요. 전들 그것을 모를 리야 있겠습니까? 저의 처에게서 대강 듣고 그즉 뵈일려든 것이 노독路毒으로 앓다가 간신히 정신을 차려 문밖으로 나서서 올려든 게 또한 저까지 동학당에서 호출이 있어 그곳에 붙들려가노라……."

"뭐, 자네도 불렀나?"

"네……."

"그래 어찌됐나? ……."

정 진사는 앉았던 자리에서 별안간 자기도 모르는 사이에 두 다리를 엉거주춤 세워 고쳐 앉으며 이렇게 물었다.

"그놈들 떼세가 어떻게 센지 어쩔 도리가 있습……."

하다 황 무영은 말을 채 못 맺고 정 진사를 우선 한 번 골려주자는 생각이 치밀어 배창자를 움찔거리며

"그런데 이를 어쩌면 좋겠습니까. 저를 그놈들이 족치다 제가 죽어도 말을 안 들으니까 말끝에 아 나리를 내일 새벽 개천 뚝에서 돌팔매질로 돌아가시게 한다면서 저에게 너도 그렇게 당해야 좋겠는가고 위협을 하겠지요……. 이거 아무래도 큰일 났습니다. 어떡허면 좋겠습니까?"

하였다.

"뭣? ……."

하고 놀란 정 진사는 그만 얼굴빛이 파랗게 질렸다. 그는 안절부절못하면서 떨리는 가느다란 음성으로

"그렇고……. 이를 어찌해야 한담! 관군이 오자면……. 언제나 올까……."

하고 혼자 나대었다. 그러자

"올 때는 되었는데……. 자네 서울 갈 때 며칠이나 걸렸지?"

한다. 황무영은

'요놈이 저이 자식들 도망쳐 보내는 김에 위태로우니까 관군까지 불렀구나…….'

생각하며

"갈 때는 사흘 걸렸지만 올 때는 엿새나 걸렸습니다……."

하였다.

드디어 정 진사는 맥이 탁 풀려 주저 물러앉으며

"밤중에 몰래 도망가면 안 되겠나?"

하고 물었다. 이때 황무영은 어느 정도 살기를 띠어

"안 됩니다. 더 큰일 납니다. 댁 도령들이 떠난 후부터는 날마다 사방에서 지킨답니다."

하는 말을 생각나는 대로 토하였다.

"음. 옳아! 자네니깐 이런 말을 다 해주지 난 이렇게 앉아도 통 속이야……. 그런데 어떡허면 살 수 있단 말인가? 여보게! ……."

정 진사는 울다시피 이렇게 중얼대며

"저희놈들이 얼마나 기를 쓰나 보자! 내 명은 이렇게 된 바에야 헐 수 없지만 저희놈들이 관군도 관군이려니와 여러 타국 나라 병정도 휩쓴단 말인가? 한 놈이 백 사람 천 사람을 당해. 안 되지 안 돼……. 대국도 가만히 있지 않을 것……. 나중에 진짜로 능지처참을 당할 놈들이 꺼죽대다니 으흐흐……."

하며 정 진사는 주먹으로 땅바닥을 연거푸 몇 번이고 치자 이번엔 수염을 위로 바짝 솟아올림과 함께 입을 앙승그려 물더니 열이 넘친 시선으로 황무영을 뚫어지게 바라본다. 그러더니 또 뒤풀이하여

"나 한 몸 죽는 것은 일 없어! 서울서 대군이 닥치는 당장엔 나를 죽인 놈들의 삼족(三族 : 親家, 外家, 妻家)은 모조리 능지처참을 당할 걸 알어야지."

하고는 한사코 시선을 옮기지 않았다.

이때 황무영은 웬일인지 부지중 그의 눈을 피하였다. 가슴속이 화끈 달아오름을 느꼈던 것이다. 동시에 "그야 그렇습지요." 하는 말이 새어나왔다.

"생각해보게. 사실이 그렇찮은가?"

정 진사는 역시 한모양으로 이렇게 물었다.

"그렇구말고요……."

황무영의 대답은 자기도 모르는 중에 힘이 없었다. 정 진사는 황무영의 말이 떨어지자

"어찌됐든 자네가 날 어떻게든 살려주게. 살려만 준다면 내 죽어 백골이 된대도 잊지 않으리……. 그렇게만 될 수 있다면 나하고 같이 올러가세……. 서울 가친에게 이런 말 여쭈면 자식인 나를 생각한다면 인정없다 한들 적어도 골사리*쯤은 문제없네……. 내가 구양을 간다 치드래도 벼락감투, 아니 정당한 것을 자네가 쓰도록 아조 맹세하네……."

하며 이번엔 눈물까지 뚝뚝 떨어뜨렸다. 그리고는 다시 두 손으로 에워싸며

"어떻게 해야 좋담……. 응? 여보게!"

하며 대들었던 것이다.

이때 황무영은 공연히 숨이 가빴다. 이러한 정 진사를 보지 말자고 피하려 하였으나 돌아앉기 전에는 그럴 수도 없어 오직 눈을 감아버렸다. 그러는 동안 그 방울과 같은 굵은 정 진사의 눈물이 자기 손등에 떨어지는 감촉을 느끼자 그의 눈도 웬일인지 뜨거워짐을 자신 느꼈다. 동시에 그는

'이놈은 내 손에 죽어질 놈이다.'

하는 야무진 생각을 억지 쓰듯 떠올리려 애쓰며 이 알 수도 없는 자기의 현재의 심경을 억제하려 애썼다.

* 고을의 작은 벼슬.

218

11

얼마 지나지 않아 황무영은 달아나다시피 정 진사에게서 자기의 몸을 빼내었던 것이다.

그믐께가 가까운 밤은 달빛이 있을 리 없었다. 그는 걸으면서 이제까지 참고 억누르던 눈물을 펑펑 내쏟았다. 앞으로 다가오는 길, 자기가 지금 거닐고 있는 길이 어디가 어딘지 분간조차 할 수 없었다. 그러나 그는 잠시인들 한자리에 머물러 있고 싶지는 않았다. 무턱대고 아무데든 가릴 것 없이 마구 발을 옮겨놓았다.

이러면서도 그는 박 총령을 마음속으로 그리기에 온갖 노력을 다하였다. 하지만 떠오르는 것은 얼굴도 잘 짐작이나마 할 수 없는 꿈속에서 대하는 부처와도 같은 희미한 영상에 불과한 것이었다. 그는 박 총령의 뚜렷한 그 야무졌던 인상을 왜 똑바로 외이지 않았던가 하고 자기를 스스로 미워하였다.

그는 어쩌면 그러한 박 총령의 모양을 지금 자꾸만 파묻혀버리는 자기의 생각 속에서 찾아낼 수 있을 것이냐고 애를 부등부등 쓰며

"어쨌든 정가놈은 그냥 둘 수 없다."

하고 또한 단정을 내렸다.

이와 함께 정 진사의 모양이 떠올랐다. 그것은 너무나 확실하였다. 바로 전 자기에 대한 언어 동작 전부가 낱낱이 치밀었다. 장면 장면의 일거일동이 바늘 끝과도 같은 강열한 세력으로 자기를 흡수하여 버리는 것이다.

그는 골이 아프도록 머리를 되게 흔들어대며

'놈은 죽은 놈이다……'

하고 부르짖으려 하였다. 허나 목이 잔뜩 가라앉아 있음을 트여버릴

수는 없었다. 그러자 자신의 뺨을 철썩 후려갈기며

"놈은 죽은 놈이다……."

하고 소리를 애써 마구 터트려놓았던 것이다. 그러면서 어— 어— 소
리를 높여 울었다. 그는 떨었다. 자기의 이러한 곡성에 이번엔 무서움을
느꼈다. 그러자 이어

"난 역사가 아닌가?"

자문하여 보았다. 순간 그는 지금의 이러한 자기 태도를 옳고 그르다
는 판정 이외의 입장에서 무턱대고 저주하며

"난 틀림없는 역사다."

하고 부르짖을 수 있었다. 이와 동시에 문득

"그보다도 나에겐 살인살殺人煞 끼어 있는지도 모른다……. 어찌됐든
내 손에 어떤 놈이든 한 놈 죽어 없어져야만……."

하는 생각이 부지중 뒤를 이어 치민 후에야 그는 비로소 마음이 후련
하여짐을 깨달을 수 있었다.

12

정 진사가 죽는다는 이튿날은 여유 없이 닥쳐왔다. 닭이 두 홰가 울
기 조금 전 횃불이 춤을 추는 동학당 수도장에서는 백여 명의 군인들이
모여 앉아 아침의 기도를 올리려 하였다. 그들은 박 총령과 나란히 앉아
있는 황무영의 모양을 발견하고 신기한 시선을 쏘고 있었다.

기도를 올리기 바로 전 박 총령은 황무영 역사는 이제부터 하늘의 이
치에 따라 이곳 부총령으로서 우리들과 손잡고 일을 하게 되었다고 소개
겸 선언을 하고 기다란 칼과 방망이를 주었다. 그러자 그들은 일제히 환

영한다는 의미에서 "와—" 소리를 질렀던 것이다. 황무영은 그것을 받아 자기 옆에 놓은 다음 잠자코 있었다.

그러자 또한 박 총령은 앉은 채로 말을 이어

"그런데…… 당신들의 피를 빨아먹던, 즉 우리 평민에게 수많은 억울함을 줘오던 정가에 대하여는 드디어 오늘로서 최후의 결단을 내리기로 하였습니다. 이는 부총령의 결의에 의한 것이니 지금 기도가 끝나면 전원은 즉시 조금도 주저치 말고 나의 지시에 의하여 무기를 들고 이 부총령과 출동해서 잡아올 것입니다……."

하자 그들 중에서는

"황 역사! 우리 부총령 와—만세."

하는 소리가 군데군데서 일어났다.

그러나 황무영의 귀엔 그 소리가 죽어가는 모기 소리만큼도 잘 들리지 않았다. 오직 그는 무슨 열병에나 걸린 것같이 몸이 자지러들을 뿐이었다.

"그러면 기도를 드립시다."

박 총령은 엎드려 머리를 숙이자 전원은 다 함께 따라 상반신을 꾸부렸다. 황무영도 따라 하였다.

"하늘이 시키신 바요……. 신명이 도와주신 바로……."

하는 박 총령의 발언이 있자 여러 군인 전부는 이에 다 같이 따라 외쳤다. 이에 황무영도 따라 소리를 힘껏 지르려 하였으나 웬일인지 목이 답답하기만 했다.

다음 군인들의 소리가 끝나자 박 총령은

"다 같이 이 세상에 태어난 우리 인간들은 살아나가는 데 다 함께 평등하여야 하고……."

이때다. 어디서인지 멀리서 "탕!" 하는 총소리가 났다. 이어 또

"탕! 탕!"

전원은 깜짝 놀랐다. 박 총령은

"무슨 소리냐? 관군 아니냐?"

하며 벌떡 일어나려던 바로 전이었다.

황무영의 머릿속엔 번개가 홱 스쳤다. 그 총소리는 너무나 귀에 익은 것이었기 때문에 그의 몸은 떨렸다. 이와 함께 박 총령의 호된 야무진 음성이 떨어지자 순간 "픽!" 소리와 함께 박 총령 그는 "으윽!" 하는 비명을 내며 그 자리에 그만 쓰러지고 말았다.

황무영은 솟았다. 다시 한 번 날았다. 그의 손엔 언제부터인지 피 묻은 방망이가 뛰고 있었다. 그의 마음은 자기도 몰랐다. 오직 '나에겐 용 꿈이 있다' 는 생각을 억지 쓰듯 소생시키려 애쓰며 미친 듯 날뛰었다.

"이놈들! ……. 내가 누군 줄 아니? 응? 너희들 명이 아깝거든 꼼짝 말라!"

하고는 뒤이어

"나에게 뺏나갈려는 놈은 당장 일어서보랏! ……."

하며 또한 솟아오르며 다리를 굴렀다.

일어나는 사람은 없었다. 다만 그들의 검은 머리는 그저 숙여진 채 있었고 그 머리끝에 달려 있는 조그만 상투만이 유난스레 마구 흔들렸다. 그러나 당황히 꼬리치는 횃불은 그것을 그대로 드러내어 밝히지는 못하였다.

"탕! 탕!"

총소리는 점점 가까워졌다.

얼마 되지 않아 관군은 닥쳤다. 그리하여 정 진사가 죽어야 할 두 번째 닭이 울은 얼마 후 이곳 동구에서 멀찌감치 있는 장터로 뚫린 큰길 옆 개천 둑에서는 때 아닌 요란스러운 잡음이 근방 일대를 진동하였다. 이 소동은 때가 자꾸만 지나도 여간해 그치지 않았다.

이윽고 금봉산 봉우리 위에 낫 동강이 같은 달이 걸리자, 그것은 박 총령의 시체가 여러 동학군들의 돌팔매질로 묻히고 있었다.

13

십여 년이 헐쑥 지난 어느 해 가을이었다. 그때도 역시 농촌은 연중에 제일 바빠야 될 추수기를 맞이하여 나날이 무르익어가는 햇곡식을 거둬들이기에 사람들은 눈코 뜰 새 없었다. 논과 밭에는 상상하던 그대로 힘찬 청장년들이 움직이고 있었다. 여인들은 겨울 준비의 집안일로 밖의 출동이 드물었고, 혹간 있어야 그들은 들에서 일하는 남자들의 밥을 이고 가는 모양이 나타났다.

어느 날 아침 이곳 동구에서 멀찌감치 떨어져 장터로 통한 큰길 위엔 두 사람의 모양이 나란히 보였다. 그것은 환갑이 가까워가는 남자 노인과 불과 팔구 세가량 되어 보이는 역시 사나이 어린이였다.

이때 소년은

"아버지 저게 뭐야?"

하며 길 옆 돌 더미를 가리키며 그 위에 수많이도 널려 있는 조그마하고도 밝은 열매가 보기 좋게 널려 있는 것을 보고 물었다.

그와 함께 노인의 시선은 그곳으로 옮겨졌다. 그러나 그 즉시

"아무것도 아니다."

하며 다시 외면을 하였다.

"저 빨간 열매 말여?"

하고 소년이 궁금한 안색으로 재차 물으며

"저거 우리 뒤란에도 있는 구기자 아니여?"

하자 노인은 약간 이번엔 상을 찡그리며

"그래 구기자다."

하였다.

"아버지 좋아하는 거지? 저걸 먹으면 오래 산다고 좋아하는 거지? 내 따올까?"

이러한 소년의 말이 나오자 노인은 이번엔 놀란 듯이 허둥지둥

"에이 지지! 고만둬!"

하고는 더욱 외면을 하며 걸었다. 그러면서 다시 아들의 의아한 눈과 마주치자 그는

"저것은 드러운 거다……. 저기에 우리 나라 도적놈이 묻힌 데다."

하였다.

"나라 도적놈?"

"글쎄 그만침만 알어둬……."

노인의 마음은 심상치 않았다.

그는 곧 황무영이었다. 그는 다시 지난 날의 자기와 관련된 역사를 그때 자연히 회상하며 심중한 생각에 잠겼다. 그는 현재 이렇게 살고 있는 것을 깨닫자 자기가 만약 그때에 동학군이 되었다면 역시 박 총령같이 죽어 없어져 고혼이 되어버렸을 것이 아닌가 하고 또한 깨달아졌다. 생각만 해도 참으로 섬뜩한 일이었다. 그때의 일을 못 보고 죽었을 것이다.

"이게 다 마련이지……."

그는 이렇게 혼자 속으로 중얼거렸다. 순간 또한 잊으려 해도 잊을 수 없는 자기의 용꿈이 생각나지자

"이렇게 살고 있는 것이 바로 그 꿈 덕택인가?"

하고 자문하여 보았다. 그러나 아무리 따져보아도 그것은 장수에는

상관없는 꿈이었다.

　그는 과연 자기가 그렇게까지 바라오던 벼슬은 못하고 말았던 것이다. 현재 자기가 하고 있는 동리 구장은 벼슬이 아닌 것만은 너무도 잘 알고 있었다. 동학군이 패망한 후 벼슬이 되려던 적도 있었으나 그것이 성취되기 전 나라는 일본에게 먹히고 말았다. 그러자 그는 일본말도 모르는 자기를 돌보자 벼슬에 대한 의욕은 자연히 청산할 수밖에 없었다. 그리하여 자기의 입신출세는 그만 단념하고 젊은 첩을 두어 이렇게 아들을 낳았던 것이다.

　지금 황무영은 이러한 생각 끝이면 종종 하는 말로

　"애 접용接龍아! 네가 어째 접용인지 아니! ……."

　하고 물었다.

　"뭐 아버지가 용꿈 꾸고 낳었대서 그렇지……."

　"옳지 아아무럼……."

　노인 황무영은 아들의 말이 한없이 대견하였다. 이럴 때면 또한 그냥 있을 수 없는 버릇으로 말을 이었다.

　"넌 나중에 크게 될 사람이다. 알었니? 접용아! 넌 꼭 크게 돼……."

(1948년 2월 3일)

《문예》 4호. 1949년 11월

어떤 부자父子

아버지는 술만 마시고 살았다.

한 번 술을 밖에서 들이켜고 올라치면 이튿날부터 보통 이삼 일을 이불 속에서 꼼짝달싹 못하고 "아이구 다리야……. 아이구 팔이야……." 하며 끙끙 앓았다. 집에 있는 때라면 이렇게 고통을 치르는 동안이었으며, 이런 중이면서도 그는 약도 쓰지 않았다. 또한, 밥도 먹지 않았다. 오직 하루에 몇 번씩 역시 술을 홀짝홀짝 마시곤 하였다. 쭈—ㄱ 쭈—ㄱ 마구들이 삼켜버리는 대신 이렇게 홀짝홀짝 답답한 목구멍만 축여서 그런지 이삼 일이 지나면 그제야 부스스 자리에서 몸을 일으키는 것이다. 따라 앓고 난 후이면 아버지는 바지 꼴마리에 손을 넣은 채 정신 나간 사람처럼 집안을 어슬렁거리며 아무 말 없이 돌아다녔다.

그러다가 한나절이 지나면 역시 잠잠한 채로 옷을 갈아입고 외출을 하였다. 이리하여 나가선 몇 시간이 되든 하룻밤이 지나든, 또 술을 마시고는 집으로 돌아왔다. 돌아올 때면 동리 안은 사뭇 어지럽게 흔들렸다. 닭이 풍기고, 개가 아우성을 치며 짖고, 부녀자들은 담 너머로 눈을 옮기고, 아이들은 떼를 지어 몰렸다 쫓겼다 하고, 동네 남자들은 몸을 슬슬 피하곤 했다. 집안사람들의 태도도 물론 변하지 않을 수 없었다. 우선 할아버지는 수염이 씽긋 올라가고, 할머니는 입을 벌린 채 자진 숨을 몰아 쉬고, 어머니는 눈살을 찌푸리고, 누이는 숨을 곳을 찾기에 바쁘고, 영근은 할아버지의 옆에 바짝 붙어 있어야 하였다.

영근은 말하자면 할아버지와 동패인 셈이다. 그 대신 아버지와는 남과 같이 굴었다. 한 번도 말을 하여본 기억조차 없다. 언제나 아버지를 생각하면 머리가 저절로 흔들려지곤 하였다. 집안에 아버지가 있으면 그의 마음은 좋지 못했다. 술을 마시러 가든 또는 볼일로 외처로 가든, 어쨌든 아버지의 모양이 집에 없어야만 유쾌할 수 있었다. 아버지도 영근에게 말을 하지 않았다. 집안사람과도 이야기를 잘 주고받지 않았다. 보통 누가 말을 걸든 대답까지도 아끼려 하였다. 그러니 나이 어린 영근에겐 아주 말이 없었대도 고만이다.

이래서인지 영근은 자기도 아버지를 미워하지만, 아버지도 저를 미워한다고 생각하였다. 이 미워한다는 생각은 아버지가 술을 마시고 주정을 할 때면 더욱 절실히 느껴지는 것이다. 할아버지 옆에 있기 때문에 잘 걸리지는 않았지만, 혹시 영근이가 눈에 띄면 아버지는

"이놈! 버르장이 없는 놈아."

하고 공연히 호령을 했다. 또는

"애비도 모르는 놈 같으니……."

하며 술에 취한 시뻘건 눈을 부라리곤 하였다.

아버지의 주정을 조금이라도 막아보려는 할머니는 이러한 때, 아버지를 힘 있는 한 두 팔로 흔들며

"그애가 어쨌다고 끌끌! 그런 말이 어데서 나오느냐? 뻔뻔도 하지……. 니나 우리 두 늙은것 속이나 좀 태워주지 말었으면 절이래도 하

겠다."

하고 야단을 쳤다.

아버지에게 꾸중을 받은 영근은 그만 엉엉 울음을 토하면서 사랑방 할아버지에게로 달려간다. 그러면서도 연해

"엉— 엉……."

아랫목에서 일부러 누워 아버지의 주정을 엿들으며 화를 참느라고 눈을 지그시 감고 있던 할아버지는 울면서 달려드는 영근의 손을 잡고

"넌 커서 느 아비같이 저리 되면 안 된다. 내가 죽은 후에라도 다 알 수 있으니까……. 알았느냐? ……."

하며 힘없이 눈을 뜬다.

그러면 영근은 흑흑거리면서도 고개를 끄덕거렸다. 그러면서

"아버진 참 나빠!"

하고 할아버지의 몸 속에 몸을 눕히고는 아버지를 중심으로 떠들썩거리는 안쪽으로 귀를 기울이며 혼자 속으로

'나쁜 새끼!'

하는 말을 외우고 있는 것이다.

"물 떠와!"

아버지의 급한 음성이 들려오고, 이러면 할머니는 애원하는 어조로

"느 아버지 또 벼락 난다. 글쎄 왜 이러니? 곱게 좀 잠이나 자거라……."

하였다. 그러면 아버지는 아버지대로

"글쎄 요것들, 물 떠오래도 개미새끼 한 마리 어른거리지 않으니……. 물, 물 안 떠와!"

하며 짜증을 내어 더욱 억센 소리를 지른다.

"아이, 날 잡어먹어라! 물도 뜰 새 없이 재촉하면 아조 사람을 잡는

것이 낫지……. 영근어민 대체 무슨 죈가?"

하고 할머니는 혀를 끌끌 차면서

"아휴!"

하는 한숨 소리까지 들려온다. 이쯤 되면 누웠던 할아버지는 더 참을 수 없는 듯이 벌떡 일어나고야 만다. 이와 함께 안으로 통해진 문을 부서지라고 쾅 열어젖히며

"이놈! 집을 망치려거든 곱게 망쳐라, 이놈! ……."

온 동리가 울리도록 소리를 버럭 지른다. 이렇게 되면 안에서 할머니가 쫓아나와 상을 찡그리며

"난 중간에서 고만 죽겠어! 참지 않고 왜 이래슈……. 이나마도 취한 저로서는 조심한다는 게 이런 걸……. 밖에서 올 때보다는 헐쓱 덜한데……."

한다. 그러면 할아버지는

"이 망할 늙은아! 자식이라고 저런 망나니를 낳고도 사는 것만 싫은가? ……."

하며 바로 전과 같이 또 문을 부서지라고 털컥 닫고는 다시 드러눕는다.

영근은 할아버지와 함께 일어나서 할아버지의 이러한 태도가 마음에 당겨 열심히 구경을 하다가 저도 따라 눕는다.

안에선 한동안 잠잠하다. 그러나 얼마 지나지 않아

"에이, 이게 물이냐 구정물이냐? ……."

하는 아버지의 뒤숭대숭 지껄임이 또 난다.

"웬 구정물은? 지금 바로 떠온 물인데……."

어머니의 이러한 말에

"에이, 다시 못 떠와? 아! 냉큼 못 떠와? ……."

하는 아버지의 아까와 같은 짜증 내는 말과 그릇이 마당에 떨어지는 짤깍 소리, 그것은 아버지가 물이 담긴 대접을 내던지는 음향이었다.

할아버지는 더욱 험악한 낯빛으로 또 일어난다. 영근도 따라 일어선다. 뒤이어 문이 또 왈카닥 열리고

"그저 이놈을……."

하며 할아버지가 뛰어나간다. 이러면 영근도 따라나간다. 그러면서 저도 입속으로

"그저 이놈을……."

하며 할아버지의 말을 받아 한다.

마당까지 나온 할아버지는

"이놈, 너 죽고 나 죽자! ……."

하고는 몽둥이를 가지려고 이 구석 저 구석을 찾는 기색이다.

이동안 아버지는 언제 그랬냐 싶게 죽은 듯 잠잠하여지는 것이다.

영근은 아버지의 이런 꼴이 고소하기 짝이 없었다. 그리하여 저도

'이놈, 너 죽고 나 죽자!'

마구 속으로 중얼대며 할아버지의 꽁무니에 붙어서 다니곤 하였다.

이런 중에서 자라난 영근은 중학생이 되었다. 그리하여 집을 떠나 혼자 객지에서 하숙 생활을 하고 지냈다.

바로 그해, 영근이가 집을 떠나 있은 지 채 석 달도 못 되어 의외로 할아버지가 돌아갔다. 그는 무던히 슬퍼하였다. 할아버지에게만 하던 편지를 이제부터 아버지에게 해야만 된다고 생각하니 어색하기만 하였다. 차라리 지금에 와서는 아버지가 할아버지와 같이 되고 할아버지가 아버지와 같이 살았으면 오죽이나 좋을 것이냐는 생각도 들었다. 어쨌든 한 학기 동안을 그는 아버지 대신으로 할머니에게 편지를 하였다. 돈을 부쳐달라는 것 등 모든 것을 할머니를 통해서 아버지에게 요구했다.

그러면서 몇 달 동안 심심하면 죽은 할아버지를 생각하며 혼자 소리 없이 울고 지냈다. 저녁밥만 치르면 바로 이부자리를 펴고 자는 체 드러누워

"또 한 번 울어볼까나? ……."

눈물이 나오지 않을 때에는 버릇처럼 이렇게 속으로 중얼거리며 슬픔을 자청도 하여 보았다. 이것이 그에게 있어서는 날마다 되풀이하는 일과였다. 공부는 둘째였다.

그러던 중에 방학이 되었다. 성적표를 보니 엉망이었다. 석차는 중간쯤 되었으나 사십 점 이하짜리가 두 과목이나 되었다. 그는 가슴이 그만 덜컥 내려앉고 말았다. 집에도 못 갈 것으로 생각하였다. 만약 집에 갔다가는 아버지에게 성적표를 보이지 않을 수가 없었다. 이것을 아버지가 본다면 틀림없이 주정 끝에 좋지 못한 무엇이 닥쳐올 것만 같았다.

그러나 몇 개월간을 동무도 없는 서울에서 혼자 묵고 있을 수는 없었다. 한편, 방학 된 지 일주일도 되기 전에 집으로부터 어서 오라는 전보가 두 번이나 왔다. 그럴수록 할아버지의 정 깊은 모양만이 더욱 더 떠올랐다. 지금쯤 할아버지가 살아 있다면 아버지의 그것쯤은 모면할 수도 있지 않은가 하는 요행을 바라는 끝 마음에서인지도 모른다.

이러던 끝에 영근은 드디어 시골로 내려갔다. 할아버지가 없어진 쓸쓸한 집에 들어서면서부터 아버지의 모양을 곁눈으로 흘금흘금 살피면서 불안에 싸였다. 금방 성적표를 보자는 말이 나올 것만 같았다. 그는 하루 동안을

'이땐가? 이땐가? …….'

하고 마음을 졸였다. 물론 전과 같이 아버지와는 말도 하지 않았다. 오직 될 수 있으면 몸을 피하기에 바빴다.

아버지도 처음 아들을 대하자

"잘 있었니?"

한 마디 인사로 더 말을 계속하지 않았다.

그런데 이튿날 아침이었다. 때는 기어코 닥쳐온 것이다. 누이가 와서

"아버지가 네 성적표 달라신다……."

하였다. 그는 잠시 몸이 달아 어쩔 줄을 몰랐다. 되는 대로 하자는 생각에 이윽고 누이에게 그것을 주어 보냈다.

곧 아버지의 무서운 소리가 들리는 것만 같았다. 그러나 좀처럼 자기가 생각하던 무서운 소리는 나지 않았다. 한나절이 지나도, 서로 눈이 마주치는 때가 있어도, 아버지는 아무런 말이 없었다. 그는 당황한 중이면서도 술에 취하지 않아서인가 하였다. 헌데 집에 온 지 사흘이 지나도 아버지는 술을 전같이 많이 마시지는 않았다. 오직 집에서만 홀짝홀짝 마시고는 외출도 하지 않았다.

'웬일일까? ……'

이러한 의문을 품은 영근은

'언제든 술만 취하는 날엔 난 녹초강산이다.'

하며 역시 혼자서 두려운 생각을 품지 않을 수 없었다.

집에 간 지 나흘째 되던 날 아침이었다. 아버지는 누이를 시켜 할아버지 산소에 같이 가자는 것이었다. 그리하여 아버지와 아들은 이십 리가량 떨어진 곳을 향하여 떠났다. 고개를 넘고 산 밑을 감돌아 아버지는 앞에서 아들은 뒤에서 걸어갔다. 아버지는 상옷〔喪服〕에 대나무를 짚고 짚신으로 걸어가고, 아들은 양복을 입고 구두 소리를 내며 걸어갔다. 그러나 그 구두 소리가 혼자 걸을 때의 것과는 판이하게 달라졌다. 아버지를 두려워함은 이 구두에게까지 미치었다. 어쨌든 그는 발을 조심조심 옮겨놓았다. 후미진 곳을 지날 때엔, 앞에 가는 아버지가 홱 돌아서며 그 쥐여진 대나무로

"이놈아, 서울까지 가서 공부했다는 게 요 모양이냐?"

하며 자기를 후려칠 것 같기도 하였다.

영근은 자신도 모르게 숨을 한몫 터뜨렸다. 이 소리는 아버지에게도 들렸다. 이에 아버지는

"어린애가 벌써부터 한숨을 쉬면 되니?"

한다. 영근은 어쩔 줄을 몰랐다. 아버지는 영근을 돌아보며

"아마 피곤한가보구나……."

하더니 바로 산골 물이 흘러내리는 도랑가에 앉으며 쉬어 가자고 했다.

영근은 얼떨떨하기만 하였다. 그러나 서 있을 수만도 없어 엉거주춤 앉았다. 그러면서 외면을 하는 대신 먼 하늘 저쪽만 바라보았다. 지금의 아버지의 태도는 확실히 영근으로서는 꿈과도 같이 처음 대하는 것이었다. 아들에게 이렇게 자기 스스로 여러 번 말을 건네는 것은 아마 이번이 처음이었을지도 모른다.

아버지도 앉은 후 얼마 동안이나 무엇을 생각하는지 잠잠히 있더니 할아버지의 산소 있는 쪽을 멀리 바라보면서

"난 너 할아버지께 워낙 죄를 많이 졌지만……. 그러나 지금 이런 말 하는 것이 우선 낯이 없다. 나 때문에 할아버지는 고생만 하시다 가셨다. 그렇지만, 내가 지금 너 같았을 어릴 적엔 할아버지는 퍽 기대가 크셨지……. 지금은 이 꼴이지만 그때의 내 공부는 이 골에서 다 알았으니까……. 낯이 없는 말이지만 그래 넌 어찌할래? 영어에 삼십 점, 수학에 삼십 점, 중요한 것만이 학과 낙제 점수니 정신을 차려야지……."

하고는 이어

"우리 집안은 세칭 재조 있는 가문이라고까지 하는 것을 잊어서는 안 된다. 정신 차려야지……."

하는 것이다. 이 말을 끝내자 그는 아들을 그윽히 쳐다보았다. 영근

의 얼굴엔 땀이 송골송골 솟아올랐다.

"그리 덥지도 않은데 웬 땀이 그렇게 흐르느냐?"

이렇게 말을 한 아버지는 옷소매를 걷고 바로 눈앞에서 흐르는 맑은 물에 손을 잠겨가지고 아들의 낯을 씻어주는 것이다.

이순간, 영근은 얼굴을 돌리려 하였으나 도무지 그런 용기가 나지 않았다. 두 번 세 번 되풀이하여 아버지의 물 묻은 손길이 오르내릴 때마다 영근의 눈에서도 뜨거운 물이 생기고 떨어지곤 하였다.

조금 뒤, 아버지는 앞에서, 아들은 뒤에서 또 걸어가기 시작하였다.

얼마쯤 가다 아들은 불현듯

"아버지!"

하고 생후 처음으로 힘 있게 소리를 내었다. 아버지는 아무 말 없이 아들을 돌아본다.

"아버지! 다음 학기엔……"

아들은 말을 더 계속하지 못했다.

《백민》 19호, 1950년 2월

구일장九日葬

송진두는 S동 자위대 총무부장이란 직함을 가지고 있었다.

자위대의 맡아진 일이란 군대식 훈련과 따라 유사시에 동 관내를 경비하는 활동 단체였다. 이는 바로 당국의 지시에 의해서 조직된 것이나 명칭부터가 국민된 의무로서 행하여지는 모임인 만큼 운영상의 실제 비용도 모두 각각 자위대 자체에서 해결을 지어야 되었다. 그러나 예산도 동에 따라 많고 적었다. 주민의 생활 정도가 높고 인심이 후한 곳에서는 물론 운영도 잘 되는 모양이었으나 그렇지 않은 동의 자위대에서는 꼭 필요한 비용도 잘 돌지 못하는 형편이었다.

S동은 한 번에 말하자면 빈동貧洞에 가까웠다. 산꼭대기 막바지여서 주민들의 대부분은 노동자들이 아니면 이렇다 할 만한 직업이 없는 엇배기 청년들이었다. 엇배기 청년들이 많아서 자위대의 인원수는 충분하였으나 운영하는 데 비용을 뜯어내기란 상당히 곤란했다. 그리고 또한 인적 구성에 있어서도 단원들은 나이가 많고 적거나 또는 식자가 있고 없건 간에 상관이 없었지만 간부들은 그렇지를 않았다. 될 수 있으면 나이

도 좀 먹어 통이 크고 지휘력도 있는 사람이라야 했다. 그러나 이만한 사람이면 대개가 무슨 회사나 단체에 취직을 하고 있는 축들이어서 생활비도 나오지 않는 자위대 일을 전적으로 맡아볼 수는 없었다.

그리하여 결국 간부들은 대개가 회사나 단체에 다니는 사람들로 하여금 겸무를 시켰다. 위선 단장은 동회장이 겸임하기로 했다. 부단장은 운수회사의 무슨 계장이 조석으로 잠깐씩 일을 보기로 하고 각기의 부장들도 대개가 다른 직업을 가진 사람들이 선정되었다.

헌데, 이들 중 총무부장인 송진두만큼은 별다른 직업이 없는 사람이었다. 말하자면 자위대 간부로는 적격자였다. 그의 나이는 마흔일곱 살이라는 것이다. 키는 중간보다 약 두세 푼가량이나 더 컸다. 몸집은 퉁퉁한 편으로 얼굴은 넓적하고 큰 폭이었다. 얼굴이 큰 정도이니 거기에 붙은 이마며 눈이며 코, 그리고 입까지도 모두가 크고 넓고 넓적한 것으로 비추어 평범한 중년 신사에 가까운 인상을 사람들에게 주었다.

세상에서 흔히 말하기를 이런 모양이면 말도 적은 사람일 것이라고 짐작한다. 이러한 짐작이 그에게도 알맞은 표현이라면 표현이었다. 그 역시 보통 사람이 열 번 이야기할 것이라면 불과 두세 번, 그것도 아주 한참이나 생각하는 것 같다가 간단히 몇 마디로 끝맺는 것이다. 그렇지만 그 간단한 몇 마디가 절대 필요한 요령 잡힌 것이냐 하면 불행이라 할까 다행이라 할까 그렇지도 않은 편이다.

그는 가끔 대원들에게 어떤 행사에 참석하거나 경비를 시킬 때, 그것도 간부로서 자기 혼자만이 있을 적에 한해서만 한두 마디 주의를 시키기 위하여 연방 비슷한 것을 하는 수가 있다. 그는 점잖게 말 한 마디 할 때마다 팔로 으레 한 번씩 동그라미를 허공에 그리며

"에—, 여러분 대원들은 이제부터 각각 맡아진 구역으로 경비를 가야 하겠읍니다. 에—, 모든 것을 민주주의적을 잊어서는 안 됩니다. 에—,

모든 행동을 민주주의에 어그러지지 않도록 십분, 십분 각오해야 합니다. 에—, 그럼 가십시오……."

하는 대개가 두 마디 아니면 세 마디로 그친다.

이 말인즉, 경비를 할 때, 대원들은 일반에게 폭력이나 불법 행동을 말고 점잖게 정당하게 감시를 하라는 의사에서 나온 말임에 틀림없었다. 그는 점잖고 정당하고 원만하다는 등의 좋은 의미의 것이면 어떤 용어이건 모조리 민주주의란 말을 대용하기에 제한을 두지 않았다. 이런 말을 하면 대원들은 그럴듯이 들었다. 그들은 송진두를 총무부장으로서 상당한 적격자라고 인정했다. 생긴 품으로나 말하는 태도가 점잖아서 뻐기는 패보다 좋게들 여겼다.

이렇게 신임을 받는 송진두이었건만 생활 정도는 아주 궁한 편이었다. 말한 바와 같이 아무 재산도 직업도 없는 그로서 또한 동전 한 푼 생기지 않는 자위대에 이름을 걸었으니 빤히 바닥이 들여다보였다. 하기야 해방 전으로도 십여 년 전엔 시골서 벼 베기나 하여 의식도 자기 딴에는 고급으로 했고 행세도 제법 하고 지낸 그이긴 했다. 그 중간에 헛바람이 불어서 미두米豆* 일 년에 고만 이렇게 되었지만……

현재 그 집안의 수입이라면 오직 그의 아내의 바느질 품삯 정도였다. 가다가다 몇 장식 생기는 것으로 입에 겨우 풀칠이나 하고 지냈다. 사는 곳이래야 골목 한구석도 아니었다. 전에는 산 위이었던 높은 지대에서도 일등가는 꼭대기이다. 그것도 남의 집 코딱지만 한 문간방 하나에서 다섯 식구가 살고 있었다. 벌써 몇 달째 골골 앓고 누운 팔십 객인 어머니도 있었다. 늦게 얻은 일곱 살짜리 딸과 다섯 살 난 아들, 그리고 아내, 다음으로 그였다.

---

* 현물 없이 쌀을 팔고 사는 일. 실제 거래를 목적으로 하는 것이 아니고 쌀의 시세를 이용하여 약속으로만 거래하는 일종의 투기 행위.

송진두는 옛날 중학교 일학년을 겨우 수업했을 뿐이라 마땅한 직업도 얻을 수 없었고 또한 경험이 없는 관계로 노동도 못했으니 언제든 아무짝에 소용없는 시간이 많았다. 그래 노는 것보다는 날을 보내기 위해서도 그보다 가만히 있으면 있을수록 가당치 않은 식욕만이 동할 뿐이어서 자연히 자위대를 들렀다. 그리하여 낮이건 밤이건 그곳 일을 봄으로써 모든 것을 때웠다.

그는 생활이 이렇게 궁했건만 삶에 대하여 근심하는 빛은 없었다. 그저 무던히 사는 사람 같게 보였다. 그러나 외모에 나타나는 표정이나 태도가 마음속과 같다는 법은 없다. 송진두의 겉보임이 그러한 대신 그의 마음속은 불안과 우울함이 떠날 사이가 없었다. 그는 앞날에 대한 이렇다 할 만한 계획도 그리고 희망도 없었다. 그렇다고 잘 살았다는 과거를 생각해보는 법도 없었다. 다만 하루하루의 생활 그 자체가 그로 하여금 생각케 하는 전부였다. 그 실태가 또한 가련하였으니 손톱만 한 기쁨도 있을 리 없었다. 닥쳐들고 휘어감기는 것은 그가 혼자 늘 생각하는 허무맹랑한 서글픔이었다.

두 아이들은 이미 폐지된 지 오래인 점심을 먹겠다고 날마다 제때만 되면 야단을 쳤다. 아내는 언제든 얼굴을 한 번 제대로 활짝 펴보는 일 없이 잘 살 때의 그 전날과는 딴판 달라 바느질을 하다가 바늘에 손끝이 좀 찔려도 팔자타령이 일쑤였다. 그는 이러한 것 모두 심상치 않은 사건으로만 생각하였다. 물론 이 심상치 않은 사건들의 해결책도 그에겐 사건이란 데만 푹 파묻혀 감히 생각할 능력도 여유도 가지지 못했다.

그런데 이즈음은 그런 심상치 않던 사건을 뛰어넘은 아주 치명적인 사건 하나가 그에게 또 발생하였다. 늙은 어머니가 골골거리고 앓는 것 바로 그것이었다. 가래를 주체 못한 지가 이미 한 달이 가까워간다. 그러나 병세는 그때나 이때나 마찬가지여서 더하지도 덜하지도 않았다. 초복, 중복이 넘은 여름이었지만 땀이라곤 한 방울도 흘리지 않고 가끔 물만 홀짝홀짝 몇 모금씩 마실 뿐, 자꾸 "어구 으흥 흐흥! ……." 하고 반은 울며 외줄기로 앓아대는 것이었다. 나이가 이제 그만하면 죽을 때도 어지간히 가깝다느니보다 지난 셈이었다. 집안 형편으로 보아 당장이라도 병인이 죽는다면 의식대로 하기는 이미 트자에 ㄹ이다.* 그날로 어떻게 해서든 아무도 모르게 화장을 할 수밖에 별 도리가 없었다.

이것은 바로 아들인 송진두가 어머니의 병이 돋을 때마다 혼자 제대로 생각하는 일이었다. 이제껏 약도 쓰지 못했다. 돈 문제로도 그러했지만 또 그럴 만한 용기도 실은 없었다. 하기야 사는 데서 십 리쯤 떨어진 하왕십리에 의원 노릇을 하고 지내는 그의 성격과 정반대인 까불이 재당숙 영감도 있긴 하였다. 그러나 아들은 일부러 그곳을 찾지는 않았다. 염치없기로 유명한 늙은이라고 그는 늘 혼자 미워하는 재당숙이었다. 하지만 재당숙이 밉다는 것보다도 언제든 한 번 당할 바에야 가보나 안 찾으나 어머니의 병은 그대로 어머니의 병일 따름이라는 마음이 앞섰기 때문이었다. 요는 죽으면 무엇으로 어떻게 급히 치를까가 심중에 꽉 찬 문제였다. 모든 것이 자기에게 귀찮기만 하였다.

그렇게 중대에 빠져 있는 어머니였지만 하루에 두세 번은 잠시 동안이나마 정신이 도는 모양이었다. 그럴 적마다 며칠 전에 들어서는 식구 중에도 특히 아들에게 그는 자기가 죽으면 어쩔 것이냐는 질문을 하였다.

"너희 나 죽으면 화장할 테냐? 화장이면 두 번 죽는 거지……."

하는 말이다. 이것은 언제나 같은 음성의 같은 투의 말이었다. 송진두는 이런 때 대개 책상다리를 한 발바닥을 손으로 비비며 앉아 있다가

"그렇게 할 수야 없읍지요."

| * '틀렸다'를 자의적으로 표기한 말.

하고는

"글쎄 그건 안심하시라니까."

하는 위로의 대답을 하곤 했다.

이런 것은 하루에도 몇 번씩 되풀이되고 날이면 날마다 계속되었다. 그는 그럴 때마다 어머니의 다짐과 같이 똑같은 대답을 한모양으로 했다. 그러나 그러함도 하루 이틀이면 모르지만 근 십여 일이 넘도록

"너희 나 죽으면 화장할 테냐? 화장이면 두 번 죽는 거지……."

하는 데는 그런 송진두이언만 슬그머니 진력이 나지 않을 수 없었다. 그래서 될 수 있으면 아무짝에 소용없는 대답이며 말한대도 그것 또한 어머니에게 있어서는 한갓 소귀에 경을 읽는 것과 다를 배 없다는 생각에서 부지중 참아낼 수 있는 한 대꾸를 안 하는 것이 좋을 듯했다. 원래 말을 잘 하지 못하고 말하기 싫어하는 선수인 그로서는 이것이 별반 걱정될 일은 아니었다. 그는 하루 이틀을 지나면서 입을 다물고 말았다. 그러나 이것 또한 불편할 때가 한두 번이 아니었다. 그것은 아내에게나 아이들과 이야기할 때 불쑥 어머니가

"너희 나 죽으면 화장할 테냐? 화장이면 두 번 죽는 거지……."

하는 물음이 닥치는 데는 제일 곤란하였다. 이쯤 되고 보니 그는 어물어물하다가 할 수 없이 이번엔 한 마디로

"그렇게 할 수야 없읍지요."

하고 안 나오는 대답을 억지로 했다.

이리하여 그는 다음부터는 더 나아가서 아내와 아이들에게까지도 말을 하지 않기로 결심했다. 꼭 아내에게 말을 하여야 될 경우엔 일부러 방 안에서 눈짓을 해서 밖으로 데려다놓고 한두 마디 하곤 했다. 그러나 이것도 몇 번 되풀이하고 나니 이번엔 또한 자기에 대한 점잖지 못한 느낌이 생기고 아울러 아내 보기가 무안함을 금할 수 없었다. 그래서 며칠 안

가 이것 역시 집어치우고 이번엔 아주 식구면 누구에게든 입을 벌리지 않았다. 아내가 무엇을 물어도 입을 딱 닫고 있었다. 그의 심정을 모르는 아내는 대답도 않는 남편에게 잔소리를 했다.

이리 되고서부터는 그가 자위대로 가는 도수가 한결 더 많아졌다. 하지만 어머니는 아직 생명이 붙어 있기 때문인지 본정신이 들을 때면 기억력도 소생되는 모양이었다. 너희 나 죽으면 화장할 테냐는 질문을 아무리 하여도 한결같이 벙어리가 되어버린 아들에 대한 불만이 며칠 안가 그만 터지고 말았다. 그것은 바로 푸념 섞인 울음이었다. 긴 고통에서 벗어날 때

"애고야 애고야 아범 벌은 돈 다 떨치고 이제 와서 날 두 번 죽일려는 화장쟁이놈아……."

하고 길게 울음을 섞어가며 늘어놓았다.

송진두는 이런 말이 처음으로 쏟아져 나올 때 그는 어이없이 이러한 어머니를 그저 멀거니 바라보았을 뿐이었다. 그런 중이면서도 어머니에 대한 애처로움이 마음 한구석을 차지하고 있음도 물리칠 수 없는 사실이긴 했다. 이와 함께 자기의 여러 가지의 잘못을 뉘우치고 눈물이라도 흘려서 병인의 심정을 진정시키자는 의사가 없는 바도 아니었다. 그러나 이런 생각은 오직 그 순간에 일어났다 없어진 말하자면 한갓 그의 머리를 스치고 지나친 잡스러운 심적 장난에 불과했던 것이다. 왜냐하면 병인의 소리는 이웃에까지 들릴 만큼 의외로 높았기 때문이다.

그는 아무도 듣지 말기를 바라며

"아무래도 화장을 받을 팔자의 몸인데 왜 저리 야단이람……."

하는 생각으로 자기의 치받쳐 오르는 심정을 억지로 눌렀다.

이와 동시에 송진두는 그러한 병인을 뚫어지게 바라보았다. 순간 그는 못 볼 것을 본 듯한 느낌을 물리치지 못했다.

……진물과 눈곱이 어울려 떴는지 감았는지도 알 수 없는 새빨간 눈이며 말라빠진 썩은 호박과 같은 검은 반점이 박힌 누렁퉁이 얼굴, 앞으로 불쑥 십 리쯤 튀어나온 듯한 입…….

그는 아무 소리도 없이 벌떡 일어났다. 그리하여 휭하니 자위대로 갔다. 그렇건만 병인의 이 증세는 웬일인지 심해갔다. 꼬박 이틀을 두고 아들이 있건 없건 사지를 버리적거리며 나대는 것이었다.

송진두는 그만 푸른 하늘까지도 노랗게 보였다. 어머니가 죽지 않는다면 자기라도 죽어 세상일을 잊어버림이 상책이란 생각까지 하였다. 병인의 푸념은 곧 자기의 체면을 송두리째 갉아먹으려는 것이라고 여겨졌다. 이럴 때면 그는 당장 솜뭉치나 주먹이나 닥치는 대로 가져다가 병인의 입을 틀어막고 싶은 충동을 감당치 못할 지경에 이르렀다.

그러나 이러함은 마음뿐이었다. 남이야 알건 말건 자기를 불효라고 하든 말든 자기만이 보지 않고 듣지 않으면 고만이란 심사에서 그는 다음부터는 도통 집엘 가지 않기로 결정하였다. 그래 이번엔 자위대에서 자고 일어났다. 어떤 당번 대원이 밤이 이슥해서

"왜 집에 가서 주무시지 않구 그러셔요?"

하면 송진두는 한참이나 두 팔로 뒷짐을 지고 마루방을 왔다 갔다 하다가 요즈음의 8·15 경비를 깨닫고

"나 혼자만 잘 자면 됩니까? 여러분들은 수고를 하시는데 해방 기념일까지는 나도 이곳에서 눌러 있지요."

했다.

식사는 일곱 살 난 딸이 날랐다. 그 까만 보자기에 싸인 것은 대개가 감자임을 모르는 바도 아니다. 그는 남이 있을 때에는 그것을 풀지 않고 고스란히 그대로 한구석에 숨겨두었다. 그러다 좀 조용한 틈을 타서 사람이 없을 때면 그는 누가 보지나 않을까 염려하면서 비로소 보자기를

풀어 감자알을 하나 둘 씹는 것이었다.

하지만 아내는 그의 외박을 찬성하지 않았다. 더욱이 자위대에서 개불알도 생기지 않는데 무엇하러 늘 어슬렁거리고 찾느냐는 잔소리를 가끔 하는 그였다. 그런 중에 어느 날 밤늦게 아내는 자위대로 달려왔던 것이다. 남편을 밖으로 불러 세워놓고 그는

"어떻게 할 작정이길래 두 사람씩이나 남의 속을 태우는 거요. 어서 하왕십리에나 갔다 와요……."

하고 쏘았다. 송진두는 어리벙벙해서

"웬 하왕십리에는?"

하였더니, 아내는

"어이그, 어서 어머님이나 가봐요."

하며 곧장 다시 돌아서 걷는 것이 아닌가. 송진두는 순간 가슴이 뭉클하였다.

'죽었나?'

'그보다 죽으려는가?'

그는 이런 생각이 치밀자 돌아가지 않는 혀를 간신히 돌려

"여보, 대관절 어머니가 어찌됐단 말이요?"

하고 나무랐으나 아내는 화가 치미는 어조로 오직

"흥, 끌끌……."

하였을 뿐 더 아무 말도 없이 그냥 연방 걸었다.

송진두 역시 더 말을 걸지는 않았다. 그는 어머니가 아내의 말에 비추어 아직 목숨은 붙어 있으나 아마 곧 죽으려는 모양이라고 생각했다. 그리하여 덤덤히 아내의 뒤를 따랐다. 발을 옮기면서

'언제나 한 번 치르고 말 것이니까…….'

하며 미구에 닥칠 상사에 대한 불안감을 억제하며 요즈음의 형편으

로 보아 어찌됐든 시원한 일이라고 여겼다. 그렇지만 이 시원한 빛을 외면에 나타낼 수는 없는 것임을 그는 깨닫고 발을 빨리 옮김으로써 아내의 앞을 막아서서 묵묵히 걸었다.

그러나 송진두는 시원하다느니보다 절망에 빠지고 말았다. 그것은 아내보다 앞서 자기의 방문을 열고 들어서기도 전에 닥친 것이었다. 왜냐하면 여태 은근히 생각하고 있었던 어머니는 아니었기 때문이다. 그저 축 늘어진 채로 아무 발작도 없이 혼돈 상태에 빠져 입에 거품쯤 풍기고 있을 줄 알았던 병인은 역시 마찬가지로 나대는 것이 아닌가. 몸을 버리적거리는 것은 전과 조금도 다름이 없었고 그때보다 변동이 많았다면 그것은 훨씬 낮아진 음성과 토해놓는 말투였다. 병인은 희미한 목소리로 자꾸 정신없이

"으흥…… . 약이래도 먹었으면…… ."

함과 간간히

"아구…… . 나 죽겠네! 제천 양반 어디 갔나…… ."

하는 말을 웅얼거리고 있었다. 제천 양반이란 두말할 것 없이 하왕십리에서 한의 노릇을 하고 있는 바로 송진두의 재당숙이었다.

병인은 방을 반쯤 차지하고 누워 이리 구르고 저리 치우치고 했다. 웬일인지 그의 원기는 앓기 전인 평상시보다 더욱 강렬해진 것같이도 생각되었다. 반백이 넘는 옥수수수염 모양으로 드문드문 박힌 머리털은 온통 흩어져 있었고 입에서는 말이 끊어질 때마다 알맞지 않은 한숨이 음성보다는 더 억세게 터져나왔다. 그리고 가끔 딸꾹질도 연달아 한몫하곤 했다.

어린것들은 한구석에 누워 자고 있었다. 송진두는 방에 들어서자 자는 아이들을 발로 차다시피 밀치고 그 커다란 몸을 웅숭그리고 방바닥에 놓았다. 아내는 한구석에 서서 통행금지 시간도 생각지 않고

"어서 재당숙 댁에 갔다 와요…… ."

하며 짜증을 부렸다.

"······."

송진두는 대답도 없이 병인을 내려다보았다.

병인은 거들떠보는 법도 없이 무턱대고 한결같이

"아구구······. 나 죽겠네! 제천 양반 어디 갔나······."

하기를 버릇처럼 되풀이하였다.

송진두는 자기도 모르게 한숨을 높게 터뜨렸다. 헐은 반자 위에선 쥐가 바스락거리고 있었다. 그는 넋이 없는 사람처럼 병인을 한동안 같은 모양으로 멀거니 바라보고 있다가 별안간 벌떡 일어나 천장을 힘껏 주먹으로 쳤다. 그 음향은 밤이라 한결 높았다. 아내는 깜짝 놀라서

"저이가 미쳤나?"

한다. 송진두는 여전히 가만히 있으려다 작은 음성으로

"그놈의 쥐들이······."

하고 말을 얼버무렸으나 순간 병인을 다시 한 번 내려다본 그는 또한 자기도 모르는 사이에 문을 부수듯 열고 일터로 갔던 것이다.

송진두의 어머니가 죽은 것은 그런 일이 있은 지 이주일쯤 지나서였다. 아들은 그동안 아내의 미움을 받으면서도 일이 바빠서 할 수 없다는 핑계를 내세워가면서 무던히 자위대에서 지냈던 것이다. 그러니까 물론 임종도 하지 못했다. 이 임종은 그만이 안 한 것도 아니었다. 그의 아내도 몰랐다. 한대중으로 이 소리 저 소리를 지르면서 앓기에 아내도 그냥 쓰러져 잤다. 그런데 이튿날 아침에 눈을 뜨고 보니 병인은 잠잠히 있었다 한다. 그 잠잠히 있는 품이 공연히 이상해서 일어나보니 어느 때부터인지 이미 시체였다는 것이다.

송진두는 아내의 기별로 비로소 어머니의 죽음을 알고 집으로 돌아

왔다. 그는 잠잠히 한참이나 시체 옆에 앉아 있다가 밖으로 나갔다. 길로 나선 그는 한참 또 선 채로 무엇을 생각하다가 스무 집쯤 건너서 살고 있는 같은 대원을 찾아갔다. 그 대원은 그와 가장 가깝게 구는 부하였다.

청년을 만나자

"에― 다름이 아니라 우리 어머님이 돌아가셨는데 군이 일을 좀 보아주었으면 싶어서……."

하였다. 청년은 놀라는 기색으로

"언제 돌아가셨는데요?"

하자,

"바로 지난밤에!"

하고 대답했다.

"아 언제부텀 편찮으셨길래요?"

"편찮긴 월여나 실히 넘었지. ……어쩌다가 임종도 못했다네!"

하고 말한 송진두는 살림살이가 말 아니니 사람들에게 알릴 것도 없음으로 자기와 단둘이서 수레라도 빌려 화장터까지 같이 가주었으면 싶다고 했다. 그러면서 화장비로서 오천 원쯤 주선하여 빌릴 수 없느냐고 청년에게 청하면서 절대로 남에게는 알리지 말라는 부탁을 했다.

청년은 혼잣말 비슷이

"글쎄 그건 어찌되든……."

하며 송진두를 따라 상가로 갔다.

이때, 아내는 어느덧 머리를 풀고 곡을 시작했다. 송진두는 아내에게

"뭐가 호상이라고 곡을 해? 마음으로부텀 울면 되지……."

하고 말했다.

청년은 방 안을 한 번 들여다보더니 제대로 나가버렸다.

송진두는 우선 아내에게 수의 대신 문풍지를 한 매 외상으로라도 구

해올 것을 말하고 시체를 한옆으로 밀며 아이들에게 밖으로 나가 놀라고 했다. 그런데 조금 뒤, 바로 전에 왔던 청년은 사오 명의 청년을 몰고 왔다. 그런 후 다음엔 그들 중에서 또 한 사람이 사라지더니 얼마 지나지 않아서 다른 청년 칠팔 명이 얼굴들을 내밀었다. 그들은 모두가 자위대원이었다.

이와 함께, 송진두는 어찌할 바를 모르고 당황했다.

그러자 얼마 후엔 생각지도 않던 대장과 선전부장이 왔다. 대장은 오자마자 상주에게 제법 인사를 공손히 치르고 나서 감격한 어조로

"부장님의 태도엔 실로 놀라울 뿐입니다. 나라를 위하시느라고 임종도 못하시고 선친의 우환이 있는데도 사뭇 밤을 새워주시다니……."

하며 악수를 하려고 손을 내밀다 멈추고는 문 앞에 선 채 연방 허리를 구부렸다.

이리하여 그들은 장례에 대해서 의논을 하기 시작하였다. 선전부장은 우선 자리가 비좁으니 시체를 자위대 사무실로 모시자고 했다. 이때 송진두는 그만 놀라서, 보다시피 이렇게 구차한 살림이니 당일로 치르는 것이 자기네 처지에 맞는 일이라고 굳이 말렸던 것이다. 그랬으나 단장과 선전부장은 상주의 말대로는 하지 않았다. 그들은 청년 두 사람에게 자위대로 얼른 달려가서 대원 총집합의 사이렌을 불도록 명령하고는 그들도 갔다.

이래서 장례는 참말 의외로 확대되었다는 것을 독자들은 알아야 한다. 자위대에서는 송진두에게 힘 있는 한 일을 전적으로 서둘러 정의를 베풀기를 삼가지 않았던 것이다. 우선 대장 이하 간부들은 대원들에게 송진두의 가정 형편과 그의 노고를 알리고 동네 각호에 알리어 장례 비용으로서 오십 원씩을 추렴케 했다. 간곡한 격문을 등사해서 대원들이 짝을 지어 집집을 돌았다. 그리고 활동력이 강한 동회장이며 대장인 장

씨는 시청으로 가서 표창할 것까지 운동을 하였다.

시체는 당일로 자위대에 옮겨졌다. 아침에 대장이 다녀간 뒤, 채 한 시간도 지나지 않아서 상옷감과 수의감이 왔다. 이어 단원들 집의 여인으로 몇 사람이 와서 대문 밖 길옆에다가 멍석을 깔고는 수의를 짓고, 매기꾼이 와서 시체를 다루고 해서 대낮도 되기 전에 자위대에 안치되었다.

자위대 사무실은 장례 사무실로 변했다. 문 입구에서는 부의를 받는 회계석이 생겨지고 중앙에는 장의위원들이 앉는 자리가 마련해졌다. 또 한 포장에 가려진 시체 앞엔 상주 내외, 그리고 어린것이 앉아 있다. 이어, 앞마당엔 천막이 세 개나 치어졌다. 한 개 안엔 일부러 초청한 목수가 관을 짜고 있었다. 또 한 개엔 조객석으로 정해지고 나머지의 것은 대원들의 휴게소로 되었다. 그들은 사무실에서 시키는 대로 마구 내려쬐는 뙤약볕을 받으며 심부름을 하기에 바빴다.

그런 중에 얼마 지나지 않아서는 의원 노릇을 한다는 상주의 재당숙 내외도 알리러 간 대원을 따라왔다. 이 의원 내외는 닥치자마자 높은 소리로 곡을 하였다. 의원 영감의 곡소리엔 연방 상주를 나무라는 소리까지 포함되었다. 그것은 어찌된 셈이기에 이렇게 되도록 자기에게 일체 알리지 않았느냐는 의미에서

"내가 알았으면 약이래도 써볼걸……."

하는 푸넘이었다.

상주는 푸넘에 간이 서늘할 정도로 아찔하였다. 쥐구멍이라도 있으면 들어가고 싶은 심정이었다. 그는 그 푸넘이 남의 귀에 담기지 않도록 자기도 체면 없이 눈물 없는 답곡答哭을 마구 터트리며 한편 영감쟁이를 마음속으로 못마땅하게 생각했다.

그런데 일련의 곡이 끝나자 영감은 장의의 광경을 곁눈질로 정신없이 살피고는 송진두에게 남이 알아듣지 않을 정도로 그윽히

"애, 참 장하다! 참 훌륭한 차림이다. 네가 출세를 했구나……."

하며 감탄하였다. 상주는 이에 어물어물하던 끝에 부지중 고개를 한 번 의젓이 끄덕하다가 그즉 자기의 가벼움을 깨닫고 머리를 그만 옆으로 돌렸던 것이다.

이렇게까지 된 그였지만 생각하면 도무지 꿈같은 일임이 틀림없었다. 차마 상상도 못하던 일임은 너무나 분명한 것이었다. 처음 한동안은, 아니 그보다 시체를 이곳으로 옮긴 즉후까지도 자기의 귀와 눈을 의심했던 터였다. 그런데 시간이 지나고 따라 본정신이 돌고 또한 지금 영감의 치사까지 있고 보니 그제야 차츰 흐뭇한 마음이 들기 시작했다. 세상에 나온 이후, 가장 무능한 자기가 이렇게 대접을 받아보기란 참으로 처음 당하는 일이다. 거기에다 얼굴도 잘 모를 손님들 대원들의 부형이 연방 조문을 하는 데는 오직 하늘을 나는 새와도 같은 심정이었다. 이 마음 역시 난생처음 가져보는, 상쾌하다느니보다 통쾌에 가까운 것이었다. 그는 세상에서 떠드는 '사람의 행세!'란 게 바로 이런 것을 가져다가 하는 말이라고 혼자 심중에 삭였다.

밤에 들어서는 장례식을 며칠 만에 치를 것이냐는 결론이 있었다. 대장은 삼일장으로 하자고 했다. 그런데 본 근무처 출근 관계로 저녁때에서야 들른 조직부장은 오일장으로 할 수밖에 없다고 했다. 그것은 장례 비용을 일반에게서 걷을 바에야 이왕이면 철저하게 걷어야 할 것을 강조하고, 이러자면 오늘의 성과가 이천이백여 세대 중에서 불과 삼백여 세대밖에 거출되지 않았으니 이것이 대충 걷히자면 자연히 며칠 더 걸릴 것이니까 이틀을 연기함이 좋다고 했다. 이에 부대장은 일반에게 거두되 그들의 호의에 의해서 내도록 함이 좋으니 삼일장으로 정해놓고 그동안에 걷히는 것으로만 비용을 충당하자는 의견을 내었다. 그러나 이번엔 선전부장이 조직부장의 의견을 찬성하였다. 왜냐하면 이제껏 우리 자위대는 다른 동의 자위대와 달라 대의 비용도 잘 못 쓰고 지나왔다는 것과 이어 한 푼의 수입도 없는데도 불구하고 빈곤한 가정을 돌볼 새 없이 국가 치안을 위해 주야 노력하였으며 그리하여 임종도 못한 애국자를 위해서 우리는 동지로서 마땅히 최후까지 노력할 의무가 있으니 걷히든 안 걷히든 간에 어쨌든 오일장으로 정해놓고 보자는 것이었다.

이 선전부장의 열변은 곧 직통으로 의견 일치를 가져왔다. 대장도 애국자 동지라는 것을 잠시 잊어버린 데 자신을 뉘우치고 동의하였다.

멀찍하니 머리를 숙이고 듣고 있는 상주는 자기가 그냥 있을 수는 없음을 깨닫자

"에— 실은 삼일장도 저에겐 과만하다고 생각합니다. 대장 말씀대로 하여 주심이 좋겠다고 생각합니다."

하였다.

이때, 옆에 앉아 있던 의원 영감은 그의 옆구리를 꾹 찌르며

"애, 무슨 소리? 넌 행세란 걸 모르는구나……. 넌 천치다 천치!"

하며 눈을 흘겼다.

상주 역시 이 말엔 부지중 웬일인지 구미가 당겨 남이 알아듣지 못하도록 즉시 영감의 말을 받아

"하기야 어머님은 화장을 반대하였고 늘 구일장을 바라셨지만……."

하였다.

이런 상주의 말이 끝나자 의원 영감은 남이 알아듣도록 큰 목소리를 내어 별안간 송진두를 닦아세웠다.

"이눔아, 네가 사람놈이냐? 그래 아주머님을 화장을 해? 이 망칙한 놈 같으니……. 전의 형님 내외분이 벌어놓은 돈만 가져봐라, 이놈 화장을 할까? 재산은 누가 다 털어먹었느냐? 난봉 부려 다 털고 나서 죄 없는 아주머니를 화장을 시켜? 안 되지 안 돼……. 이눔아 생전에 그렇게 원

하시든 구일장으로 치루워라……. 이놈, 어디서 그따위 수작이냐? 삼일장이고 칠일장도 난 용서할 수 없다……. 이눔의 불효자식아!"

라며 노발대발하였다.

좌중은 대번에 고요해졌다. 상주는 아무 소리 없이 엎어지듯 허리를 굽히고 있었다. 사람들은 영감을 밖으로 잠시 진정하라고 끌고 나왔다. 일을 좌우하던 간부들은 상주에게로 몰려왔다. 그들은 웬일이냐고 물었다. 그러나 상주는 한동안 대답을 하지 않고 그냥 엎드려 있다가 몇 번이나 되쳐 묻는 데는 할 수 없는 듯

"모든 게 제가 죄를 지은 탓입니다. 저 어른의 말씀도 일리는 있지만……. 지금 와서 전들……."

하고는 말을 끊어버렸다.

드디어 구일장으로 정해졌다. 구일장이란 아무도 생각지 않던 것이었다. 대장도 누구도 이것은 너무나 뜻밖의 일이긴 했다. 그러나 그들은 송진두의 지극한 효심을 사지 않을 수 없는 것이라고 생각했다. 이왕 보아주는 판이니 며칠쯤 관대하게 하여 주자는 결론이 내렸다. 그리고 역원 중에선 이번 일이 이렇게 된다면 앞으로 자기네들의 이런 일에도 이와 같이 취급될 것이라고 어렴풋이 생각하며 좋아하는 축들도 있었다.

이래서 며칠이 지났다. 그동안 장의 비용은 속속 걷혔다. 조객들도 많았다. 그들은 동에서 치르는 이 장례에 상당한 관심들이 있었다. 모르는 늙은이들은

"거— 누군지 아무것도 가진 건 없다는 사람이라는데 여럿이 이렇게 마련해주니 부자보다 뭘로 보든 낫지 않는가. 세상은 모두가 권세 노름이지……."

하였다. 또 어떤 늙은 여인들은

"그 죽은 마누라, 누군지 팔자 참 좋군."

하기도 하였다.

어쨌든 성왕한 편이었다. 사흘 뒤엔 시장 비서관도 왔다. 그 다음날 엔 경무국 사람도 왔다. 이것은 대장의 운동이 실현된 것이다. 그들은 상 주에 대한 감사장과 부의로 금일봉씩을 가지고 왔다. 송진두의 영화는 극도에까지 달했다. 그 자신도 오직 휘황찬란한 중에서 지냈다.

그런데 이 중간이라고 불행사가 아주 없었던 것은 아니었다. 그것은 연일의 폭염에 사흘을 넘기가 바쁘게 시체에서 썩는 냄새가 나기 시작하 였다. 닷새가 넘어서는 근방에까지 깃을 펴고 요동되어 사람들의 코를 사정없이 푹푹 찔렀다. 이에 또한 사흘이 지난 후부터는 조객들이 점점 적어졌다. 대원들은 한 사람 한 사람 같은 일을 되풀이하노라니 진력이 났다. 거기다가 마구 풍기는 썩는 냄새엔 코들을 쥐어 안고 피하곤 했다.

누군가는

"에이, 여름 송장을 아흐레나 두다니······. 다시 옛날로 돌아가는 모 양이군······. 아주 이왕이면 백일장을 치루지······. 에잇, 튀튀!"

하였다.

이런 말은 날이 갈수록 늘어갔다. 하지만 한 번 정해진 것을 변경할 수는 없었다. 대장도 표현 못할 쓴 냄새가 마구 자기의 큰 코를 찌를 때 마다 상을 찡그렸으나 책임상 죽지 못해 아무렇지도 않은 듯한 낯빛을 갖추기에 애를 썼다.

비록 공동묘지였지만 자리는 잡았다.

그런 중에 장례날이 닥쳐왔다. 이날은 또 뜻깊게 일대 성황을 이루었 다. 하나둘 피해 달아나던 대원들은 전부 모여 상여를 멨다. 백여 명이 가까운 그들은 두 줄로 길게 뻗쳐서 천천히 장지로 향하여 걸었다. 길 위 엔 송장이 썩는 구진물이 간간이 관에서 떨어졌다. 동리 사람들은 이런 광경을 보기 위하여 모여들었다. 통행인들도 가던 걸음을 멈추고 구경을 열심히 하고 있었다.

이날, 상주는 처음으로 길게 울려고 하였다. 그러나 원래가 눈물이 적은 그로서는 여간해서 뜻대로 되지 않았다. 죽은 어머니를 생각하고 눈물을 자아내려 하였으나 죽을 무렵 자기에게 악다구니하던 것이 먼저 연상되어 울려던 기분이 도리어 없어지기만 했다. 그리하여 다음엔 어머니보다도 대장이며 대원들의 후의를 낱낱이 떠올림으로써 감격된 울음을 자아내려 하였다. 이와 동시에 이상히도 눈알이 뜨끔하였다. 그는 신나게 울음을 쏟아놓았다. 그러면서 마음속으로 세상이란 여태 상상해오던 것보다는 참으로 정에 넘친 확 트인 무대임엔 틀림없다고 되풀이하여 생각하곤 하였다.

장례를 치른 며칠 뒤, 송진두의 아내는 여태 지나오던 사글세를 청산하고 삼만 원짜리 전세를 구하러 다녔다. 삼만 원이란 바로 동리 사람들에게서 걷은 금액에서 장례 비용을 제한 나머지였다. 삼만 원이면 쌀로 따져서 두 가마 값에 불과했다. 하지만 그는 요즘 그렇게까지 깊게 잡혔던 주름살이 희미해지는 것 같았다. 상을 찡그리는 대신 때때로 웃음을 십여 년 만에 처음으로 띠었다.

그는 남편에게 그런 어느 날, 그날은 바로 십여 년 만에 처음으로 집안 식구끼리 모여 앉아 소고기를 두 근이나 사서 먹던 날의 일이었다. 의외로 횡재를 하였다는 데서 송진두가 그에게 고기나 사서 점심 한때를 먹어보자는 제안이 실행되는 날이었다. 처음 아내는 남편의 이런 제안을 묵살하려 했던 것만은 사실이다. 그러나 결국엔 남편에게 꿀린 셈이다. 왜냐하면 전세고 뭐고 간에 그러려면 다 집어치우자는, 말하자면 남편을 손아귀에 넣으려는 그런 버릇을 이제는 못 버리겠느냐는 엄명에 돈이 아깝기는 하지만 할 수 없다는 생각에서 고기를 사서 먹게 되었던 그날이었다.

바로 이 고기 반찬으로 점심을 배불리 치른 후 말끝에 불쑥

"어머님은 참 팔자는 좋은 분이야!"

했다. 이에 옆에서 책상다리를 하고 발바닥을 손으로 문지르고 앉아 잠잠히 있던 송진두는 여전히 벌떡 일어서며

"그것이 자식으로서 할 말이야?"

하고 일부러 목청을 돋우며 횡하니 밖으로 나갔다.

그는 이럴 때면 더욱이 자위대를 찾았다. 아내도 이제 와서는 남편에게 무엇하러 자위대를 찾느냐는 잔소리를 쏟아놓지 않았다.

그는 우둥퉁하고 넓적한 체구를 움직이며 가끔 간부로서 자기 혼자만이 있을 때 일이 생기면 그는

"에―, 여러분 대원들은 이제부터 각각 맡어진 구역으로 경비를 가야 하겠습니다. 에― 모든 것을 민주주의적을 잊어서는 안 됩니다. 에― 모든 행동을 민주주의에 어그러지지 않도록 십분, 십분 각오해야 합니다. 에― 그러면 가십시오……"

하는 판에 박힌, 전과 똑같은 투로 말하였다. 이런 때, 그의 태도에 있어 만약 전보다 틀리는 것이 있다면 그것은 말 한 마디 할 적마다 동그라미를 그리는 손길이 하나 더 늘었다는 것과 음성이 약간 높아졌다는 것이다.

(1949년 9월 29일)

《문예》 7호, 1950년 2월

제2부 중편소설

불 그림자

제1회

1

밤 아홉 시가 지나도 아내인 영란은 돌아오지 않는다.

"웬일일까? ……."

진수는 때가 지날수록 마음이 괴로웠다. 내일 아침까지 어떤 잡지사에 꼭 주어야 할 소설 원고도 쓰지 못한 채 영란이가 아직 보이지 않는 것만을 생각하고 걱정하며 팔을 베개 삼아서 비스듬히 누워 있었다.

그는 찻집에서 여섯 시도 되기 전에 돌아왔던 것이다. 그런데 자기보다 먼저 와 있어야 할 영란의 모양은 지금도 나타나지 않는다. 열 시가 지나면 통행을 금지한다.

"웬일일까? ……."

그는 다시 벽에 걸린 시계를 바라보았다. 아홉 시 이십 분. 전차는 이미 끊어진 지 오래다. 앞으로 사십 분밖에 더 남지 않았다. 차를 놓치고 혼자서 타박타박 걸어오는 것일까. 아무리 회사 일로 늦는다 해도 이렇게까지 오래된다는 건 있을 수 없는 일이다. 오늘은 연극을 공연하는 날이 아니란 것도 잘 알고 있다.

"곧 올 테지……."

진수는 이러한 생각을 억지로 하며 마음을 돌린다. 이러고 나니 곧 대문간에서 영란의 구두 소리가 들리는 것만 같다. 그는 얼른 일어나 골방 문을 열고 이불과 요를 내어 아랫목에 깔았다. 그리고 옷을 될 수 있는 한 급히 벗어버린 후 이불 속으로 몸을 감추고 자는 양 눈을 감았다. 그는 영란이가 문을 열어달라 해도 일부러 잠이 들은 것같이 하여 한동안 애를 태워주려 하였다. 그러나 바로 옆방에서 자고 있는 심부름하는 아이가 있어 그애가 깬다면……. 그렇다면 할 수 없다고 생각하였다. 아주 잠이 들어버린 체하고 코를 쿨쿨거리며 가만히 있다 영란이가 자기의 품속으로 들어오면 늦게 왔다는 벌로 뺨이나 한 대 찰싹 올리고 그리고는 때렸다는 사과로 눈물이 글썽하여진 영란의 눈언저리를 혀로 씻어주자는 생각이었다. 날이 지나면 지날수록 더욱 더 마음이 푸근하여지는 영란이었다.

그러나 여간해 영란의 발자국 소리는 들리지 않았다. 제 얼굴이나 보라는 듯 시계 소리만이 고요함을 깨뜨렸다. 눈은 그곳으로 또 갔다. 삼십오 분. 더 이대로 누워 있을 수는 없었다. 이불을 홧김에 걷어차버리고 일어나 앉는다.

"웬일일까? ……."

그는 불현듯 어떤 불길한 예감에 사로잡혔다. 순간 그는 어느 때인가 아내가 말하는 송진이란 무대감독이 갑자기 머리에 떠올랐다. 모양이 어떻게 생겼는지도 모르는 그놈이었다. 다만 거무충충한 그림자만이 영란을 가로막는 것만 같은 장면이다. 하지만 그는 이것을 더 계속하여 상상하려고는 하지 않았다.

이름 말마따나 송진같이 치근치근하게 달려드는 그놈으로 해서 먼저 다니는 회사를 자진하여 그만두기까지 한 영란이란 것을 잊어버릴 수는 없었기 때문이다. 그러나 세상일을 누가 알겠느냐. 잼처 닥치는 불안에 그는 앉아 있을 수는 없었다. 눈은 또 시계에 향하였다. 사십이 분.

그는 부랴부랴 옷을 다시 입고 밖으로 횅하니 나갔다. 밤의 싸늘한 기운이 옷 속으로 숨어든다. 전력 부족으로 해서 가로등이 없어진 거리엔 구름 속으로 헤엄치는 달빛이 희미하게 비치었다. 고갯마루를 내려가면서 앞편을 아무리 눈을 씻으며 보아도 사람의 모양은 나타나지 않았다. 중에도 시내에서 이곳이 십 리가 잔뜩 되는 후미진 곳이라는 데 자기를 원망하기도 하였다. 그렇지만 이런 데일수록 일찌감치 다녀야 할 영란이가 아닌가 싶을 때 그의 입에서는

"뺨을 때리면 때렸지 어떤 잡놈이 사과한다고 눈물까지 씻어준단 말인가."

하고 혼자 중얼거리며 아까 자기가 이불 속에서 상상한 것을 머리를 흔들어가며 속삭였다.

"흥, 어디 보자!"

어느 틈에 울상이 된 그는 또 이렇게 부르짖었다. 이때 저편에서 인기척이 났다. 그것은 사람의 모양이었다. 걷는 것인지 뛰는 것인지 분간하기 어려울 정도로 빨리 온다.

진수는 우뚝 걸음을 멈추고 그쪽을 뚫어지게 바라본다. 그것은 분명히 기다리던 영란이란 생각이 들었다. 진수는 홱 돌아섰다. 그리고는 영란이가 알지 못하도록 빨리 집으로 향하였다. 분이 풀리리란 그의 심정은 도로 점점 더 격화해지기만 하였다.

"음─음─"

그는 배에다 힘을 주어가며 몇 번이고 비명을 날렸다.

2

거울 속에 들어앉은 영란은 심정이 매우 상한 모양이다. 진수는 밖에서 돌아온 후 어안이 벙벙하였다. 웬일인지 전과는 딴판 다르다. 거울 앞에 앉은 채 뒤도 돌아보지 않고 말 한 마디 건네지 않는다.

아내의 이러한 태도에는 진수도 불쾌하였다. 자기도 입을 떼지 않았다. 양복을 혼자서 벗어 걸고 바지저고리를 갈아입자 아랫목에 가 덜퍽 앉으며 여전히 거울 앞에 도사린 채 화장을 하는 아내의 뒷모양을 바라볼 수밖에 없었다. 화장은 또 무슨 화장? 결혼 시초에는 근 월여간 회사에서 돌아오면 으레 화장을 하긴 하였었다. 그러나 그 후 지금껏 한 해 동안이 지나도록 중지했던 그것을 다시 시작하는 것이 이상하지 않을 수 없었다.

'전과 같이 나를 위해 하는 것일까? ……'

그러면 왜 입을 뾰로통하니 해가지고 눈에 살기를 띠고 있을까 말이다. 전의 태도와는 전혀 다르다. 그때 영란의 몸 전부는 웃음뿐이었다. 차라리 화장을 하지 않더라도 이제까지와 같은 순수한 영란의 모습이 그에겐 더 다정하였다.

영란은 화장을 다 하였는지 한 번 흘낏 진수를 돌아본다. 참말 독살스런 시선을 품고 있었더냐만 싫도록 진수의 마음은 동요되었다.

그러자 영란은 발딱 일어선다. 진수를 치받듯이 바싹 다가와 역시 도사리고 앉으며

"어떻게 할래요?"

말소리도 심상치 않다.

"? ……"

진수는 다만 어질거리기만 하였다. 아닌 밤중에 홍두깨 내민다는 말이 이런 때 쓰이는 모양이다.

"뻔뻔도 하지! 채 일 년도 못 가서 약속을 죽여버릴 작정이요?"

이런 영란의 말에 진수는

"무엇? 약속을 죽이다니? ……"

영문을 모르면서도 치대는 아내에게 그냥 가만히 있을 수는 없었다.

"결혼할 때 우리는 어떻게 맹세했죠? 같이 맹세하고 써놓기까지 한 것도 벌써 잊어버렸구먼……"

하고 단숨에 외여대는 영란에게선 향기로운 분내가 진수의 코를 찔렀다. 그러나 진수는 그보다 화살 같은 아내의 눈치에 마음을 팔지 않을 수 없었다.

"대체 어찌된 셈이요?"

"어찌된 셈이라니요?"

"결혼할 때 약속이 뭐란 말이요?"

진수의 이 말이 떨어지기도 전에 영란은 입을 깨물며 일어선다. 그러드니 부랴부랴 윗목으로 달려가자 양복장 빼다지를 들들 뒤지는 것이었다. 진수는 영란이가 자기들이 결혼할 때 서약하였던 것을 찾아내는 것이라 여겼다. 옛날로 말하면 사주와 같았고 지금으로 말하면 약혼 선물을 대신한 서약문을 찾는 것이라 짐작되었다. 그러나 진수는 영란의 하는 대로 다만 맡겨보리라는 생각이었다. 그러면서 속으로는 웃음을 금치 못했다. 자기는 영란에게 이렇게 몰려대일 조건이 없다는 것을 너무나 잘 알고 있기 때문이다.

드디어 영란은 돌아왔다. 진수의 턱을 거드기나 하듯 마구 내밀다 방바닥에 손과 함께 탁 놓은 것은 틀림없이 바로 그것이다.

一. 우리 남녀는 해방과 더불어 부부로서의 가연을 맺습니다.

一. 혼례는 이제까지의 신구식을 벗어나서 이 서약이 성립되는 이날부터 우리들의 생활이 곧 시작됩니다.

一. 우리 부부간의 권리는 문자 그대로 평등을 주로 하여 이것을 실천 진력하는 데 애정의 근원을 삼습니다.

一. 우리는 앞으로 어떠한 경제적 고통이 닥쳐와도 조금도 두려워하지 않고 오직 우리들의 보금자리만 지킬 것입니다.

一. 우리 둘 사이에 비밀이라는 것은 있을 수 없는 것이며 만약 어떤 외간 남녀들이 불순하게 끼어든다면 피해자로부터 무엇이든 자유로운 행동을 취할 수 있습니다.

一. 우리의 이로 맺는 생활은 앞으로 육십 년을 약속합니다.

一. 우리는 선량한 어버이가 되는 동시에 참다운 예술가가 됩시다.

1946년 8월 30일

제안자(아내) 27세

장영란

찬동자(남편) 32세

성진수

진수는 이것을 한 번 죽 훑어보았다. 그리고는 여전히 이상한 눈초리로

"그래 어찌됐단 말야?"

하며 영란을 처다보았다.

영란의 그 빨갛던 입술은 어느 틈에 새파랗게 질렸다.

"뻔뻔도 하지. 이래도 날 속일 작정이오?"

"?……."

영란은 자분참 또 일어났다. 이번엔 경대 서랍을 부서져라는 듯이 마구 흔들어 열더니 구겨진 조그만 봉투를 꺼내자 그곳에서 진수에게로 홱 던지며

"저래도 문학자며 소설간가? 누가 바보인가 속이긴 왜 그렇게도 뻔뻔스럽게 잘 속여!"

"?……."

진수는 이미 영란의 손에 뜯어진 색 봉투에서 편지를 꺼내 읽는 것이다. 그것은 자기의 여제자 숙경이가 한 것이었다.

선생님! 저는 이제 아마도 죽는가봅니다. 사십 도를 오르락내리락하는 허열은 자꾸만 계속되는구면요. 어제 이곳으로 입원했습니다. 아버지도 어머니도 동생도 보지 못하고 까뜩하면 당신도 뵈지 못하고 죽어갈 것을 생각하니 중에도 눈물만 쏟아지는구면요.

여보서요. 한 번 뵈일 수 없을까요?

4월 23일 근역병원에서 당신을 숭배하는
숙경 올림.

다 읽은 진수는 잠시 묵묵하였다.

"그래 어때요?"

"뭐가 어때?"

영란은 어떻게 할지를 모르는 모양이다. 그는 진수에게로 달려들고야 말았다.

"뭣이 어째요? 얼굴만 멀쩡하면 연애밖에 모르나……. 그리고도 뭐가 어때라니? ……."

아내에게 휘둘리던 진수는 그제야

"숙경은 나의 제자야."

하고 처음으로 퉁명스럽게 대답하였다.

"흥, 제자? 제자가 선생에게 당신이란 말도 쓰나? ……."

"어쨌든 이건 당신의 오해야."

"오해라니……."

"나중에 보면 알지."

영란은 여전히 그 불침 같은 눈초리로 진수를 노려본다. 그러면서

"벌써 나 같은 년에겐 염증이 났군요. 그래 결혼한 지 일 년. 어디 그 동안의 감상이나 말씀해보시죠."

한다.

진수는 연해 마찬가지 태도였다. 그런 중이면서도 마음속으로는 어리둥절하였다. 숙경의 새파란 얼굴이 떠오른다. 그러나 자기에게 왜 선생과 당신이란 문구를 혼동해서 사용하였는가에 대하여는 알 수 없는 일이었다. 그동안 근 몇 달 동안 서로 알고 지내온 터이긴 하였지만 여적 그에게서 당신이란 말은 한 번도 들어본 기억도 없었으며 자신으로 말해도 그러한 이성적 감정을 한시나마 가져본 일은 없었다. 오직 가장 가까운 사제지간이라면 근사할는지도 모른다. 자기와 같이 소설을 공부하는 현재 대학생인 문학소녀로 자기가 실직한 후 찻집에 다니다 친구의 소개로 비로소 알게 된 숙경인 것이다. 이 소녀는 조선서 자기의 글을 제일

존경하고 있다는 애독자로서 또한 같은 길을 걷고 있는 말하자면 문학 친구로서 알았다 할 뿐이었다.

그리고 숙경에 대하여 이외에 특별한 것이 있었다면 그것은 누구나 다 가질 수 있는 동정에 가까운 것이라 할까……. 너무나 얼굴빛이 어지러울 정도로 백지장같이 창백하다는 것과 이에 따라 그는 현재 폐결핵 제삼기 환자라는 데 죽음을 중심으로 한 울적한 문제를 곧잘 자기에게 제출한다는 데서 생겨지는 어떤 심경을 그는 지녀왔다면 지녀왔다. 그러나 그 심경은 돌이켜 생각하면 생각할수록 동정심에 불과했던 것이다.

자기의 마음 전부를 좌우하는 아담하고도 건강한 아내인 영란이를 둔 자신의 처지로서 숙경을 무슨 연애의 상대자로서 여겨본다던가 하는 미련은 아예 가져볼 사이도 없었던 것만은 잘 알 수 있었다. 다만 여기에 자기를 따르는 계집아이 제자가 한 사람 있다는 것, 그는 늘 죽음에 대하여 불안과 공포를 지니고 있다는 데서 어떻게 하면 조금이라도 위안을 베풀어서 그러한 절망적인 마음을 돌려줄 수 있을까 하는 평범한 선생의 태도를 서로 대할 때마다 꾸준히 지녀왔을 따름이었다.

그러함도 이즈음 근 열흘 동안은 잊어버리다시피 하였다. 그것은 숙경이가 자기의 눈앞에 나타나지 않았기 때문이었다. 지금 생각해보니 그 동안 숙경은 분명히 그의 유숙하고 있는 외삼촌 집에서 앓고 있었던 것이라고 추측되었다.

그런데 숙경이가 자기에게 당신이란 말을 썼다는 게 궁금한 일이다. 궁금한 일이라는 건 지금 영란의 눈살과 말의 매질에 못 이겨 자연 생각되어지는 궁금이었을는지도 모른다. 한편으로는 당신이란 말에 이다지도 심히 구는 아내가 도로 이상하게 보이기도 하였다. 설혹 숙경이가 자기를 사랑하고 있다는 표적으로 당신이란 말을 썼다 해도 할 수 없는 노릇이 아닐까. 당신이라고 쓰든 여보라고 하든 이것은 숙경의 자유인 것이다. 문제는 자기의 태도 여하에 달린 것이 아닌가. 진수는 화가 버럭 치밀었다. 덤벼드는 영란을 손으로 밀어치며

"절로 물러나!"

하며 불쾌한 낯을 꾸미었다. 그러면서 이어

"당신 같아선 나도 송진으로 해서 이렇게 해야 할 것 아닌가? ……."

하고 쿡 쥐어박듯한 어조로 말하였다.

남편에게 마구 밀친 아내는 새근새근 가쁜 숨소리와 함께 맞받아 쏘아붙였다.

"송진은 누구로 해서 알았기예요?"

"뭘 누구로 해서 알아."

"송진에 대하여는 내가 먼저 얘기해서 안 것 아냐?"

"누가 그렇지 않대."

"그럼 문젠 틀리지 뭐야. 이년(숙경)은 당신이 먼저 나한테 알군 건 줄 알우. 속이긴 왜 속여. 년이 쓸 말이 그렇게도 없어 소위 선생이란 자에게 못 보고 죽느니 당신이니 지랄야. 응? 말 있거든 더 해보아요? 어서!"

한다. 진수는 말길을 잡을 수가 없었다. 그리하여 또한 어쩔 줄을 모르고 있는데 영란은

"왜 말 못하우? 제발 눅진눅진 비겁하게 굴진 말아요! 사람 마음도 못 믿는데 이까짓 글이 무슨 소용이야……. 다 내년이 숙맥이지……."

하더니 이번엔 이를 앙승그려 물고 그들 앞에 펼쳐진 붓으로 꼼꼼히 쓰인 그 서약서를 두 손으로 마구 꾸겼다.

진수의 손길은 이 순간 영란의 뺨으로 날랐다.

3

밤이 지나 아침이 되어도 영란의 마음은 풀리지 않는 모양이다. 아내가 이렇게 새치름해 있으니 남편도 역시 시무룩한 태도를 지닐 수밖에 없었다.

식모아이가 조반을 차려왔는데도 전과 같은 안락한 공기는 떠돌지 않았다. 아내가 먼저 상 옆으로 가 수저를 들었다. 남편도 따라 하였다. 그러나 그들은 말이 서로 없었다. 식후 아내는 부랴부랴 옷을 갈아입고 근무처인 무대예술연구원으로 갔다. 일정한 직업이 없으면서도 매일 아내와 같이 집을 나가던 남편은 오늘만은 혼자 덩그러니 떨어졌던 것이다. 그는 한동안 우울하였다. 슬프기도 하였다. 그러면서 이게 대체로 어찌된 판인가 싶어 무슨 악운이 자기들에게 덮쳐지는 것 같기도 하였다.

그러나 어젯밤 이래 아내와 함께 자꾸만 머릿속을 스치는 것은 숙경의 그림자였다. 자기 부부간에 싸움을 붙인 것이 바로 이 숙경이긴 하였으나 그의 병세가 어떠한지 전보다 몇 갑절이나 궁금해짐을 느낄 수 있었다. 숙경에 대한 아내의 노여움은 당연하다고도 생각되었다. 그만큼 숙경은 자기에게 과오는 범했다고 해도 그의 처지로서는 그러한 행동이 오히려 그로서의 마땅히 가져야 할 병과 죽음에 대비하는 어떠한 힘이 될는지도 모르는 것이다.

세상엔 남자도 많다. 또 여자도 많다. 선생도 그리고 제자도 많다. 그러나 그중에서 부모형제를 제외하고 딴 남으로서 골라잡은 것이 바로 자기 한 사람이라는 것을 편지에 의해 돌아볼 때 오히려 이제까지의 자기의 무심했던 태도가 부끄럽고 죄스러울 지경이다. 그의 고향은 삼팔 이북 원산이라 했다. 그러니 자연 그의 부모형제는 못 볼 것만은 누구나 다 아는 바다. 그렇다면 선생이라고 불리는 자기 한 사람밖에는 그가 마음에 두고 기다리는 것은 없을 것이다. 있다 해도 그만이다. 오직 뽑혀진 사람 중의 하나로서 그에게 조금이라도 도움이 될 수 있다면 자기로서의 임무는 다 이행할 수 있다.

이러한 자기의 생각이 그의 마음의 노리고 있는 것을 적중한다면 당신이란 말을 함부로 사용한대도 그만이다. 하지만 함부로 사용한다는 건 그에게 미안한 말이다. 당신이란 말이 그에게 있어서는 마음속으로부터 벌써 정해져 있는 말투인지도 모르지 않는가. 이렇게 미루어 추측하여 보니 전에 만나 이야기할 때 자기를 사모하는 거 같기도 하다. 언제인가 이런 이야기를 한 적도 있긴 있었다.

"만약 제가 죽는다면 어떤 남자 한 사람 슬퍼해줄 사람도 없겠지요? 불행히도 저는 여적 어느 남자도 사모해본 일이 없어요. 그러니 연애도 못해봤지요……."

이렇게 따지고 보니 그는 이 비슷한 이야기를 자기에게 수많이 하였음을 이제야 어렴풋이 느낄 수 있었다.

"그 여자를 위해 힘을 써야 된다. 아무래도 좋다. 살도록 노력하자. 죽는다손 치더라도 마음만은 편히 가도록……."

진수는 혼자 시내 숙경이가 있는 병원으로 향하여 걸으면서 이러한 생각을 계속 되풀이하였다. 그러면서 뾰로통하니 먼저 가버린 오해만 하는 영란에 대한 불쾌함도 이러함과 함께 자꾸만 꼬리를 물고 늘어갔다.

남산 밑에 있는 조그만 이층집 간판엔 '내과 전문 근역 병원'이라 쓰여 있다. 진수는 서슴지 않고 들어서 우선 사무실 겸 접수 일을 보는 곳인 듯 이쪽을 향해 유리로 환히 트인 조그만 방에 앉아 있는 청년에게 임숙경의 입원실이 몇 호인가를 물어볼 수 있었다. 이 층 삼 호라 한다. 그는 곧장 층층계를 올라갔다.

때마침 남향으로 뚫어진 현관으로부터 간호부가 주사기를 들고 이쪽으로 왔다.

"삼 호실은?"

하고 진수는 물었다.

"네. 삼 호실이에요?"

간호부는 잠시 진수를 위아래로 훑어보며 이렇게 묻는다. 진수는 다만 고개만 끄덕거렸다.

"그럼 저 여자 대학생 말이에요?"

"음."

"지금 막 주사를 놓았는데, 이리로 오세요. 그렇지만 곧 잠이 들 것 같으니 조용하셔야 될걸요."

하며 그를 안내하여 먼저 걸었다. 진수는 간호부를 따랐다.

삼호실은 맨 끝 방이었다. 간호부가 먼저 문을 살며시 연다. 그리고 안쪽을 잠시 살피더니

"금방 잠이 들은 모양이군요. 조용히 들어가세요."

한다. 진수는 그제야 비켜서는 간호부에게

"병의 증세는?"

하고 물었다.

"글쎄요……."

간호부의 대답이다. 진수는 더 묻지 않고 가만히 조심스럽게 문 안으로 들어섰다.

《혜성》 창간호, 1950년 1월

제 2 회*

| *미발견.

제3회

7

진수가 얼마 후, 집 있는 곳을 바라보며 언덕길을 올라가고 있을 때에는 이미 황혼도 지난 듯 제법 어두웠다. 보슬비는 그저 한모양으로 내리건만 그는 아무렇지도 않다는 마음에서 그냥 터벅터벅 걸었다. 그러면서 집이 이제 불과 백 미터도 남지 않았다고 여기는 한편 다시 한 번 아까와 같은 생각을 되풀이하여 머리에 떠올릴 때,

"아저씨!"

하는 소리가 바로 옆에서 들려왔다. 그것은 진수의 집에서 일을 봐주고 있는 소녀, 선숙이었다.

"아저씨! 이제 오세요?"

선숙은 여태껏 그를 기다렸다는 듯이 잼처 이렇게만 하였다. 진수는 대답을 대신하여 우선

"아주머니 있니?"

하고 물었다.

"네. 오늘은 아침부터 계시대요. 편찮으신가봐요."

선숙의 말이 끝나자 진수는 불현듯 가슴이 무거워졌다. 가슴이 무거워졌다기보다 놀라움이 앞을 가려 당장

"왜?"

하는 자기도 모를 소리를 내어 물어보았다.

"어디가 아프신지 모르겠어도, 아침부터 사뭇 이부자리에 누워 계시기만 해요."

진수는 더 묻지 않고 걸음을 빨리 옮겨놓았다. 그러나 걸음은 한결

같지 않았다. 두어 걸음 빨리 걸었는가 싶으면 바로 걸음이 느려졌고, 다시 옮겨지는가 하면 다음엔 한자리에 자기도 모르게 발이 머물러졌던 것이다.

이런 중에, 진수가 자기의 집 대문까지 왔을 때, 안에서는 자기보다 먼저 달음질쳐서 온 선숙의

"아주머니! 아저씨 오셨어요."

하는 소리가 연거푸 두 번이나 크게 들렸다. 그렇건만 진수가 뜰에서 구두를 벗고 마루에 올라섰을 때까지도 영란에게서는 쥐 죽은 듯이 아무런 반응이 없었다. 주위는 아주 캄캄하였다. 언제 켜지는지 또한 언제 꺼져버리는지 도무지 종잡을 수 없는 전등이 오지 않은 모양이다.

진수는 마루에 선 채 잠시 가만히 있었다. 이것은 자기의 태도를 어떻게 가져야 할까 하는 것을 다시 한 번 생각했던 것이다. 이즈음, 갑자기 방이 환해졌다. 램프에 불을 켠 모양이었다.

'누가 켰을까?'

그는 이러한 생각이 들었다. 순간, 이것은 반드시 영란이가 달은 것이라고 느껴졌다. 느껴졌다기보다 그것을 바랐다. 애써 기다리던 자기가 왔다는데 아직까지 누워 있던 몸을 일으키고 얼른 불을 환히 켬으로써 자기를 맞이하는 것임을 기대하였다. 원래 불을 손수 켜는 것을 좋아하는 영란이었다. 평상시, 전등이 들어오지 않아 램프에 불을 켜려고 하면 영란은 기겁을 하며 자기가 켜겠노라고 성냥을 빼앗기가 일쑤였다. 그때마다 그는

"광명은 제가 당신께 드려야지요."

하고 생긋 웃으며 말하였던 것이 새롭게 떠올랐다. 이런 것으로 비추어보아 선숙이가 방 안에 들어갔다고 해도 확실히 영란의 소행이란 것을 바라지 않을 수가 없었다. 자기의 생각과 같이 영란이가 불을 켜 자기를

맞이한다면 얼마나 좋은 일일까 싶었다.

그러나 오늘따라 이런 생각은 무리한 것이었다. 영란은 얼굴을 이불 속까지 파묻고 죽은 양 가만히 있었다. 그러니까 불은 선숙이가 켰음이 분명하였다. 진수는 방 안에 들어가면서 잠시 한자리에 선 채 영란을 묻은 이불을 뚫어지게 내려다보며 어쩔까 하는 생각에 잠겨 있었다.

이윽고, 한옆에서 눈치만 살피고 있던 선숙이가 밖으로 나가는 틈을 타서 그는 영란의 머리가 놓여 있는 이불 쪽으로 가서 소리가 나도록 털 썩 앉으며

"이봐, 내가 왔어!"

하는 말을, 하지만 자그마한 음성으로 되뇌고는, 이불깃을 두 손으로 공손히 잡아당겼다. 그러면서 눈물 어린 영란의 얼굴이 금시에 나타난 것을 예기하자 공연히 자기의 눈마저 뜨끔함을 느꼈다.

"이봐, 내가 왔다니까!"

그러나 벗기려는 이불은 좀체 마음대로 되지 않았다.

이불속의 숨소리는 높은 듯했다.

진수는, 일부러 힘이 드는 것처럼, 이번엔 두 무릎을 꿇고 "끙! 끄 응!" 하는 소리까지 내며 이불을 잡아낚았다. 순간, 그의 귀엔 이상한 음향이 스쳤다. 그것은 분명히 이불 속에서 나온 것이었다. 울음소리 같기도 했고 무슨 말인 것 같은 경미한 외침이었으나 뭔지를 몰라 잠시 어리둥절했다. 한데 재차 그것의 정체가 무엇인지를 깨닫지 않을 수 없었다.

"색마!"

두 번째, 이 소리가 창끝같이 귀를 찔렀을 때에는 어느새 이불이 공중을 한 번 날라 진수의 몸이 이불 속으로 묻힌 대신 이번엔 머리카락이 사방으로 흐트러진 영란의 몸이 흡사 무 밑동같이 나타났다. 동시에, 영

란은 운 듯 충혈된 두 눈을 치켜뜬 채 벌떡 일어서는 것이었다. 순간, 그의 가슴속에서 큰 봉투가 하나 낙엽처럼 떨어져 굴렀다. 영란의 눈이 새삼스럽게 그 봉투에 또렷이 쓰여 있는 '우리들의 서약서'라는 글자에 머무르자 지금까지의 자기의 이러한 행동을 뉘우치듯 그것을 집어가지고 혼자 생각으로

'미친년인지……. 무슨 미련이 있다고 한 번 구겼으면 그만이지 또 간수할 필요가?'

함과, 그것을 마구잡이로 발기발기 찢으며

"색마! 마음껏 미쳐보렴!"

하는 독살스런 말을 쏟았다.

진수는 이불 속에서 영란의 행동을 알 리 없었다. 오직 알았다면 그것은 자기가 이불 속에 묻힌 순간의 색마라는 소리와 지금의 미쳐보라는 말뿐이었다. 그는 부지중 "뭐야?" 하는 소리를 버럭 지르며 이불을 걷어차고 일어나자, 방 안은 짤각 소리와 함께 온통 어둠으로 변했다. 램프가 이번엔 이불 속으로 틀어박혔던 것이다.

8

영란과 싸움 끝에 신혼 후, 또한 처음으로 건넌방에서 혼자 밤을 지낸 진수가 이튿날 아침 늦게 눈이 떠졌을 때엔 영란의 모양은 벌써 보이지 않았다. 연일의 피곤으로 해서 얼마를 잤는지도 모른다. 햇볕이 문을 한꺼번에 집어삼키고 있은 지 오래인 모양으로 이불 속이 한결 덥다. 그만 일어나고도 싶긴 했으나 미처 일어난다는 것보다도 어젯밤 영란과의 자초지종이 머리를 좌우함을 물리칠 수 없었다.

자기가 이불을 걷어차고 일어서자 램프가 꺼지고 쏟아진 석유 냄새가 코를 마구 찌르는 틈바구니에서 영란의 손목을 으스러져라 쥐고 흔들었던 것이다. 그때의 영란의 표정은 어떠하였던가. 만약, 그대로 방 안이 어둠 속에 쌓여 있었던들 모를 것이었다. 때마침, 부정기의 전등이 번쩍 들어오자 비로소 그때의 영란을, 두 번 낮과 한 밤 동안 보지 못했던 그의 얼굴을 뚫어져라 노려볼 수 있었던 것이다.

물론, 자기가 영란을 잡았다는 것은 생각하고 바랐던 것과는 너무나 급격히 변해버린 그의 언사에 대한 분노의 소지가 아닐 수 없었다. 그러기에 그 순간엔 자기도 모르게 전신을 부르르 떨며 그에게 달려들어 폭행을 하였지만 마음 한구석에 있어서는 그때까지만 해도 아내가 자기를 남편으로, 그것도 사랑하는 남편으로 알아주는 태도를 새삼 갈망하다시피 찾으려 애썼던 것이다. 그를 잡은 손길이 아무리 강인한 압력을 가지고 있다 해도 영란에 대한 증오감도 있었지만 실은 애정의 상징이기도 하였다.

그러나 영란은 불빛에도 창백한 낯빛을 지니고 있었다. 극단으로 이야기한다면 아픔도 있었거니와 그보다도 몸부림치듯 파르르 떨기만 하였다. 그러한 모양이 애처롭게 생각되어 자기는 손을 풀어버리고 말았다. 이 틈을 타서 영란에게 한 번 더 여유를 주어보자는 마음이 불현듯 솟아올랐기 때문이다.

하지만 영란은 사뭇 정반대의 방향으로 달렸다. 손이 풀리기가 무섭게 그는 이를 바드득 갈며

"색마! 난 그런 도구 아니다……."

하였던 것이다. 이에 자기는 순간적 행동이라 할지 부지중

"한 번만 더 해보렴."

하는 독살스런 기세의 말이 뛰어나간 것만은 지금도 생각해낼 수가

있었다. 그러나 영란은 조금도 풀리긴사뢰 오히려 시간이 지나면 지날수록 자기를 동물 이상의 취급을 할 뿐더러 당장 이혼을 하는 것이 상책이라고 했다. 헌데, 어젯밤의 자기는 확실히 비굴한 놈이었다고 생각하지 않을 수 없었다. 왜냐하면, 영란의 이혼이란 말이 나왔을 때, 자기는 과연 어떠한 태도를 가졌는가? 그것은 저번 날과 같은 난리가 벌어진 것이 아니었다. 지금 생각해도 자기는 비굴하였던 것이다. 아무 소리도 내지 못하다가 겨우 나온 말이

"이혼이라니?"

하였을 뿐이었다. 그것도 목이 쉬인 음성을 자아낸 듯한 어리벙벙한 표정에서 나온 말이었을 것이다. 자기의 이런 말이 나오자 영란은

"소위 양심이란 게 있다면 좀 더 인간답게 굴어야지……. 빌어도 시원찮은 출신이 그중에 잘났다는 게 뭐야? 응 폭력만 쓰면 그만인가?"

하는 것이 아닌가.

이때 자기는 더 아무 말도 하지 않았다. 영란의 말이 이쯤 되고 보니 아내에 대한 바로 전까지의 그렇게도 바라고 생각했던 자기의 마음은 어디론지 고스란히 날아가버리고 말았을 것이다. 그보다 영란에게 지녔던 결혼 후 어제까지의 자기가 새삼스럽게 돌려 생각하였을 뿐더러 어쨌든

"음, 그래? 좋지!"

하는 한 마디로 방을 뛰어나와 여직 한 번인들 써보지 않았던 이곳에서 잔 것이었다. 잤다는 것보다 새웠다는 게 옳은 말일지도 몰랐다.

이러한 생각에 잠겨 있던 진수는 어제 저녁 이후 사뭇 일관하여 혼자 마음속으로 되풀이한 자기의 금후 태도를 다시 굳게 다짐하였다. 영란이가 그럴 바에야 즉, 자기도 그냥 이대로만은 있을 수 없었다. 어제까지는 영란 자신의 반성을 촉구한다기보다 이런 기회에 아주 결단을 내리는 것

이 무방할 것도 같았다.

여기까지 미친 진수는 이런 중이건만 마음 한구석에 확고부동하게 자리 잡고 앉은 숙경의 생각을 불길같이 소생시켰다. 영란과 숙경, 이것은 더 생각해볼 나위가 없는 일이었다. 자기에게는 어쨌든 숙경이가 있음을 너무나 잘 알았기 때문에 이 당장, 영란쯤 문제될 게 없었다. 숙경이가 현재 운명이 위독한 것쯤도 잘 알고 있는 터이다. 숙경이가 영란보다 소중하지 않으라는 법은 있을 리 만무한 것이다. 숙경이가 그립다. 한밤 동안을 어찌 지냈는지가 우선 궁금하였다.

진수는 이불을 차다시피 허둥지둥 일어났다. 그러면서 왜 이제까지 이렇게 집에 붙어 있느냐는 질문을 자신에게 하며 세수도 하는 둥 마는 둥 옷을 갈아입었다. 물론 아침도 먹지 않았다. 오직 숙경이가 자기 없는 틈에 죽지 않았을까 하는 의구심을 물리치지 못했다. 함께 그러면 숙경을 물리치고 어제 저녁에 자기가 온 것을 몇 번이고 되풀이하며 후회하였다. 어쨌든 아침밥을 어쨌느냐는 선숙의 질문도 도통 귀에 들어오지 않았다. 그리고 이 순간에는 영란의 생각도 없었다. 다만

'어서 숙경에게로 가자!'

는 초조와 영란 속에서 숨을 헐떡이며 신을 신다가 바쁘게 밖을 나섰다.

그러나 대문을 나섰을 때, 그는 발을 멈추지 않을 수 없었다. 그것은 선숙이가 자기의 걸음을 막은 것이다. 뒤따라 쫓아나와 앞을 막아서며 주는 쪽지, 그것은 영란의 필적이었다.

'난 당신이 보기 싫어 새벽같이 나갑니다. 생각만 해도 어지럽고 진저리가 나는 당신, 아니 색마! 건넌방 거처의 감상이나 이제 한 번 들어봅시다. 맘껏 놀아먹어 보세요.'

마구 휘어갈긴 글씨였다. 진수는 집으로 되돌아섰다. 다시 방 안으로

들어서자 그 역시 종이를 눈앞에 놓고 천정을 육중하게 바라보다가 펜을 움직였다.

'좋다. 더 쓸 것이 없다. 알았지? 더 너에게 줄 말이 없단 말야. 진수.'

비가 갠 날씨였다.

9

숙경은 죽어 있지 않았다.

심각한 빛을 띠고 가쁜 숨을 억누르며 병실을 찾은 진수의 눈은, 어제와도 달라 베개와 방석에 의지하여 침대에 기대다시피 상반신을 앉힌 숙경을 볼 수 있었다. 제법 정신이 말짱한 듯 도사린 표정으로 들어오는 진수를 뚫어지게 바라보았다. 하지만 그것은 정상적인 것과는 아무래도 달랐다. 첫째, 무표정이었기 때문이다. 진수를 발견하였다는데, 지난 날과 같이 순간적이나마 놀랐다든가 또는 반갑다든가 하는 빛은 애당초부터 그의 얼굴에서 찾아내기가 어려웠던 것이다. 구태여 그의 얼굴에 감도는 기색을 감지하여야만 되겠다면 그것은 오히려 일종 비웃는 그런 표정에 가까울 수도 있게끔 생각되었다. 그러기에 진수 역시 한동안 문어귀에 서 있었을 뿐더러 숙경의 앞에까지 다가갔으면서도 흡사히 화석처럼 좀체 말을 꺼내지 못했다. 입을 먼저 연 것은 숙경이었다.

숙경은 진수가 자기의 옆에까지 오자 한동안 그의 말을 기다리려는 듯이 가만히 있다가

"오셨어요? 부인께선 안녕하세요?"

하였던 것이다.

진수는 대답에 궁핍함을 물리칠 수 없었다. 그는 대답 대신 침대 위, 숙경이 바로 옆에 앉았다. 그런 후, 아무 말도 내지 않고 그저 천정만 바라보았다.

숙경도 한동안 말이 없이 진수의 옆얼굴을 한모양으로 힘없이, 그러나 열심히 바라보다가 이번엔 한 마디로

"아마 부인께 톡톡히 꾸중을 들으셨나봐!"

하는 혼잣말을 하며 가냘프게 웃음소리까지 내었다.

진수는 이때, 비로소 굵고도 무거운 시선을 돌려 숙경의 눈을 한참이나 타는 듯 쏘더니

"잘 아셨습니다."

하였다.

이어, 침묵은 또 한동안 계속되었다. 숙경 역시 진수 못지않도록 상대편을 바라보고 있었으나 침묵이 깃을 펴기 시작한 직전엔 자기도 모르는 사이에 외면을 하고 말았던 것이다. 그러니까 이번 침묵은 숙경이가 외면을 한 데 원인이 있었다.

이윽고, 숙경은 아까와는 한층 달라진, 그야말로 맥이 막 풀린 눈초리를 다시 진수에게로 돌렸을 때엔 어느덧 눈물까지 글썽글썽 담고 있었다. 그는 다시 외면을 하는가 하였더니 급기야 약하고도 수줍은 음성을 내어놓았다.

"죄송합니다. 제년으로 해서 공연히……"

그것은 마치 바람에 불려 금방 어디론지 사라져버릴 듯한 가냘픈 어조였다.

같은 대세를 지니고 있던 진수의 손길은 순간, 숙경의 얼굴 양옆을 어지럽게 어루만졌던 것이다. 동시에 역시 무언인 채 글썽해진 숙경의 눈언저리에 자기의 입을 가만히 옮겨갔던 것이었다. 이러한 채로 잠시

고요한 시간이 지나 진수가 머리를 들었을 무렵 난데없이 밖으로부터 문을 노크하는 소리가 유난히도 호들갑스럽게 들려왔다. 이 소리에 놀라 진수가 벌떡 일어섰을까 말았을까 한 때, 문은 이미 열어졌고 따라 웬 사나이 몸뚱이가 쫓긴 토깽이 모양으로 뛰다시피 실내에 불쑥 나타났다.

진수는 잠시 이 사나이가 누구인 것을 몰랐다. 그러나 다음 순간, 그 주인공 코허리에 걸친 금테 안경으로 미루어, 처음으로 저번 자기가 이곳에 들렀던 날 대면한 바로 상장喪章의 사나이임을 알아차릴 수 있었다. 숙경의 외삼촌이라는 사람.

금테는 들어서자, 전번과 마찬가지로 이편을 버릇처럼 훑어보더니 어느 틈엔가 의젓한 어조로 숙경에게

"그동안 좀 어떤?"

하고는 뒤이어, 진수에게로 눈을 굴리더니

"아! 참, 누구라구? 저번 바로 전번에 인사 여쭌 분! ……. 난 바로 저 숙경의 외삼촌 되는 사람입니다. 에―또 가서는, 전 워낙 바쁜 몸이 돼서 이 모양입니다. 그동안 수고 많이 하십니다."

하는 말을 던지듯 되는 대로 마구 쏟아놓고는 뒷짐을 진 채 끙끙거리며 실내를 몇 바퀴 도는 것이었다. 그러는 중에 그는 두어 번 손목시계를 이내 들여다보더니, 이번엔 숙경에게

"너의 아주머니는 몸이 무거워 못 와본다고, 나 역, 이 모양으로 바쁘고……. 그렇지만 할 수 없지, 병 경과는 지금 내려가는 길로 의사에게 알아보겠지만 어서 속히 회복되도록만 힘써라!"

한다. 그리고는 진수에게 또한 시선을 옮기더니

"저! 그럼 또 실례하여야 되겠습니다. 별안간 인천에 가기로 되어서요."

함과 이어 다시 시계를 보더니

"잘 되면 오늘 저녁이나 낼 아침에 또 들르겠다."

하고 숙경에게 말하자 진수에게 고개를 갸우뚱하며 웃는 낯을 꾸미는가 하였더니 불쑥 내밀은 배로 몸의 중심을 잡곤 문을 열기가 바쁘게 없어졌다.

진수와 숙경은 그냥 멍하니 다만, 사라지는 그의 뒷모양을 말없이 바라볼 뿐이었다. 그런 중이건만 진수는 불쾌감을 느끼지 않을 수 없었다. 간호부가 있다 쳐도 자기 없는 어젯밤을 고스란히 숙경이 혼자 이곳에서 외롭게 지냈으려니 싶으니 더욱 금테에 대한 불만이 늘어만 갔다. 이런 생각에 잠긴 그는 다시 숙경이 옆에 앉으면서

"대체 어찌된 셈입니까?"

하고 그윽히 평상시로 돌아와 이렇게 질문하였다.

숙경은 한참 말이 없었다. 무엇을 생각하는지 연해 침묵을 지키더니 별안간 감정이 격동된 어조로

"참 제가 퍽 회복된 듯 했잖아요? 네! 선생님!"

하며 핼쑥한 얼굴이나마 도홍색桃紅色 빛을 띠며 진수를 엄숙한 낯으로 쳐다보았다. 엄숙하다느니보다도 진수가 무어라 대답한 것인가를 겁내는, 마치 의사에게나 묻는 그런 물음이었다. 그러면서 무슨 애원이나 하듯 한 태도로 이어

"참 별일이에요. 어제 저녁엔 기침도 제법 들 나왔고 토혈도 두 번밖에 하지 않았어요. 선생님 보시기엔 어떠한가 똑바로 말 좀 하세요."

하고는 침이 마른 입술을 깨물며 이렇게 말하였던 것이다.

진수는 불현듯 좋아졌노라고 말이 나올 듯하였으나 지난날, 자기에게 이야기해준 의사의 말이 갑자기 연상됨을 물리치지 못했다. 숙경의 말대로 회복만 된다면 이 위에 더 바랄 것이 있을 리 없었다.

하지만 의사의 말―, 이것은 불신임할 수는 없지 않은가? 진수는 가

습이 무거워짐을 느끼면서 한모양으로 애련히 쳐다보는 숙경을 될 수 있는 한 위안하려 하였다.

《혜성》3호, 1950년 5월*

* 「불 그림자」 1, 3회 이외의 연재본은 아직 발견되지 않았음.

제**3**부 장편소설

길은 멀다

1. 어머니와 딸

꿈속에서도 지금이 봄이란 인식은 확실히 애지에게 있었다.

그러나 장면은 만 가지 곡식이 무르익는 가을철이었다. 흰 빛깔에 넘쳐흐르는 하늘 밑, 곳은 어딘지 분간할 수 없었다. 오직 산이라기보다 조그만 등갱이*를 걷고 있었다. 자기의 사랑하는 사람 진녹이와 나란히 손을 잡고 그 등갱이의 처음 보는 과수원을 지나고 있었다. 진녹이도 말은 하지 않았다. 자기도 입을 떼지 못했다. 코를 마구 찌르는 향취로 해서인지도 모른다. 나뭇가지가지마다 주렁주렁 달린, 햇볕에 번쩍이는 능금의 향기가 그윽히 자기를 취하게 한 것만은 느낄 수 있었다. 옆에서 걷고 있

---

* '산둥성이'의 방언.

는 진녹이도 그러했을 것이다. 자기는 이 능금밭에서, 둘이 고만 죽어버렸으면 싶었다. 이렇게 가슴속 깊이 스며드는 향취를 이제껏 마셔본 적은 한 번도 없었던 것만 같았다. 둘이서는 역시 무언중에 땀이 흐름도 모르고 더욱 손을 굳게 쥐며 걷기만 하였다…….

뭇 참새는, 정원 한구석, 난만히 성장을 갖추고 있는 꽃이 한참 핀 개나리 가지를 못살게 굴다시피 뛰며 날며 지절대고 있다. 바로 건너편 아직도 애지가 자고 있는 닫힌 방 미닫이를 뜯기나 하듯이, 마구 좋알대는 것 같기도 하였다.

뒤울안에서는 간간이 돼지의 끽끽 소리가 났다. 그곳엔 지금 여기서 기르고 있는 종돈과 찾아온 건넛마을 암컷을 교미시키고 있었다. 이 집 주인인 늙은 강씨 홀어머니는 암컷을 끌고 온 사나이와 둘이서 이것들을 붙이기에 바빴다. 십여 칸이나 되는 돼지우리 앞에 만들어진 교미대에 암컷을 잡아매었다. 그러나 수놈인 종돈은 여간해 시키는 대로 듣지는 않았다. 가까이 쿨쿨거리면서 코를 식식거리고 암컷 궁둥이께를 다가오다가는 다시 뒤로 물러서버리는 것이다. 아마 이러기를 몇 번이고 되풀이하여 꽤 오랜 사이가 지났다.

강씨는 이러한 수놈을 몰다 몰다 기운이 탈진한 모양이다.

"고노야로(이놈아)! 오늘은 웬일로 계집을 몰라봐……. 쯧쯧! 넌이 너머 어린 탓일까? ……."

혼잣말로 이렇게 중얼거리고 저만치 돌아서 궁둥이를 뒤흔들며 가는 수놈의 앞을 가로막았다.

"쩻쩻, 고노야로! 얼른 치러……."

하더니 또 암컷이 있는 쪽으로 몰았다.

수놈은 다시 그편으로 커다란 기름덩이의 마흔 관이나 되는 몸집을 뒤룩뒤룩 옮겼다. 역시 마찬가지로 쿨쿨거리며 궁둥이께를 지범거리다 또한 돌아서려 하였다. 그것은 아마 수놈이 뒤로 다가올 때마다 마구 터지는 암컷의 끽끽 소리에 그만 지레 겁을 내는 것인지도 몰랐다.

"치―치―, 바보년, 치루워만 보라지……."

하고 강씨가 암컷을 나무라며 또 수놈의 앞을 부랴부랴 가로막는다.

암컷을 데리고 온 젊은 일꾼은 강씨의 연달아 쏟아놓는 이런 말을 들을 때마다 낄낄거리며 웃고 섰다. 그러나 강씨는 자기가 하는 말에 웃을 리야 없었다. 어디까지든 마음속에서 우러나오는 말이었다. 도리어 자기의 말에 웃고만 있는 젊은이를 나무랐다.

"고노야로! 몰치진 않고 왜 웃고만 섰나? 그러지 말고 얼른 새끼로 저년의 주둥이를 동겨매라구……. 아마 겁이 잔뜩 나나보구먼……."

하며

"에, 쯧쯧, 저리 가!"

하고 다시 수놈을 몰기 시작하였다.

젊은이는 강씨의 호령을 듣고서도 연해 킬킬대며 시키는 대로 새끼를 이 구석 저 구석으로 눈을 굴려 찾았다. 그리하여 암컷의 입을 매었다. 암컷은 한동안 더욱 억세게 절절 몸을 가누다 종당엔 기운이 지쳐서인지 한참 후에는 씨근거리기만 하였다.

이렇게 방법을 달리해서인지 수놈은 더 돌아서지는 않았다. 강씨가 뒤에서 그냥 따라올 만큼 제멋대로 태연스럽게 그것의 등 위로 오르며 비비적거렸다.

강씨는 빠른 걸음으로 수놈을 따라가 그 옆에 앉으면서

"내미른 것 어디어디? ……."

혼자 이렇게 중얼거림과 함께 손가락으로 무엇을 붙잡더니 암컷의 어느 한 점에 닿는 모양이다. 그러더니 조금 뒤에는

"휘― 이렇게 잘 되는 것을……."

강씨가 숨을 몰아쉬며 중얼거릴 때에는 이미 수놈은 꿀꿀거리며 돌아다닌 뒤였다. 젊은이는 암컷을 동여매었던 새끼를 각각 풀어버렸다. 이에 따라 강씨는 수놈을 우리 안으로 몰아넣었다.

"얼마지요? ……."

젊은이가 묻는 말이었다.

"뭣이 얼마?"

뻔히 알면서도 강씨는 버릇처럼 되물었다.

"디딘 값이?"

"오십 전이지 얼마야?"

젊은이는 한동안 의아스러운 모양이더니

"왜 그리 비싸유? 보통 이십 전이면 된다는데……."

"누가 그렇게 이십 전씩 받는대? ……."

"아, 우리 이웃집 복돌네는 지난 장날 금융조합에 가서 디뎠다는데 이십 전 줬다는데유……."

"이 수놈은 사람으로 말하면 양반이야……. 일본 것 몰라? ……. 어서 다세이(내놓아). 고노야로! ……."

강씨는 금시에 대들 것이나 같이 성이 난 얼굴로 퉁명스럽게 말하였다. 그러나 젊은이는 웃던 대신 상을 찡그리고 한참이나 말없이 잠잠한 채로 서 있다. 이때 자유의 몸이 된 암컷은 몇 번째인가 울안을 헤매다가 장독대로 올라가 금방 독을 받을 것이나 싶게 코를 울리는 것이었다.

이것이 눈에 띄자 강씨는 한순간

"으으……. 저것……."

하는 비명을 날리는 것과 함께

"어서 다상까(안 낼 테냐)?"

하고 장독대로 쫓아갔다.

이래서 다행히 위험만은 면할 수 있었다. 이 통에 젊은이는 할 수 없다는 생각과 자기가 끌고 온 돼지로 말미암아 장독이 깨어질 뻔하였다는 데서 엉겁결에 달라는 대로 오십 전을 치렀다. 그러면서 젊은이는 강씨가 욕심쟁이 늙은이라는 것과 더 있다가는 어떠한 사고가 생길지도 몰라 돼지를 밖으로 몰았다. 이리하여 안마당을 지나서 대문으로 젊은이가 나가자 개나리 가지를 싸고 이제껏 재재굴대던 참새는 사방으로 날아 흩어졌다. 그러나 아직도 애지의 방문은 열리지 않았다.

젊은이를 보낸 후 강씨는 다시 돼지우리로 갔다. 수놈 이외에 또 있는 것은 아니다. 바로 그놈을 보기 위해서였다. 암컷 때문에 채 못다 치른 죽을 터벅터벅 먹고 있음을 그는 물끄러미 내려다보다가 등을 쓱쓱 긁어주었다. 한참이나 이렇게 하다가 손을 멈추더니 또 흐뭇한 눈초리로 그놈을 바라보았다. 길이보다 옆으로만 팽팽히 툭툭 삐지는 기름진 살덩이, 위로 홀떡 젖혀진 채 쭝긋쭝긋 움직여지는 코, 게거품이 툭툭 나오는 앞으로 내민 입, 판때기같이 넓적한 귀, 희끗희끗 보이는 피부 위에 듬성듬성 솟아난 잡털, 모두가 보통으로는 생각되어지지 않았다.

"그놈 참 기특하다!"

하고 중얼대는 그에게 언제나 이럴 때면 생각이 으레, 화살같이 닥치는 것은 자기의 남편이었던 일인 가와사끼였다. 그 남편의 모양이 흡사히 이 돼지와 같았다고 생각되었다.

이와 함께 그는 자신도 모르는 사이에 완연히 쇠퇴한 늙은 얼굴을 붉히고는 모든 것이 허무하기만 하다는 데서 발을 돌렸다. 이와 동시에 오직 무남독녀인 애지의 혼인이 앞으로 몇 달 더 남지 않았다는 생각과 그러자면 자연히 소도 소려니와 첫째로 돼지 한 마리쯤은 잡아야 할 터인데, 그것이 바로 이 수놈이나 아닐까 여겼으나 즉후 곧 머리를 덜레덜레 흔들었다. 차라리 다른 놈을 한 마리 더 사다 길러서 쓰는 것이 옳은 일이다. 그러나 자기로서는 더 기르려는 마음도 있지는 않았다. 그저 자기가 죽기까지 이 수놈만 얼마나 크던지 길러보리란 마음은 이놈을 처음으로 치기 시작한 삼 년 전이나 지금이나 조금도 변함이 없었다. 또한 매일 하루에도 몇 번이나 남편과 이것을 같이 연상함도 그때나 지금이나 역시 마찬가지였다. 처음 중놈이 된 이것을 사들일 때에도 부지중 머리에 떠오른 것은 공연히 틀*스러운 품이 자기의 남편과 흡사하다는 느낌이 있어서였다고도 생각되었다.

"잔치에는 그 무렵쯤 해서 한 마리 사서 쓰기로 하지……."

이것이 그의 결론이었다. 그러나 여기까지 생각을 진전시킨 그는, 순간, 대번에 딸에 대한 분격을 참지 못하고 허둥대는 버릇이 또 치밀었다. 이번 혼인이란 게 자기에게 있어서는 손톱만치도 기쁠 게 없다는 증세가 도진 것이다. 그는 금방 얼굴에 핏대를 올려가지고 숨을 식닥시닥 몰아쉬며 밥 짓는 식모의 등을 밀어제치며 부엌을 빠져 곧장 애지의 방 있는 쪽으로 가드니 문을 열어젖히고

"고노야로! 어쩔라고 여지껏 자고 있나? 응, 학교는 고만두웠나……. 시간이 어떻게 되었는지나 알고 잡빠저 자나?"

하고 볼이 메인 소리를 터주자, 애지는 잠이 깨서 무엇을 한참이나 곰곰이 생각하고 있던 중으로 깜짝 놀란 듯 고개를 어머니 쪽으로 돌리며

"누가 자고 있대나? 오늘이 일요일이에요. 공연히 소릴 지르고 야단야……."

하며 쏘아붙였다.

"아, 고노야로야, 말대답이 무슨 말대답야. 공일이라고 잠만 자고 있나? 잘도 돼 처먹는다, 이년! 시집도 네 마음대로 가니? ……."

| * 모양새.

어머니는 연방 게거품을 흘리며 쏟아놓는다. 딸은 딸대로 어머니의 또 자기의 결혼 말이 나옴을 알았으나 일부러 그것은 피해 돌려놓고

"고노야로가 뭐야……. 툭하면 덮어놓고 고노야로게!"

"천애 년도 망할 년……. 애비 없이 자라는 년 헐 수 없군. 그래 이년 아 바로 애빌 두고 욕하는 네 같은 년이 소용될 께 뭐 있나? ……."

딸은 더 말을 하지 않았다. 이렇게까지 되고 보니 어머니의 질긴 성질을 번연히 알고 있는 자기가 왜 이다지도 대꾸를 하였을까 하는 후회를 하였다. 그러나 어머니는 그냥 이대로만 끝을 맺지는 못하였다.

그리하여 연달아

"말 있거든 다세! 다상까! 그래도 그냥 그대로 자빠져 있단 말이냐? ……. 아이구 그저 저러니 사내놈도 하나 똑똑한 것 고르지도 못하지. 두 연놈이 죄다 눈깔이 빠지잖구."

하였다.

이때, 딸은 참고 말자던 마음이 어머니의 진녹에 대한 "눈깔 빠진 놈!"이란 데 자신도 모르는 사이 분이 치밂을 이기지 못하여

"눈깔 빠진 놈이라니? 왜 한 번도 대하지 않았던가요. 욕을 하면 나한테나 할 일이지……. 또 툭하면 고노야로니 다세니 소리나 지르지 말았으면, 딸의 낯이나 깎이지 않을 것을……."

하고는 금방 울상으로 변한다.

"잘도 말한다. 그래 너의 서방 될 놈, 그놈이 사람이라고 할 수나 있는 줄 아니? 어디서 골라잡아도 꼭 깽파리 새끼 같은 말라빠진 놈을 골라도 잘두 골랐지……. 으이 쯧쯧……."

"아이, 듣기 싫어! 이제 또 왼종일 타령할 게 생겨 좋겠구먼요……."

애지는 새침한 낯빛으로 그만 이부자리에서 성급하게 일어났다.

"응, 타령? 그럼 깽파리 새끼 같은 놈을 돼지 새끼 같다고 하란 말이

냐? 응, 뭐 낯바대기만 예쁘장하면 다 되는 줄 알구. 고노야로 이년아 잘 생각해……. 예쁜 건 계집년이 가질 것이지 그 예쁘장하다는 말라깽이……. 홍, 쯧쯧……."

이러한 강씨의 줄말이 쏟아지자 애지는 그만 밖으로 휑하니 나오고 말았다. 현재 지니고 있는 자기의 복잡한 심정을 어디다 풀어야 좋을는지 도무지 분간할 수 없었다. 어머니의 남 유달리 부리는 성미는 모르는 바 아니나, 이러한 때마다 자기와의 약혼자 진녹을 왜 그렇게 못마땅히 여기는 것일까 의문이었다. 덮어놓고 말라깽이니 돼지니 하는 말을 늘어놓으며 불만을 토하는 곡절을 몰랐다. 말라깽이란 말을 내세울 정도로 이르기까지는 너무나 과장이 섞인 혹평이라 할 수 있었다. 그저 건강타고는 볼 수 없는 보통보다 좀 약하달 수는 있어도 말라깽이란 것은 자기 자신으로서는 이제까지 한 번인들 생각해보지도 못한 말이었다. 덮어놓고 어머니가 야속스럽고 밉기만 하였다.

바로 전만 해도 어머니가 자기의 방문을 열어젖힐 때까지 자고 있었던 것은 아니었다. 뒤울안에서 돼지 소리가 마구 날 때, 자기는 진녹이와 둘이서 등갱이를 거닐던 꿈속에서 잠이 깨었던 것이다. 그리고는 그 꿈을 되풀이하느라 눈은 뜬 채 여러 가지를 천정에 그리고 머리에 떠올렸던 것이다. 그제까지도 잊히지 않는 능금의 삼삼한 향기와 말없이 굳게 굳게 쥐여지는 진녹의 손길을 다시 한 번 생각함과, 꿈과 현실에 대한 애착감을 느끼고 있었다. 왜 그러냐 하면, 지금 꾸었던 장면이 바로 며칠 전에 진녹이와 계획했던 오늘의 하이킹……, 그것을 의미하는 것이리라고 여겨졌기 때문이었다.

이러던 차에, 어머니의 거품 섞인 날벼락이 닥쳤다. 애지는 이럴 때 같이 어머니가 미운 적은 없었다. 그러면서 이런 것을 만약 진녹에게 보인다면 얼마나 부끄러운 일이냐는 것을 머리에 떠올리며 어머니에게 날카로운 시선을 한 번 더 던지고는 세수를 하기 시작했다. 그러나 어머니는 어머니대로 여간해 잔소리를 멈추지 않았다.

환갑이 불과 몇 해밖에 남지 않은 강씨는 몸은 비록 늙었을망정 음성은 젊었을 때의 것과 조금도 다르지를 않았다. 한 번 성미가 치밀어 소리를 터주는데 열 마디면 일곱여덟 마디는 반드시 이웃에까지 쩅쩅 울리도록 억세었다. 그의 별명이 양철통이란 것도 이런 데서 생겨진 말이다. 그 별명은 지금껏 수십 년 내 지니고 오는 터이다.

스무 살도 되기 전 그가 이 고장에서 술장사를 처음으로 시작하였을 때 근처 일대에서 강일매라면 누구나 모르는 사람이 없었다. 그러나 이 강일매란 이름은 그가 스무 살 고개를 대여섯 해 넘기기 전에 통용된, 말하자면 극히 짧은 동안에 없어지다시피 되었다. 이와 함께 생겨진 이름이 바로 양철통이다. 작자는 여기서 불가불 강씨의 지나온 자취를 잠시 독자에게 소개하기로 한다.

강씨의 어릴 적 일은 지금 누구 한 사람 아는 이가 없다. 더욱이 그 자신도 누구의 딸인지도 또한 어디서 났는지도 잘 알지 못한다. 다만 지금은 벌써 고인이 되고 자녀들도 어떻게 되었는지 모르지만, 부모 없는 그를 열두 살까지 길러준 진외종조 부부가 그 무렵 가끔 남에게 이야기하던 것이 그의 머리에 희미하게 남겨져 있을 뿐이었다. 이름은 모르지만 아버지는 동학에 몰려 남의 손에 죽었다는 것과 어머니는 네 살 적 자기만을 남기고 누구와 눈이 맞아서 어디론지 도망을 갔다는 것이다.

그리하여 열두 살까지 능골 할머니의 동생들이 사는 그 집에서 크다가 열세 살 되던 해 봄, 보리쌀 한 섬에 팔려 오십 리쯤 떨어진 소개란 곳에 사는 박 첨지네 집 민며느리로 들어갔다. 그리하여 열다섯 살 되던 해 박 첨지의 외아들인 치서로 해서 머리를 얹고 살았으나 원래가 생활이 곤궁했던 터이라 고생고생 지냈다. 더욱이 그보다 일곱 살이나 나이가 위인 남편이 숙맥에 가까웠던 만큼 더욱 의지할 수가 없었다. 자기를 사온 보리쌀 한 섬도 나중에 알고 보니 실은 그 마을 구장의 집에서 빚을 낸 것이었다. 시아버지는 젊었을 때 산에서 풀을 베다가 다리 한쪽을 독사에게 물려 발이 잘려진 불구자라, 한다는 게 고작 강에 나가서 생선을 낚는 것이 유일한 일이었다. 거기에다 남편인 치서는 원래가 천치여서 어디 가든 남의 놀림감인 데다가 언제나 맥이 나간 사람처럼 볼일도 없는데 어정어정 걸어다니기만 하였을 뿐, 일이라고는 알지도 못했지만 하려고도 하지 않았다. 그랬기 때문에 시아버지는 늘 자기 아들을 사람으로 여기지 않고 일상 한숨을 토하였다.

가끔 아들을 붙잡고

"날 잡아먹어라!"

하고 호령을 하다가 지게 작대기로 때리고 싸우던 일은 지금도 문득 강씨의 머리에 선하게 떠오른다.

그러면 치서는 치서대로 슬슬 피해 다니다가 빙글빙글 웃으며 어디론지 사라지고 마는 것이다. 한 번 집을 나서면 사흘이나 고작 길어야 닷새다. 그동안 어디를 돌아다니는지 눈이 십 리는 들어간 모양을 하여 가지고 아무 인사도 없이 뻐덕뻐덕 기어들어 오기가 보통이었다. 그가 인사를 한다면 그것은 웃는 것이 바로 그거다. 아내인 강씨에게도 말을 하는 적은 일 년을 두고 따져본댔자 손으로 세일 정도에 불과했다. 아무튼 히죽이 빙글빙글 웃는 것이 아내에 대한 남편의 모든 것이었다는 것이다.

이래서 종당엔 강씨가 열여덟인가 열아홉 살 나던 해 이곳 장원으로 떠들어와 할 수 없이 술장사를 하기 시작했다. 어릴 적부터 남에게 어여쁘다는 소리를 들은 그라 영업을 차리는 그날로 이름을 날렸다. 그러니까 이제까지의 강간난이란 이름이 강일매로 변한 것도 이 무렵이었다.

일매라는 이름은 영업자로서의 그의 이름이다.

이렇게 해서 그는 시가 식구들을 먹여 살린 셈이다. 시부모 역시 그에게 의지하게 되었고 남편 또한 빙글거리며 지냈다. 그러나 그때의 강씨는 나이가 아직 스물도 되지 않은 새댁이었더니 만큼 그저 시어머니 시키는 대로 술을 팔았으나, 마음속으로 불이 솟아오르는 불만은 그득했다. 혼자 술을 팔아 여러 식구를 먹여 살리는 영업자에 항용 신경질을 내는 버릇이 있다. 이 버릇이 몇 해 안 가서 강씨에게도 붙었다. 그저 웃는 것만으로 남편인 체하는 치서에 대한 본능적인 불만이나, 벌면 납죽납죽 받아먹고 기침이나 쉴 사이 없이 자꾸 하는 시아버지에게 가는 미운 생각이나, 술장사를 시켜놓고 손님과 어쩔까봐 밤낮 이상한 눈초리를 돌리는 시어머니나 그에겐 모두가 귀신들만같이 여겨졌다.

어느 때인가, 이런 생각이 날이 갈수록 강씨의 심정을 상해가는 판인데 술 취한 손님과 입을 맞춘 것이 감시자인 시어머니의 눈에 발각되었다. 그때 시어머니는 그를 부엌으로 불러내어

"아무리 네 남편이 남편된 값을 못한대도 그래도 남편은 남편이지…… 우리 늙은이가 아직도 눈을 뜨고 있는데 군것질이 무슨 군것질야?"

하며 꾸중을 하였던 것이다. 이때, 일매는 술이 좀 취했던 판이라 말대꾸를 하고야 말았다.

"뭣이 어째요? 내가 벌어주는 것이나 얻어먹는 것도 과만하지…… 군것질하고 안 하는 것까지 상관할 게 뭐 있담, 남이 보아 고식이지 병신 아들 가지고 며누리랄 게 뭐 있나?"

하고 치받았다.

시어머니는, 말문이 막혀 그저 떨기만 하였다. 그 뒤부터 강씨의 기세는 점점 더 올라갔다. 집안사람들은 그에게 꼼짝을 못했다. 따라 그는

심사가 상당해 어떤 손님이고 누구고 마구 쏘아붙였다. 서른이 가까웠을 때에는 그의 입에서 나오는 말이면 대개가 죄다 욕이었다. 욕설이 곧 그의 일상 쓰는 말로 변했던 것이다. 거기에다가 음성이 어떻게 거세든지 어떤 손은 한 사람이 그 품이 흡사히 양철통을 두드리는 것 같다 하여 그때부터 양철통이란 별명이 일매라는 이름을 물리치고 말았다. 그 후 누가 일매를 찾아 술을 먹으러 가자고 할 때엔 여부없이

"우리 양철통네 집으로 가세!"

하였다. 또는 그때의 소문으로

"그 양철통에게 요즘 왜놈 숯장수 가와사끼가 반해서 아마 움푹 돈을 짤리는 모양이던데……."

하기도 하였고

"양철통도 양철통이지만 놈도 정력이 참 센 놈이래……. 서로 잘 만났지……."

하였다.

가와사끼는 말하자면 강씨와 같이 부부로서 동거 생활을 한 사람이었다. 처음엔 권력이 많은 일본인이란 데 호기심이 끌리고 또한 돈을 자기에게 아낄 줄 모른다는 데 동거 생활까지 하게 된 것인지도 모른다. 그러나 실은 해가 바뀜에 따라 청춘에 대한 아까움을 만족시켜 주었다는 것이 중요한 동기였다고도 생각할 수 있다면 이것이 제일 강씨에게 들어맞는 말인지도 또한 모른다. 어쨌든 얼굴의 생김새로나 서른을 넘어서는 몸태가 누가 보던 허덜스럽게 왕성했던 그는 허수아비 격인 본남이도, 또는 어쩌다 달에 한두 번 남의 눈을 가리며 깃을 펼 수 있는 갖가지의 남자보다도 가와사끼를 월등 흡족하게 생각하였다.

이리하여 그는 가와사끼와 안 지 한 달 만에 아주 동거 생활을 시작했다. 이제까지의 시집 식구들과 갈라섰다. 홀몸으로 돌아다니며 산판을

하여 권력과 빚뇌이*로 돈을 잘 버는 가와사끼는 강씨 말대로 이 집을 샀다. 그 일인은 노동자였다. 말하는 품이나 몸가짐이 유명한 강씨보다 몇십 갑절이나 더 딱딱했다. 동거 생활을 한 후 강씨에게 말을 해서 안 일이지만 그는 본국에서 노름을 하다가 친구를 한 사람 도끼로 갈겨 죽이고 이리로 도망을 하여 왔다는 것이다. 그는 술을 말로 마셨다 한다. 음식은 조선 것을 즐겨 하였다. 그래서 강씨는 밥상을 차리면 반드시 술도 한몫 차려놓았다. 저녁이면 술을 몇 되는 마시고 나서 쾅하고 요 위에 쓰러지며 강씨에게 큰 소리로 하는 말투가

"다세, 다세!"

하였다. 강씨는

"왜?"

하고 번연히 알면서도 물으면 그는 코밑으로 넓적이 울켜붙은 입술을 쭝긋쭝긋거리며

"왜가 낭까(뭐냐)? 고노야로 다상까……."

하며 소리소리 질렀다. 그러면 강씨는 옷을 벗었다.

강씨는 세상에 나서 처음으로 마음에 드는 이런 남자와 같이 살았다. 아무리 배우려 해도 잘 모르는 일본말이었건만 밤이면 밤마다 잘 쓰는 "고노야로!"란 것과 "다세!"란 말은 어느덧 그의 머리에 너무나, 또렷하게 박혀서 남편이 없는 요즈음도 이것만은 툭하면 잘 써붙이는 것이었다.

이런 중, 몇 해 뒤에 애지를 낳았다. 그리고 애지가 일곱 살째 되던 해 가와사끼는 강씨의 배 위에서 별안간 얼굴이 새까맣게 타서 죽었다.

강씨는 그동안 남편과 같이 재산을 상당히 모았다. 산만이 일만오천

| * 돈을 빌려주고 이자를 받아 이윤을 남기는 이.

정보, 그리고 전답의 소출이 년에 이백 석을 넘겨 받았고 해마다 고리대금을 해서 과수원도 두 군데나 가질 수가 있었다. 그때는 이미 쉰이 가까운 무렵으로 그렇게 왕성하던 몸도 늙어서 그 대신 돈을 벌기에만 열중하려 했다. 전에 남편이 하던 바로 그 식으로 사람들을 다뤄 재산을 모으려 하였다.

그러나 강씨는 비록 재산도 많은 편이고 몸은 늙었으나 마음만은 젊었을 때보다 더욱 유감해짐을 물리치지 못했다. 인생이란 이렇게도 너무나 빠른 것이냐는 것을 때때로 생각하며 외로움 속에 젖는 자기를 돌보지 않을 수 없었다. 지난 일 모두가 그저 한 번 바람처럼 휘 지나친 것밖에 되지 않았다는 허전함은 더욱이 돼지를 다룰 때마다 달려드는 그의 생각이었다. 이에 따라 자연히 죽은 가와사끼가 그리워지는 것이다. 본남이인 치서는 여적 한 번인들 생각도 해본 적이 없었지만 이런 때에 그를 머리에 떠올렸다면 갈라설 때와 마찬가지로 다만 머리만을 흔들었을 것이다.

강씨는 자기의 오직 하나인 딸 애지에게 모든 정성을 다 바쳐왔다. 자기의 인생에 대한 허전함을 딸이나 앞으로 느끼지 말고 잘 살 수 있도록 하자는 것이 그의 유일한 희망이었다. 그래서 우선 공부를 시켰다. 죽은 남편이 이 애지가 자기의 성을 따를 것이냐 그렇지 않으면 치서의 성을 따를 것이냐는 문제로 호적을 해놓지 못한 채 죽은 다음 해 그는 딸을 보통학교에 입학시켰다. 그때는 호적령이 반포된 지 얼마 안 된 터이라 물 쓰듯이 내서 면장과 결탁하여 호적을 만들었다. 애지의 성을 이가로 하고 아버지는 죽은 것으로 해서 수속을 밟았다. 보통학교 공부를 시킨 후 서울 중학엘 보냈다. 그곳을 작년에 졸업하고 집에 돌아온 애지는 지금까지 이곳 보통학교에서 교편을 잡고 있는 중이었다.

강씨는 애지의 앞날을 위하여 적잖이 여러 가지로 혼자 생각하였던 것이다. 우선 자기 모양으로 하잘 것 없이 인생을 넘겨 보내지 않도록 하는 것이 그의 의무인 것처럼 생각했다. 이로 말미암아 애지가 열여섯 살되는 해 봄, 방학 때 집으로 내려온 것을 붙잡고

"학교엔 고만 가고 시집을 가라!"

하였다. 애지는 어리둥절해서

"웬 시집은? 싫어! 누가 미쳤우?"

하고 얼굴을 붉히며 대답하니까 강씨는 손을 휘휘 저으며

"아니, 네 모르는 소리 말라. 왜 사람이 쌍을 지어 사는 줄 아니? 서른이 넘도록 사람값 못한 어미같이 되지 말고 그저 사람의 맛을 알게 되면 바로 굵직한 사내놈을 골라 어서 가서 하로래도 더 살아야 한다."

하였다.

애지는 무슨 소린지 모르면서도 울상을 지어가지고 싫다고 달려들었다. 그랬더니 강씨는 노발대발하여 그때도 "고노야로"니 말 있으면 "다세니" 하면서

"이년아, 어미가 무엇 때문에 성미가 이렇게 된 줄 아니? 돈 없고 박가놈 때문에 이제껏 살았어도 불과 평생을 따져봐야 맛 알긴 불과 느 아범하고 산 열세 해밖에 안 된다. 돈은 있으니 하로 바삐 그저 굵직한 놈만 고르면 다 되는 것 아니냐?"

하고 동리가 떠나가라 소리소리 질렀던 것이다.

그러나 애지는 달아나다시피 집을 떠나 학교를 졸업하였다. 그리하여 애지가 금융조합에 근무하고 있는 진녹이와 사랑을 나누게 되어 결혼 말이 났을 때부터 강씨는 머리를 설레설레 흔들었다. 우선, 애지가 진녹의 이야기를 하고 당자를 보인 그 당장에서 일은 터지고 말았다.

강씨는 진녹을 딸의 소개로 집에 불러다 보자 대번에

"여보소, 어째 몸이 그렇게 깽파리 같소? 응?"

하였을 뿐, 더 아무 말 없이 애지만을 흘겨보았던 것이다.

그러나 진녹은 가만히 앉아 있었다. 강씨의 말이 아닌 밤중에 홍두깨 내미는 격으로 너무나 상상 이외의 것이었더니만큼 그는 잠시 자기의 귀를 의심도 해보기까지 했다.

하지만 이와 동시에

"난 그만 죽고 말테야……."

하는 애지의 야무진 음성에 다시 놀라서 자기의 애인을 쳐다보니 그의 파랗게 질린 얼굴엔 두 줄기 눈물이 흐르고 있었다. 이때에서야 진녹은 자기에 대한 강씨의 모욕 언사가 과연 사실이라는 것을 깨닫고 멍하니 그 집을 나섰다.

이날부터 애지는 말대로 죽는 대신 학교에 출근도 하지 않고 눕고 말았다. 며칠을 두고 이 상태는 계속되어 그동안 단식도 겸행해서인지 나중엔 헛소리까지 하는 중태에 빠졌다.

강씨는 이때에서야 할 수 없이

"제 팔자지……. 그러니께 이게 바루 상사병이라는 게로군……. 상사병엔 그나마의 숫놈도 소용되는 모양인가……. 쯧쯧, 고노야로야 정신 차려!"

하며 소리를 지르곤 식모를 시켜 진녹을 불러오라고 했다. 그러나 처음엔 진녹이가 오지 않았다. 애지는 더욱 앓았다. 강씨는 이틀날, 몸소 진녹을 찾아가서 뺨이나 때릴 것같이

"남의 계집애는 죽이게 해놓고 지금 와서 벌떡 나자빠져……. 고노 야로야 어서 가자!"

하며 서둘렀다.

어리둥절한 진녹은 흡사히 죄인처럼 강씨를 따라 애지를 찾았다. 이쯤 되어 아직 혼인할 때는 정하지 않았으나 약혼은 한 셈이다. 그러나 강

씨는 아직도 그것에 대한 불만은 여전히 마찬가지여서 생각날 때마다 이렇게 딸에게 덤벼들고야 말았다.

애지가 세수를 하고 방으로 다시 들어와 화장을 시작할 때에도 어머니의 투덜거림은 그저 한모양이었다.

"그저 제 팔자지……. 괜히 팔자를 망쳐? ……."

이런 군말을 자꾸만 붙였다.

애지는 될 수 있는 한 거울 안으로 눈살을 찌푸리며 어머니가 한 마디씩 지껄이는 대로 참아 넘기기에 애를 써야 했다. 그러면서 점점 힘이 없어져가는 어머니의 한 마디 음성이 들릴 때마다 이젠 할 만큼 지껄였으니 고만 끝일 것이라고도 혼자 단정을 하기도 하였다. 그래서 다시 오늘의 하이킹에 대하여 또한 생각을 하려는데 얼마 지나지 않아서

"저거 하나 바라고 이제까지 살어온 보람도 없이, 툭하면 어미에게 대들고, 그게 공부한 년의 소행머리냐?"

하는 말이 또 튀어나온다.

애지도 이번엔 참다 참다 못하여

"히스테리나 부리지 말아요? 가만있으믄 누가 무어라기에……."

하였다.

"뭐 이년! 해스틀이 뭐냐?"

"모르면 고만이죠. 고노야로 같은 말은 알면서 어째 히스테리는 몰라요?"

이때, 어머니는 방으로 쫓아들어왔다. 순간, 애지의 등이 뜨끔했다. 그는 딸에게 주먹질을 두 번이나 하고 다음엔 자기의 가슴을 치며

"아이구, 이 팔자야! 혼자 사는 년은 딸년에게까지 구박을 받아야 하나?"

하며 끼억끼억 소리를 내어 울었다.

강씨는 원래가 울음이 없는 사람이었다. 그것은 그 자신도 믿었다. 그렇게 남에게 얹혀 살 적에도 또한 박가의 집에서 뭇 손들 틈에 끼어 술을 팔 때에도 도시 울어본 기억이라고는 없었다. 오직 한 번 있었다. 바로 가와사끼가 죽었을 때 그것도 꼭 한 번밖에 안 울은 그였다. 그런데 웬일인지 요즈음은 특히 애지가 머리를 싸매고 굶으며 앓고 난 뒤부터는 가끔 이렇게 우는 한 가지 버릇이 더 늘었다.

"누굴 바라고 산단 말이고……."

하는 넋두리 섞인 그의 울음은 한결같이 높아졌다.

애지는 화장을 하다 말고 그만 자리에서 벌떡 일어나 옷을 갈아입었다.

"글쎄 왜들 이러서요. 참으시지요."

어느 결에 부엌에서 일하던 식모가 달려와

"마님, 고만 참으세요."

하고는 애지를 돌아보며

"아씨도 참으시지 않고……."

하였다.

애지는 옷을 갈아입기가 바쁘게 휑하니 밖으로 나왔다.

뒤에서 식모의

"아이, 아침도 안 잡수시고 어디 가세요?"

하는 외마디 소리에도 애지는 대꾸도 하지 않았다.

구두를 신기가 바쁘게 그만 대문을 나섰다. 그러나 막상 대문 밖으로 나선 애지는 잠시 걸음을 멈추었다. 지금 자기는 어디로 가려는 것인지를 자신도 갈피를 못 잡았다. 바로 진녹이를 찾아 그가 있는 하숙집으로 갈까 하고도 생각하였으나 약속한 시간이 아직도 멀었음을 느끼지 않을 수 없었다. 약속한 장소가 그곳이라면 또 모르겠는데 그렇지도 않은 터에 더욱이 이렇게 아침 일찍이 처음으로 그가 있는 하숙을 심방한다는 것은 생각할 문제였다. 고장이 시골이라 남녀의 오고감을 심상치 않게들 보는 면도 있거니와 교원이란 딱지가 붙은 자기로서 이런 것을 남들이 안다면 여러 가지의 좋지 못한 풍설이 돌고 돌 것이 아닌가. 그러기에 진녹이와 이제까지 사람들의 눈을 피해 다니며 만났던 것만큼 그의 발길도 자연히 막혔다.

조금 뒤, 그는 열 시까지 어디를 가서 지내야 할 것인가를 재처 또 생각해 보았다. 학교로 갈까 하였다. 허나 역시 아무도 없을 학교에, 더구나 일요일 새벽에 혼자 우두커니 있을 것이 지금의 그의 심정으로선 너무나 허전한 것에 불과했다. 그는 더 머뭇거리고 서 있을 수만도 없어 그냥 앞으로 통한 길 위를 무턱대고 걷기 시작하였다.

《협동》 26호, 1950년 1월

제2회

2. 꽃이냐, 새냐

애지는 열아홉 살이었다. 그의 몸집으로나 얼굴 모양이 누가 보든 강씨를 닮았다고는 할 수 없었다. 여자로 알맞은 키에 그야말로 빼놓은 하얀 배추 고갱이같이 몸집이 부드러웠다. 거기에다가 그의 얼굴은 흡사히 달걀을 연상케 하였다. 그렇다고 연약한 편이냐 하면 그렇지도 않았다. 이날 아침엔 진녹이와의 아련한 꿈으로 해서 쫌 늑장을 피웠으나 그의 행동은 날렵한 편이었다. 이 날렵함에는 그의 독특한 건강미가 포함되어 있었다. 나중에 이야기하겠지만 그것은 그의 걸음걸이에 확실히 나타나고 있었다.

그는 보통 다섯 시 반쯤 해서 잠이 깬다. 그러는 대로 장만한 지 얼마되지 않는 모본단 이불 속에서 교재에 대한 공부를 한 시간 가까이 했다. 그리고 다음번, 몇 마디 콧속으로 고녀 시절의 교가를 부르면서 그때의 동무들에게 그것도 하루에 꼭 한 사람씩 그리워지는 데 따라 일어나 책상머리에 앉아 고개를 갸웃거리며 편지를 꼬박꼬박 썼다. 그에게 늘 잊히지 않는 동무는 그 수효가 많아서 스무 명가량이나 되었다. 그들은 대개가 일본 소녀들이었다. 왜냐하면, 그는 어머니의 분부에 의하여 보통학교 대신 소학교를 그리고 여자고보 대신 고녀를 다녔기 때문이었다.

그가 학교를 선정할 때, 강씨는 곧잘

"호적엔 어찌됐든 니 아버지가 일본 양반인 데야. 어미는 잘 만나지 못했지만 어쨌든 일인 학교가 좋지……."

하였던 것이다. 이와 함께 소학교 때엔 일인 교장의 집을 하루도리로 닭 마리와 팥 말을 가지고 찾아가서

"고레(이것)……. 고레 도오모(이것 얼마 되지 않습니다만)……."

해서 입학을 시켰고 또한 고녀에 보낼 때에도 원래 애지의 학업 성적은 우수한 편이었지만 조선 사람은 여간해 받아주지 않았던 것이나, 강씨의 이러한 역시 걸은 활동으로 소학교 교장의 특별한 교섭을 얻어 넣었던 것이었다.

그래서 애지는 일본 소녀들의 동무가 많았다. 그는 산지사방으로 흩어져 있는 그들에게 순번제로 돌아가며 사모의 편지를 썼던 것이다. 동경 본집에서 대학에 적을 두고 있는 중에서도 제일 친했던 사다에게는

'당신이 보고 싶어 잘 때면 매일 꿈속에서나 만나보려고 애를 쓰고 잠을 들이나 그것마저 되지 않아요. 아마 평생을 이렇게만 지내야 옳을

까요……'

라는 문구를 또박또박 늘어놓았다. 또 어떤 동무에게는 어떻다는 이유도 없이 자기는 현재 왜 그런지 자살이 하고 싶어 못 견디겠다는 센치의 심정을 혼자 미소를 띠우며 그리기도 했다. 바로 몇 달 전 일이긴 하지만 학교 시절 때, 연애를 잘 하기로 유명했던 그 당시 서울부청에서 근무하고 있는 미노루에게는 진녹의 이야기도 하였던 것이다.

'……웃으면 안 돼요. 뭐라고 이야기할지 그만둘까요? ……. 그렇다고 이쯤 시작해놓고서 시치미를 뗀다면 욕을 하실까봐 또 겁이 나는군요. 저 뭐라고 이야기했으면 좋을는지, 자꾸만 자꾸만 망상그려지는군요……'

의 허두로 자기는 현재 진녹이란 청년을 알게 되어 미구에 아마도 그와 결혼을 할는지도 모르겠다고 썼던 것이다. 그는 거의 날마다 그날그날의 일기처럼 생각나는 대로 글을 만들었다. 그러나 이렇게 하는 편지련만 혹간 답장을 안 하는 소녀도 있었다. 그럴 때면 그는 더욱 열의를 내어

'……너무하시는군요. 왜 답장을 안 주시나요. 저의 글에 노여워하신 대목이 있었던가요? 지금도 마음을 조여가며 혹시나 그런 구절이 있었던가 하고 그때의 편지를 회상하기에 아무 일도 되지 않습니다. 학교 교단에서도 자꾸 그런 불안감만이 솟아올라 공부를 가르치다 말고 한동안씩이나 멍하니 그냥 서 있는 적도 있어요. 제발 글월 주십시오. 모모일까지 소식이 없다면 전 죽을는지도 몰라요. 괜히 생사람 하나 죽이고 혼자 마음속으로 후회하시지 말고 부디 글월 주셔야 해요……'

하는 뜻을 정성껏 알렸다.

이런 편지를 하나 써놓고는 애지는 또한 역시 마찬가지로 잠시 콧노래를 부르다 밖으로 나가서 세수를 하였다. 그리고는 경대 앞에 앉아 자

기의 얼굴을 비추고 오뚝 솟은 코며 갸랑갸랑한 눈언저리, 윤기가 감도는 볼, 그리고 앵둣빛같이 빨간 입 위를 매만지며 엷게 화장을 하였다. 그리고 출근 시간에 한 시간가량이나 앞서 식사를 마치고는 학교로 갔다.

그는 집 밖에만 나서면 누구든지 한 번 그를 다시 바라보지 않을 수 없는 그로서의 남 유다른 걸음걸이를 연출하는 것이다. 물론 그것은 자기도 깨닫지 못하는 일이었다. 한쪽 팔에 하늘빛 털실로 짠 가방을 긴 채 저고리 밑으로 양 옆 손가락을 서로 맞잡고 종종걸음으로 흡사 날을 듯이 빨리 걸었다.

길 위에서는 그를 보고

"꼭 꾀꼬리가 날라가는 것 같다!"

하기도 하였다.

그것은 그가 조선 옷을 입고 걷는 때의 하는 말들이었다. 그것도 위 아래를 한타령으로 노랑 저고리와 역시 노랑 치마를 입었을 적에 나오는 평언이다. 그러니까 어떤 때든 옷 빛깔에 따라 앵무새도 되고 비둘기도 되고 공작도 되었다. 또 이런 말도 들었다. 그 무렵에는 아직 양복이 유행되지 않았을 때의 일인지라, 고녀 시절의 교복도 일본 네리치기였다. 그리하여 학교를 졸업한 애지는 가끔 학교 시절에 걸치는 왜복을 아무 생각 없이 입고 출근도 했다.

그럴라치면 그를 모르는 사람들은

"야— 왜년으로도 참 예쁜 것이 있군!"

하기도 하였다.

그러나 애지에 대한 이런 빗대놓는 말은 한껏 그 당시에 따라 없어지기도 하고 달리도 되는, 말하자면 시시로 변하는 것에 불과했다. 그보다 그에겐 정해놓은 별명이 있었다. 물론 강씨의 별명과는 정반대의 좋은 의미의 것이었다. 하지만 이 좋은 의미의 것은 두 가지 별명 중의 하나

다. 바로 "꽃 선생!"이라는 게 그것이다. 이것은 학교 아이들 간에 생겨진 칭호였다. 누구의 입에서부터 나왔는지는 모르나 이렇게 불려진 지 얼마 지나지 않아서는 교원들 사이에서도 그에 대한 애칭으로 소용되었다.

그때엔 시골로서는 여자 교원이라면 여간해 없었다. 더욱이 애지가 어렸을 때만 해도 남자 치고도 신교육(학교 공부)을 별반 받지 않았던 터이라 여자로서 학교를 다니고 또한 직업 부인으로 사회에 나온다는 건 그야말로 희귀한 존재임엔 틀림없었으니 만큼 군청 소재지인 이곳이었을망정 여교원은 이 학교 유사 이래 오직 애지가 처음이며 또한 혼자였던 것이다. 이러한 까닭에 이렇게 불리는 그를 시기한다거나 하는 다른 여자 동료도 있을 리 없어 그야말로 애지는 교직원으로부터의 흠모의 정을 독점했던 것이다.

헌데, 이에 비하여 또 한 가지의 별명은 무엇인가. 이러고 보니 작자는 약간 당황함을 금치 못한다. 왜냐하면 이렇게 써내려가는 동안 다른 한 가지의 애지에 대한 별칭이 그대로 별칭에 머물러 있지 않다는 것이다. 이것은 별명이라는 것보다는 차라리 그가 듣기를 삼가야 할 숙덕공론이란 게 타당한 한갓 숨어서 돌아다니는 말이기 때문이다. 예를 들어 이야기한다면 학부형 중에서 사십대 이상의 축들이 모여 앉았다고 하고 그중에서 어떤 사람이 애지에 대해서 그가 누구냐고 묻는 사람이 있었다면 그의 내용을 아는 자는 곧 말을 받아

"아! 그것, 그게 바로 왜 양철통 있지 않나, 바로 그 갈보의 딸이지……. 그러니까 바로 그게 일테면 튀기인 셈이지……."

하였을 것이다.

그러나 이것만으로는 충분한 표현이라고는 할 수 없다. 결국 사건 한 가지를 들추어내어 이야기하는 것이 좋을 것 같다. 사건이란 애지가 처음으로 학교에 취직을 한 직후에 발생했다가 흐지부지되고 만 것에 지나

지 않았지만 그 당시 학부형 중에선 애지의 교원으로서의 등용을 몹시 반대한 편이 많았다. 그것은 즉, 나이가 좀 들었으면 누구나 대개 짐작할 수 있는, 갈보 양철통의 소생에게 어떻게 자기네의 자식을 맡겨 가르침을 받게 하느냐는 반감이 있었던 것이었다. 중에도 한일합병 전에 변호사를 해먹다가 일본식 법률이 시행되고 또한 일어를 모름에 따라 자연히 무직이 된 성진태 같은 유지 학부형은 머리를 절레절레 흔들다가 차마 일본인 교장에겐 발을 대지도 못하고 자기와 가장 친하다는 차석 교원에게 비공식으로 항의를 제출하였던 것이다.

"여보게 자네니깐 내 말하는 것이지만 참 내 자식들을 양철통 딸년에게 맡기기란 차마 뼈가 녹아 없어질 지경일세! 년의 애비는 세태가 이러니 말할 나위 없지만 글쎄 그런 되지 못한 것을 그래 선생이란 깨끗한 자리에 앉혀야만 되나? ……."

하는 투로 나왔으나

"글쎄 하기야 그렇지만 내 혼자 처리하는 것도 아니고 위에서부터 정하는 것이니까 할 수 없지……. 그렇지만 아무리 천한 몸의 태생일지라도 당자는 퍽 똑똑하드군……."

하는 차석의 대답으로 끝을 맺었던 것이다.

일반인들의 이런 불만은 아직도 남아 있는 셈이었다. 숙덕공론이란 이상과 같은 정도였다. 여기에 좀 더 붙인다면 애지의 현재의 모양다리는 이상히도 자기 어머니와 딴판 틀려 보이지만 술장사를 처음 시작할 무렵의 강씨와는 아주 판에 박아놓은 듯싶게 꼭 같다는 말이 돌곤 하였다.

이렇게 숨어다니는 말일지언정 강씨의 젊었을 때와 지금의 딸이 같다는 말을 직접 애지가 들을 수 있었다면 그는 먼저 놀라웠을 것이다. 이와 함께 자기도 모르는 사이건만 불명예라는 생각이 은연중 스쳤을 것인지도 모른다. 그는 어머니의 과거를 분명히 알고 있다는 것보다는 오히려 어렴풋이나마도 잘 생각이 들지 않았다. 어머니가 어떻게 지난 날의 생활을 겪어왔는가에 대하여는 강씨도 딸에게 이야기한 적이 없었지만 애지 역시 궁금히 생각한다거나 묻지도 않았던 것이다. 그저 자기의 아버지는 조선 사람이 아니고 일본인이란 막연한 생각뿐으로 자기 혼자만을 돌보아왔다.

어머니에 대한 관심이 있었다면 그것은 웬일인지 남들의 어머니나 할머니보다 인물이든 성격이든 열등이라는 일종의 창피스러운 감정을 막연히 가질 정도이었다. 이러한 데 비추어 현재의 자기 모양이 어머니의 젊었을 때의 모양과 같다는 것을 그가 알아차린다면 그는, 자신이 그것밖에 되지 않느냐는 실망부터 앞을 가렸을 것이다.

요즘 와서라면 전보다 그러한 감정은 고조에 달하고 있는 형편이기도 하였다. 더욱이 전번 자기의 사랑하는 사람과의 초대면에서 있어 어머니가 취한 언행이라든지 또한 자기가 앓고 있을 때 진녹을 몰고 오는 품이라든지, 일상생활에 있어 절대로 어울리지 않는 발음으로 다세니 고노야로니 하는 그는 무어라고 여길 수도 없는 그야말로 언어도단의 인간이 아닐 수 없었다.

강씨가 진녹이를 왜 그토록 못마땅하게 생각하는지 애지로서는 도저히 알 수 없는 문제였다. 서른이 넘도록 사람값을 못했으니 어서 바삐 굵직한 사내놈을 고르라는 말이라든가, 깽파리가 무언지 깽파리 같다고 눈을 흘기고 줄줄이 반대를 하는 것이 결국 무엇을 의미함인지 도무지 짐작이 서지 않았다. 건강한 사람을 고르라는 것은 애지도 모르는 것은 아니었다. 그러나 건강하다는 한계를 몰랐다. 운동선수가 아니고 무지막지한 농군이 아닌 이상 어떻게 그런 것만이 자기와 맞붙어야 되는가 하는 의문을 물리치지 못했다. 그보다 몸만이 건강하면 그것이 바로 남편이 될 수 있다는 것은 아무리 어머니일망정 자기를 멸시하는 데 불과한 것이라고도 여겨졌다. 한평생을 서로 의지해서 살 배우자라면 병신이 아닌 이상 무엇보다도 서로 사랑하고 아껴줄 수 있는 사람이면 그만이란 생각이었다.

이렇다면 진녹은 자기에게 있어서는 더 의심할 나위 없이 유일한 존재였다. 그는 몸이 좀 마르긴 했으나 병이 있어서 그러한 것도 아니다. 다시 엄격하게 학교에서 아이들의 신체검사를 하듯이 사람의 체질을 갑, 을, 병, 정으로 나누어 따진다면 병에도 들 수 있고 을에도 들 수 있는 그런 정도였다. 그러니까 을로는 좀 부족하였으나 그렇다고 병이라기엔 또 이의가 있었다.

그러나 어쨌든 진녹은 애지를 정말 열렬히 사랑하고 있었다. 무엇보다도 성격의 본바탕이 이지적이면서도 온순한 남자였다. 거기에다가 또 한 행동이 진실한 면모를 갖추고 있어 애지로 하여금 정신을 황홀케 하였던 것이다. 이러한 것을 한몫 평가한다면 비록 그의 몸이 좀 허약한 대신 자기의 배우자 자격으로서는 갑으로서도 남음이 있다고 생각하는 애지였다.

집에서 대문 밖으로 총총히 나서서 곧장 앞으로 통한 길 위를 걷고 있는 애지는 온몸의 혈기가 모두 얼굴을 향해 올라옴을 화끈화끈 느꼈다. 보이는 것 모두가 자기를 조롱하고 업신여기는 것만 같아 시선을 어디로 옮겨야 할지 몰라 오직 고개를 숙이고 발을 옮겨놓았던 것이나, 걸음걸이만은 역시 보통 때와 조금도 다름이 없이 말 그대로 날을 듯 걸었다. 하지만 눈알이 자꾸만 뜨거워짐을 억제할 수 없었다.

그는 이러한 심경을 될 수 있는 한 누르려고 입술을 지그시 깨물고 걷는데 앞편에서

"여— 하나센세이! 이마고로 도꼬헤? ……."

하는 소리가 났다.

그것은 "꽃 선생! 어데를 가시는 것입니까? ……." 하는 인사말이었다. 애지는 별안간 터져나오는 이러한 굵은 탁성에 우선 놀라서 그쪽으로 흘깃 머리를 드니 자전거에서 막 내려서며 자기에게 시선을 놓고 있는 남자가 흡사히 무엇이든 오면 받는다는 태도 바로 그것으로 연방 두 발을 쩍쩍 옆으로 벌리며 서 있었다. 그는 바로 이곳에서 잡탕으로 놀기 잘 하는 공의인 황찬이었다. 애지의 눈이 자기에게 머무름을 깨닫고 그는 검다 못해 푸른 두터운 입술을 흡사히 초승달 모양으로 코 있는 데까지 올려 세워가지고

"마— 이쓰미데모 우쓰꾸시끼고또……. 혼도니 노미다이아! ……. (참 언제 보든 어여쁘군. 참말 홀딱 섭어먹고 싶은데.)"

하며 실히 스무 관이나 될 듯한 몸집을 다리와 같이 옆으로 선 채 뒤흔들며 넓적한 기름투성이 얼굴에 웃음을 가득히 싣기에 여념이 없었다.

순간 애지는

'재수 없게, 돼지 같은 자식이…….'

하는 생각이 들었으나 어쩔 수 없어

"네. 어디 좀 갈 데가 있어서요……."

하고 그냥 공의의 옆을 횡하니 지나쳐버렸다. 이러자 황찬은 한참 애지의 빨리 걸어가는 뒷모양을 바라보다가 혼자 생긋이 웃으며

"여— 요꾸있데 이랐사이나……. (잘 갔다 오시오.)"

하고는 자전거를 붙잡다가 또한 이번엔 조선말로

"난 갑니다."

하며 탁성을 뽑았다.

애지는 그런 중이었건만 난 갑니다, 하는 황찬의 유들유들한 말에 잠시 혼자서 웃음을 참지 못했다. 그는 자기를 만나면 언제든 이런 농을 걸었다. 나이로 따져 적어도 자기보다 열 살은 위이며 처자까지 있는 소위

어른에 대하여 자기의 이런 행동이 마음에 걸리지 않는 것도 아니나 만나기만 하면 언제나 이렇게 쌀쌀히 대하게 되는 것이었다. 그러나 마음 한편으로는 제 위인된 품이 그것밖에 되지 않으니 이쪽에선들 할 수 없다는 생각으로 지나는 터이었다. 헌데 그에 대한 웃음은 순간적 기현상이라고 자신 깨달으며 놀라지 않을 수 없었다.

'머가 우습단 말인가? 마음이 불쾌하여 똑 울고만 싶은 심정에, 더욱이 가장 사람이라고는 할 수 없는 돼지 같은 녀석에게 내가 웃는다는 건 용서할 수 없는 행동이 아닌가?'

하는 생각이 부지중 치밀었다. 이와 동시에 그는 웬일인지 오싹 소름이 끼쳤다. 이러함을 진정시키려고 잠시 걸음을 멈추었을 때에는 어떻게 왔는지 집과는 상당한 거리를 격해 있는 교외에 접한 개천가에 자기가 도달하였음을 발견하였다. 고요하고 한가한 곳이었다.

그는 한참이나 그대로 선 채 북쪽으로부터 졸졸 흘러내리는 맑은 개울물을 들여다보았다. 물속엔 자기가 아른거리고 있었다. 해도 물결에 몸을 옆으로 흔들리고 있었다. 그리고 청명한 하늘도 가로놓여 있었다. 다음엔 그 속에 진녹이도 보였다. 그러나 즉시 진녹이가 그 속에 자기와 나란히 있는 것이 아님을 깨닫자 그는 비로소 손시계를 들여다보았다.

여덟 시 이십삼 분.

열 시가 되려면 아직도 한 시간 사십 분이 더 지나야 한다. 그는 그동안을 어떻게 혼자서 기다려야 하나 싶었다. 그러자 열 시에 만나자는 계족산 가는 길, 제방에서 한가이 기다릴까 하는 생각도 들었다. 하나 그러할 수도 없었다. 꼭 지금 당장 만나고 싶음이 간절하였다. 어서 조금이라도 속히 만나 그에게 몸을 던지고 울고만 싶었다. 자기의 불우한 이런 사정은 진녹에게 머리를 들 수 없도록 부끄러운 것임엔 틀림없었다. 그렇지만 진녹은 이미 죄다 알고 있었다. 그리고 자기의 이러한 심경도 잘 이해하고 언제나 늘 위안을 해주었던 것이다.

　이런 생각에 잠겨 있던 애지는 부지중 걸음을 돌렸다. 그렇지만 몇 발자국 떼어놓기도 전에 한군데 우뚝 서버렸다. 그것은 진녹이가 있는 하숙집에 처음으로 찾아가자는 심산이었던 것이다. 마음은 이미 그곳을 찾아가 진녹을 만난 지 오래전이었건만 남자를 찾아다닌다는 남의 눈이 두려웠다. 이 고장에서는 연애를 한다는 것은 무슨 큰 죄악처럼 생각들을 하고 있었다.

　이윽고, 그는 자신에게 용단력을 발휘하였다.

　"뭐라고 욕을 하든 나는 나 하고 싶은 대로 하리라…… 어서 그를 찾아가자!"

　하는 말을 자꾸만 입속으로 뇌이며 진녹의 하숙집 있는 편을 향해 걷기 시작했다.

　이제 진녹이가 나올 장면인 것이다. 여기에 작자는 한 마디 부연을 하여 두지 않으면 안 되겠다. 그것은 애지가 찾아가는 행동 진전으로부터 진녹이가 나오도록 쓰느냐, 그렇지 않으면 진녹을 중심으로 우선 이야기를 시작하느냐는 문제에 부딪힌 것이다. 대개의 이 땅 독자들은 소설로서의 전체적인 구성의 성패보다도, 즉 이야기 줄거리는 째이든 수많은 봉창이 나든 이런 것은 상관없이 그저 저속한 의미에 있어 읽기에만 재미난 사건만을 중요시하기 때문이다. 만약 이러한 사건만을 골라 찾아 읽는 독자에겐 벌써 이 소설은 낙제인 것임을 작자도 잘 알고 있다. 이제 진녹이가 나오는 이 장면도 애지를 찾아가는 데부터 써야 독자의 구미에 맞을 것 같다. 하지만 벌써 그런 독자들은 이 소설에서 눈을 돌렸을 것이며, 이렇다면 차라리 작자가 쓰고 싶은 대로 나아갈 수밖에 없다. 그러므로 해서 작자는 우선 독자들에게 진녹의 인물부터 소개하기로 한다.

3. 소위 '깽파리' 청년

애지가 처음으로 자기 애인의 하숙을 심방하려고 개천가에서 발을 돌려 향하였을 때, 진녹은 벌써 오늘의 하이킹에 필요한 여러 가지 준비를 마치고 테이블 앞 의자에 앉아 조그만 앉은뱅이 시계의 똑딱거리며 도는 초침만 열심히 바라보고 있었다.

오늘따라 그는 자다 처음으로 새벽부터 잠이 깨었던 것이다. 그러니까 잠을 이루기를 따져보면 불과 서너 시간이나 될까 말까 하였다. 어젯밤에는 오늘의 하이킹을 미리부터 골똘히 생각하며 앞날에 전개될 애지와의 생활을 여러 가지로 머리에 그리다가 종당엔 이제까지 고독하게 자라온 자기의 지나온 실마리까지 풀리기 시작하여 첫닭이 울 무렵에야 겨우 잠을 이루었던 것이다.

사실 현재엔 그는 행복하다고 자처하였다. 스물일곱이라는 나이가 먹기까지 생후 처음으로 이성의 정을 느꼈던 것도 요즘이 처음이었고 또한 삶의 본바탕인 결혼의 무대에까지 오르려는 것도, 그리고 그 상대가 자기에게 있어서는 한 번인들 상상도 못하던 귀엽고 영리한 애지라는 데 더욱 가슴이 뛰어놀았다. 사실 이 일은 자기의 일생에 있어서 죽어도 한이 없을 지경의 행운의 열쇠가 아닐 수 없다고 가끔 생각하는 터이었다.

집안은 원래부터 대대로 천민이었다. 어느 시대부터인지 할아버지 대까지는 남의 집 행랑살이로 한타령 지내왔다. 할아버지 대에도 그 직업은 계속이었으나 그의 죽음과 동시에 아버지 대부터는 농민으로 풀렸다. 동기는 할아버지로 해서였다. 그보다 할머니로 해서 그렇게 되었다는 것이 더 옳은 말일지도 모른다.

어쨌든 그 댁의 문묘직원文廟直員으로 행세하는 상전은 할머니를 첩도 아닌 말하자면 군것질의 대상으로 심심하면 가로채었다. 그러나 할머니도 감히 그러한 상전의 만행을 막지는 못했다. 할아버지도 역시 할머니와 같이 대책을 세우지 못했다. 그곳에서 그만 떠나 달리 이사를 하려해도 종의 문서가 그 길로 내려오기 때문에 그렇게도 못했다. 그러던 차에 동학당이 일어났다. 할아버지는 거기에 휩쓸렸다. 이에 따라 그는 다년간에 궁하여 쌓이고 쌓였던 울분이 한몫 폭발되어 급기야는 상전을 죽였다. 종문서도 태웠다. 그러나 결국엔 동학당의 멸망과 함께 그는 일본인 군대 감시 아래 양반 계통인 관청 손에 죽음을 받았다. 아내도 남편의 뒤를 이어 역시 관청 손에서 반죽음이 되도록 맞고 나와 보름도 지나지못하고 세상을 떠났다.

그 당시 열일곱 살짜리 총각이었던 아버지는 그 집으로부터 추방을 당했던 것이다. 처음엔 거지 노릇을 하다가 다음엔 체장수를 따라다니기도 했다. 어떤 때엔 솥땜장이의 조수 노릇도 했다. 그러다가 머리가 커지면서 남의 집 일꾼으로 들어가 농사를 배웠다. 적어도 약 십여 년은 실히했을 것이다. 이러는 동안 한 푼에서 두 푼을 모는 방법을 써서 새경을 모아 서른두 살 때이던가 할 무렵, 겨우 장가라고 들어 상투를 올리고 오막살이나마 장만할 수 있었다.

어머니는 왼쪽 눈이 먼, 게다가 일 년이면 반수 이상 앓아야 하는 약질의 중년 과부였었다. 아버지보다 다섯 살인가 얼마를 더 먹었다던 어머니였다.

이들에게서 태어난 아이가 오직 지금의 진녹이었다.

진녹이가 여섯 살 되던 해 어머니는 신병에 눌려 사라졌다. 마흔 살도 채 넘지 않은 아버지는 더 장가를 들지는 않았다. 모든 일을 아버지가 손수 하였다. 그러면서 일은 언제나 마찬가지로 억세게 하였다. 그런 중이면서도 어머니를 닮아 약질인 진녹의 건강을 위해서 해마다 가을이면 돈을 억지로 만들어서 육미탕六味湯이니 하는 보약을 한 재씩 먹이면서

"그저 나중에 뭘하고 살든 몸이 먼저 튼튼해야 하느니……."

하였든 것이다.

진녹이가 여덟 살 되던 해, 아버지는 그곳에서 오 리쯤 떨어져 있는 학교로 그를 데리고 갔다. 그때는 이미 일본 정치가 들어서서 십 년이 가깝게 될 무렵으로 신식 교육을 시킨다는 초등학교가 그곳에 설립된 지 일 년인가 이 년쯤 지난 뒤의 일이었다. 아버지는 그날 선생을 찾아 생겨진 데까지 허리를 구부렁거리며

"그저 나라님, 저의 아들놈을 좀 사람이 되옵도록 하여 주십시오……."

하는 말을 몇 번이나 되풀이하고는 부처님에게 빌 듯 두 손을 싹싹 비볐다.

그리하여 진녹이가 학교를 다닐 때, 아들이 공부를 좀 하지 않는 기색을 눈치 챌 때면 아버지는 으레 한숨을 지며

"넌 나같이 맹무식꾼이 되기가 원이냐? 어서 공부를 해야지……."

하곤 하였다.

그러면서도 틈만 생기면 아버지는 아들을 데리고 마을 안을 돌아다니기를 즐겨 하였다. 가끔 동리 사람들은, 중에도 구장샌님은 곧잘 진녹의 부자를 번갈아 보다가

"너, 아들놈은 어디서 훔쳐온 거냐? 네가 낳았다는 건 아무래도 고지가 안 들리는걸……. 네 아들이 저렇게 준수하게 선비같이 생길 수는 없지……."

했다. 이런 말을 듣고 섰던 아버지는 대번에 희색이 만연하여

"헤— 세상일이란 그럴 수도 있옵지요……. 그저 돈이 없는 게 한이지요."

하며 진녹의 머리를 어루만졌던 것이다.

그렇게 지나는 중에 진녹이가 그곳 학교를 졸업하게 되었다. 그런 어느 날 아버지는

"학교는 졸업을 했으나 워낙 나이가 적으니 선생님도 아직 안 되지?"

하고 아들에게 물었다.

"웬 선생님은요?"

"공부를 했으니까 그만하면 학교 선생님이 될 수 있잖니?"

그는 이렇게 물었다.

"아니요, 이것만 배워가지고 어떻게 선생님이 돼요. 지금 선생님들은 다 높은 학교를 다니시고 됐는데……."

하는 아들의 대답에 그는 깜짝 놀라서

"학교가 또 있어? 에이, 거짓말 마라……. 네가 공부가 모자르니깐 괜히 날 속이느라고 그라지. 학교면 학교지 높은 학교라니? 옛날에도 한 군데 글방서 공부하고 과건가 뭔가 다 보고 원님도 되었고 감사님도 됐다는데……."

하며 나무랐으나 아들이 자꾸만 그렇잖다는데 생각을 돌려

"그럼 그 높은 학곤 대체 어데 있니?"

하고 묻고 난 그는 서울에 있다는 데는 잠시 말문이 막혀 한참이나 한숨을 몰아쉬며 잠잠히 있다가

"돈이 많이 들 테지?"

하는 혼잣말로 무슨 생각에 잠기고 말았다.

이튿날, 그는 학교로 달려가 선생에게 높은 학교에 대한 지식을 얻고 온 그는 며칠 동안 잠도 자지 않고 그것만 생각하기에 골몰하였다.

이리하여 몇 달 후엔 아버지는 아들을 데리고 서울로 갔던 것이다. 따라 방을 한 칸 얻고 아침저녁으로 물장수, 그리고 낮에는 짐꾼 노릇을 하면서 아들을 모 상업학교에 입학을 시켜 공부를 계속하게 하고야 말았

다. 그러면서 간혹

"난 널 위해 사는 몸이니까 부디 공부를 잘 하여야 되느니……"

하며 아들이 잊어버리지 않을 정도로 열흘에 한 번쯤 이렇게 말을 되풀이하곤 하였다. 아버지의 이러한 벌벌 떠는 사랑을 받았으면서도 몸이 잔약한 탓으로인지 다른 아이들 모양으로 활발하게 놀거나 뛰어다니지를 즐기지 않는 진녹에게 자기도 모를 고독에 휩쓸리는 적이 많았다. 보통 가정과는 거리가 먼, 사나이 만으로의 살림살이엔 오직 죽은 어머니가 무척 그리웠고, 따라 쓸쓸한 한기가 언제나 그의 주위를 떠나지 않던 것이다. 이렇게 그에게 더욱이 숙명적으로서인지는 모르나 불의의 액운이 닥쳐왔으니 그것은 곧 아버지의 급사인 것이다. 서울에서 산 지 일년이 지난 그러니까 그가 이학년이 되던 해 여름이었다.

진녹이가 장질부사에 걸려 근 이십여 일 동안이나 앓은 것이 동기였다. 아버지는 노심초사가 되어 병간호에 여념이 없었다. 이로 말미암아 진녹이가 말 그대로 앙당팽이*와 같이 쇠약한 몸을 간신히 일으킬 그즈음 아버지는 아들의 뒤를 이어 그만 자리에 누웠다. 아들의 병이 전염된 것이었다. 이때 진녹은 어떻게 할지 분간을 못하여 어린 마음에 오직 벌벌 떨면서 간호를 하였으나 누운 지 닷새 만에 아버지는 숨을 거두고 말았다. 아들은 울지도 못했다.

며칠 뒤, 그는 학교도 그만두고 거리에서 방황을 했다. 그러다 어느 때엔 상밥집 보이 노릇도, 한약방에서 심부름도 하였다. 이런 중에 차차 사회의 물정을 알게 된 그는 이래도 이 모양, 저래도 이 모양이란 탄식과 아울러 자기에게 늘 아버지가 하던 말, 그리고 자기의 병으로 해서 그가 돌아가셨다는 생각에 이어 지식욕이 치밀음을 물리치지 못하고 혼자 늘

| * 말라빠진 고양이.

눈물을 지으며 가슴을 괴롭혔다. 그러던 끝에 스물한 살이나 된 그는 드디어 전에 다니던 그 학교를 다시 찾아가 신입생으로서 학업을 계속하였던 것이다. 물론 교육을 하자는 진심에서였다.

이와 동시에 여름 겨울도 가리지 않고 아침저녁으로 신문 배달도 했다. 공책도 팔러 돌아다녔고, 틈만 있으면 화장품도 한 개씩 가지고 다니며 집집을 헤맸다. 그리하여 그가 스물다섯이란 나이에 겨우 학교를 졸업했을 때에는 몸이 극도로 여지없이 쇠약하였다. 그해 봄, 그가 특대생으로서 학교장의 알선에 의하여 동료보다 월급을 한 등급 더 받기로 되어 설립된 지 얼마 되지 않는 금융조합 본부에서 근무하게 되어 몇 달이 지나지 않아서는 그만 병석에 눕게까지 되었다. 그는 목구멍에서부터 토해지는 피를 보았다. 병원에서는 결핵 2기에 접해 있으니 몸을 극히 요양하지 않으면 얼마 안 가 위험하리라는 진단을 내렸다. 이와 함께 최소 일 년 육 개월을 근무도 말고 한가한 시골 같은 데서 규칙적인 휴양을 쌓아야 될 것이라고 했다. 그러나 그의 형편이 도저히 휴직을 할 수는 없었던 것이다. 휴직을 하는 날엔 생활은 역시 전과 같이 구차하게 될 것이고 따라 병은 더욱 악화할 것임을 뻔히 안 그는 병석에 누워 있는 채 당황중에 쌓여 있었다.

그러는 차에 불과 몇 달 동안이었지만 그의 인물이 착실함과 또한 사무 성적이 선배들보다도 우수하다는 점에서 늘 아껴오던 과장이 찾아와 그 실정을 알고 조합 규칙이 삼 개월간은 쉬어도 월급은 나오니 우선 그 동안이나마라도 치료를 잘 하라고 하였다. 그래서 그는 자리에 누운 채 치료를 하여 두 달을 지낸 후엔 급한 증세는 면할 수 있었다. 그러나 회복이란 아직도 멀었다. 피 섞인 가래침의 양이 처음보다 좀 적어졌다는 것뿐이지 잠만 들면 온몸을 휘어감는 도한盜汗은 역시 마찬가지였다. 이쯤 된 그는 더 결근하기가 죄송스럽다는 생각에서 그는 어느 날 석 달을 다 못 채우고 출근을 하였다. 그러나 과장은 굳이 말렸다. 자기의 마음은 석 달이 지난 뒤에도 두 달가량은 특별히 비공식으로 더 휴양을 시키려고 하였다 하며 쫓듯이 그를 나무랐다.

이에 그는 한 번 망설이다가

"책임 수행을 못하면 아무래도 마음이 불안해서 못 견디겠습니다. 그러고 치료에도 영향이 있을 것 같으니 정 그렇게 보아주시려면 저를 어디든 시골로 전근을 시켜주셨으면 좋겠습니다."

하는 말을 몇 번이고 얼굴을 붉히며 청하였던 것이다. 이 말에 한참이나 생각하고 있던 과장은 그것이 참 좋은 생각이라고 하며 전근을 주선하여 줄 터이니 어쨌든 앞으로 두 달 밤만 종래대로 근심 말고 치료에 힘을 쓰라고 그의 등을 밀었다.

이런 경로를 밟아, 돋친 병세가 어지간히 진정됨에 이어 시골 이곳으로 전근되어 온 지 이 년 삼 개월 동안에 긍하여 근무에 충실한 한편 조석으로 맑은 공기를 찾아 질서 있는 생활을 일관하여 온 보람이 있어 어지간히 회복의 길을 밟고 있었다. 요즘에 와서는 그는 가장 건강한 사람인 양 학교 시절에 시간과 경제력의 제한으로 채우지 못했던 독서욕을 풀기 위하여 혼자 쓰고 있는 하숙방에 책도 많이 주문해서 쌓아놓고 그것도 하루에 꼭 세 시간씩 잠들기 전을 이용하여 읽어내리기도 했다. 그 책들은 물론 여러 가지 방면의 것이었다. 그러나 중엔 학교 시절에 제일 좋아했던 역사에 관한 서적이 주로 있었다. 특히 역사소설을 많이 읽는 편이었다.

그리고 그는 월여 전에 약혼 말이 나서 애지에게도 이야기하였지만 아버지의 유지를 받들기 위하여 대학엘 가려고 매달 월급에서 삼분지 일씩을 학자 준비로서 자기가 다니는 조합에 꼭꼭 저금을 하였다.

확실히 그는 요즘같이 마음이 명랑하기란 처음이 아닐 수 없었다. 흡사히 천진난만한 십팔구 세의 소년과 조금도 다름이 없었다. 세상이 무어든 하고 싶은 열정 바로 그것이었다. 가까운 예가 이곳으로 온 후 그는 사뭇 몸의 관계로 조합에서 내무만 보아왔다. 헌데 요즘에 와서는 다른 직원들같이 이십 리고 삼십 리고 촌구석으로 출장도 하여 어릴 적에 자기가 자라던 때를 회상하여 농촌의 여러 가지를 보고 듣고 하였으면 싶었다. 마음은 이러했지만 아직 모험이란 생각이 들어 좀 주저하고 있는 터인데, 며칠 전 애지가 오늘 하이킹을 같이함이 어떠냐고 물었을 때, 그는 당장 찬성함과 동시에 자기가 먼저 서두르다시피 애지더러 꼭 가자고 다짐을 했던 것이다. 그것은 이번의 이 하이킹이 자기의 몸에 아주 조금치도 영향이 없다면 아주 완전히 회복된 것이니까 안심하고 촌에 출장을 갈 수 있다는 생각에서 더욱 좋아했던 것이다.

한데, 진녹의 이런 소년과 같은 심정은 몸이 회복의 도정을 걷고 있다는 데서 온 것이라고만은 추단할 수는 없었다. 이에 대하여 진녹 자신도 어젯밤 생각하여 보았던 것이다. 그때, 그는 혼자 마음속으로

"그렇다고만은 할 수 없지. 이는 무엇보다도 애지로 해서이다……. 첫째 나의 걸어온 지난 날의 그 암담하고 쓸쓸하던 숙명적인 고독이 나를 이렇게 명랑하게 만들었다고야 미친놈이 아닌 이상 될 말인가? ……. 고독이 쏟아놓는 마음의 어둠과 불안은 병을 부추기면 부추겼지 그것이 퇴치에 좋은 영향을 줄 리야 있나. 나는 즉 애지가 살린 셈이지……."

하고 중얼거렸던 것이다. 이런 생각을 여러 가지로 하느라 진녹은 어젯밤 눈을 뜨고 새우다시피 했던 것이다.

그는 지금 그저 책상머리에 앉은 채 시계 초침의 돌아감을 바라보며

"에잇! 겨우 여덟 시 이십팔 분? 약속 시간이 열 시라……. 아직도 그러니까 한 시간 삼십이 분이 남은 셈이지……. 지금부터 고만 나가볼까나? 어쩔까나……."

하는 생각을 하고 있는데 별안간 밖으로 통한 창문에서

"똑똑똑!"

하는 음향이 그의 귀 안으로 달려들었다.

《협동》27호, 1950년 3월

제3회

4. 청춘 제1장

진녹은 자기도 모르는 사이에 앉았던 자리에서 벌떡 일어났다. 누굴까 하는 생각보다도 놀라움이 앞을 가렸던 것이다. 이제까지 정양靜養을 하기 위해서 또는 원래부터 남과 함께 휩쓸리지 못하는 성격으로서 사사로이 친구를 가져보지 못한 그에게, 일부러 집에까지 찾아올 만한 사람도 없을 것이 분명한 일이다. 더욱이 애지가 찾아오리라고는 한 번도 자신 있게 생각해본 일이 없었다. 가끔 인적이 고요한 장소에서 밀회를 할 때, 혼자 거처하는 것이니 자기가 있는 하숙에서 만나자고 하면 애지는 처음엔 그렇게 할 듯한 표정을 내었으나 결국에 있어서는

"마음으론 언제나 제가 찾아가죠. 몸이 남의 눈에 띄지 않는 유령이나 되었더라면 오죽이나 좋겠어요? 아주 가서 살아버리게 호호……. 남의 눈이 무서워서요."

하였던 것이다.

이렇던 애지가 또한 오늘의 만날 장소가 정해져 있는데도 불구하고 이렇게 찾아오리라고는 사실 꿈 밖의 일이 아닐 수 없었다. 어쨌든 놀랍고 반가운 일이었다.

창을 연 진녹은 하도 기뻐서 어찌할 바를 모르는 채 당황 중에 싸여 있으면서 우선 웃는 낯을 꾸미려고 하였던 것이다. 허지만 웃음보다는 먼저

"어서 들어오십시오."

하는, 생각 밖의 퉁명스러운 말이 나왔다. 이러함은 애지와 만나는 첫 순간엔 언제나 피할 수 없는 자기의 태도였다. 왜 그런지 모를 일이었다. 분명히 웃어 보이려는 심정과는 판이하게 달라, 입이 먼저 벌려졌고 그 말이란 게 또한 따지고 보면 생각지도 않았던 괴짜여서 언제 그렇게 미리 준비해 두었던가 싶게 낯이 화끈할 정도로 무뚝뚝하였다.

이에 비하면 애지는 정반대였다. 왜냐면 그는 첫인사가 웃음이었다. 진녹을 만날 적이면 언제나 행복에 취한 듯한 웃음을 눈에 가득히 띠고 상대편을 한결같이 쳐다보았다.

진녹은 이렇던 애지의 모양이 마음에 흡족하고도 남음이 있는 한편, 그것은 바로 사랑하는 사이가 아니면 있을 수 없는 웃음이라 하여 자기도 속심 그렇게 하리라고 마음먹었던 것이다. 그러나 계획했던 것과는 달랐다. 혼자 있을 때 거울에 자기 얼굴을 비춰가며 수없이 웃는 것을 연습하고 이만하면 되었다고 스스로 믿어보았어도 막상 애지를 만나고 나면 열정이 격화되어 대개 이렇게 되고 마는 것이다.

한데 평상시와 같이 자기보다 먼저 웃어야 할 애지는 오늘따라 이상하다고 생각되었다. 진녹은 자기의 발작과 같은 애정 표현의 "어서 들어오십시오."라는, 그 말이 떨어지기가 바쁘게 뉘우친 다음 비로소 미소를 띠었던 것이나 애지의 태도는 상상하던 것과는 달리 명랑하지 못했다. 진녹과 시선이 마주쳤을 때, 확실히 웃음은 품고 있었다. 하지만 그 웃음은 무엇에 취한 듯한 그런 웃음이 아닌, 쓸쓸하기보다도 애련한 것이었다.

순간, 진녹은 번개와 같은 생각이 머리를 스치고 지나감을 느꼈다.

이러한 애지의 표정이나 태도는 이번이 처음이 아니었다는 것을 알 수 있었기 때문이었다. 가끔이라기보다도 과거에 있어 여러 번이라면 여러 번 대할 수 있었던 것이기도 하였다. 바로 전번, 강씨가 자기를 잡아가듯 하여 병중의 애지를 보였을 그때의 본인의 표정은 지금의 것과 첫째 다름이 없었다고 여겨졌다. 또 애지가 자기로 해서 그의 어머니와 다투었구나 하는 생각이 들자 또한 미소를 대신해서 어두운 말씨로

"어서 들어오시라니까⋯⋯."

하는 말을 재차 하며 안으로부터 마중을 나갔다.

진녹의 안내에 의하여 뒤따라 방으로 들어온 애지는 한동안 아무 말도 없었다. 오직 처음 방문한 진녹의 실내를 둘러보았다.

그것은 독방치고도 너무나 초라한 차림이었다. 우선, 방부터가 시골에서 흔히 볼 수 있는, 도배라고 한 지도 아마 사오 년은 실히 넘었으리라 싶은 퇴색한 채, 사방 벽이 서로 뒤틀려진 것도 것이려니와 거기에 널려 있는 진녹의 소유물이란 게 또한 그러했다. 문 안을 들어서면서 바로 눈에 띄는 것은 맞은편 구석에 놓인 버들 상자였다. 옷이 들은 듯한 그것은 확실히 퇴울에된* 말하자면 뚜껑 모서리가 터진 것은 흡사히 사람으로 치면 질식하는 듯했다. 그러함은 빨래 맛을 보게끔 된 침구가 무겁게 얹혀 있었던 탓인지도 모른다.

그리고 윗목께 창이 붙은 쪽으로는 어울리지 않는 중고품의 테이블과 의자⋯⋯, 또한 벽에 그냥 잇대어 방바닥에 겹쳐놓인 허섭스레기와 같은 책들⋯⋯. 모두가 새것이라고는 한 가지도 없는 간소한 것이었다. 하지만 그렇게 진녹의 인물과 반비례되는 물건들이었만 그것들의 놓임은 극히 잘 정돈이 되어 있었다. 개어 얹은 이불의 모양이라든지 테이블

---

* 퇴색되고 찌그러진.

위에 널려 있는 시계 등속의 작은 용품, 정면으로 벽에 걸린 진녹의 중학 시절 사진틀의 배치된 상태는 어느 한 가지나 정성이 숨어 있는 듯했다.

진녹이가 얼굴을 몇 번이고 붉히면서 앉으라는 말을 두세 번이나 할 동안, 애지는 주저하는 태도로 방 안의 이런 풍경을 보는 것과 함께 이상히도 주위로부터 엄습하는 어떤 냄새에 가슴을 울렁거리다가 앉았다. 그것은 싫으면서도 그윽히 마음이 집중되는 냄새였다. 애지는 혼자 속으로

'사내 냄새?'

하고 자문하며 자기도 모르는 사이에 이런 것을 생각해낸 데 대한 수줍음이 앞을 가려 얼굴을 붉혔다.

진녹은 애지가 무릎을 꿇고 어중간히 앉자

"편히 앉으시지요."

하며 자기도 의자 있는 밑에 가 앉았다.

"네—."

애지는 차츰 기분이 정상적으로 회복되는 듯 보통 때와 같은 날렵한 어조로 대답하였으나 편히 앉는 것은 잊은 듯 시선은 한대중*으로 방 안을 돌고 있었다. 그러자 바로 전에도 본 것이지만 테이블 위에 얹혀 있는 류색에 다시 눈이 머무르자 그제야 오늘의 하이킹이 불현듯 생각되어

"아참, 이를 어떻게 해요."

하는 놀라움에 겨운 말을 웃음과 함께 토하듯 하였다. 애지의 이런 급작스러운 언행에 진녹도 불안한 심정으로

"왜 그러세요?"

하며 애지를 쳐다보았다.

애지는 잠시 대답을 멈추고 자리에서 일어서며

* 전과 다름없는 같은 정도.

"참 웃어 죽겠네요."

하며 륙색을 다시 한 번 바라보았다. 그것은 오늘 하이킹에 자기가 맡는다고 한 물건(휴대품)을 가지고 오지 못한 때문이었다. 실은 어제 저녁나절 학교에서 돌아오는 길로 집에서 카스텔라를 만들어놓은 것을 어머니와 다투느라 그만 잊어버리고 온 것이었다. 이것만도 아니었다. 계획은 카스텔라 이외에다 간단한 점심으로 김밥도 만들까 하였으나 너무 어수선한 것 같아 그 대신 오늘 집에서 나오는 길로 상점을 찾아, 과자며 과일이며 통조림 등속을 사서, 고녀 시절 원족 때 애용하던 륙색에 뿌듯이 넣어 진녹을 놀래주리라던 것이 어느 한 가지도 되지 않았음을 겨우 깨달았던 것이다. 모든 게 어머니의 탓으로 이렇게 되었다. 그렇다고 그냥 덤덤히 앉아 있을 수는 없다는 마음에서 그까짓 집에 있는 카스텔라는 그만두더라도 상점에서 살 것이나 준비하리라고 일어서긴 일어섰으나 다음 그것도 주저할 수밖에 없었다. 책상 서랍 속에 간직해두었던 돈까지도 잊어버리고 가져오지 않았음을 또한 깨달아야만 했다.

"집에 돌아갔다 와야겠어요."

하며 애지는 결국 밖으로 나서려 하였다.

진녹은 영문을 모르는 채 그저 당황 중에 싸여 있었으나 행결 안정된 어조로

"대체 어찌된 셈입니까?"

하고 웃음을 띠우며 말했다.

"무엇을 잊었단 말입니까?"

"글쎄 나중에 이야기하지요."

하며 애지는 문고리를 손으로 잡았다.

이때 진녹은 자기도 모르는 사이에 애지의 손길을 가로막아 일어서면서

"안 됩니다. 영문을 알고야 보내드리겠습니다. 괜히 남의 마음만 들떠워놓고……."

하고 욕이나 토하듯 얼굴을 붉히며 열중해서 말을 했다.

애지는 진녹의 몸이 자기의 앞을 가로막았음을 깨닫자

"아니야요."

하는 말을 내놓고는 고만 더 말을 하지 못했다. 한발짝 뒤로 물러선 그의 눈엔 뜻하지 않은 눈물이 핑 돌았다. 애지의 이런 눈은 한동안 진녹의 눈과 마주쳤다.

"어머니와 또? ……."

진녹은 나오지 않는 말로 이렇게 물었다.

애지는 그런 중이언만 입가엔 웃음을 띠우며 그렇다는 의미에서 고개를 두어 번 까닥였다. 그러면서 또

"잠깐 다녀오겠어요."

하였다.

"들어오시기가 바쁘게 가시려면 뭣하러 오시긴 하였어요? 방이 이 모양이라 불쾌하신 모양이군요."

하며 진녹은 여전히 얼굴의 움직임을 수없이 바꾸면서 말하였다.

"준비를 못해와서요."

"준비라니?"

애지의 말에 잼처 이렇게 물은 진녹은 그제야 모든 것을 알아차릴 수 있었다. 그는 처음으로 마음이 휘놀임을 느끼는 것과 함께 애지를 나무라는 듯한 어조로

"원 별걸 다 걱정합니다. 준비는 제가 다 했어요. 저 보십시오!"

하고 륙색을 손으로 가리키며 소리까지 내어 웃었다.

애지도 미안쩍은 것이나마 따라 웃어야만 되었다. 그러면서 마음속

으로 다시 한 번 어머니를 원망했다.

"어서 앉아요. 내 준비한 것 보여드릴게요."

진녹은 차츰 명랑해져서 재미난 듯이 애지의 손목을 잡으며 앉히려고 하였다. 순간 애지는 기겁을 해서 "누가 봐요!" 하며 부지중 잡혀진 손을 뿌리쳤다. 이와 함께 눈을 문 쪽으로 돌려 누가 보고 있지나 않을까 하여 살피면서 얼굴 전체를 흡사히 홍당무같이 붉혔다.

"보긴 누가 봐요? 이러시는 것도 애지 씨의 버릇인 모양이군요."

진녹은 애지의 갑작스러운 언행에 약간 미안함을 참을 길 없어 어색한 표정으로 말을 우물거리면서 이럴 때면 언제나 하는 버릇으로

"여보세요, 애지 씨! 내 다시는 안 그럴게……. 어서 앉으시기나 하시오."

하였다. 애지는 눈을 일부러 흘기는 척하면서

"다시는 안 그런다는 건 진녹 씨의 버릇이 아니고 뭐에요?"

"내가 언제 또 그랬어요?"

"뭐 잊으셨나봐, 번번이 그러시면서……."

"언제?"

"잊으셨으면 그만이죠 뭐—"

애지는 지난 날, 진녹이가 자기에게 손을 대었을 때를 자연히 회상 않을 수 없었다.

진녹의 손길이 닿을 때마다 웬일인지 떨리고 자기도 모르는 사이에 누가 볼까보아 질겁을 하곤 하였다. 그것은 번연히 근처에 아무도 없는 캄캄한 곳에서 단둘이 만났을 적에도 그러했다. 진녹이가 미운 점이라고는 하나도 없었을뿐더러 도리어 든든한 느낌을 가질 수 있었으나 공연히 무슨 죄를 짓는 것 같기만 하였다. 주위를 휩쓰는 어둠이나 또한 하늘에 걸린 달, 그리고 총총히 박힌 별들까지에도 수줍고 죄스럽고 무서운 그

런 심정이 엄습하여, 언제나 진녹의 손길을 물리쳤던 것이다. 그러면 진녹이 역시 수월하다기보다도 누가 보느냐의 말과 더불어 자기를 동정하듯이 잡았던 손길을 풀면서 다시는 안 그러겠노라고 다짐을 하는 것이 정해져 있다시피 되었다.

진녹은 자기의 이런 말이 이번이 처음이 아니란 것도 잘 알고 있었으면서도 그만 말문이 막혀 모른다고만 하다가

"모를 리야 있겠습니까. 그저 잘못했습니다. 부디 용서하시고 그저 앉아만 주시면 원이 없겠습니다."

하며 애지의 눈치를 열심히 살피면서 자기가 먼저 웃어 상대편의 기분을 돌려주려고 애를 썼으나 마음먹은 대로 웃어지지가 않았다. 웃는 것보다도 도리어 어쩔 줄을 모르는 그러한 당황에 젖은 낯이었다. 그것은 마치 어린아이가 어머니에게 얻어맞고 울음을 시작하려는 그런 식의 표정이었다. 진녹의 표정이 꼭 그런 것과 같다고 생각해낸 것은 바로 애지였다. 애지는 그만 웃음이 터져나옴을 물리치지 못하여 "호호호……." 하고 웃으면서 진녹의 얼굴에서 시선을 일부러 돌려 딴 곳을 바라보려고 하였다. 그러나 웃음을 도저히 참을 길이 없었다. 생각 밖에 크게 나온 웃음이었다는 것을 깨달았을 때, 애지는 진녹에게 미안스러운 느낌까지 들었다. 한데 웃음을 참으려고 하면, 그럴수록 진녹의 어린아이와 흡사한 울려는 얼굴이 자꾸만 눈앞에 떠올라 더욱 웃음이 터져나왔다. 이런 끝에 애지는 어찌할 바를 모르다가

"킥킥……. 저……. 류색에 무엇이 있나……. 킥……. 좀……. 어서 봐요."

하며 테이블이 있는 데로 달려가다시피 먼저 갔다.

진녹은 애지가 무엇 때문에 갑자기 여적 들어보지도 못한 그런 줄웃음을 터뜨리는가 하여 잠시 더욱 의아했으나 애지의 웃는 것이 하도 좋

아서

"너무 웃으시는 것도 사건인데요."

하며 진녹의 말이 끝나자 애지는 힐끗 머리를 돌렸다. 이리하여 다시 진녹의 얼굴에 시선이 머무르자 또한 웃음이 복받쳐올라 이번엔 류색을 흔들면서

"어서 좀 봐요."

하고 명령처럼 외치며 급히 진녹에게서 또한 눈을 돌리기가 바쁘게 연해 웃었다.

애지가 이렇게 류색을 풀어보자는 것은 그곳에서 나오는 여러 가지 물건을 구경함으로 해서 감당을 해낼 수 없는 자기의 웃음을 억제하자는 것이었다. 하지만 그런 것도 한갓 허사였다. 진녹이가 막상 하자는 대로 애지의 옆으로 가서

"모를 일도 참 많구만요."

하면서 류색에 손을 대었을 때, 애지는 아무래도 웃음을 참을 수는 없었다. 진녹이가 자기에게로 다가오자 그의 웃음보는 더욱 기세를 높여 목구멍을 들입다 간질여제끼는 데는 그냥 서 있지를 못하고 드디어는 입에다 두 손을 가져다대는 것과 그곳에서 몸을 피하면서 웃을 곳을 찾기에 허둥댔다. 서서 이러는 것이 그에게 있어서는 더욱 고통이었다. 허리께가 두 동강이로 끊어지는 것만 같아 그는 급기엔 반대편 구석에 놓여 있는 진녹의 침구에다 얼굴을 파묻고 엎드려 앉은 채 한모양으로 킥킥거렸다.

진녹은 점잖아야 되겠다는 듯이 류색의 끈을 끄르며

"자 — 고만 웃으시고 이걸 보세요."

하면서 애지가 일어나기를 기다렸다. 그렇건만 진녹의 마음은 한결같이 그보다 더욱 불안했다. 때가 묻은 자기의 침구에다가 얼굴을 파묻

은 데에는 사실 얼굴이 화끈 달아오르며 땀이 솟아났다. 애지가 금방, 얼굴을 제키며, "튀— 튀, 앗 튀!" 하고 더럽다는 듯이 상을 찡그리며 침을 뱉을 것만 같았다.

진녹이가 이러한 심경에 잠겨 있었을 동안 얼마 지나지 않아서 애지의 웃음은 그제야 멈추어졌던 것이다. 그러나 좀체 머리는 들지 않고 한 모양으로 엎드린 채 잠잠히 있었다. 애지는 자기도 모르게 가슴을 두근거리고 있었다. 그는 진녹의 침구에서 풍겨나는 이상한 무슨 냄새에 도취되어 부지중 웃음도 잊고 말았던 것이다. 아까 이 방을 처음으로 들어왔을 적에 느꼈던 냄새의 진짜인 양 싶었다. 싫으면서도 왜 그런지 자꾸만 언제까지나 그대로 맡고만 싶은 충동에 침이 말라드는 것만 같았다.

"그만 일어나 이것 같이 풀어봅시다."

하는 진녹의 똑같은 소리가 두 번이나 났을 때에서야 애지는 아무 말도 없이 홍조를 띤 얼굴에 퀭하니 된 눈으로 힘이 없는 양 일어나서 진녹에게로 갔다.

진녹은 이때에야 애지가 깨닫지 않도록 조심해서 다행한 숨을 몰아쉬며 방금 겪은 불쾌한 침구는 잊어버리라는 듯이

"야 봐요. 무엇이 나오나……. 또 물건이 싱겁다구 웃지는 마시오."

하며 륙색 속에서 하나하나 꺼냈다. 그러면서

"혹시 빠진 것이 있으면 말씀하세요. 가는 길에 사면 되니깐요."

하였다.

먼저 나온 것은 과자 봉지였다. 다음에는 사과와 배가 나왔다. 애지는 진녹이 옆에서 이런 것을 보고 있었으나 마음은 역시 바로 전, 침구에 엎드려 있었던 때와 마찬가지였다. 가슴이 답답한 가운데 자기의 몸이 웬 셈인지 자꾸만 진녹에게로 쏠려지는 것만 같았다. 그는 무엇이 목구멍을 가로막음을 누를 길이 없어 때때로 "음!" 하는 소리를 가냘프게 내

었다. 그러던 중에 그의 눈은 진녹에게로 옮겨졌다. 진녹도 애지의 시선을 받았다. 그는 웃었다. 그러나 애지는 웃지를 않았다. 퀭하게 보이는 눈은 어느 사이엔가 더욱 커진 것만 같았다.

"별것이라고 장만할 게 있어야지요."

하며 진녹은 다음 것을 꺼내기에 손을 놀렸다.

순간, 애지는 손이 떨렸다. 이와 함께 여적 잠잠히 서 있던 그는

"어린 때같이!"

하는 소리를 부자연하게 내이며 진녹의 손등을 으스러지라고 꼬집었다. 그것은 마치 자기가 손수 륙색 속엣것을 꺼낼 터이니 가만히 있으라는 태도와 같았다. 진녹은 엉겁결에 "앗ー" 하는 소리를 내었다.

이때, 애지는 얼굴을 진홍빛이 나도록 붉혀가지고 오직 띄엄띄엄

"네? 그게 아프세요? ……. 제 손등을 그럼 꼭 꼬집어보세요."

하는 자기도 모를 말을 되는 대로 하며 웃으려고 애썼다.

그들이 출발한 것은 아홉 시 반경이었다. 애지는 그때에서야 참말 하이킹을 가는 기분으로 마음이 전환되어 기뻤다. 그는 진녹이가 하자는 대로 다시 집에도 들르지 않고 떠나기로 했다. 출발 당시부터 둘이서 나란히 걷고 싶었으나, 그래도? 하는 염려가 앞서 읍내로 빠져나가기까지는 서로 길을 어긋나서 가기로 했다.

사실을 말한다면 이 근처 몇 집과 자기가 살고 있는 데서는 진녹과의 관계를 대충들 짐작하고 있으리라는 생각이었다. 그것은 요전번 어머니의 소동으로 해서 그러리라 싶었다. 하지만 결혼하기까지는 공개해서 걸을 용기가 아무래도 나지 않았다. 진녹은 처음엔 같이 가면 어떠냐는 태도였으나 애지가 하자는 대로 했다. 그래, 진녹은 애지에게 군청 있는 골목으로 해서 바로 약속했던 제방뚝까지 가면 자기는 장터를 거쳐 그곳으로 갈 터이니 먼저 떠나라고 했다.

애지는 진녹과 헤어지자 누가 먼저 가나 하는 마음에서 그야말로 본연의 자태—날을 듯한 걸음으로 제방뚝을 향하여 걸었다. 엷은 노랑색 차렵저고리에 짙은 강물빛 깡똥한 치마는 햇살 퍼진 봄의 정기에 더욱 어울리는 듯했다. 그런데 한 가지 말하고 싶은 것은 요즈음에 와서 그는 일본 옷을 입지 않았다. 그것은 입어오던 교복이 낡은 탓도 있었겠지만 진녹을 알게 되면서부터는 웬일인지 쑥스럽다는 생각이 들었기 때문이었다.

지금, 애지는 온 세상이 모두 자기의 것만 같은 날렵한 마음이었다. 그는 언제 자기 어머니와 다투었더냐 싶게 콧노래를 닥치는 대로 혼자 나직이 읊어대며 걸었다. 그것은 참 닥치는 대로였다. 고녀 시절의 교가를 하는가 하면 어느 틈엔가 양곡을 했고 또 그런가 싶으면 이번엔 학교에서 자기가 아이들에게 가르치던 여보 여보 거북님 내 말 들어보⋯⋯의 창가도 입 속으로 읊어졌다.

우뚝 솟은 코와 조그만 입 안에서는 연방 이러한 가지각색의 콧노래가 서로 밀고 나오느라 다투고 있었으나 이 다툼은 그의 머릿속에서도 역시 마찬가지였다. 우선, 오늘 하이킹의 목적지가 떠올랐다. 그곳은 여기서 약 십 리쯤 떨어져 있는 계족산 청향사였다. 소위 무당질도 하고 술도 판다는 오두막살이 초막이었다. 절보다는 산이 좋았다. 그곳엔 이제까지 두 번 간 셈이다. 한 번은 어려서 어머니가 무당풀이를 하러 갈 때 따라갔고, 나머지 한 번은 바로 작년, 이맘때보다 좀 늦은 오월에 아이들을 데리고 원족을 갔다.

그곳은 제방뚝에서 남쪽으로, 마찻길을 접어들어 삼 마장쯤 가노라면 새터라는 마을이 있고 이 마을을 지나서부터는 논둑길이었다. 이 논둑길을 또한 접어들어 약 이 마장쯤 따라가면 바로 월악산 길에 당도하는 것이다. 그리하여 다시, 이번엔 산속 □□□□□□□□□□□□□□

서쪽으로 근 오 리쯤, 바위틈과 골짝을 스치고 낙엽송 사이를 헤치며 산을 기어올라가면, 그제야 절이 흡사히 도적의 집같이 납작하게 서 있는 것이다.

절을 뒤로 잠깐 동안 산을, 더욱 없는 길을 찾듯이 오르면 길이 막히는 것과 함께 거기엔 조그만 샘물이 밑으로 맞붙은 동이 하나 들어갈 만하게 옴폭 파인 바위에 찰찰 흘러내린다. 약수라는 이 물은 아직도 머리에 선하다. 약수 옆에는 네모반듯한 반석이 깔려 있다. 한데, 이 샘 언저리는 불과 한 평도 못된다. 바로 샘 머리 위로는 흡사히 길 모양인 양 역시 흰 바위가 좁다랗게 줄달음질을 쳐서 한숨에 월악산 상상봉이 보일 뿐, 주위는 온통 가시나무와 아름드리 잡목이 바람까지도 샐 틈이 없게 꽉 들어서 있는 것이다.

지금 생각해보면 작년에 자기가 그곳엘 올라갔을 때엔 같이 간 어린 아이들이 없었던들, 새 소리도 안 들었으리라 싶었다. 절에서도 오르기에 힘이 들어 명절 이외엔 여간해 이 물을 먹지 않고 자기네들이 파놓은 샘을 이용하고 있다 하였다. 그만큼 이곳은 한적하고도 포근한 장소였다.

진녹은 이번이 처음 가는 길이었다. 오늘의 안내역은 자기다. 자기는 진녹을 이 샘으로 인도해서 거기서 사뭇 몇 시간이고 노는 것이 좋겠다. 좀 미안한 노릇이지만 진녹의 륙색에 들은 것을 먹기도 거기서 하고……. 아주 결혼할 날짜도 신성한 거기서 단둘이 아주 결정하는 것이 좋겠다. 그리고 바로 전같이 마음껏 웃기도, 또는 이야기 끝에 울 일이 있으면 서로 이것도 한없이 울었으면 하였다. 또한 진녹을 이번엔 더욱 아스러지라고 꼬집어보고도 싶었다. 그러나 이 꼬집는다는 건 아무래도 자기가 미친년 같았다. 같다기보다 아까만 해도 그것은 확실히 자기가 미쳤던 것이다.

여기까지 생각을 달음질시킨 애지는 걸으면서도 얼굴이 붉어졌다. 이와 함께 그는 수줍은 웃음을 혼자 띠었다. 이때는 어느덧 여적 복작복작 나오던 노래도 끊어졌다. 이것을 대신하여

"내가 미친 것인가? ……."

하고 혼자 중얼거려보니 참말 미친년같이 생각되었다. 이에 따라 진녹의 손등이 오죽이나 아팠을까 염려되었다. 아팠겠다고 생각한 때는 겨우 지금이 처음이었다. 그때엔 진녹의 "앗" 소리도 거짓말 같게만 생각이 되었던 것이다. 요런 이런 증세부터 자기가 미쳤다는 확실한 증거가 아니고 무엇인가 싶었다. 애지는 자기도 모르게 걸음을 멈추었다. 오직 앞이 캄캄함을 물리치지 못했다. 우선 진녹이를 대면할 낯이 없었다. 진녹이가 자기를 미친년이라고 여기지 않았을까 두려웠다.

'이다지 미칠 수도 있을까?'

다시 한 번 이렇게 마음속으로 뇌이는 중에 애지는 사람이 왕래하는 길 위에 자기가 서 있음을 비로소 깨달았다. 통행인들 전부도 자기를 미친년같이 보는 것만 같아 뛰듯이 발을 옮겨놓았다. 그러나 이 뛰듯이 발을 옮겨놓는다는 자체가 또한 그를 실망케 했다. 이때부터가 미친년의 하는 짓이란 생각이 뒤미처 닥쳐왔기 때문이었다.

이러한, 이러지도 저러지도 못하는 심적 장난에 휩쓸리는 채 겨우 제 방뚝 가까이까지 왔을 때엔 이마에 때 아닌 땀이 송골송골 솟아났다. 애지는 진녹이가 아직 와 있지 않음을 깨닫고 우선적으로나마 안심하며 땀을 씻으려고 하였으나 손수건도 가지지 않았음을 깨닫지 않을 수 없었다. 그는 어머니에 대한 미움이 짜증과 함께 또한 치밀어 부지중 자기도 모르게 발을 톡 굴렀다. 순간, 그의 몸은 옆으로 기우뚱하였다. 구두가 돌에 미끄러져 하마터면 넘어질 뻔하였던 것이다. 그는 금시에 눈물이 고였다. 구두를 신고 산길을 가겠다고 나선 것이 문제였다. 이것도 어머

니의 탓이 아닐 수 없었다. 어머니만 조용했더라면 반드시 운동화를 신고 나왔을 것이었다.

애지는 오늘의 하이킹을 단념하고만 싶었다. 이렇게 되고 보니 어느한 가지 순순한 게 없는 것만 같았다. 불행이 연결되어 자꾸만 자기를 괴롭히는 데는 당장 이 자리에서라도 고만 죽어 없어졌으면 싶었다. 제 방뚝 밑에까지 온 애지는 한곳에 가만히 선 채 진녹이가 나타날 길 위를 바라보았다. 진녹의 모양은 아직 보이지 않았다. 그는 진녹이가 오면 어찌할 것이냐고 곰곰이 생각했던 것이다. 소위 자기의 미친짓에 대해서는 무어라 사과를 하여야 할 것이며 하이킹 중지에 대하여는 어떻게 말을 할까 하였다. 그러나 어느 한 가지 똑바른 해결책이라고는 얻기 어려웠다.

그는 다시 한 번 죽어버렸으면 싶었다. 이와 함께 자기가 이 자리에서 지금 죽었다면 진녹의 태도는 과연 어떠할 것인가 궁금하였다. 조금 뒤 진녹은 분명히 자기의 시체를 발견할 것이다. 그렇다면 그는 먼저 놀랄 것이다. 이때까지는 알 수 있는데 그 다음은 진녹이가 어떠한 태도를 취할지가 몰랐다. 아마, 미친 증세가 있더니 그게 바로 이렇게 죽으려고 그랬던가 여기며 무서워서 도망을 치지 않을까도 생각되었다. 그보다 자기의 죽은 몸을 안고 슬프게 울 것인가, 또는 두 손을 잡고 앞에 선 채 눈물만 뚝뚝 죽은 자기 얼굴에 —그것은 눈, 코, 입, 귀 어디라도 좋다.— 떨어뜨리다가 그만 그도 졸도를 해서 자기와 같이 죽지나 않을까도 상상해 보았다.

이쯤 생각을 달리고 있을 때, 애지의 눈엔 자기 쪽을 향하야 오는 진녹의 모양이 나타났다. 그는 홀쭉한 키로 등 뒤엔 류색을 메인 채 뛰어오고 있었다. 이미 그는 애지를 먼저 발견한 듯이 손을 몇 번이고 저어 보이며 다가왔다.

점점 다가올수록 얼굴 전체에 웃음을 하나 가득 싣고 씨근벌떡하며

"늦어서 죄송합니다."

하며 소리를 쳤다.

애지는 잠자코 무안한 듯 얼굴을 외면하였다. 진녹을 볼 시력이 줄어드는 것만 같은 느낌을 어찌할 수 없었다.

진녹은 숨을 한사코 몰아쉬며 애지의 옆으로 오자 또 한 번

"늦어서 죄송합니다."

하며 씨근덕거렸다. 그러면서

"참 오는 길에 생각이 나서 사왔습니다. 이것 바꿔 신으시지요."

하고 신문지로 싼 네모반듯한 곽을 애지에게 싱글벙글하며 주었다. 애지는 잠시 어리둥절했다. 진녹은

"운동화올시다. 산이라 구두는 재미없습니다."

애지는 자기도 모르게

"괜찮아요."

하고 수줍다는 듯이 몸을 돌렸다.

"보시오. 저도 이렇게 구두 대신 미리 이걸 신고 왔잖습니까. 그냥 짐작으로 구九문 반짜리를 사왔는데 어서 신어보세요…… 그럼 제가 신겨드릴까요?"

하며 자기가 신은 운동화 발을 쳐들고 애지 옆으로 다가선다.

애지는 진녹이가 신겨준다는 말에 질겁을 해서

"아이, 망측해라. 인 주세요."

하고 이런 데까지 자기를 생각하고 아껴주는 진녹에게 마음속으로부터 감사하면서 그제야 뭉치를 공손히 받았다.

"어서 신고 갑시다. 시간이 좀 늦잖었을까요?"

진녹의 독촉에 애지는 못 이기는 듯, 신문지를 푸르고 다시 곽 속에

서 운동화를 꺼냈다. 그것은 눈같이 하얀 것이었다. 그는 신문지를 풀섶에 깔고 앉아 그것을 바꿔 신었다.

옆에서 내려보고 있던 진녹은

"안 맞지요."

하고 염려되는 듯 물었다.

"꼭 맞는데요."

애지는 자기가 신어보고 산 이상으로 알맞음을 알 수 있었다.

"고맙습니다."

하고 애지는 일어서며 진녹에게 머리를 까닥하며 인사를 하였다.

"인 주세요, 제가 하겠습니다."

애지는 진녹의 손에서 그것을 빼앗으려고 웃으며 말했다.

"괜찮습니다. 어서 가십시다. 그렇게 또 저의 손이 불결하다고 생각하십니까?"

진녹은 처음으로 활기를 띠어 이렇게 말하며 그저 한모양으로 싱글벙글하였다. 애지는 무어라고 이야기를 해야 좋을지 몰라 한 번 생긋 웃기만 했다.

그들은 아무도 왕래인이 없는 제방뚝으로 올라서 마찻길을 처음으로 나란히 걸어가기 시작하였다. 이때, 애지의 눈은 남쪽으로 저만치 드높이 솟아 있는 월악산이 비로소 눈에 띄었다.

"저기 저게 바로 월악산이에요."

애지는 묵중한 마음을 눙치기 위하야 손으로 산을 가리키며 말하였다.

"저것입니까? 그러면 절은 어디쯤 있습니까?"

진녹은 애지가 가리키는 쪽 산을 바라보며 물었다.

"절은 아직 보이지 않아요. 저 산 옆쪽에 있는데 절까지 가기 전엔 안 보여요. 나무가 워낙 많이 들어섰으니깐요."

"절 이름이 참 뭐지요?"

진녹은 이제까지 어느 때보단 유쾌한 모양이었다. 말을 할 적마다 연방 애지를 웃으며 쳐다보곤 하였다. 이에 청향사라고 대답한 애지는 한동안 말이 없이 걷기만 하였다. 그러나 진녹은 그에게 자꾸만 말을 걸기에 열중했다.

"왜 그렇게 우울하십니까?"

하고 진녹이가 묻는 말에 애지는 잠시 가만히 있다가 비로소 진녹을 바라보며

"참, 아까 댁에서는 미안했어요. 아프시지 않으세요?"

하고 진녹의 손길을 살폈다. 진녹은 무슨 말인지를 몰라

"뭐 말입니까? ……."

하고 반문하였다. 애지는 더 이야기할 수가 없어 계면쩍은 웃음을 띠우다가 한참 만에

"손등 말이에요?"

하였다. 진녹은 그제야 지금의 애지의 말을 알았다는 듯이 허허 웃으며

"보세요, 부었나……. 전 참 아주 영광이라고 여기고 있는데요."

하고 대답하자, 애지는

"거짓말!"

하는 말을 어리광을 떠는 어조로 할 수 있었다.

"거짓말이라니요. 그럼 아까 제가 애지 씨의 손등을 꼭 잡았을 때, 모욕으로 생각하셨습니까?"

진녹은 이런 말로

"어디 봅시다. 제가 꼬집은 자리가 얼마만큼 상했나……."

하며 애지의 손길을 덥썩 잡았다. 그러면서 "난 참 좋았습니다. 이렇게 잡으니 애지 씨는 그럼 아주 싫습니까?"

하였다.

"……."

애지는 전과 같이 진녹에게서 손을 뿌리치지 않았다. 그는 아까 자기의 손을 진녹이가 꼬집었던 것을 이제야 회상하였기 때문이었다.

"전 웬일인지 도무지 정신이 없구만요."

하며 진녹을 숨어 보며 웃었다.

"웬일이실까? 헌데 제가 쥔 손이 기분 나쁘시다면 손을 물어드릴까요?"

진녹이가 이렇게 말하자, 애지는 고개를 옆으로 살랑살랑 몇 번 흔들고 행복에 취한 듯이 쥐어진 자기의 손에 힘을 주어 진녹의 손을 꼭 잡았다. 따듯한 기운이 전신에 흘렀다. 그들은 손을 잡은 채 한동안 아무 말도 없이 맑게 갠 하늘과, 파릇파릇 새싹이 솟아나는 전답을 바라보며 걸음을 계속하였다.

얼마쯤 이렇게 걷기만 하다가 진녹은 애지를 흘깃 옆으로 보며

"한데, 아까는 꼬집히고 꼬집는 바람에 틈이 없었는데 제가 무엇 하나 보여드릴까요?"

하였다. 애지는 그윽한 눈초리로

"무언데요?"

하고 물었다. 진녹은 잠시 대답을 하지 않았다. 애지는 초조한 듯이

"뭐에요? 얼른 보여주세요?"

하며 졸랐다.

진녹은 다만 싱글벙글할 뿐, 여간해 말은 내이지 않았다. 애지는 어느덧 평상시와 같은 심경에서

"참 싱겁기도 하구먼요. 그런 거 말은 왜 하세요? 보여주신대도 전 안 보겠어요."

하며 일부러 골이 난 듯이 말하였으나 마음속으로는 무엇인가 하고 이리저리 따져보았다.

급기야 진녹은 그저 한모양으로 웃으면서

"여기서는 안 되겠습니다. 산에 가서 조용히 보여드리지요."

하였다. 애지는 이에 진녹을 흘겨보는 척하면서

"싱겁긴, 산에서도 제가 안 보면 그만이죠."

하고는 진녹의 손을 아파라 하고 힘껏 쥐었다.

제4회

5. 웃어 죽겠네

그들은 한동안 말이 없이 걸었다.

애지는 진녹이가 산에 가서야 보여준다는 그 어떤 물건에 대하여 연해 보고 싶다거나 하는 생각은 혼자 제압할 수 있었다. 자기가 사랑하는 진녹이가 산에 가서 보여준다면, 자기 역시 산에서 보는 게 자기도 든든하고 좋은 것이라고 여겨졌기 때문이었다.

다만 그의 마음은 황홀할 뿐이었다. 바로 전까지 복작이던 모든 불안은 신기하게도 한꺼번에 풀렸다. 되려 서운할 정도로 없어졌다. 아침부터 자기를 무작정 괴롭히는 어머니에 대한 여러 가지의 불쾌는 말할 것도 없다. 그보다 바로 전 자기가 괴롭게 생각했던 진녹이에 대한 무안함도 씻은 듯 다 사라졌을 뿐더러 이제 와서는 그렇던 자기가 우습게만 여겨졌다.

애지는 한모양으로 진녹과 나란히 걸으면서 잠시 말을 멈추고 앞편을 멀리 바라보았다. 하늘은 수정빛같이 맑은데 불과 두서너 쪽 떠 있는 구름은 춤을 추고 있는 듯만 했다. 그것은 아까 집에서 나와 개천 둑에서 본 그런 심정의 하늘과 구름은 아니었다. 지금 자기의 가슴속이 흥에 겹듯이 하늘과 구름도 흥에 겨워 움직이는 것만 같았다. 가끔, 까치가 두세 마리씩 상냥한 음성을 내며 길옆 포플러 나뭇가지에서 까딱거리는 것도, 흡사히 지금 자기의 심정을 축복하는 것같이 생각되었다.

그는 또 자기네들이 사뿐사뿐 걸어가는 길목 그보다도 주위의 들판을 둘러보았다. 이제 바야흐로 푸르게 오르려 드는 듯 요전까지도 노랗던 풀싹이 제법 연둣빛을 띠고 있었다. 그는 문득 "봄!" 하고 혼자 속삭였다. 이와 함께 애지는 자기 혼자만이 봄을 감상하는 것만 같아 진녹에게 미안했다. 자기와 같이 말을 멈추고 걸어가는 진녹은 지금 무엇을 생각하며 걷고 있는 것일까 하는 궁금한 생각도 들었다. 그래서 이번엔 애지가 먼저 입을 열었다.

"네? 지금 무엇을 생각하고 계세요?"

하며 눈에 웃음을 띠며 진녹을 쳐다보았다.

진녹은 다만 싱긋 웃었다. 그 태도는 무엇을 자기가 생각하고 있는지 알아맞혀보라는 듯한 것이었다.

"무얼까?"

진녹은, 애지가 이렇게 중얼거리자

"애지 씨는 뭘 생각하고 있었어요?"

하고 반문하였다.

"전 봄이란 것을 생각하고 있었소."

"네!"

"한데 진 선생은요?"

"저요, 저는 우리들이 처음 만나게 되었던 그 당시를 생각하고 있었지요."

하며 애지를 신신한 눈초리로 내려보았다. 이어

"지금 이렇게 걸으면서 그때 일을 생각하니 똑 꿈속만 같군요."

하고 감개무량한 듯 이야기했다.

"저도 그 비슷한 것을 가끔 느끼지만 꿈속만 같다고는 생각할 수 없잖아요?"

하였다.

진녹은 한참이나 잠잠한 채로 길 위만 보며 걸었다. 그는 무엇을 말할 듯 말 듯 하였으나 그게 되지 않는 모양이었다. 그러기에 몇 번 음성이 없는 입을 열었다간 다물고 하였다. 그러다가 종당에 그는 용기를 낸 듯한 어조로,

"그야 애지 씨는 그러시겠지요. 한데 저는―, 오늘 이 자리만이 아니라 늘 우리들이 만나게 된 것을 생각할 때마다 느껴지는 것은 꿈속만 같다는 것입니다. 이것을 물리치진 못하지요. 왜 그러냐 하면. 전 여태껏 제 자신에 대하여 우선 자신을 한 번도 가져보지 못했으니까요⋯⋯."

하고는 또 말이 막혀버렸는지 얕은 기침을 몇 번이나 했다. 애지는 진녹에게 감기가 드셨군요, 하고 물어보고 싶었으나 뒷이야기가 듣고 싶어 귀만 기울였다.

"⋯⋯그러니까 세상일 모든 것에 대한 동경과 포부도 물론, 여태껏 그런 욕망조차 없었지요⋯⋯. 그저 근년만 해도 앞에 가로놓였던 것은 죽음과 싸우는 것뿐이었습니다. 제가 애지 씨에게 말을 비추었는지는 모르지만 저는 원래가 숙명적이었다 할까, 그런 종류의 인간이란 것을 혼자 종종 깨닫고 고민하였으니까요⋯⋯.

전 어머니도 없이 자라났습니다. 언제나 젖을 만질 수 있었던 어머니도 없이 아버지하고 흙바닥 방에서 자고 놀고 지냈지요. 집에 있을 때, 아버지가 일을 나가면 그의 뒤꽁무니에 붙어서 산이건 들로 다녔습니다. 이상하게도 그때부텀 동무도 없는 셈입니다. 그러다가 중학에 들자 아버지가 또한 돌아가시고……. 얼른 생각은 아니 납니다만 그게 열다섯 땐가 열여섯 살 시절인 듯합니다. 그때부텀은 벌써 먹는 물도 썼으니까요……."

여기까지 말한 진녹은 잠시 자기 자신에 취한 듯 일종의 흥분을 금치 못하는 듯했다.

애지는 자기도 모르는 사이에

"그래서요?"

하고 그윽한 어조로 말을 했다. 그러나 진녹은 한동안 잠잠했다. 무엇을 심각하게 더욱 생각하는 모양이었다. 애지는 진녹의 다음의 말을 기다리다가 은연중 말이 콩알이나 튀듯 나왔다.

"참 고생 많이 하셨군요. 한데, 전 아버지가 없이 자라났어요."

하고는 갑자기 생각났는지

"하나는 어머니가 없이 자라고, 하나는 아버지가 없이 자라고……."

하며 땀이 촉촉한 손을 더 한층 굳게 잡았다.

이때, 진녹은 힘을 다하여 말을 이었다.

"그리고 또한 몸의 건강 상실……. 놀라지 마십시오. 폐는 저의 생명을 독촉하였습니다. 그래서 학교 졸업 후 취직하자 휴직을 하여야 되었으니까요. 한 마디로 말할 수도 없는 극악한 때입니다. 생후, 한결같이 생명처럼 등에 한짐 잔뜩 지고 온 음산한 고독과 불안과 자지러질 듯한 공포, 그리고 산다는 것보다 죽는다는 것 등의 불행의 씨들은 저의 심신에서 온통 기세를 올려 엄습하였던 것입니다. 죽지 않으면 산다 쳐도 도저히 이 상태에서 벗어날 수 없다는 것을 너무나 잘 알고 있었으니까요…….

그런데 우연이라 할까, 그보다도 저승에서 '진녹이 그놈은 명도 명이지만 아직 고생을 덜했으니까 죽이잘 수는 없다. 죽인다는 건 보류해도 상관이 없는 것이니 살려나주자!' 는 염라대왕의 분부가 있었는지도 모른다고 생각했지만 어쨌든 병세가, 그 지독했던 병마가 오륙 개월 전부터 자취를 감추기 시작했습니다. 한데 저승의 분부가 그렇지는 않았습니다. '진녹이 그놈은 명도 명이지만 아직 고생을 덜했으니까 죽이지는 말자!' 던 이 말은 제가 생각하기에도 빨간 거짓 생각이었습니다……. 왜 그런지 아십니까?"

진녹은 가다 처음으로 흥분했을는지도 모른다. 여기까지 말하고 애지를 쳐다보는 그 눈은 상기되어 있었다. 그것은 애지 자신도 여태껏 이런 진녹을 보지 못했던 것이다. 처음 발견할 수 있는 진녹의 이런 태도는 애지에게 어떠한 압력 비슷한 호기심을 자아냈다.

애지는 한참 생각하다가

"잘 모르겠는데요."

하며 잠시 수그렸던 얼굴을 들어 진녹을 쳐다보았다. 진녹은 그저 한 모양으로 애지를 들여다보듯 시선을 움직이지 않더니

"빨간 거짓 생각이라는 걸 생각해낸 것은 남도 아닌 저라는 것을 자신 깨달았을 때 전 확실히 이제 산다는 것에 대한 보람을 맛본 것이올시다……."

하고는 목소리를 다시 가다듬어

"애지 씨!"

하고 무엇을 찾는 듯이 말했다.

"네?"

애지 역시 진녹에게 딸려 흥분한 듯한 어조로 대답했다.

"애지 씨는 바로 저의 힘입니다. 애지 씨를 알게 된 전후에 저의 병이 완치에 가깝게 되었고 그렇게 줄창 범벅이 되어 덤벼들던 고독이나 불안 그리고 절망, 일체가 일소되었습니다. 여성! 전 지금도 그런 편이지만 여성이라면 저와는 까마아득한 사이가 걸려 있는 것만 같았습니다. 도저히 저에게 가까이 오질 않으리란 존재가 여성이라고 생각했던 것입니다. 여성이라면 웬일인지 하늘에 박혀 있는 별만 같이 여겨졌습니다. 물론 제가 여자와 어릴 적부터 같이 지내본 경험이 없었던 탓도 있겠지요. 어쨌든 여성이라면 저 같은 놈팽이쯤은 대접을 하지 않을, 말하자면 감히 바랄 수도 없는 신과도 같은 존재라고 생각했지요. 웃으실는지는 모르지만 전 열 살만 넘은 소녀를 대할 때라도 괜히 머리가 숙여지고 존경하는 마음이 앞을 가려 말 한 마디 못하고 맙니다……

헌데, 애지 씨를 만나게 되었습니다. 이렇게 가까이 알게 되었습니다. 그렇듯, 여성 중에서도 차마 어안이 벙벙할……. 공상이나마도 감히 못했던 아름다운 여성인 애지 씨를 이렇게 모실 수 있다는 것, 이것이 꿈 속만 같지 않다고 할 수 있겠습니까?"

진녹이가 격동하는 감정의 힘을 입어 여기까지 말을 하고 났을 때, 애지는 다만 얼굴을 은연중 불그레 물들였다.

진녹은 역시 같은 어조로 말을 이었다.

"……전 지금 완전히 건강을 회복하였다고 생각합니다. 어제 조합에서 시험 삼아 체중을 달아보니 석 달 전보다는 한 관 가깝게 늘었음을 알았습니다. 전엔 감히 이렇게 먼 길을 떠나지도 못했을 뿐더러 계획도 못했습니다. 그리고 이러함은 몸뿐이 아닙니다. 정신상으로 대단한 발전이 있습니다. 첫째, 산다는 것에 대한 욕망이 생겼으니까요. 희망이 깃을 펴고 저에게 달겨들기란, 그것도 하늘에 푸른 구름을 한 손으로 잡을 듯한 의욕이 발생하기란, 모두가 다 애지 씨의 힘이라고 굳게 믿고 있습니다."

하자 애지는 기쁜 듯 가만히 웃었다. 진녹의 말 한 마디 한 마디는 흡사히 오월의 남풍과 같이 그의 가슴속으로 울려 들어왔다. 그는 고개를 갸우뚱하며 진녹에게 웃어 보이고

"참 못나기도 하셨군요."

하며 쥐어진 손을 걸음에 맞추어 흔들었다. 진녹도 비로소 웃음을 띠었다.

"그렇지요. 전 못난이 중에도 아마 일등가는 못난일 겝니다. 그러니까 애지 씨가 아니었더라면 이렇게 될 리도 없었을 것입니다."

애지는 수줍은 듯 시선을 진녹에게서 피하였으나 곧 웃으며

"그렇지요. 제가 먼저 편지를 안 보냈더라면 아마 그러실 거야! 남성으로서 진 선생이 못난이라면 전 여성으로서 망나니지요. 글쎄 엉뚱하게도 제가 먼저 걸은 셈이 되었잖았겠어요? 그래도 미친년이라고 생각을 안 하시니 참 다행이야요. 하지만 어떻게요? 웬일인지 진 선생만 생각해지고 그립고 보고 싶고 하니 혼자 그러다가 죽는 것보단 이런 게 났지요."

하였다. 진녹은 애지의 손을 풀고 이번엔 팔을 꼈다. 그러면서 하늘을 바라보며 걸었다. 조금 뒤, 그는

"고맙습니다. 애지 씨! 저는 자꾸만 힘이 생깁니다. 한데, 어서 결혼 날짜를 아조 정해버려야 안심이 되겠습니다."

하였다.

"어째 먼저 결혼 이야기를 끄내실 때가 다 있어요?"

하고 애지가 깔깔 웃으며 말하자

"저도 이렇게 미덥고 든든한 애지 씨로부터 사랑을 받고 사랑할 수 있는 인간이니까요……."

하며 따라 웃었다.

"미안해요. 저같이 나쁜 어머니를 두어서, 제 어머니를 생각하신다면 진 선생은 저절로 머리가 아마 흔들려지실 거예요."

애지는 수심 가득한 표정으로 이렇게 말했다. 그러자 또 오늘 아침 일이 생각되었고 따라 어머니에 대한 미움을 참을 수 없어

"우리 다 이곳에선 그만두고 어디로든 그만 달아나버릴까요."

하였다. 진녹은 아무 소리도 없다가

"전 애지 씨 하자는 대로 하겠습니다. 가게 되면 어디로든 가겠습니다."

한 다음, 그는 요즈음 가끔 계획하고 있던 것이 불현듯 생각나서

"그렇게 된다면 아마 우리에겐 더욱 좋은 결과가 날는지도 모릅니다. 외지로 가서 둘이서 공부를 더 한다면 이상 더 좋을 것은 없을 것입니다."

하였다. 애지는 진녹이 말이 끝나자

"참 그게 제일 좋겠군요. 하다 안 되면 그렇게라도 하지요 뭐!"

했다.

"그렇지만 이것을 실천하려면 얼마간의 세월이 흘러야 하지요."

"왜요?"

"우선 월급으로 학자를 마련해야 되기 때문이에요."

잠시 그들은 말이 없었다. 얼마 후 애지는

"어쨌든 어머닌 상관없어요. 올 가을엔 틀림없이 결혼하기로 작정하지요. 진 선생이 어머니에 대한 불쾌한 말만 참아주시겠다면 다 될 것입니다. 워낙 어머닌 변태적인 성격이어서 그렇답니다."

하며 미안스런 표정을 지어 말을 했다.

"천만의 말씀을 하십니다."

"그럼 언제 하도록 정할까요? 아주 이렇게 정해버리지요."

애지가 말을 걸자, 진녹은 생각 끝에

"것두 애지 씨가 정하십시오……. 전 어느 달이건 어느 날이건 좋습니다."

하며 애지의 입만을 열심히 들여다보았다. 애지는 또 앵둣빛 입술을 반쯤 열어 웃으며 새하얀 이를 나타내고

"웃어 죽겠네. 저를 여왕같으나 대하시는가베요."

하였다.

"물론 그렇지요. 저에게 있어서는 여왕 이상이지요."

"호호, 그럼 이렇게 하시지요. 저— 진 선생이 어느 달이란 건 먼저 작정하세요. 그러면 날짜는 제가 정하지요."

"네. 그것도 좋겠습니다. 그럼 어느 달로 할까? ……. 제가 제일 좋아하는 숫자가 아홉이니 구월로 할까요?"

"것두 좋지요. 한데 참 이상해라, 제 생월두 구월인데! ……."

하고 애지는 신기한 듯 말했다.

"그러세요? 그럼 아주 됐게요. 결혼 날짜도 애지 씨의 생일로 해버리면 더욱 좋지요."

"웃어 죽겠네!"

"네? 애지 씨! 우리 그렇게 합시다. 생일이자 결혼일! 얼마나 좋습니까? 그렇게 합시다."

"이왕 하려면 그럼 진 선생의 생일로 하시지요, 뭐!"

"그런데 제 생일은 바로 오늘입니다."

하고 진녹은 씽긋 웃었다.

"네? 오늘이세요?"

"네. 그러기에 혼자 지나기도 뭣해서 이렇게 오시라고 한 것이지요!"

애지는 더욱 신기한 듯

"참, 재미있는데요. 그럼 그렇게 하시지요. 생일이 열사흗날이니까 9월 13일. 그리고 약혼한 날짜는 바로 진 선생의 생일! ……."

하였다. 그러다가 애지는 문득 생각난 게 있어 손을 일부러 획 뿌리치며

"이를 어째, 누가 봤으면 어떻게 해요?"

하였다. 진녹은 아무 소리도 없이 미소를 띠며 팔을 놓았다. 그러면서

"전 지금부터 걱정이 심해요. 어떻게 하면 애지 씨를 한평생 행복하게 해드릴 수 있을까 하는 생각뿐이에요."

하였다.

"말씀만 들어도 고마워요. 저 역시 그렇지요, 뭐!"

애지는 이렇게 말을 하고는 풀려진 팔을 다시 진녹의 팔에 맡기면서

"누가 보고 욕한대도 이젠 다 시들한 것만 같아요. 우리만이 기쁘면 그만이죠! 네, 그렇잖아요?"

하고 든든한 듯이 말을 했다.

그들 남녀는 행복에 잠겼다. 어느덧 그들은 새터 마을도 지나 논둑길도 끝이 나는 데까지 다다랐다. 바로 눈앞엔 월악산이 드높게 드러났다. 그것은 마치 자기들에게 묵언의 축복을 하는 것같이 생각되었다. 그 산이 좀 더 푸르렀던들 더 좋지 않으냐는 생각이 애지에게 들었다. 아직도 봄이라면 이른 듯 산이 무성하게는 보이지 않았다. 망당히 들어선 낙엽송 가지엔 아직도 이제 잎이 돋기 시작한 듯 그저 검은 데 푸른 점이 박힌 듯만 싶었다.

조금만 더 늦게 왔더라면 벚꽃이며 진달래가 한창 어우러져 핀 것을 둘이서 볼 수 있었을 텐데 하는 마음이 들었다. 그러나 오늘이 바로 진녹의 생일이라는 것과 또한 생일이자 성스러운 자기들의 약혼일이란 데 꽃

쯤 문제가 될 게 없다고 생각하면서 어느덧 콧노래를 부르며 산을 접어 들어 걸었다. 이제부터는 오솔길이었다.

진녹은 연해 애지에게 자꾸만 말이 하고 싶었으나 그의 혼자 가만히 부르는 아름다운 노랫소리를 꺾지 않기 위하여 도취한 기분으로 귀만 기울이며 애지에 딸려 산을 올랐다.

6. 이것도 사건인가

그들이 좁은 산길을 앞서거니 뒤서거니 다 올라 청향사까지 도착되었을 때는 한 시가 가까울 무렵이었다. 애지는 그야말로 날 듯한 마음으로 올랐던 것이다. 하지만 진녹은 애지와 같지는 않았다. 그는 산에 오르기 전부터 얕은 기침이 간간이 몇 마디씩 나왔으나 본인 자신, 그것쯤은 문제를 삼지 않았는데 산을 오르기 시작하여 중턱쯤 가서부터는 숨이 복받쳐 가슴속을 무겁게 하였다. 그리하여 진녹은 애지에게 자기를 비교하여 보려고 숨이 가쁘지 않느냐고 물어보았더니 역시 가쁘다는 것이어서 참고 쉬어 가며 걸었으나, 막상 절까지 오르고 나니 기침이 아까보다는 더욱 잦게 나왔다.

그는 온몸에 땀이 났음을 깨닫지 않을 수 없었다. 머리가 휘둥그레지고 한동안 현기증도 났다. 그러나 그는 용기를 냈다. 오를 때까지만 해도 애지가 쉬어 가자는 청이 있기 전에 자기가 먼저 쉬어 가자고는 하지 않았다. 마음속으로 도중 여러 번 쉬어 가자고 하고 싶었으나 웬일인지 말이 나오지 않았다. 그렇기에 절까지 오른 후에도 즉시 한참 쉬고서 소위 불당이란 데를 구경하고 싶었으나 곧장 그곳으로 가는 애지의 뒤를 숨을 헐떡이며 기침을 억누르려고 노력하면서 따라갔던 것이다.

본당이란 하잘 것 없는 것이었다. 한 칸쯤 되는 신문지로 도배랍시고 한 이 방은 보통 시골 자리 까는 것이었다. 옻칠을 대신하여 먹칠을 한 듯한 석유 궤짝 위에 오뚝 앉혀진 부처래야 그것 역시 이미 금칠이 퇴락해서 군데군데 검은 나무가 드러날 정도를 면치 못하는 꼬마 부처였다. 그리고 그 앞엔 다리를 하나 새로 아무렇게나 해 맞춘 듯 휜 다리가 얼른 띄는 상이 한 개 덩그러니 놓여 있을 뿐이었다.

거기에다 뒷방에서는 어떤 놈팡이들인지 술을 먹고 있는 듯 간간이 여자의 타령 소리도 들려왔다. 더욱이 앞마당엔 사람 그림자도 찾아낼 수 없었다. 아마 여자의 노랫소리로 말미암아 식구들이 모두 뒤편 부엌에서 음식을 장만하느라고 안 보이는지도 모른다. 한데 이 예측은 들어맞았다. 바로 불당 옆, 안침에서는 남자 주인인 듯 상투잡이의 중늙은이가 구부리고 앉아 지금 한창 닭을 잡고 있었다.

진녹과 애지는 나란히 불당 앞에 서서 그런 꼬마 부처를 구경하였다. 애지는 그것을 보던 끝에 은연중 자기의 머리를 숙이고 손을 진녹이가 안 보도록 가만히 합장하며

'우리 앞길이 행복하도록 하여 주세요.'

하고 혼자 마음속으로 빌었다.

진녹은 자꾸 숨을 자지러지게 몰아쉬느라 한동안 정신을 차리지 못했다.

조금 뒤 그들은 다시 걸었다. 절 옆을 돌아 다시 샘, 애지가 눈에 그리고 있었던 샘을 찾아서 갔다. 녹음기가 되지 않았건만 샘을 찾아드니 상상한 대로 월악산 상상봉이 보일 뿐, 절도 보이지 않았다. 그저 샘물은 새하얀 바위틈에서 솟아났고 그 물은 밑으로 맞붙은 동이 하나 들어갈 만하게 옴폭 패인 바위에 찰찰 흘러내린다. 물 위엔 언제 것인지 검게 반쯤 썩은 낙엽이 두어 장 맴을 돌고 있었다.

애지는 놀란 듯이 부지중

"이런 잡것이 섞이다니?"

하여 그것을 건져냈다.

진녹은 반석 위에 먼저 앉고 말았다. 그는 상당히 피곤함을 느끼지 않을 수 없었다. 그는 눈을 감고 진정을 하기 위해 애를 썼다.

그러자,

"이 물에 세수하시지요?"

하고 애지가 말했다.

"먼저 하십시오. 전 조금 누웠다가 할게요. 좀 피곤합니다."

하고는 반듯이 드러누웠다.

애지는 저고리를 벗고 내의를 들어내이곤 물 옆에 앉아 세수를 먼저 했다. 그리고 운동화를 벗어 들고

'이게― 나의 남편이 사준 것이지!'

하는 생각을 하곤 혼자 웃으며 그것을 한옆에 소중히 놓고는 양말도 벗고 발도 씻었다. 그러면서 또한 콧노래를 부르며 물장난을 했다.

얼마 후 애지는 일어섰다. 그대로 진녹의 옆으로 가서

"손수건 있거든 좀 주세요. 갈퀴 때문에 화장품도 못 가지고 왔어요……."

하였다.

이때 진녹은 일어났다. 좀 후련하였으나 복받치는 숨은 어느 정도 진정되었다.

"벌써 세수 다 하셨어요? 발도 어느 틈에 씻으시구!"

하고 진녹이가 웃음을 띠우곤 양복 주머니에서 손수건을 내어주면서

"더럽습니다. 빨아서 씻으십시오."

했다. 애지는

"괜찮어요, 빨아서 씻으면 씻으나마나 하잖어요?"

하고는 얼굴과 손목을 씻었다. 그러면서

"어서 우와기 벗으시고 세수하세요. 그리곤 점심 잡수셔야지요."

하자, 진녹은 벌떡 일어서며

"네, 시장하신 모양이군요."

하며 샘 있는 데로 갔다.

애지는 저고리를 입고 진녹이가 벗은 우와기를 받아 반석 위에 놓고는 선 채 세수하는 진녹의 뒷모양을 바라보며 말을 연해 걸었다.

이윽고, 그들은 반석 위에 나란히 앉아 류색을 푼 다음 식사를 하기 시작했다. 애지는 참으로 맛있게 여러 가지를 먹었다. 중에서도 달콤한 인삼 과자를 맛있게 먹었다.

애지가 보기에도 진녹은 먹기는 하지만 피곤한 듯하였다.

얼마 후, 애지는

"드러누시지요."

하였다. 이에 진녹은

"애지 씨가 그러시니 잠시 누울까요. 처음으로 먼 길을 걸었더니……."

하며 누웠다.

"뭘 비실까? 돌이라 아프실 텐데……. 제 무릎이나 비시지요."

하고는 자기의 무릎을 진녹의 머리에 대었다. 진녹은 애지가 하자는 대로 했다. 애지는 과자를 먹으면서 진녹의 입 속에도 연해 한 개씩 넣어주었다.

이런 중에 진녹은 놀란 듯이 일어났다. 그와 함께

"이것 봐, 잊었군!"

하군 우와기 속 주머니에서 흰 종이로 얌전히 싼 조고만 갑을 하나 꺼냈다. 그리고는 다시 애지의 무릎에 누우며 그 갑을 풀었다.

"게 뭔데요?"

"왜 아까 산에서 드린다던 것이지요."

애지는 그제야 그것이 무엇인지를 알아차릴 수 있었다. 불현듯 약혼 기념품이란 생각이 들었기 때문이었다. 그러면서 시계인가 반지인가 알아맞히려 들었다. 웬일인지 가슴이 두근거렸다. 급기에 나온 것은 반지였다. 그것도 한 쌍― 순금의 가락지였다. 우선 애지는 놀라웠다.

"어디 손, 손 주세요."

진녹의 말이 있자, 애지는

"그렇게 좋은 것을 어디서 사셨어요? 여긴 그런 거 없는데―."

하며 왼손가락을 진녹의 머리 위로 내밀었다.

그는 미안한 중에도 기쁨을 참지 못했다. 진녹은 잠잠히, 가운뎃손가락 다음 것에 그것을 공손히 끼워주었다. 그것은 진녹의 정성의 뭉치 같았다. 이것을 그가 장만하기는 벌써 월여 전 일이었다. 푼푼이 모은 저금에서 반 이상을 잘라 서울로 주문을 해서 사들인 것이었다.

약혼은 되지 않았지만 애지가 앓고, 강씨가 자기를 몰아가던 그날, 그는 창피를 당했다는 것보다도 속심 좋아하였던 것이다. 그러다 약혼이란 것을 생각해내고 어느 소설에서 약혼 시에 금가락지를 기념품으로 남자 편에서 여자에게 주었다는 이야기를 읽은 것이 생각나서 이렇게 구해놓았던 것이었다.

"맞습니까?"

"네― 어쩌면, 참 꼭 맞습니다."

애지는 이렇게 대답하고는 대견스런 눈으로 손가락을 몇 번이고 바라보았다.

고요한 시간이 자꾸만 흘렀다. 한데, 이런 분위기는 얼마 지속되지 않았다. 별안간, 바로 절 있는 편에서 호된 소리가 터져나왔던 것이었다. 그것은 마치 무슨 야수의 소리 같은 찢어질 듯한 소리였다.

"저게 무슨 소리야요?"

애지는 진녹에게로 급히 다가앉으며 물었다.

진녹도 처음엔 다만 귀만 기울였다. 연해 또 소리가 들려왔다. 그것은 어린아이의 우는 소리 같았다. 숨이 넘어갈 듯한, 갈갈이 찢어진, 구원을 청하는 그런 울음소리였다. 그러나 간격으로 따져보아 그곳은 분명 절이 아닌 바로 이 숲 밑이라고 생각되었다. 간간이 어른인 듯한 험한 소리도 들려왔다. 그러나 시간이 지날수록 소년의 울음소리는 더욱 애통하게 귀를 점점 더 찔렀다. 아마 그 우는 소년은 이편으로 쫓겨오는 듯했다. 어른인 목소리는 가까워졌다. 그것은 어른이 소년을 때리는 것이라고 짐작되었다.

그러나, 바로 숲 밑에서

"아이구, 살려주시유!"

하는 웬 소년의 소리가 확적히* 들렸다. 이어,

"고노야로옷! 히도노 기오 기리다오스 악도와 신데모 가마와 나이소옷!(이놈의 새끼! 남의 나무를 훔치는 놈은 죽어도 고만이다!)"

하는 왁살스런 일본말 소리가 들려오고, 뒤이어

"요놈의 새깽이! 한 번 톡톡히 맞아봐야지!"

하는 술 취한 듯한 조선말 소리도 들려왔다.

그것은 마치 죽음판이었다. 진녹은 벌떡 일어났다. 그러면서

"어떤 놈들인지 애를 죽이는 모양이군."

하곤 부리나케 아래편으로 내려갔다.

---

* 정확하게 맞아 조금도 틀리지 아니하다.

애지도 공연히 마음이 떨려 맨발에 신을 꼬이기가 바쁘게 진녹의 뒤를 따라갔다. 한데 진녹은 얼마 안 가 발을 멈추었다. 나무 사이로 그 광경이 보였다. 바로 십 미터도 못 되는 곳에서 열린 참극이었다. 열대여섯 살쯤 된 소년은 땅에 쓰러져 있었다. 한데, 그 옆에서 소년에게 욕지거리를 하는 어른은 진녹도 그리고 애지도 누구라는 것쯤 알 수 있는 사람들이었다. 그들은 일인인 군청 산감과 애지가 아침에 길목에서 만났던 공의 황찬이었다. 애지는 겁에 질린 눈으로 진녹의 등 뒤에서 그쪽을 바라보았다.

진녹은 그들과 한두 번 노상에서 본 적은 있었으나 누구라는 것은 알리도 없었다. 그런데, 그들은 소년을 더 그냥 두지는 않았다. 술이 만취한 듯, 시뻘건 얼굴들을 하고 있었다.

산감은 구두 발길로 소년의 궁둥이를 차면서 입을 악물고

"야방모노(야만물)! 야방모노!"

하며 대꾸 쳤다. 또한 공의는 공의대로 신이 난다는 듯이

"겜바쓰오 고고로미 나사이! 스꾸나꾸데모 고구유—링 데스모노!(엄벌을 하십시오. 여기가 적어도 국유림인데!)."

하며 산감을 부추겼다.

소년은 죽은 듯 우는 소리도 멈추었다.

"저놈들이 어린아이를?"

하고 진녹은 혼자 중얼거리다가

"내 좀 가서 보고 오지요."

하는 말을 애지에게 하였다. 한데 애지는 진녹을 잡았다.

"무서워요, 가지 마세요. 그냥 버려두세요."

하고 만류하였으나 차츰 더욱 흥분해진 진녹은 도리어 애지가 있다는 데 힘을 얻어

"안 됩니다. 야만물이라니? 또 같은 조선놈으로서의 저런 행동을 그냥 둘 수는 없습니다."

하며 그곳으로 달려갔다.

진녹은 이제껏 이래본 적은 없었다. 그러나 웬 셈으론지 약자를 구해보겠다는 마음이 전신을 사로잡았던 것이다. 인간 치고 노여움을 그냥 혼자 묵삭으려 속만 태우고 마는 건 가장 비열한 존재라는 것을 당장 새롭게 느꼈기 때문이었다.

그는 가는 즉시로 엎드러진 소년을 일으켰다. 소년의 얼굴에서는 피가 흐르고 있었다. 그런 다음에 진녹은 대뜸 공의에게

"여보! 당신은 여기 무슨 상관이 있기에 이 모양이오?"

하며 노려보았다. 산감과 공의는 지검이*가 금방 뚝뚝 떨어질 듯한 눈으로 한동안 진녹을 노려보고만 있었다.

그러자 산감이 대들었다. 그는

"오잇! 오마에와 나니모니까이?(여봐! 네놈은 누구냐?)"

하며 손을 들어 진녹의 뺨을 갈기려 하였다. 그러니까, 공의도 그제사야 신이 난다는 듯이

"나니가 강께이 아루까도?(무에 상관 있느냐고?) 곤칙쇼!"

하고는 비틀걸음으로 해가지고 달려들었다.

진녹은 자기도 모를 기운이 생후 처음으로 솟아나왔다.

"야만물! 소년을 저렇게 때리는 너의 놈들이 야만이지 뭐냐?"

하며 산감의 손을 잡기가 바쁘게 발을 쳤다.

술이 취한 산감은 아무 힘없이 비틀거리며 공의에게 머리를 서로 되게 부딪치자 두 사람이 한몫 나가 쓰러지는 것이 아닌가? 이때, 진녹은

* 술찌게.

358

부지중 애지가 서 있는 편을 바라보았다. 애지는 분명히 자기를 보고 있었다. 그것은 마치 두려움에서 쾌감으로 돌아가는 그런 표정인 것같이 생각되었다.

함께, 진녹은 다시 이번엔 소리를 높여

"또 달려들면 나도 너희들이 이 소년을 다루듯이 할 테다!"

하고는 태연한 태도로 돌아섰다.

그러면서 그 소년을 찾았다. 그러나 소년의 모양은 그 자리에 없었다. 죽을 기를 쓰고 달아난 것이 분명하였다. 취한들은 머리를 부딪쳐서 그런지 잠시 정신을 잃은 듯 발만 버르적거리었다. 하지만 진녹의 가슴은 온통 뛰었다. 피곤은 몇 배 더 심해진 것 같았다. 그는 애지와 같이 앉았던 자리에 돌아온 후, 자기도 모르는 사이에 드러눕고 말았다.

순간에 급격적으로 달려든 흥분! 몇 마디의 쟁언爭言! 그리고 한 손의 방비! 한 번의 발길질! 이것은 그에게 있어서는 심신을 통해 과도한 충격이었을는지도 모른다. 더욱이 갑자기 겪은 등산의 피곤!

그는 한참 동안 현기증을 더 한층 느꼈다. 애지는 자꾸 이야기를 했다. 그들이 누구누구라는 것과 공의는 아조 망나니란 것, 아까 절에서 술을 먹던 것이 그것들에 틀림없으리라는 것 이런 말을 늘어놓았으나 진녹은 아무런 대답도 없었다. 이리하여 결국엔 애지도 잠잠히 있었다. 좀 심심한 것 같아 먹던 것을 다시 입에 넣으며 자기 무릎에 드러누워 있는 진녹을 내려보았다.

조금 뒤, 진녹은 연달아 줄기찬 기침을 하였다. 그러더니 얼마 가지 않아선 창백해진 얼굴에 땀이 흠뻑 솟아올랐다. 병이 다시 돋치는 모양이었다.

"어디가 몹시 편치 않으세요?"

애지는 겨우 이렇게 말을 하며 의아한 시선을 보냈다.

"괜찮습니다."

진녹은 고통을 참으려는 듯이 애지의 반대 방향으로 고개를 약간 돌렸다.

애지는 진녹의 괜찮다는 말에 위안이 생겨 곧 의아함을 풀 수 있었다. 그는 과자를 하나 집어 입에 넣을 때마다 반짝이는 가락지를 새롭게 눈에 비추었다.

《협동》 29호, 1950년 5월*

제4부 동화

만년필

아홉 살 된 성진은 오 리쯤 떨어진 촌에서 날마다 학교에 다녔다.

할아버지는 그를 몹시도 귀여워하였다. 겨울 같은 때 바람이 세게 불고 눈이 쌓이면 그는 울면서 학교 가기를 싫어하였다. 또한, 비가 와도 그러했다. 그러면 할아버지는 그를 달래기에 온갖 정성을 다하였다. 나중에 크게 될 사람이 이런 추위쯤에 학교에 못 간대서야 될 수가 있느냐는 둥, 지금부터 이러면 나중에 대학교도 못 가고 거지가 되면 어찌하겠느냐는 말과 밤과 감자를 구워주며 먼저 책보를 싸서 성진의 등에 매어 달곤 하였다. 그러면서 이럴 때면 으레 커다란 구리 동전을 주었다. 구리 동전 한 닢이면 엿이 두 개나 되었고, 연필로 말하면 세 자루쯤 살 수 있었다. 이것을 받아 쥐고 학교에 간 성진은 집으로 돌아올 적이면 언제나 장터를 돌아다녔다. 무엇이든 자기가 사고 싶은 것과 바꿈질을 하였다.

그곳엔 엿새에 한 번씩 장이 섰다. 그는 장날이면 학교에서 파하기가 바쁘게 사람들이 욱신대는 틈에 끼어 다니며 이런 것 저런 것을 한바탕 구경을 다 하고 난 후에야 해질 무렵쯤 해서 집으로 돌아오고는 하였다.

술집에서 주정꾼들이 서로 싸우는 것도 끝까지 구경하였다. 씨갑씨 장수가 틀어대는 유성기(축음기) 소리도 귀를 기울여가며 들었다. 요술을 부리는 것은 도맡아 좋아하였다. 그것은 장날마다 먼저 찾아다니며 보았다. 혹간 장날이면서도 그것이 없을 때면 혼잣속으로 섭섭해하였다. 거지들이 음식점이나 상점 앞에서 하는 각설이타령도 따라다니며 들었다.

이러한 것을 다 구경하고 집으로 돌아올 때에는 신작로를 걸으며 성진도 알 수 있는 데까지 각설이타령과 책보 틈에다 주먹을 넣었다 뺐다하며, 요술을 부리는 체 혼자 흉내를 내고 기뻐하였다.

어느 장날이었다. 성진은 장터 한구석에서 싸구려로 파는 오 전(지금은 오십 원쯤 될 것이다.) 짜리 만년필에 마음이 팔렸다. 잉크를 찍어 써도 보이고 값이 싸다고 소리소리 지르며 사라는 장수의 말에 한참 동안 구경하던 그는 꼭 그놈의 만년필이 한 자루 가지고 싶었다. 학교 선생님들도 양복 주머니에 꽂고 다니는 그것이었다.

그게 또 오 전……. 촉도 노란 금색이고 언제나 주머니에 꽂을 수 있는 꼬다리도 하얀 것이 달린 게 퍽 어여뺐다. 그것을 저도 하나 사서 1, 2, 3, 4도 써보고 싶었고, 이름도 그리고 이 학년이란 것도 써보았으면 아주 좋을 것 같았다. 그러나 돈이 없었기 때문에 가지는 대신 구경만 실컷 하였다.

"요다음 장날에도 와유?"

몇 시간 동안이나 서서 보기만 하던 성진은 그 장수가 만년필을 통에다 넣어 자전거에 싣고 가려 할 때 간신히 이렇게 묻기만 하였다.

장수는 히죽이 웃으며

"암. 오고말고……. 학교에는 내일도 간다."

하였다.

그로부터 성진의 마음 전부는 오직 만년필이란 것뿐이었다. 돈 오 전을 어떻게 해서 얻을 것인가? 그리고 그것을 사면 집에만 두고 쓸 것인가? 학교에도 가지고 다니며 동무들에게 자랑을 할 것인가……. 하는 생각으로 그날 저녁밥도 변변히 먹지를 못하였다.

성진은 언제나 할아버지와 한이불 속에서 잤다. 그날 밤 그는 어찌됐던 그것을 살 수 있는 돈 오 전을 얻어야 함을 깨닫고 저녁밥을 치우기가 바쁘게

"할아버지, 흐응……."

하였다. 할아버지는 성진이가 또 무슨 떼를 쓰려는가보다 알아차리고

"또 심심한 모양이구나."

하며 입은 골이 난 체하고 일부러 움직이지 않았으나, 눈에만은 웃음을 띠며 성진을 바라보았다.

"흐흐응……. 흐응……."

"이놈아. 글쎄 흐응이 뭐냐?"

"나……. 저……."

"글쎄 말을 똑바로 해봐!"

하자 성진은 이제 되는가보다 하고 신이 약간 나서

"나 돈 오 전만……."

하며 손을 할아버지에게로 불쑥 내밀었다.

"조그만 놈이 돈만 알면 큰일 난다……. 그저 툭하면 돈돈 하니. 대체 또 무엇할라구? ……."

성진은 좀 골이 났으나 무엇할라구 하는 말에

"마ㅡㄴ 녀ㅡㄴ 피ㅡㄹ."

하며, 할아버지의 기색을 열심히 살폈다. 그랬더니 할아버지는

"건방지게 벌써 만년필이 뭐냐?"

하더니 눈을 억지로 흘기는 체하였다.

성진도 할아버지가 미웠다. 그래서 그럼 난 학교에 안 갈 테야! 하고 몸을 흔들며 할아버지 허리끈에 매달린 주머니를 잡아낚았다.

이러자 할아버지는

"이놈, 이놈, 불한당 같으니! 학교에 가든지 말든지 네 생각해 하려무나……."

하며 돌아눕고 말았다.

언제든지 이렇게 돈을 달라면 할아버지는 실컷 약을 올리는 것이었다. 이것이 그는 귀찮았다. 성진은 잉잉거리며 할아버지의 옆구리를 두 발로 흔들었다.

"아구구……. 이놈이 늙은 하래비를 막 때린다. 이놈 후레아들놈 같으니……."

할아버지는 엉그럭을 쓰더니, 조금 후에는 자는 양 코까지 드르렁드르렁 고는 척하지 않는가?

그날 밤 성진은 여간해 잠을 이루지 못했다. 만년필의 모양이 자꾸만 눈앞에 떠올랐다. 할아버지는 옆에서 참말 잠이 들어 숨소리가 높았다 얕아졌다 하였다. 가끔가다 입맛까지 다시며 입을 벌리고 자는 모양이 그에겐 더욱 밉게만 보였다.

"그러나 만년필! ……."

성진은 무엇을 생각해내었다. 내일이면 손에 만년필이 쥐여질 것을……. 그러자면 자기는 내일 아침에 또 울고 싶지 않은 울음을, 학교에 안 가겠다고 징징거려야 될는지 말는지 하기보다는, 하는 마음이 생겼던 것이다. 그러자 성진은 가만히 일어나 할아버지의 자는 얼굴을 내려보았다. 가슴이 아팠다. 바로 머리맡에 보이는 것은 할아버지의 허리끈에 매달린 주머니였다.

이튿날 성진은 할아버지가 자꾸만 두려워졌다. 그는 아침밥도 몇 숟

갈 먹지 못하고 그만 학교로 뺑소니를 쳤다. 그러나 학교 마당에 와 있어야 할 어제의 만년필 장수는 보이지 않았다. 한 시간이 지나도 볼 수 없었다. 두 시간이 지나도 마찬가지다. 그는 공부 시간 중에 자꾸만 선생님의 웃주머니에 꽂힌 만년필만 바라보았다. 그리고 넘겨다 보이지도 않는 운동장 쪽으로 눈을 옮겼다.

집에 올 때였다. 그렇게 바라던 장수가 왔다. 성진은 먼저 뛰어가 그 그리워하던 만년필을 샀다. 그러나 만년필은 사기가 바쁘게 호주머니 속으로 들어갔다. 그는 혼자 집으로 돌아오는 길에 중간에서 신작로를 벗어나 어떤 돌무덤 밑 사람이 보이지 않는 곳에 가서 앉았다. 그제야 그는 그 귀여운 만년필을 비로소 꺼내들었다. 가만가만히 뚜껑을 틀어 열었다. 금빛 촉으로 손바닥을 긁어보기도 하였다. 조끼 주머니에도 꽂아보았다. 시간 가는 줄도 모르고 그는 몇 번이고 몇 번이고 이러기를 되풀이하였다. 그러나 그러면 그럴수록 도무지 집으로 갈 생각은 적었다. 할아버지가 무서워지기만 하였다. 가슴이 자꾸만 아파지는 것 같았다. 그는 슬펐다. 그러다 어젯밤에 잠을 잘 이루지 못해서인지 얼마 후에는 그곳에서 앉은 채 꼬박꼬박 졸고 있었다.

어느 때가 되었는지 성진은 놀라서 잠이 깼다. 눈에 닥치는 것은 어둠뿐이었다. 하늘엔 별만이 총총히 박히고 이편저편에 개똥불(반딧불)이 날았다. 그는 더욱 가슴이 아팠다. 이곳이 어디인지도 잠시는 몰랐다. 무서웠다. 그는 울상으로 벌떡 일어났다. 손에 만년필이 여전히 쥐어져 있었다.

어찌할 줄을 몰라서 성진은 그만 울음이 터졌다.

"엉— 엉—!"

이때다. 저편에서

"성진아— 성진아이! ……."

하는 소리가 들리는 것 같았다.

울던 중에도 그는 잠시 귀를 기울이며 눈을 돌려 그편을 찾았다. 멀지 간이서 호롱불 하나가 움직임이 보였다.

"성진아— 성진아이! ……."

그것은 분명히 할아버지의 힘껏 부르는 목청이었다. 성진은 눈물만이 펑펑 쏟아졌다. 그는 자신도 모르는 사이 여태 쥐고 있던 만년필을 아무렇게나 던져버리고 말았다. 그리고는 등에 책보를 멘 채

"할아버지! 아그 할아버어지! ……."

논인지 밭인지 할아버지의 소리가 들리는 쪽으로만 향하여 더듬거리며 뛰었다. 호롱불이 가까워지기만 바라면서

"성진아이! ……."

하는 소리가 날 때마다 그도 연해

"할아버지! 할아버지! ……."

하고 목청을 울면서 돋우었다.

《소년》9호, 1949년 4월

제 5 부 수필

자연으로 향하는 마음

　계절에 따라 마음도 변한다 함은 공식된 문구인 듯하나 나는 성격이 괴팍한 탓으로인지 언제나 불안과 초조로움을 벗어나지 못하였다. 소년 시절의 대부분을 도회에서 지내왔고, 청년기에 들어서는 자연과의 접촉이 많은 시골서 오륙 년의 세월을 지내왔건만 왜적의 소위 대동아전쟁 시였던 만큼 그러한 데 감흥을 가져본 일이 없었다. 봄이 옴도 여름이 감도 또한 쉽게 가을과 겨울이 지나는지 혼자서 은근히 생각할 겨를도 없이 허송해왔다. 그저 하루하루의 생활이 어떻게 하면 다음의 여유를 가질 수 있을까 하는 고뇌가 연속하였던 것이다.

　이러하다가 8·15 해방이 꿈결같이 달려들어 누구나 자유를 부르짖자 내 자신도 이제부터는 청년다운 희망을 목표로 이제까지 지내왔던 생활을 새로운 각도에서 타개해 보고자 하였다. 그러나 서울에 있은 지 이년이 가까워가도록 역시 그 괴벽을 버리지 못한 채 계절의 의식이나마도 갖지 못하고 지내온 것이다. 어떻게 하면 셋방 하나를 또한 어떻게 하면 식구에게 생활에 대한 피로를 주지 않을 수 있을까 하는 식주食住 문제에 얽매여 무질서한 정신적 분열 속에서 격동해온 것이다.

일전 모 선생께서 초하의 수필을 쓰라는 청탁이 있어 곧 붓을 들었으나 무엇을 써야 할지 꽉 막힌 데는 실소를 금치 못했다. '초하!' 더듬더듬 생각하니 십팔 세 때 영남 어떤 산중에서 겪은 초하의 인상만이 떠오를 뿐이다.

인가가 없는 사찰에서 의외의 인연으로 몇몇 문우를 만나 날이면 날마다 꾀꼬리, 목탁조 지저귀는 뒷산을 뛰어다녔었다. 그중에서도 시인 이정호 군과는 동년배로 그곳에서 동거하다시피 한 터라 아침마다 일찍이 대숲을 지나 송림 속을 돌아다니며 여름 한동안을 문자 그대로 쾌활하게 지내었다. 이러한 것을 회상하며 지금 한 간도 채 못 되는 남의 집 문간방에서 붓을 들은 채 앉아 있노라니 불현듯 현재의 모든 불안을 박차고 다시 그 시절의 초하로 돌아가고 싶은 충동을 억제할 수 없었다.

그리하여 처음으로 덕수궁으로라도 찾아 초하의 목단꽃 향기라도 마셔보려는 의욕으로 그곳을 지나는 길에 찾아들었다. 그러나 뜻밖에도 그곳에는 중대 회합이 있더니만큼 일반 관람자의 출입을 금하였기에 나는 그만 발길을 돌리고 말았다. 그러자 출근할 때 배급 탈 돈을 오는 오후 두 시까지 꼭 구해와야 된다는 아내의 말이 머리에 떠오르자 돌아오는 실망은 고사하고 '어디로 가야 주선한담?' 하는 초조로운 마음으로 사방을 허전히 살펴보았다.

《민중일보》, 1947년 6월 8일

작가 일기

6월 29일

오늘도 같은 일을 되풀이했다.

아홉 시쯤 사社에 나가서, 문총文總엘 들르고 잠시 다방에 앉았다가 다시 사엘 들렀다. 그리고 또다시 다방으로 가서 골이 난 사람처럼 묵묵히 앉았다가 통근차가 와서 다섯 시쯤 집으로 돌아왔다. 창작 구상을 할까 하고 얼마 동안 요 위에 비스듬히 누워 있었으나 떠오르는 것은 문학 잡상뿐이었다.

오늘은 다 그만두고 독서만으로 지내기로 했다. 이 땅 것을 읽어볼까 하다 이것도 팽개쳤다. 요즘 생각해지는 것은 창작 한 편이라도 이 땅의 것을 읽으면 그 읽는 동안만큼은 으레 시간적으로 손해를 보았다는 느낌이다. 나는 정해진 작가 몇 사람을 제외하고는 다른 분들 것은 여간해 읽지를 못한다. 당돌한 버릇이다.

노서아 작품을 읽다. 꼬롤렌꼬의 「화태 탈옥기」와 안드레예프의 「치통」은 재미나게 읽었다. 그 외에도 서너 편 더 읽은 후 저녁을 치르고, 다리 근처를 거닐었다. 생각하니 집으로 일찍 돌아오는 통에 술을 안 마신

지가 벌써 삼십여 일이 넘는가보다. 술을 먹지 않은 대신 그동안 말라리아로 하루 건너마다 여러 번 고통을 겪었다.

그러나 술을 마시고 통행금지 시간을 맞추어 밤늦게 돌아오던 때보다는 마음이 한결 편한 것만은 사실이다. 이대로 지나기를 나는 바란다. 열두 시 사십 분경 취침.

7월 3일

무더운 날이다. 비가 아니 와서 탈이다. 신문 보도에 의하면 이앙移秧은 이 서쪽 나라에 불과 칠할 칠분 완료라 한다.

"비가 어째 안 온담!"

더위를 참느라 벌거벗고 누운 채 혼자 중얼거리자니 어릴 적 일이 생각된다.

그때엔 덮어놓고 '비'라면 싫었다. 원족이라든지 또는 일요일 그리고 평상시에도 비가 오지 말기를 손꼽아 기다렸던 것이다. 누구든지

"비가 아니 와서 큰일났는데……."

하는 말을 하면 나는 곧잘 혼자 상을 찡그리곤 하였다. 세상 물정을 몰라서 그랬던지 이 버릇은 해방된 뒤까지도 마찬가지였다. 그러나 요즈음은 그 버릇이 없어졌다. 나도 모르는 사이에 어디론지 달아나버리고 말았다.

우선, 나를 괴롭히는 것은 마구 오르는 쌀값이었다. 소두에 천삼백오십 원은 누구나 탄식의 고가인 줄 알지만 앞으로도 비가 오지 않는다면 시세는 더욱 껑충껑충 뛰어오를 것이 아닌가. 이에 대하여 며칠 전 어떤 친구는 말했다. 이대로 간다면 팔구월경엔 민심에 변동이 생길 것이라

고, 그러면 내란도 일어날 위험이 없지 않아 있다 하며 이것을 막으려면 미국의 대한경제원조액 소비에 있어 그 중심을 식량대책비로 치중함이 필요하다고 했다.

어쨌든 야속한 비다.

누웠다가 벌떡 일어나 창밖으로 눈을 옮겨 우러러보니 하늘엔 구름 한 점 없다. 성벽 위에 오직 한 덩이 구름이 있었으나 그것은 요염한 것에 불과하였다.

뒤에서

"아버지!"

하는 소리가 난다.

돌아보니 아들놈 수영守永이가 돈을 달라고 손을 펴서 내민다.

나는 문득

"너 비가 오는 것이 좋으냐?"

하고 물었더니 돈을 주어야 이야기하겠다고 한다. 그래서 십 원짜리 한 장을 주며 또 물으니까

"비는 싫어!"

하는 것이다.

"우리 서로 바꾸어 될까?"

또, 내가 이렇게 말하니까

"바꿔 되는 게 뭐야?"

한다.

"응, 저 이제 네가 아버지가 되고 내가 수영이가 되고……."

하니 수영은 멋도 모르면서도

"잉!"

하고 울음을 우는 척 어리광을 떨며 그만 밖으로 뛰어 나가버린다.

아마, 그 십 원짜리를 가지고 시장으로 가는 모양이다. 나는 수영의 뒷모양을 바라보며 혼자 웃었다.

7월 17일

일전 모 잡지사에서 단기일 내에 창작을 한 편 쓰라고 했다. 별안간 테―마를 잡을 수 없어 헤매이다가 오늘에서야 끝을 맺었다. 매수 육십 매. 제목은 「노리개」. 그런데 제목이 마음에 들지 않는다. 작품 내용과 상통되는 점이 희박한 것 같았다.

나의 작가 생활은 불안의 연속이다. 이 불안은 언제나 혼자 앉아서 작품의 구상을 진전시킬 때나 각국 명작을 읽을 때면 으레 닥쳐오는 것이다. 더욱이 작품을 쓰려고 제목과 나의 성명 삼자를 써놓고 허두를 시작할 때같이 불안이 심한 적이 없다. 원고 첫 장 쓰는 데 보통 십여 매의 종이를 버리고 마는 것이다. 오랜 시일을 두고 제재를 반추하여 작품에 등장하는 인물이며 여러 가지 조건을 푹 삭인 후에 덤벼드는 작품도 그러한데다 테―마의 구득이며 구성도 정리 못한 채 써야 될 기일 절박물은 원고지 낭비가 십여 장 정도라고는 추단하기 어렵다. 이십 장이 되는지 삼십 장이 휴지화하는지도 모른다.

자 ― 어데서부터 시초를 지어야 되나?

하는 것이 요는 문제다. 이렇게 되면 막연하나마 이야기 줄거리라도 잡힌 후로 제목과 성명을 붙이고 난 뒤로 비로소 구성에 부딪쳐서 써가는 동안에 이것을 정리하여야 된다.

한 줄을 쓰다가도 상을 찡그리고 부드득, 두 줄을 내려가다가도…….
그러다가는 쌓여진 휴지로 변한 원고지를 두 손으로 소리가 나도록 꾸겨

버리고는 드러눕고 만다.

　이러기를 몇 번이고 되풀이한 다음이래야 한 줄에서 두 줄…… 한 장 두 장 쓰여진다. 그러는 동안에는 장면마다

　"옳지…… 옳지."

　하는 자기도취의 버릇이며

　"좋은 작품 쓰기란 열 번 죽었다 깬대도 어려운 것이로군."

　하며 자탄도 한다.

　이래서 작품을 한 편 써놓는다. 작품은 어찌됐던 나는 '끝' 이라는 자만 쓰면 대개 이제까지의 지니고 있던 불안은 없어지는 것이다. 이와 동시에 이제는 앞으로 무엇을 써야 하나 하고 생각해 본다. 쓸 것이라고는 하나도 없는 것 같다. 생각하면 캄캄하고 아찔할 뿐이다. 이미 이런 때에는 다시 불안이 내습하는 것이다.

　「노리개」란 제목을 그냥 두기로 했다. 나에겐 다음 작품 쓸 일이 제목 하나 고치는 것보다 더 중하게 생각되기 때문이다.

7월 19일

　고료를 받았다.

　금액의 반을 갈라 나는 서적을 샀다. 또스또예프스키의 『카라마죠프가의 형제』 전 사 권, 발작크의 『오톨도톨한 가죽』, 스탕달의 『서간집』 등이다.

7월 21일

옆집, 어떤 여인으로부터 아내에게 편지가 왔다. 또 나의 책을 빌려 달라는 것이다. 아내의 말에 의하면 그 여인은 작년까지 여학교 선생 노릇을 하고 지냈다. 그런데 요즘은 신경병으로 몇 달째 방 안에서 누워 지낸다는 것이다. 남편은 어느 중학교 음악 선생이라 한다.

아내가 그 여자를 처음 알기는 한 월여밖에 되진 않는다. 아내도 그 여자를 모르고 주인집(그는 방을 한 간 빌려 살고 있었다.)에 놀러 갔다. 처음으로 그와 알게 되었다. 그때 그는 아내에게 바깥어른은 문학을 하신다죠 하며 성명이 누구시냐고 물었다는 것이다. 아내가 대답하니까 오라 그러시냐고 《백민》에도 쓰시고 《소년》에도 소설을 쓰신 분이 아니냐고 하며 아내에게 문학자 부인이 되어 좋은 것이라 하였다 한다. 그 뒤부터 그는 날마다 조고만 딸을 시켜 책을 빌려갔다. 언제인가는 아내에게 댁에서는 돈 있는 사람보다 없는 사람들 편이신가보다고 나의 작품 독후감을 이야기했다는 것이다.

그리고 또 전엔 집이라고 지니고 살은 적도 있었으나 어찌어찌하다 집도 팔아치우고 이렇게 셋방살이를 하고 있다 하며 남편은 시골로 무슨 용무론지 출장을 가서 있는 중인데 소식도 없다는 것이다. 친정은 잘 사는 편이라 했다. 그러면서 약도 친정에서 지어다주어 먹고 있다 했다.

저녁을 먹고 있으려니까 그의 딸이 빌려간 책과 그 위에 종이쪽을 하나 놓아서 가지고 왔다. 나는 그 종이쪽을 펼쳐보았다. 그것은 아내에게 보내온 편지다. 요지는 대략 다음과 같다.

××모친 보시오.
요즘은 어째 놀러 오시지 않습니까. 빌려온 책은 아주 감사하게 읽었습니다. 읽고 난 후이면 무슨 의무인 것처럼 이렇게 또 책을 주십소서 하고 청하는 저의 마음을 알아주십시오.

　책을 읽는 것은 지금 저의 처지에 있어 보약을 몇 재 먹는 것보다 더 낫구만요. 하루 바빠 창밖에 놓여진 푸르른 하늘을 우러러보고 마음껏 호흡하게 될 날이 언제나 올려는지 마음이 어둡습니다.

광자 모 올림

그리고는 옆에 조고만 글씨로 손에 자유를 잃어 글자가 엉망이라고 했다. 그러나 글씨는 능숙한 편에 가깝도록 얌전히 쓰여 있었다.

나는 아내에게

"그래 그분은 기동도 못하나?"

하고 물었다.

"못해요. 밥해 먹는 아이가 일으키고 눕히고 하는걸요. 쟤(그의 딸)도 동생 보아주느라 두 달째인가 학교엔 가지 못했대요."

한다.

나는 그의 딸을 쳐다보며 편지와 그리고 글씨를 종합하여 한 번 보지도 못한 그 여인의 모양을 생각하면서 다른 책 한 권을 또 빌려주었다. 어서 회복되어 말대로 푸르른 하늘을 즐겨 볼 수 있도록 되어지기를 나도 바란다.

7월 23일

어於 ×× 다방

모 잡지가 발간도 되기 전인데 거기에 수록된 창작 다섯 편을 먼저 읽을 수 있었던 동지 편집 관계자 평론가 S씨 왈, 그중에서는 P씨의 것이 제일 좋더라는 말을 했다. 그 옆에는 바로 그 잡지에 창작을 쓴 F씨가 앉아 있었다.

그는 곧 S씨의 말을 받아 하는 투가

"P씨는 S형과 친하니까……."

하였다.

평론가 S씨는 F씨의 이런 말에 잠시 아연하는 기색이었다가

"F형의 이번 건 요전 것에 비하면 그보다는 낫더군요."

하자 F씨는 당황했다.

그때 그의 표정은 일종의 흥분 상태에 놓여 있었다. 아마 낫다는 데에만 신경이 쏠린 듯 허허 얼버무려 웃었다. 그리고는 당석에서 S씨에게 작품평을 곧 쓰라고 청하다시피 했다.

F씨는 P씨의 작품을 읽기도 전이었다. 나머지 세 편을 읽은 것도 물론 아니다. 그리고 그는 여적 시평時評을 주로 써옴네 하는 사람이다.

나도 그 좌석에 같이 앉아 있었다. 나는 F씨의 이런 태도에 마음속으로

"참, 자미난데……."

하고 웃었을 뿐이다.

F씨는 곧 이 땅 문단의 시평가時評家인 동시에 중견 작가의 한 사람이라는 것을 먼저 알아두어야 할 것이다.

《문예》 2호, 1949년 9월

코큰문청文靑

내가 조천석 씨를 처음 알기는 지금으로부터 사 년 전 일인가 싶다. 문인이 제일 많이 모여 있다는 《민주일보》 초창기에 월탄 씨는 이 조천석을 데리고 와서 우리들에게 소개를 시키며 그의 시가 좋다고 선전하였다. 그때 얼른 보기에도 그는 퍽 불행한 청년 같았다. 활기라고는 한 군데도 찾아볼 수 없는 쇠약한 체구를 지니고 있었다. 좁다란 얼굴 불거진 양 볼엔 붉은 빛이 진하게 자리를 잡고 있었으며 더욱이 얼굴의 균형을 잃을 만큼 칼날같이 유난히 툭 솟은 코. 그리고 피곤에 겨운 듯한 노란 눈자위. 또한 흙빛 머리털⋯⋯.

나는 그때 무심히 그를 양풍이 들은 혼혈아 같다고 생각했다. 그러면서 당돌한 생각이지만 천석이란 이름부터가 양가의 태생은 아닐 것이라고 여겼다.

그 후 나는 오랫동안 그를 만나지 못했다. 오직 그해 여름인가 가을에 같이 근무하고 있는 서정태와 안국동을 걸을 때 나로서는 우연히 한번 먼 빛으로 보았을 뿐이다. 정태가 말하기를 조천석이란 사람이 저 과

자점에서 일을 보아주고 있다고 하면서 자기는 한두 번 폐를 끼쳤노라고 했다. 그런 후 근 이 년 동안이나 나는 그를 잊고 지내왔다.

내가 신문사를 그만두고 잠시 시골서 살다가 작년 십이월경에 다시 서울에 올라와 매일같이 소공동 풀러워 다방엘 들른 무렵이다. 생각지도 않던 이 조천석이가 그곳에 나타나기 시작했다. 그는 외투도 없이 추운 듯 다방 안으로 들어와서는 구석 한 자리를 차지하고 혼자 몇 시간이고 앉아 있었다.

그때 나는 사 년 전에 말도 없이 인사를 한 번 교환했던 터이라 모르는 척할 수밖에 없었다. 그는 나를 몰라보는지도 모른다. 그런데 며칠이 지난 뒤부터는 그는 나에게 만날 적이면 묵례를 하고 지나갔다. 따라 나도 흥미 없게 묵묵히 고개만 끄떡하였다. 뒤에 자연히 안 것이지만 그 무렵 그는 최태응 씨 밑에서 《민족공론》을 편집하고 있었다.

그런 중 병고로 말미암아 태응 씨가 《민족공론》에서 손을 떼게 되어 그 대신 내가 일을 맡아보게 되었다. 그날 다방에 앉아 있으려니까 조천석이가 나에게 와서 처음으로 웃는 낯으로 인사를 했다. 그러면서 잘 지도를 해달라고 꼭 한 마디 말을 하였다. 나는 서로 마찬가지 형편이니 그런 말은 말라고 했다. 그러면서 나는 잡지 편집은 처음인 나보다 경험 있는 당신이 전부 도맡아 하는 것이 좋겠다는 의견을 내놓았다. 그날 그는 유쾌한 낯으로 돌아갔다.

이어 그는 다음 호 플랜을 놀랍게도 이튿날 대번에 짜가지고 와서 나에게 보였다. 그러면서 한참이나 내 눈치를 살피는 것이었다. 위선 나는 참 훌륭하다고 하면서 그 내용을 살펴보니 제목의 대개가 예를 들자면 「…… 무엇인가?」 또는 「…… 어찌되는가?」 하는 식의 의문체로 되어 있었다. 그래서 이런 의체 제목은 한두 개만 쓰는 것이 좋을 것이라고 하며 너무 많이 쓰면 도리어 저속하게 된다고 의견을 붙였더니 그는 잠시 얼굴을 붉히며 어름어름하다가 "이래야 주인이 좋아합니다." 하였다. 주인이란 물론 잡지 경영자였다. 나는 더 말을 하지 않고 있었다. 그랬더니 조천석은 이 플랜의 각 원고를 누구에게 부탁할 것이냐고 하며 "홍 선생 저에게도 좀 잡문을 쓰도록 하여 주십시오." 했다.

원래부터 잡문에 대한 호의와 재주가 없는 나는 곧 쾌락을 하다시피하여 그를 쳐다보니 그 붉은 얼굴이 더욱 붉어졌음을 알 수 있었다.

나는 무심히

"잡문이 그렇게 쓰고 싶어요?"

했더니 그는 웬일인지 더욱 어찌할 줄을 모르는 표정을 지었다. 그것은 포박당한 절도 죄수의 모양과 흡사하다느니보다 똑같게만 생각되었다.

"월급만으론 어디 살 수 있어요? 이것이라도 써야 고료가 생기지요."

이것은 그때, 한 오 분쯤 지난 후에 비로소 그가 한 말이었다.

나는 나의 말한 것을 후회하지 않을 수 없었다. 그리하여 다음엔 도리어 내가 죄수가 된 느낌 가운데서 사 년 전의 월탄의 말이 생각키어

"그런데 왜 시는 발표 안 하시오."

하고 위안 겸 이렇게 물었으나 이것 또한 유쾌한 물음은 아니었다.

그의 모양은 조금도 돌려지지 않았다. 오직

"시입니까?"

하였을 뿐이었다. 그것은 오직 묵살을 의미하는 어조였다.

그 후 얼마 안 가서 나는 두서너 사람한테 그에 대한 이야기를 들을 수 있었다. 첫째 놀라게 한 것은 월탄 씨의 선전이 틀렸던지 그의 시가 좋지 않았다는 것이다. 그리고 여태 총각으로만 알았던 그는 현재 결혼을 해서 태응 씨네 집에 얹혀서 살림을 하고 있다는 것이다.

《민족공론》에 들어오기 전, 그가 고아원에서 일을 보아주고 있는 동

안 지금의 여인과 서로 눈이 맞아서 산다는 것이다. 그 여인은 내가 한 번 본 적이 있다. 밤이 늦어서 하룻밤을 태웅 씨네 집에서 자고 나올 때 꼭 한순간 흘낏 보았다. 몸집으로나 얼굴이 그때의 생각엔 어여쁘다고 생각했다. 그러나 그 여인 역시 유복한 과거는 아니라는 것이다. 해방 전, 소년 조천석이가 만주에서 무슨 이유인지는 모르나 몇 해 동안 감옥 생활을 하였다는데 그 무렵 이 여인은 그 당시의 남편과 이별하여 서울로, 일본으로 방랑을 하였다고 한다. 가끔 그들에겐 여인의 친정 식구가 찾아온다고 했다. 조천석의 가족은 있는지도 없는지도 잘 알지를 못했다. 어쨌든 그렇게 모인 그들 부부는 애정이 상당한 모양인 듯했다. 이해, 사월인가 오월에 결혼한 지 일 년도 못 되어 장녀가 태생했다.

나는 《민족공론》에서 단 오 일 못 되어 손을 뗐다. 조천석은 그 후로도 삼사월간 그곳에 머물러 일을 했다.

어느 때인가 그때는 아마 삼월인가 사월인 듯했다. 그무렵 나는 주택을 매입하려다 뜻대로 되지 않아 계약 겸 선불금으로 치른 십오만 원을 찾느냐 떼이느냐 하는 위기에 처해 있던 터였다. 다방에서 혼자 우수에 잠겨 있으려니까 조천석이가 앞에 와서 가만히 앉아 있었다. 물론 서로 말이라고는 별로 없었다.

그러나 나는 혼잣말로

"에잇, 한강에나 가서 빠져 죽었으면……."

하고 탄식하였다.

그랬더니 조천석은 왜 그러냐는 눈치로 나를 보았다. 그러다가 그는 고요한 어조로 나에게 말을 했다. 그때의 그의 모양은 내가 보기엔 처음으로 침착했다. 그의 피곤 겨운 듯한 노란 눈에도 이상한 광채가 돌았다. 그는 나를 뚫어지게 바라보며 이렇게 말했던 것이다.

"홍 선생의 미래는 좋을 겁니다. 코가 우뚝 크게 솟았기 때문입니다."

나는 웃었다. 내 코라는 게 큰 것은 아니다. 얼굴 균형에 비쳐 큰 편이라는 것뿐이었다. 그 당장 나는 나의 코라는 생각보다 그의 코를 보았던 것이다. 아마, 내가 아는 사람 중에선 그의 코가 제일 클 것이라고 다시금 생각 안 할 수 없었다. 그러면서 혼잣속으로 그의 행복된 미래가 어서 오기를 간절한 마음으로 축원하였다.

그 후 그는 《민족공론》을 그만두었다. 그만둔 후 언제인가는 나에게 취직을 부탁하였다. 그러던 중 그는 지난 칠월에 자기 혼자만이 바라던 다채로운 미래도 맞이하지 못한 채 세상을 떠났다.

그것은 급격적인 일이었다. 또한 묘한 것이 한강에서 익사를 하였다는 데는 일순 실로 놀라웠다.

그를 아는 사람들은 그 당시 그의 사인에 대하여 두 가지로 의견이 대립되었다. 수영을 하다가 잘못하여 죽었다는 측과 자살이라는 측이 있었다.

나는 웬일인지 그를 자살로 돌리고 싶었다.

《신천지》, 1949년 10월

평론가 조연현

평론가 조연현 형을 내가 알기는 해방된 그 이듬해 이른 봄이었다. 책 한 권 내지도 못한 채 없어진 모 잡지사에 편집국장으로 그가 있을 때 몇몇 문우와 함께 찾아갔었다. 말을 마구 빌자면 그의 모양은 앙상히 말라빠진 주먹과 같았다. 그것도 뼈 대신 가시를 지니고 있는 주먹이었다. 처음으로 인사를 하고 나니 다짜고짜 콕콕 쏘으는 음성으로

"흥행 소설 하나 주시오."

하는 말이 조곰치도 귀에 거슬리지 않을 만큼 그의 모양과 다르지 않았다. 그러나 간혹 끝에

"난 몸이 죄구마서 어디 나서든 좋지 않구먼……."

하는 적이 있다.

그 대신 활동만은 상당히 정열적이다. 그의 독특한 이 정열의 힘은 우선 그를 서울에 있어서의 일류 언론인을 만들어놓았다. "난 몸이 죄구마서……." 할 만한 내면적 불안을 항상 억제하며 혼란 축적의 정계 혹은 사회 단체를 용감히 뚫고 들어 복재伏在한 이면상裏面相을 송두리째

공개함으로써 세인의 이목을 독점하였다. 물론 그 활동 방법이란 게 "홍행 소설 하나 주시오……." 하는 식인 이해를 떠난 소박하고도 솔직하여 상대편이 끌리지 않을 수 없는 강경한 묘책을 썼을 것이다.

한 번 대한 사람은 그를 소홀히 보지 않는다. 어데 누구에게든 그는 머리를 숙이는 편이 아니다. 가시 같은 담화 몇 마디면 거물들이라도 그를 우수하다는 입장에서 생각한다. 흔히 볼 수 있는 소극적을 떠나 무엇에든 대범을 취하였다. 그리고 열 가지를 위해서 한두 가지를 희생시킴은 그의 다반사다. 상대편이 아무리 그에게 경의를 표시할지라도 그는 생각해보아 딱 시원찮다고 단정을 내리는 날엔 일순도 놓치지 않고 그 당장에서 가시 같은 붓을 흔들어놓고 만다.

그는 맘보다 글이 앞을 선다. 사람이 많이 모인 석상 같은 데서 이야기함을 마음속으로부터 기피하는 그는 오직 글로써 처리를 하였다. 이런 점은 언론인으로서보다 문학평론가로서의 활동이 더욱 현저하다. 말로는 위대한 문학가인 체 자처하는 무리가 많은 조선 문단에 글이 앞서는 조연현 형의 태도는 확고부동하였다. 그의 평론은 한동안 말 대신 글로 갈기는 투쟁물이었다. 그야말로 느끼는 대로 팍팍 썼다. 동서남북 거리낌 없이 그의 공세는 구렁창에까지 가시 같은 문장으로 몰아넣었으며 촌분이라도 옳다 싶으면 나중에 떨어지건 말건 하늘 끝까지 올려세웠다. 허잘것없는 문단임으로 고배와 상처를 받은 사람들은 실로 부지기수다. 그러나 그들은 이 평론가에 대하여 처음은 가진 곡해를 하고 저주 욕설을 하는 모양이나 종당엔 그에게 추파를 던지는 것이다. 이것으로 보아 그의 문학평론이 한갓 비판을 위한 비판이 아니란 것은 누구나 주저치 않는다. 평론가로서의 보는 '눈' ― (이하 탈락)

《영문》8호. 1949년 11월

인간 김진섭

　청천廳川 김진섭金晉燮 선생은 나의 아버지뻘 되는 연장자이다.

　해방 직후, 나는 신문사에서 일을 보았다. 어찌된 셈인지 나는 기자로서 외근을 모르고 지냈기 때문에 언제나 편집실 안에서만 일을 했다.

　그때, 나의 상전은 이산, 석천 등의 분들이었다. 이런 진용의 신문사가 발족하는 당시부터 가끔 낯모르는 손님 하나가 나타났다. 물론 이 손님은 상전들을 찾아왔다. 그것도 시간의 한정이 있는 듯 사社로서는 한참 바빠야 할 오후에만 찾아왔다. 사실 이런 시각에 찾아오는 손님이란 무슨 긴급한 일이 있어서 할 수 없이 온다거나 그렇지 않으면 괴로움을 끼치는 손님이 아닐 수 없는 것이다.

　그런데 이 문제의 주인공은 내가 생각하기에 긴급한 일이 있어 오는 것도 아니요, 그렇다고 남의 직무 수행에 괴로움을 주는 그런 염치없는 사람도 아니었다. 쥐같이 남의 눈을 살피는 사람도 아니었다. 또한 편집실 안이 금방 떠나가도록 웃음을 토하며 활기당당하게 악수하고 인사하는 그런 사람도 아니었다.

그 주인공은 중간 이상의 큰 키를 점잖게 움직여 발소리도 내지 않고 걸어 들어왔다. 비대하지 않은 알맞은 몸에 신품은 아니지만 양복 깃을 단정히 여미고 웃음 한 번 웃는 법 없이 상전들과 악수를 치른 후, 굵은 테 안경 너머로 어디라는 목표도 없이 그저 묵묵히 무엇을 바라보고만 있었다. 그 모양이 찾아왔다느니보다 불려온 사람의 태도 바로 그것이었다.

이런 그를 나는 여러 번 만나는 중에 누군가? 하는 생각이 번쩍 들었다. 그것은 일종 특이한 면이 있는 씨의 이러한 태도에 나는 자못 흥미를 가지게 되었다.

조연현 형이 나의 옆에 늘 있었기 때문에 그에게 물어본 듯하였다. 그래서 나는 씨가 곧 청천 김진섭 씨임을 알 수 있었다. 이와 함께 씨의 직장이 대학이라 틈을 내서 찾아올 수 있는 것이 오후임을 알았다.

해방 전, 나는 씨의 글을 읽어본 적은 없었지만 이름만은 지상誌上에서 많이 대한 적이 있어 직접 이렇게 만나고 보니 반가웠다. 이 반갑다는 것은 씨로서의 인간에 대한 나의 느낌이었을 것이다. 그러나 나는 인사를 하지 않고 지냈다. 원래가 나는 경의를 가지면 가질수록 개인 간의 교섭은 점점 더 멀어지는 버릇이 있어 인사를 스스로 청한다는 건 더욱 어려운 일이었다. 그러니까 어쩌다 노상에서 우연히 단 둘이 서로 마주치는 때가 있더라도 목례도 하지 않고 다만 모르는 척함이 나에게 종종 있는 버릇이다.

인사 없이도 목례를 하는 것은 예의상으로나 경의의 표시로서 좋은 일이다. 헌데 나는 이것도 되지 않는다. 왜냐하면 만약 나의 한 목례가 상대편으로부터 나를 모르고 묵살이나 하지 않을까 하는 의구심이 앞서기 때문이리라. 그리하여 씨에 대해서도 실히 이 년이 넘는 동안 나는 씨를 만날 적마다 그저 모르는 사람같이 지냈다.

씨가 사에 나타남을 발견할 때엔 나는 언제나 혼자서

"저 신사 또 나타났군! 조용히 걸어 들어온다……. 그를 석천이 본 모양인데 웃는군……. 자— 그런데 이 신사가 웃느냐 안 웃느냐……. 물론 웃지는 않고 다만 악수도 석천에 맡겨버린 듯 딸려 손이 흔들어지는군……. 헌데 이번엔 말이 있을 테지……. 석천은 오래간만이라고 씩씩히 대하는데 신사의 말소리는 도무지 들리지 않는군……. 입은 한두 번 놀리긴 놀린 모양이나 소란 중이라서 그런지 영 들리지 않는다. 저것 봐……. 의자에 가만히 앉아 도를 닦는지 굵은 테 안경 너머로 어딘지 저렇게 무엇을 바라보나? ……."

이렇게 신이 나서 관찰을 하게끔까지 되었다. 이러면서 나는 정숙묵언의 인간이라고 저렇게 철저할 수가 있을까 하는 생각을 하곤 하였다. 그런데 어느 때엔 나도 이 태생부터 신사의 탈을 쓰고 나온 씨가 간혹 민망스러울 적이 있었다. 석천 같은 분은 너무나 쾌활한 편이기 때문에 씨가 아무 소리도 없이 찾아와도 본래와 같이 인사를 치를 수 있으나 이산 같은 분은 그렇지를 못했다. 왜냐하면 이산은 원래가 안존한 분이다.

주인공이 찾아오면 그는 반갑다는 순간적 행동에서

"야— 오래간만이로군!"

하고 외마디 소리를 내며 손을 내미는 것이다. 이쪽 씨는 과하게 말하면 네 덕 내 먹었더냐는 표정 그대로이며 적게 평한다면 지금 인사를 치를 것은 염두에도 없이 시계라도 잃어버려 그것을 찾으려고 더듬거리는 바로 그런 식의 표정이니 도무지 조화가 잡히지 않는 것 같았다. 결국엔 이산은 그렇게까지 정에 넘치는 목소리가 오그러들은 듯 그렇잖아도 인사를 하려면 얼굴이 벌거니 하는 이산이 더욱 무안해하는 모양을 나는 몇 번이고 본 기억이 있다.

어쨌든 꾸어다놓은 보릿자루라는 말이 있다면 나는 구태여 이 말을 쓰지 않을 수 없다. 이것은 분명 씨에 대한 적합한 비유의 말일 것이다. 미륵彌勒이란 말이 더 맞을는지도 모른다. 그즈음 나는 이런 생각도 했다. 그것은 어떤 악한이 눈에서 불이 번쩍 나도록 씨의 뺨을 후려친다면 씨는 어떤 태도를 가질 것인가, 그리고 어떤 늙은 기생이 씨에게 죽어라 하고 사랑을 청한다면 또 어떻게 처리할 것인가 하고…….

악한 침입의 경우엔 씨는 한참 정신없이 서 있다가

"사람을 잘못 본 모양이오."

하고 아무런 노여움도 띠우지 않고 맞을 사람은 자기가 아니란 말을 할 뿐이라고 생각했다.

그리고 늙은 기생이 덤벼들면 어색스럽게 이리 피하고 저리 피하다가 결국엔

"아아니……. 아아니……."

하며 소극적인 입장에서 모를 말을 되풀이할 뿐일 것이라고 나는 또한 짐작했다.

그런데 이러리라고만 생각했던 나에게 새로운 충동을 느꼈던 것이다. 그것은 씨에게도 비범한 노여움과 또한 중심이 꽉 잡힌 요지부동의 심장을 갖추고 있음이다. 이것은 내 자신이 직접 씨로부터 겪어 알았던 것이다. 내가 당한 것은 그야말로 날벼락이었다. 그것도 우연한 기회에 또한 생각지 않던 자리에서 생긴 일이다. 이때, 씨는 나에게 문자 그대로 날벼락을 여지없이 내렸다.

바로, 지금으로부터 삼 년 전 여름인가 싶다. 신문사 일로 어느 일요일에 석천 씨를 찾아 헤매이다가 그때 《경향신문》에 직을 둔 우승규 씨 댁에까지 갔다. 거기에서 석천 씨를 우리는 만났다. 씨들은 술을 마시고 있었는데 그들 중 의외에도 김진섭 씨가 의젓이 앉아 있음을 나는 보았다. 씨는 우리들을 한 번 보자 물론 아무 소리도 없이 눈만을 껌뻑껌뻑

움직이며 술만을 마시고 있었다.

그래, 조와 나는 석천 씨와 주인의 권으로 같이 술상머리에 앉게 되었다. 나는 이제야 김진섭 씨와 인사를 하게 되는가보다고 약간 미안한 태도로 있으려니까 석천 씨가 참말 인사를 시켰던 것이다.

나에게

"왜 아직 저 선생 모르나…… 인사하지……."

하며 이번엔 김진섭 씨를 보고

"이 청년은 홍구범 군이야!"

했다.

석천 씨가 이렇게 말하자 아주 정중한 태도로 허리를 구부리려고 하는데 갑자기 호된 음성이 났던 것이다. 나는 허리를 구부리려다 말고 깜짝 놀라서 머리를 드니 김진섭 씨는 벌써 나를 보지 않고 있었다. 호된 음성의 주인공은 바로 김진섭 씨였다.

그는

"난 벌써 다 알고 있어!"

하는 말 한 마디로 인사를 일축했던 것이다.

나는 당황했다. 그제서야 나도 새삼스럽게 이제까지 인사를 드리지 못했음을 뉘우치지 않을 수 없었다. 씨는 나를 알고 있었다. 그러나 한편 나는 씨의 이러한 급작스러운 언사가 귀에 거슬리기도 했다.

씨는 내가 경유를 채 말하기도 전에

"난 다 알고 있어! 젊은 사람이 어째 그렇담, 오늘 처음 만난 것인가? 지금 와서 인사가 무슨 인사야!"

하며 뚜벅뚜벅 흥분해서 중얼거렸다.

나는 씨에 대하여 너무 심하다고 여겼다. 아무리 그런 불만이 있더라도 인사는 해놓고 나서 천천히 입을 열 수도 있지 않은가. 그리고 또 장소가 어떠한 술집도 아닌 여염집이며 주인과도 나는 처음으로 만나는 터인데 무작정 이렇게 사정없이 벼락을 내린다는 데는 실로 어리벙벙했다. 어쨌든 나는 그날 고스란히 패망의 고배를 마시지 않을 수 없었다.

이렇게 되고 보니 나는 씨에 대하여 처음부터 죄를 지은 사람이었다. 그때의 씨는 주정도 아니었다. 원래가 주정 않기로 유명한 씨였다. 그리고 만성 치질을 가지고 있으면서도 술은 못 금한다는 씨로, 또한 평상시나 음주시나 몸가짐이나 말가짐이 조금도 다르지를 않다는 것이 또한 정평이 있는 씨다. 이러한 씨가 나에게 조금도 틈이 없이 후려쳤다.

나는 그 후 씨를 만나면 우선 인사할 것부터 생각한다.

내가 혼자 가만히 있을 때 씨가 생각해지면

'만나뵈면 선생이 웃으며 맞도록 인사를 한 번 멋들어지게 해보자!'

하고 생각했던 것이다.

그러나 몇 번 만날 적마다 나는 마음먹었던 대로 반갑게 인사를 치르었으나 아직까지 씨의 얼굴에서 웃음을 찾아본 적은 없다. 그저 덤덤히 고개만을 끄덕하고는 어디라는 목표도 없이 무엇을 바라보고만 있었다.

요즈음 나는 도통 씨를 뵙지 못하고 있다. 그러나 나는 씨를 가져다가 웬일인지 엄격한 아버지 같다고 생각한다. 씨는 꼭 아버지가 머리 큰 아들을 대하는 그런 변함이 없는 믿음직한 분이다.

(1949년 2월 20일)

《문예》 5호, 1949년 12월

제**6**부 콩트

해방

어느 날 밤늦게 아들이 집으로 돌아와 막 자기 방에서 외투를 벗으려니까 그의 생질 아이가 안에서 나오더니 외할아버지가 부른다는 것이었다.

'무슨 일일까?'

그는 혼잣속으로 생각하였다.

그들 부자 사이엔 별다른 말이 없이 지내는 터였다. 이야기를 부득이 해야만 될 때에는 그들은 서로 외면을 하다시피 상대편을 바라보지 않고 남의 말하듯 용무만 짧게 이야기하는 편이어서 아버지는 아들을 남들 부자 사이같이 거리낌 없이 대하지를 못하였고 아들은 아들대로 또한 아버지를 대하려면 마음이 거북스러웠다. 그런데 오늘따라 아버지가 밤이 이슥한데도 불구하고 자기를 청한다는 데 궁금하지 않을 수 없었다.

시골 방으로 세 칸이나 되는 넓은 안방엔 불과 5, 6촉밖에 안 되는 전등 빛이 자욱한 담배 연기를 통하여 희미하게 비치었다. 아버지는 아랫목에서 아들이 문을 열고 들어서는 것은 본체만체하고 다만 천장만 바라보며 자꾸 담배를 피운다.

아들은 윗목 편에서 바느질을 하고 있는 어머니를 흘낏 바라보고 문턱에 엉거주춤 앉았다. 어머니는 무엇 때문에 남편이 아들을 불렀는지 모르는 듯 의아한 눈으로 남편과 아들을 번갈아가며 흘금흘금 훔쳐보았다.

아버지는 야릇이 앉은 후에도 한모양으로 담배를 피우며 무엇을 곰곰이 생각한다. 그러더니 자기의 말만 나오기를 기다리고 묵묵히 앉아 있는 아들을 한 번 흘낏 바라보자마자 그즉 외면을 하고 또한 잠시 동안 머뭇거린 후에야 비로소 입을 열었다.

"……다름이 아니라 이제 해방된 지도 석 달이 넘었는데 앞으로의 너의 계획이 어떠한지 궁금해서……."

하고는 말을 채 맺는 대신 기침을 몇 번이고 연달았다. 그런 후 역시 한참이나 잠잠하더니 다시 말을 간신히 이어서

"사실상 세상이 이렇게 될 줄만 알았더라면 너의 그전 하던 일에 대하야 왜놈들이 어쨌든 내가 반대를 할 리 만무였으나 어디 신이 아님 담에야 내 고것을 알 리 없고…… 이제 이렇게 되고 보니 모든 게 너에게 내가 잘못했다는 것을 깨닫게 됨도 또한 무리가 아니겠지……."

한다.

이에 어머니는 무슨 말인지를 알지 못하는 모양으로 어리벙벙한 표정을 지어 남편의 입만 열심히 바라보고 있다.

다음 아버지는 또다시 오랜 후에 입을 열어

"이것은 나의 우치愚癡함인지는 모르나 해방되면서부터 너의 태도 결정을 이제까지 은근히 고대하여 왔는데…… 그동안 너의 장차 어떻게 나가겠다는 아무런 표시가 없어 낸들 마음이 편치 못하였구나……."

하고는 얼굴에 불현듯 긴장미를 피우드니 어조를 될 수 있는 한 빨리

하여

"어쨌든 나의 잘못은 잘못이고 지금부터는 너만 믿고 요즘 흥왕하는 공산이든 민주이든 너 하는 대로 따라갈 각오이니 너의 할 일은 네가 다 처리하여 나가기를 바란다. 앞으로 네가 어릴 적에 하던 문학을 다시 연구하든지 또한 다른 것이든 하루 바삐 결정하여 좋도록 하여라……."

하고는 한숨을 토하였다. 그리고는 벌떡 일어나더니 벽장문을 열고 커다란 봉투 뭉치를 꺼내자 그것을 아들 앞에 놓으며

"장차 네가 무어든 하려면 어디든 가야 할 것이니…… 앞으로 내야 빚을 지든 매달 이만큼은 생각하겠으니 우선 이것만 가지면 될 것이다……."

하고 잼처 숨을 커다랗게 몰아쉬었다. 그러면서

"나의 요즈음 생각한 것을 이제야 너에게 말하고 나니 마음이 아주 후련하구나……."

하였다.

아들은 팔짱을 낀 채 아무 말 없이 잠잠히 앉아 있었다.

어머니는 그제야 남편의 말귀를 알아차린 듯 서먹서먹하게

"그래도 집안 형편을 보살펴야 할 외자손으로서 출타를 하다니……."

서운함과 허전한 어조로 이렇게 말하였다.

이제 아버지는 용기를 얻어 돌변한 태도로

"무엇이 어떠니 딴소리 말고 이만하고 좀 마셔보게 술이나 차려와……."

하므로 아내의 말을 막아버리는 것이었다. 그러고는 역시 아내의 얼떨떨한 모양이 밖으로 나간 후 그는 처음으로 몇 번이나 아들에게 그윽한 시선을 던지며 다시 담배를 피워 물고 빽빽 휘— 휘— 마구 태워대

었다.

(1947년 10월 22일)

《민중일보》, 1947년 11월 16일

제**7**부 단상

문인 송년 단상
- 변동이 많았다

잡시 시골에 살다가 서울로 올라온 지 일 년이 가까워간다. 그리고 보니 1949년도 다 가는 모양이다. 그동안 생활에 변동이 많았다. 아마 변함이 많기로는 처음인가보다.

이른 봄엔 식구들을 시골에 남기어둔 채 존경하는 선배인 김동리 씨 댁에서 신세를 끼쳤다. 그러면서 사흘 동안 《민국일보》의 일을 보았다. 또 《평화일보》에도 한때 적을 둔 적이 있다. 그것도 일주일 남짓한 동안이다. 그리고 《민족공론》에서도 열흘 동안 있다가 그것도 그만두었다.

적산가옥敵産家屋을 하나 장만하려다 박목월 씨의 후정厚情을 받은 보람도 없이 허사로 끝을 맺었다. 두어군데 셋방살이를 하였다. 그 후 문서가 없는 성냥갑만 한 집을 하나 장만했다. 그나마도 한결 마음이 편했다. 그러나 그러함도 며칠 아니 가서 도시확장계획에 앞으로 헐린다는 말이 돈다. 돈이 없음을 한탄키로도 기념될 만한 해이다.

독서는 꽤 한 셈이다. 그러나 내가 마음먹었던 것은 반의 반도 읽지 못한 게 유감이다. 창작은 부진이다. 구성에 대한 공부를 하여 보았다.

쓰려는 욕망보다 어렵다는 생각이 나의 펜을 힘없게 한다. 그러나 낙심 상태까지는 가지 않아 다행이다.

좀 한가하게 살고 싶다. 그렇다고 시골로 또 가고 싶지는 않다. 어떻게 하면 한 번 의젓하게 펜을 움직일 수 있는 날이 올 것인가. 요즘 생각하는 것은 이것뿐이다.

(1949년 10월 26일)

《한국공론》, 1949년 12월

제 *8* 부　평론

문학인과 노예근성
—신세대의 불평

1945년을 기하여 문단도 다른 부문과 함께 일대 전환을 이루었다. 이 전환은 역시 개괄적인 두 가지 과제가 중심되어 태동되었다고 볼 수 있다. 즉 그것은 과거 청산과 더불어 새로운 건설에 대한 임무 실천을 목표로 한 것이었다.

그러나 이 진전은 도리어 현재까지의 결과에 있어 완전한 실패였다. 첫째 집단적 존재인 문단까지 붕괴된 상태로 조선문학 신건설에 이 이상 더 위기는 없을 만큼 암담 그대로의 연속이었다. 전년 팔월 해방 즉시 그들 문단인에게는 수많은 사명과 과제가 부여되었던 것이다.

첫째 작가로서의 반성, 특히 부일문학인附日文學人의 조치 등이 포함, 이전 작품에 대한 비판 또는 문학 재건에 이바지할 각오, 문단의 강화책 등등의 허다한 문제는 일조에 난립 대두한 반면 그 외 실패도 단시간에 완결짓고 말았다. 이것은 순전한 역행이었다.

물론 이 중대 원인은 이 업무를 직접적으로 부하負荷하고 나온 해방 전 문학인들의 과거 일정의 피압으로 말미암아 무지무능의 잔재가 아직도 해소되지 못한 때문이었을는지도 모른다. 그보다 더욱 각자에게 부과된 임무 수행의 첫 단계인 냉정한 자아비판이 몰각된 데에 기인의 초점을 밝힐 수도 있다. 이렇게 된다면 능력의 유무는 벌써 제이의 원인으로 그들에게 작가로서의 양심이 있었는가를 지적하여야 할 것이다.

이에 그동안의 경로를 따져볼 때 그들 중에는 문단 영웅으로 자처하는 것, 심지어는 정치 메신저, 부일문학인의 태연작약한 출동, 때로 파괴를 선동 추진시키는 작품을 쓰며 문학의 대중화를 절규하는 것, 또한 그들의 모체라고도 할 수 있는 문단의 다양다종의 분열을 가져온 적대 문학관계의 우후죽순식 난립 등등, 이러한 근본 요소는 무엇보다 양심 상실의 소위가 아니고 무엇인가.

해방은 그들 대개에게 맹목적인 자아긍정의 편애를 가져왔다. 이에 따라 그들은 과거의 지위에서 한 단계, 심지어는 두 단계씩의 승차昇次를 보여, 해방 전 한두 작품의 발표로 연치年齒를 가진 작가는 어느 틈에 중견이었고, 그때의 부정적인 신인은 벌써 대가로 자처하였다. 물론 작품의 비판 정신은 함몰된 지 오래다. 누구나 자기의 작품을 수준 이상의 문제작이란 판정은 그들 두뇌를 병적으로 마비시킨 병연한 대상이었다. 이러한 병균을 보유하고 있는 작가를 우리들은 소위 과거에 있어 삼십대 작가를 상대로 지위 보존을 꾀하여 항쟁해오던 그때의 이십대 작가 사이에 더욱 많이 볼 수 있다는 것도 과언은 아닐 것이다.

더욱이 그 심중에도 평론가들에 있어서는 연대별을 막론하고 이러한 현상이 표면적으로 나타나 있는 것은 말할 것도 없다. 작품을 하나 대할 때 그들은 곧잘 정신이상증을 부린다. 태작을 수준 이상의 작품이라고 평가를 내리는가 하면 작품으로서의 문제성을 띤 작가를 가져다가는 이자는 작가로서의 완전한 실격자라는 망언을 삼가지 않는다. 나는 어느 때인가 이에 대해서 어떤 선배에게 그들(평론가)은 세계적으로 유명한 작품은 어떻게 아느냐 물었더니 남의 평가 내린 것을 암송하여 뭐니뭐니 도용해 떠든다는 것이다. 이것도 일리 있는 말이다.

그러나 그들은 이것만은 아니다. 또한 겸손한 일도 만무다. 교만이 그들의 유일한 무기였다. 그들은 선배도 없고 후진도 생각지 않는다. 이에 있어서는 과거의 이십대 작가가 더욱 심하다. 그들이 신인으로 등장할 때 그들의 항쟁의 대상적 작가였던 삼십대 인물들은 그들을 등장시키기에 가진 진력盡力을 다하여 왔다. 그러나 해방은 그들에게 또한 당돌을 가져왔다. 그리하여 될 수 있으면 자기의 현재 권리를 신인들에게 빼앗기지 않고 더욱 누려보려는 야비심野卑心이 가득하다.

이에 미증유未曾有의 악사태가 전개된 것이다. 그러나 그들은 앞으로의 신세대가 머지않아 닥칠 것을 예기하지 못하는 것만은 유감이다. 문단에도 자유가 올 것만은 사실이다. 후일의 헤게모니는 미개적未開的인 연대의 구별보다도 작가와 작품의 양심적인 향상이 그것을 쥐고야 마는 것이 만대가 증명하는 원리인 것이다. 신세대에 입각한 신인 작가들은 그들과 같은 노예적 환경에 놓여지지 않은 이상 얼마든지 활달한 발전을 문단에 기여하는 바 클 것이니 그들은 좀 더 양심적이고 냉정한 자아비판의 능력을 갖도록 노력하여야 할 것이며 겸손하기를 바라 마지않는다.

(1947년 7월 6일)

《대조》 2권 2호, 1947년 11월

비평과 문학

　요즘 비평가들같이 독단가獨斷家는 없을 것이다. 그러면 이 독단은 어디서 오는 것일까. 나는 신문 잡지상에서 그들의 글을 읽을 때마다 생각해보는 것인데 거기엔 아무래도 두 가지 이유가 있는 것 같다.

　첫째로 한 가지는 주의유파主義流派에 예속될 때 자기 개인적 주관에서 벗어나지 못하는 것과 또한 비평하는 동기부터 후려 따지려는 감정적 태도에서 온 것으로 본다. 이 두 가지 악벽이 선행하는 까닭에 그들로 하여금 비평가 대신 독단가를 만드는 것이다.

　그들 대개는 시든 소설이든 작품을 읽을 때 어떻게 하면 틈과 흠집을 잡아내어 작가에게 상처를 줄 수 있을까 하는 데 급급함이 글 속에 역연이 나타나 있는 것이다. 그러나 자연 그들의 글은 비평이라기보다 욕설이며 또한 간혹 추켜세우는 작품에 대한 것은 억지와 허위를 초래하고 만다.

　시평 하나에도 그 평가의 역량을 판단할 수 있는 것이니만큼 자기 글에 대하여 책임을 가져야 할 것이다. "인간은 속일 수 있어도 글은 못 속인다."는 말이 얼마나 절실한 언구인가. 아무리 친지의 글을 호평하고 싶어도 작품 자체가 저속한 것을 고상화할 수는 없는 것이며, 또한 아무리 인간적으로 적대시하는 작가의 작품이라도 좋은 것이라면 역시 이것도 속일 수는 없을 것이다.

이로 말미암아 작품 하나를 논거할 때같이 어려움은 없으리라 여겨진다. 왜냐하면 한 번 붓대를 잘 움직이고 못 움직이는 데 그의 역량이 좌우되기 때문이다. 이러므로 어쨌든지 제 일행의 글일지라도 연구하는 태도에서 써야 할 것이다. 이 연구하는 태도를 갖추는 데 비로소 냉정한 판단력도 생길 수 있는 것이며 이에 따라 처음으로 옳은 비평을 내밀 수도 있을 것이다.

그런데 현재 조선의 평가 대개는 이러한 기초적 입장에서부터 역행하고 있음이 현저하다. 그들은 문학에서도 정치적 역할을 상연上演시켜 엄숙미라고는 조금치도 없는 개인적 감정에만 좌우되어 곤봉식棍棒式 글을 산출하기에 여념이 없다. 이러한 아문雅文의 왕성하는 논괴論壞는 장차 어떻게 될 것인가.

나는 요즘 또한 이런 것을 생각한다. 그것은 직접 작가 자신이 남의 작품을 볼 때 그 보는 안목이 자기의 작품 수준을 능가할 수 없다는 것이다. 예컨대 애매한 작품을 구성하는 작가의 눈은 남의 작품을 이해하기에도 애매를 물리치지 못한다.

이러한 데 비추어 평가들은 더욱이 경험보다 관념적인 학설을 주로 비평을 도모하게 되는 데는 그야말로 상당한 안목을 갖추어야 할 것이다. 그런데 조선의 소위 그들 대부분은 참말 불합리적인 경향이 있다. 무엇을 기준으로 해서 작품을 비평하는지 그 중심으로 하는 것을 분명키 어려운 때가 많다.

나는 이러한 데서 남이 알지 못할 독단과 이로 인하여 공허한 곤봉을 휘두르는 것이 아닐까 하고도 생각되는 것이다.

(1947년 12월 7일)

《해동공론》3권 1호, 1948년 3월

부록

홍구범 관련 글 세 편

홍구범의 인간과 문학

운동장만치나 넓은 낯작과 아무것도 아닌 일에도 허허하고 싱겁게 웃는 이 바보 같은 위인이 나는 가끔 미워지는 때가 있다. 조금도 심각하거나 예리하지 못하는 그의 범용한 인간성이 나에게 반발을 준비시키는지도 모르겠다. 추상적인 사고나 관념적인 사색이 지나치게 빈곤한 그의 소박한 객관주의의 평범성이 나에게 권태와 염증을 느끼게 하는 것이다. '쇠스톱'이니 '보—드렐'이니 '랭보'니 '도스또예프스키'니 '지—드'니 하는 사람들에게 인생과 문학을 배워온 우리와 같은 조선의 삼십대 전후의 '제네레이슌'에게 있어 홍구범이라는 인간은 확실히 정신적인 유아가 아니면 근대정신의 불안과 비극과 절망과 고민을 경험하지 못한 기묘한 행운아일 것이다.

이러한 홍 형이 「서울 길」「창고 근처 사람들」「귀거래」등의 백 매를 넘는 작품을 단번에 세상에 내놓았을 때 그 인간의 범용한 평범성에 이미 익숙해 있었던 나는 인물 하나 풍경 묘사 하나 똑똑히 그려내지 못하는 우리 문단에 있어서 그래도 제일급에 속하는 그의 작품에서도 역시 그와 꼭같은 것을 발견하였던 것이다. 아직도 절망해가는 근대정신을 조금도 졸업하지 못하고 있는 우리와 같은 '제네레이숀'에 대하야 그의 작품은 아무런 해결도 고민도 보여주지 않았던 것이다. 오히려 이 작자에게 사상의 고민이라든지 세계관에 대한 인식이나 관심이 있는가 없는가를 의심하리만치 그의 작품은 현실상에 생활하고 발생되는 평범하고 단순한 인물과 사건만을 현상적으로만 고대로 열심히 충실히 '스켓취'해본 데 불과했던 것이다. 고민을 해결하기 위해서 인생의 살길을 구명究明해보기 위해서 문학을 요구하는 사람들에게 있어 그의 작품은 "그랬으니 어쩌란 말이냐."하는 반발 이외의 감명을 가져다 주지는 못했던 것이다.

이십대의 젊은 문학인이 이렇게 철저하게 삶의 의의와 근대정신이 가지는 모—든 문제에 대하야 이렇게 완전히 무관심할 수 있다는 것은 나에게 있어 한 개의 경이에 가까운 일이라고 생각되지 않을 수 없었다. 이러한 그의 무관심은 이 땅의 삼십대의 '제네레이숀'이 영광의 불행이라고 자부하고 있는 일체의 추상적인 사고나 관념적인 사색을 조소하는 것 같기도 하고 그것을 태연히 졸업한 것 같기도 하였다.

그러나 이것은 그의 지적 우월감에서 오는 '포—즈'가 아니라 그의 생리적인 선천적 자세인 것이다. 그의 싱겁게 넓다란 얼굴과 함께 나의 반발만을 도발시키던 이 작가의 이러한 범용한 평범성이 나에게 새로운 의미를 갖게 한 것은 삶의 의의나 근대정신이 가지는 모—든 문제에 대한 이 작가의 철저한 무관심이 그러한 것과 반드시 무관계한 것이 아니라는 것을 새로이 느낄 수 있었던 때부터였다. 그가 열심히 그리고 또 충실히 '스켓취'한 현실상에 생활하고 발생되는 평범하고 단순한 인물과 사건속에 만일 아무런 인생 문제도 포함되지 않았다면 그것이 그렇게 유망한 한 개의 작품이 될 수는 없었을 것이며 또한 그러한 이십대의 현대인의 한 기록이 우리가 아직 완전히 해결하지 못하고 있는 근대정신과 전혀 무연無緣한 것일 수도 없었던 것이다. 다만 우리의 추상적인 관념의 유령이 그의 성실한 인생탐구의 정신을 용이하게 발견하지 못했을 뿐이었던 것이다.

그러면 그가 가진 그의 이러한 의미에 있어서의 문학적 내용이란 어떤 것인가. 이를 구명해보는 것은 그의 좀 더 계속적인 작품 활동에서 얻어볼 수 있는 홍구범에 대한 나의 유쾌한 문학적 과제의 하나이다. 이러한 과제를 내가 느낄 수 있는 동안 가끔가다가 싱거워서 미워지는 이 작자作者를 나는 정말 미워하지는 못할 것이다.

《영문》8호, 1949년 11월

홍구범은 어디에 있는가
―납치된 작가에의 회고

조연현

    홍구범 형을 내가 처음으로 만난 것은 해방(일제로부터의 해방) 직후의 중앙문화협회에서였다. 김동리 씨의 소개로 인사를 교환한 구범의 첫인상은 대체로 호감을 갖게 했으나 나중에 우리들이 갖게 된 그러한 특별한 친교를 매길 수 있으리라고는 생각되지 않았다. 그것은 첫째로는 그저 순진해 보이기만 한 그에게 그 당시에 내가 가졌던 투쟁의식이 있을 것 같아 보이지가 않았고, 둘째로 그 재능 있는 문학적 소양을 가졌다고만 들어온(구범 형을 만나기 수년 전에 벌써 나는 그에 대한 이야기를 들어왔던 것이다.) 그가 그렇게 재능 있는 사람 같지가 않았기 때문이다.

    그래서 그랬든지 청년문학가협회를 결성할 그 전후를 기하여 《민주일보》의 창간과 그 휴간에 이르기까지의 근 일개 년을 우리는 매일같이 만나고 같은 직장에서 일을 보면서도 조금치도 서로 친근해지지를 못하고 있었던 것이다. 이러한 구범과 내가 비로소 친근해지기 시작한 것은 《민중일보》의 말기가 아니었든가 생각된다. 《민중일보》는 김광섭·이헌구·안석영·오종식·김동리·최태응·박용덕 제씨를 비롯한 그 당시의 민족 진영의 문화인들이 총집결되어 발족되었던 것이나, 나중에는 김광섭, 이헌구 양 선생만을 남겨두고 초기의 선배와 동지들이 거의 전부 퇴사하게 되고 호흡이 잘 맞지 않는 낯선 얼굴들이 대체되어졌음으로 김광섭 선생이나 이헌구 선생을 제외한 다른 동료들과는 웬일인지 그다지 배가 맞지 않았다. 그뿐 아니라 새로 들어온 동료들의 거의 대부분이 문학하는 사람이 아니라 단순한 신문인에 지나지 않았음으로 구범과 나와는 찌그러진 창고를 빌린 것 같은 그 음울한 분위기가 처음으로 구범과 나를 접근시켰던 것이다.

그때 구범은 2면의 편집을 책임지고 있었고 나는 사회부 2면의 취재를 책임지고 있었으므로 편집국 내의 호흡이 약간 혼란되고는 있었으나 그 당시의 주필이요 편집국장이던 전기 김·이 양 선생의 특별한 옹호와 신임 아래 《민중일보》 2면은 완전히 구범과 나의 뜻대로 제작되었다. 우리는 매일같이 타지에서는 도저히 볼 수 없는 방공지도 기사를 2면에 싣고 주먹만 한 활자를 4, 5단씩 뽑아놓았다. 이러한 신문의 편집 태도는 신문을 하나의 보도 기관으로서만 생각하는 타지나 다른 동료 기자들에게는 편향적이라고만 해석되었으나 우리에게는 신문도 문학과 같이 신념의 표현 기관이어야 한다는 것으로 이해되었던 것이다.

그때, 모든 문화인과 모든 언론 기관이 좌경해가는 것을 하나의 명예로 삼고 있었으므로 구범과 나는 편집국 내의 중간적인 저널리스트들의 증오와 항변을 무릅쓰고 오직 하나의 방공투쟁지인 《민중일보》를 이렇게 이끌어갔던 것이다. 월급도 제대로 받지 못하고, 부수도 제일 적은 고독한 신문을 많은 적 속에서 이렇게 꾸며나가는 사이에 나는 차차 구범에 대한 나의 첫인상이 정확하지 못했던 것을 알게 되었다.

구범은 결코 순진하기만 한 투지 없는 청년은 아니었다. 그뿐 아니라 나의 첫인상과는 달리 그는 대단히 재능 있는 사람이었다. 구범의 투지는 적에 대한 추격의 형식으로서가 아니라 동지에 대한 의리와 절개를 지키는 형식으로서 표시되었으며, 그의 재능은 예도銳刀처럼 선뜻 빛나지는 못했으나, 아무것도 모르는 촌뜨기 같으면서도 모든 것을 다 잘 알고 있는 그러한 재능의 소유자였다.

나는 구범 형이 처음부터 공산주의와 투쟁할 결의하에 문학을 시작했다고는 믿지 않는다. 그에게는 그러한 사상적인 의식이나 정치적인 의욕은 조금도 없었던 것으로 보였다. 그는 다만 공산주의자들의 인도에 벗어나는 행동을 미워했을 뿐이며, 그가 민족 진영의 작가의 한 사람으로서 자처하게 된 것도 그와 친근한 모든 선배와 친구들이 우연히도 그 계통의 문학인이었던 것이다. 그러나 구범은 그가 일단 자기의 태도와 입장을 명백히 하자 누구보다도 그러한 자기 자신에게 모든 충실을 다해 갔던 것이었다. 이것은 그의 투지가 그만치 강했다든지 그의 사상이 그만치 확고해졌다든지 해서가 아니라 자기와 절개를 같이한 여러 선배와 동지들에 대한 의리와 절조를 지키기 위해서였다.

이러한 구범의 의리와 절개에 대한 충성은 정치적인 문제에서보담도 그의 모든 일상생활과 그의 대인관계에서 더욱 신의 있게 표시되고 있었다. 그는 아무리 적은 일을 가지고도 의리를 배반하거나 신의를 짓밟는 일은 추호도 없었다. 오히려 그는 언제나 그것을 지키기 위해서 늘 자기 자신을 희생시키고 있었던 것이다. 구범은 그것을 등한시해도 얼마든지 양해될 수 있는 쬐고만 의리를 지키기 위하여 자기 자신의 막대한 손실을 아무 소리 없이 그대로 인수하는 그러한 사람이었다.

그가 아무것도 모르는 촌뜨기 같으면서도 모든 것을 다 잘 알고 있는 재능의 소유자라는 것은 모든 일에 대단히 서툴러 보이면서도 직접 일을 맡겨보면 어떤 일에 대해서나 그는 조금도 서툴지 않다는 것을 말하는 것이다. 처음 그가 신문의 편집을 맡게 되었을 때 전혀 경험이 없는 저

촌뜨기가 어떻게 일을 치러낼 것인가 옆에서 나는 대단히 불안스러웠으나 그러나 그는 몇 번 견학해본 것밖에 없는 그 일을 가장 능숙한 공인처럼 척척 꾸려나갔던 것이다. 나의 구범에 대한 이러한 새로운 인식은 문예사에서 그와 함께 1년 가까이 일을 같이해 오는 사이에도 조금도 변치 않았던 것이며, 그의 끈기 있는 작품을 주목해 읽기 시작한 다음부터는 그러한 인식이 더욱 깊어져갔던 것이다.

구범과 나는 《문예》의 창간 때부터 계속해서 같은 일을 같이 맡아보아왔다. 창간호로부터 1주년 기념호를 준비하기까지의 만 1년이 넘는 동안 우리는 우리들의 일에 대해서 의견이 대립되거나 서로 양해가 되지 않아 불쾌한 날은 기묘하게도 한 번도 없었다. 구범 형이 제출하는 안은 언제나 내가 미처 생각하지 못한 것에 대한 보충이 되었고 내가 제출하는 안은 그대로 구범의 참고가 되어졌던 것이다. 이것은 우리가 자기의 일방적인 의사를 굽혀 서로 양보해왔다기보다는 양보 이전에 우리의 호흡이 그대로 대개는 일치되어 왔던 까닭이다.

이러한 관계였던지는 모르나 문예사에서 같이 일을 보아오는 동안 우리는 우리 자신에게 어느덧 깊은 친교를 맺어 있었던 것이다. 그 전까지는 오후에 술친구들이 찾아오면, 술이 고되어 술자리를 언제나 사양하는 나를 억지로 잡아가던가 그렇지 않으면 대단히 어색한 표정으로 나가곤 하던 것이 그 즈음에 와서는 으레 술을 못하는 나를 빼놓고 가는 것을 조금도 어색하게 생각하지 않게 되었고 그 전까지는 자기의 작품에 대한 나의 비평에 그다지 관심을 두지 않았으나 그때부터는 내가 좋다고 하면 대단히 기뻐하였고 내가 불만을 표시하면 그것 때문에 며칠씩 생각하곤 하였다.

사社에 출근하는 시간은 서로 어긋났으나 퇴근하여 집으로 돌아갈 때는 거의 매일같이 같은 시간에 같이 돌아갔다. 둘 중에 누구 한 사람만

볼 일이 있어 딴 곳을 돌아가도 같이 가거나 그렇지 않으면 그 때문에 혼자라도 집으로 가야 할 시간을 다방에서 보내게 되었다. 매일같이 돌아가다가 하루라도 혼자 돌아가는 것이 우리들에게는 그렇게도 허전했던 것이다.

이러한 습성이 괴뢰군이 침범해온 6월 27일 오후에도 같이 돌아가게 하였다. 구범의 집은 미아리에 있었으나 내일 일은 예측할 수 없었으므로 그날 아침 나의 가족을 피난시켜 둔 왕십리까지 나는 그를 데리고 갔다. 그리고 같이 그날 밤을 그곳에서 새우고자 하였다. 그러나 구범은 집만 알아두고 자기 집으로 돌아갔다. 만일의 경우에는 행동을 같이하기 위하여 그가 나를 찾아오기로 작정되었으나 구범은 그러한 만일의 경우가 쉽게 오리라고는 믿어지지 않는 모양이었다. 그러나 그렇게 쉽게 믿어지지 않은 만일의 경우는 의외에도 그날 밤으로 밀어닥쳤으며 구범이도 나도 남하할 기회를 놓치고 말았던 것이다.

서울을 탈출할 모든 기회를 놓쳐버리자 나는 구범이도 가족도 이외의 여러 동지들도 다 돌볼 사이도 없이 나 자신부터 먼저 숨을 곳을 찾기에 바빴다. 거리에서는 피비린내 나는 인민재판이 열리고 어제까지의 애국자들이 모조리 반동분자로 적발되어 가기 시작하였다.

나의 집에도 정치보위부니 보안서니 하는 괴뢰 기관의 각처에서 수사의 손이 뻗치고 며칠 전까지 나에게 원고 부탁하러 다니던 시인이며 모 신문의 문화부 기자인 박 모 등이 나를 잡으러 다니고 얼마 있지 않아 인민위원회에서 나의 가족을 추방하고 하는 바람에 내가 숨어 있는 곳이 비교적 안전한 피신처이었음에도 불구하고 낮에는 그 집의 천장에서 살고 밤에는 지하실에서 자고 하지 않을 수 없었던 것이다. 나 자신이 이렇게 철저하게 땅속 깊이 숨어 있었기 때문에 구범에 대해서만이 아니라 외부와의 일체의 연결을 끊지 않을 수 없었으므로 구범의 그 후의 소식을 나는 알 길이 없었던 것이다.

그러한 어느 날 구범이가 불쑥 나타났다. 어찌나 반가운지 나는 자꾸만 눈시울이 뜨거워졌다. 밖에는 눈이 시퍼런 반역자들이 우글우글한 일종의 적진 속에서 다 같이 숨어 다니는 친한 동지를 이렇게 만나게 된다는 것이 나는 거짓말같이 반갑고 즐거웠던 것이다. 그때 벌써 구범이나 나나 다 같이 기아 상태에 놓여 있었다. 더욱이 나는 가족을 버리고 남의 집에 숨어서 얻어먹고 있었지만 구범은 적의 감시를 피해가며 일곱 식구의 그의 가족의 생명을 유지하지 않으면 아니 될 딱한 상편狀便에 있었다.

그날의 구범도 나의 눈에는 벌써 몇 끼를 굶은 것같이 생각되었다. 마침 나에게는 그 전날 시계를 판 돈이 얼마 남아 있었으므로 개장국과 도마도를 사서 점심을 나누고 오후에는 바로 그 인가에 있는 나의 종형從兄 집에 가서 알코올에 물을 타서 술을 만들어 구범은 토하도록 마셨다. 그날 밤 늦게 나의 피신처로 구범과 함께 돌아왔을 때 역시 지하에 숨어 다니던 정희택 검사가 나 있는 곳으로 피신해 와 있었으므로 우리는 또 한 사람의 동지를 만난 흥분에 밤새도록 우리의 신념을 교환하고 국군이 다시 수도에 들어오는 날의 감격과 그때에 우리가 해야 할 여러 가지 계획과 사업을 토의했던 것이다.

구범은 그날 밤 자고 간 이후로 2, 3차나 나를 찾아주었고, 나를 찾아올 때마다 새로운 정보와 문인들의 동태를 알려주었으며, 어느 날은 으레 자기도 몇 끼를 굶어왔음에도 불구하고 쌀을 몇 되나 가져다주었다. 나는 이러한 구범의 인정이 가슴이 아프도록 고마웠으며 그가 나에게 쌀을 가져다주기 며칠 전 내가 지극히 적은 액수의 돈을 그의 손에 쥐여주었으나 끝까지 그것을 그냥 버리고만 달아난 구범이가 원망스럽기도 하였던 것이다.

결국은 나보다도 몇 배나 더 어려웠을 구범으로부터 내가 오히려 동정을 얻은 셈이 되고 만 것이다. 구범은 올 때마다 자기 자신보다도 나의 신변을 더 많이 염려해주었다. 자기는 정치색이 없는 소설만을 써왔을 뿐 아니라 문단의 일부에서는 자기의 작품 내용을 좌익적이라고까지 잘못 판단하는 경향도 있으므로 붙잡힌다 할지라도 그렇게 가혹한 처단을 당할 것 같지는 않지만, 나는 투쟁적인 평론을 써왔으므로 누구에게나 반동의 깊은 인상이 남아 있을 테니 부디 경계를 태만히 말라고 걱정해주었던 것이다. 그러던 구범은 붙잡혀가고 그가 걱정해준 나는 그 지긋지긋한 90일을 무사히 넘겨 오늘의 이 회천回天의 광명光明을 맛보게 된 것이다.

내가 구범과 최후로 만난 것은 8월 12일경이었다. 8월 15일에 대한 경계가 한참 심했던 그 어느 날 그 당시 지하에 숨어 있는 문화인과 문화인 사이를 연결해주고 전황과 문맹文盟의 동향에 대한 단파 정보를 전달해주고 다닌 나의 재종인 조진흠 군(진흠 군도 아직 그 행방을 알지 못하고 있다.)이 막 다녀간 지 30분이 못 되어 구범이가 찾아왔다.

몹시 풀이 꺾이고 맥이 빠져 보이는 구범의 표정에서 나는 무슨 이변이 생겼다는 것을 직각적으로 느낄 수 있었다. 구범은 혜화동 로타리에서 어떤 앞잡이를 앞세운 보안서원에게 체포되어 자수와 문맹 가입을 강요당하게 되었다는 것이었다. 총검 앞에 방도를 잃은 구범은 시키는 대로의 수속을 끝내고 일단 석방되어 나온 것이었다.

이러한 경로를 이야기한 다음 구범은 가장 큰 죄를 범한 것처럼 참회하고 동지들을 만날 면목이 없어졌다고, 통탄하였다. 그리고 김동리 씨나 나를 다시는 찾아오지 않겠노라고만 하였다. 나는 체포되면 누구든지 형식적인 자수서와 단체 가입 정도의 강요를 거절할 수는 없다는 점과 그러한 조건하에서 강요된 불쾌한 몇 가지 사실에 면목이니 뭐니 신경을 사용할 필요는 조금도 없으니 시간을 놓치지 말고 다시 숨으라고 타일렀다. 반드시 다시 붙잡으러 올 것이라는 것을 강조해주었다.

구범은 "나같이 문단에서도 별 존재도 없고 사회적인 명성이나 지위도 보잘것없는 비정치인을 퍽 그렇게 대단하게 생각하여 다시 또 잡으러 올까, 자수서도 내고 문맹에도 가입하고 했으니 괜찮을 테지." 하고는 대체로 무사할 것 같은 태도를 가지는 것 같았다. 나는 그가 일단 석방된 것은 더 많은 문인들을 붙잡기 위한 그들의 상투적인 방법이라는 점을 밝힌 다음 그러한 여러 가지 실례를 많이 인례引例해주었다.

그러자 구범은 한숨을 쉬며 "당장 굶어 죽게 된 가족들을 어떻게 하며, 숨자니 어디 가서 뭐를 먹고 숨겠는가." 라고만 하였다. 구범의 그 말은 나의 가슴을 무겁게 억눌렀다. 침울한 침묵이 두 사람 사이를 지배하였다. 한참 만에 구범은 "시골로 가지." 하고 일어섰다. 나는 구범이가 시골로 가는 것이 좋다고도 나쁘다고도 말할 수 없었다. 그것이 좋든 나쁘든 나는 그러한 구범이를 어떻게 하라고 할 수 있는 아무런 실제적인 능력을 갖지 못했던 것이다. 그때 나 자신 역시 3년 된 어린아이의 베개 속에 들은 좁쌀을 풀어내어 죽을 쑤어 먹고 있었던 것이다.

아무래도 시골로 가는 도리밖에는 없다고 하면서 구범은 자기가 시골로 가는 날 왕십리를 지나가게 될 테니 그때 꼭 나를 찾겠노라고 하면서 그날은 돌아갔다. 이것이 구범과 나의 최후의 작별이 되고 말았다. 구범이보다도 30분 먼저 다녀간 조진흠 군의 행방도 영원히 알 수 없는 것이 된다면 나는 똑같은 날에 나의 재종인 또 한 사람의 나의 동지와도 최후의 작별을 한 것이 되는 것이다.

그 후 며칠 동안 시골로 간다던 구범은 4, 5일 내로 피신할 군자금軍資金을 만들어 다시 찾아온다던 진흠이와 마찬가지로 좀처럼 나를 찾아주지는 아니했다. 그냥 시골로 가버린 것인가 또 무슨 변이 생긴 것인가 나는 초조하게 기다려졌으나 끝끝내 그의 소식은 알 수 없었다.

얼마 후 나는 또다시 나의 피신처를 바꾸고 얼마 있지 않아 수도 탈환의 감격의 날을 맞이했으나 우리의 동지들이 모이는 장소에 진흙이와 마찬가지로 구범이는 나타나지 않았다. 처음에 나는 시골로 가버린 탓인가도 생각하였다. 그러나 그의 집을 다녀온 서정태 형의 전달에 의하면, 구범은 그가 일단 석방된 5, 6일 후에 보안서원의 인치引致로 납치되어 갔다는 사실이 판명되었던 것이다.

다행히 그가 아직 죽지 않고 잔인무도한 괴뢰군에 끌려 북방의 어느한 지역에 감금되어 있다고 하더라도 멸망에의 길로 패주해가는 반역도당들의 수중에 있는 이상 그는 가장 위험한 환경 아래 놓여 있다고밖에는 볼 수 없는 것이다. 더욱이 각지에서 함부로 애국자를 학살한 괴뢰들의 모든 만행을 종합해본다면 그가 아직 살아 있으리라고는 도저히 상상되지 않는 것이다. 그러면 구범은 영영 죽고 말았는가, 다시는 살아나오지 못하게 되었는가, 이것을 긍정해야 하는 우리의 가슴은 쓰라리고도 아픈 것이다.

이러한 구범을 위하여 지금 내가 할 수 있는 일은 구범이라는 한 인간이 세상에 태어났다가 이루어놓은 그의 모든 노력을 영원히 빛내어주는 길밖에 없는 것이다. 구범은 1945년의 해방을 계기로 문단에 나타나서 6·25사변을 당하기까지의 5년 사이에 누구보다도 무게 있는 많은 작품을 생산해놓았다. 앞으로 얼마든지 성장될 수 있고 얼마든지 빛날 수있는 그의 재능이 지금부터 본격적인 자세를 가지려고 할 때 그와 같은 불행에 직면했던 것이다.

그러므로 한 전집으로서는 문제 이전일는지 모르나 진정한 의미에 있어서의 작가가 희유한 이 땅에 있어서 5년이라는 제한된 세월을 가산한다면 무시할 수 없는 수량에 달하는 그의 작품을 정당히 평가해놓는

일은 구범에 대한 나의 이 의무에 손댈 수 있게 되기를 희구하지 않을 수
없는 것이다.

(1950년 11월)

《문예》 12호, 1950년 12월

나를 찾아서

「화랑의 후예」 당선되다

해방 후 그(이기현)는 김생려 씨가 지휘하는 서울교향악단에서 상무이사로 일을 보고 있었다. 말하자면 운영 실무 책임자였다. 그 당시 나는 《서울신문》 출판국에 있었는데, 그가 봉급을 타는 날이면 꼭 나를 찾아왔다.

6·25때 그는 납치되어 간 채 소식이 없다. 6·25때 잃은 두 사람의 후배 조진흠, 홍구범과 함께 나에게는 가장 뼈아픈 일이었다.

『무녀도』 출판 기념회

내가 《민중일보》 문화부에 있을 때 소설가 홍구범 씨의 소개로 홍윤선 씨를 알게 되었다. 그는 금융조합에서 무슨 문화 부문의 일을 맡아보고 있었다. 그는 나더러 독자 문예의 심사를 봐달라고 했다. 나의 첫 심사였다. 그날 우리 셋은 처음으로 술자리를 같이했다.

홍구범 씨는 나보다 아홉 살가량 더 젊은 소설가로 10년 전에 사천 다솔사로 나를 찾아와 알게 되었던 사이였다. 충북 음성이 고향이라 했는데, 나이에 비해 탁월한 문장력을 가졌던 사람이었다. 홍윤선 씨와는 성이 같은 홍씨여서인지 고향이 같은 충청도여서인지 퍽 정답게 지내고 있었다.

《문예》 시대의 신인 추천

대한민국 정부가 수립된 이듬해인 1949년, 중앙문화협회와 한국청년 문학가협회 소속 회원 전부와 과거 문학가동맹에 소속되었다가 자유 진영으로 전향한 문인들의 총 단합으로 한국문학가협회를 결성하였고, 이러한 문단의 대변지로서 순문예지 《문예》가 창간호로 간행되었다.

사장에 모윤숙 여사, 주간에 나, 편집에 조연현 씨, 경리에 하한수 씨, 그리고 편집 실무에는 홍구범 씨와 이종산 씨 등의 진용이었는데, 나중에 미당도 합세하게 되었다.

나는 그때 문예 추천 작품 모집에서 박종화, 염상섭 선생과 함께 소설 추천을 맡아보았다. 어떻게 보면 그때가 작가로서 나의 전성기가 아니었던가 싶다.

1948년 7월에 《문예》가 창간되면서부터 추천제가 생겼고, 따라서 나는 이 추천제에 의하여 소설만 맡아보게 되었다. 《문예》 추전제 이전에 내가 추천한 소설가를 굳이 찾아내라고 하면, 지금 이북으로 납치되어 가 있는 홍구범 씨를 들 수 있을 것이다.

홍구범 씨는 일제 시대 내가 절간에서 요양하고 있을 때, 당시 열여덟 살의 홍안 소년으로 나를 찾아왔던 사람이다. 서울서 어느 사립 중학교엔가 다니다가 중퇴를 하고 왔다면서, 처음으로 작품(소설) 한 편을 내어놓기에 읽어보았더니, 틀림없이 작가가 될 사람의 작품이었다. 한 해 여름을 그 절에서 나와 함께 지내고, 충청도 자기 고향으로 돌아갔는데, 해방되던 이듬해 이른 봄에 서울 거리서 다시 만났다. 그리하여 우리는 매일같이 서로 만나게 되었다. 그러는 동안에 내가 접촉하는 문인들을 그도 어느덧 다 알게 되었다. 따라서 그는 작품도 발표하기 전부터 이미 역량 있는 신인으로 통하게쯤 되어 있었다.

그가 처음 발표했던 작품은 제목이 「서울 길」로 기억된다. 그 뒤 그는 「창고 근처 사람들」「전설」「구일장」 같은 역작을 계속 발표함으로써 문단 신세대의 호프가 되어 있다가, 6·25 중에 애석하게도 납북되고 말았다.

잊히지 않는 얼굴

6·25를 생각할 때마다 잊을 수 없는 얼굴이 둘 있다. 하나는 조진흠이요, 다른 하나는 홍구범이다.

한국전쟁이 발발하자 너무나 많은 가족이 매달려 있는 나로서는 몸을 움직이기가 여간 힘들지 않았다.

9·28 수복으로 90여 일 만에 서울을 되찾게 되자 나는 거리로 나가 아는 사람마다 붙들고 조군의 소식을 물었다.(그때 명동에서 강신재 씨를 만나기도 했다.)

나중에 누구한테 들은 얘기로는, 조군은 7월 그믐에서 8월 초순에 걸처 행방불명이 되었다는 것이다. 정릉 골짜기나 한강 모래밭의 구덩이 속에는 무수한 청년이 따발총 세례를 받고 생매장이 되었다던데, 그렇다면 그도 그날 나한테서 돌아가다가 어느 생매장 구덩이로 끌려가고 만 것은 아닐까. 홍구범도 그렇게 되었거나 납치되었거나 했을 것이다. 나는 지금도 조진흠과 홍구범을 생각하면 가슴이 콱 막힐 뿐이다.

『김동리 전집』 8권, 민음사, 1997년 6월

광복기 문단의 화제작 제조기

; 단편소설을 중심으로

_권희돈

1

1945년 광복에서 1950년 한국전쟁이 발발하기까지 이 5년여의 기간
은 일제의 잔재를 청산하여 정신적 상처를 극복하고, 잃었던 우리 말과
글을 되찾는 일과 이데올로기를 극복하여 새로운 국가 건설이 절실히 요
청되던 시기였다. 그러나 광복의 기쁨도 잠시, 정치는 좌우 양측이 날카
롭게 대립하더니 마침내 한 민족을 두 국가로 갈라놓고 말았다. 문단의
경우도 정치와 똑같이 대립과 분리의 과정을 거친다. 이런 가운데 사회
는 혼란에 빠지고 일반 대중은 극도의 굶주림에 빠진다.

홍구범은 이 기간에 여러 장르의 작품을 발표하였다. 그중 수필 「작
가 일기」가 중등작문에 실릴 만큼 작품성을 인정받았고, 당시 젊은 평론
가들의 감정적인 평론 태도나 그들의 오만불손한 인격을 지적한 평론 또
한 당대 비평으로서의 가치를 지닌다.

그러나 그가 문학적 성취를 뚜렷하게 거둔 장르는 소설이다. 본격적
으로 관심을 갖고 창작한 것은 소설이고, '화제작 제조기'란 별칭을 얻
은 것도 소설 때문이었으며, 장차 문학가로서의 큰 꿈을 지닌 것도 소설

가로서의 꿈이었다.

예컨대 그의 소설의 시대적 배경은 한말에서 광복 후까지 걸쳐 있고 공간적 배경은 도시와 농촌을 넘나들고 있지만, 중심 인물은 가난한 민중 계급이며 지식 계급이라 할지라도 굶주림에 처한 극한 상황을 배경으로 사건이 전개되는 양상을 보인다. 이처럼 혼란과 굶주림에 처한 당대 사회를 형상적으로 인식하고 소설을 썼기 때문에 소설로써 뚜렷한 문학적 성과를 거둘 수 있었다.

2

홍구범의 문단 활동에 대한 사전 지식이 없는 독자는 좌익 쪽 작가의 소설이라 여길 만큼 그의 소설은 현실 비판적이다. 봉건주의 · 제국주의 · 자본주의의 폭력과 타락에 비판적 태도를 취하고 있는 한 그는 비판적 리얼리스트다. 비판적 리얼리스트는 지배 체제의 이념에 봉사하지 않고 지배 사회의 잔혹성과 부패성에 분노심을 가지며 이를 비판하고 폭로한다. 그래서 비판적 리얼리스트의 작품은 착하고 선한 주인공과 잔혹하고 추악한 반동 인물들 간의 대비가 극명하게 드러난다. 이러한 대비를 통하여 독자는 주인공에게는 동정심을, 반동 인물에게는 증오심을 갖게 된다.

「창고 근처 사람들」의 차순네와 입장댁이 주동 인물로서 착하고 선한 무산자 계급이라면, 그들에 대비되는 강 조합장은 반동 인물로서 음험하고 추악한 출세주의자인 부르주아 계급이다. 그는 두 젊은이를 징용에 보내고, 남아 있는 두 아낙의 노동을 착취한다. 죽음에 직면한 두 아낙에게는 쌀 한 됫박 내어주지 않으나, 일본 경찰에게는 저두평신하는 기회주의적 속성을 갖는다. 가난한 농민의 노동을 착취하고 그들을 죽음으로까지 몰고 간 대가로 일제로부터 벼슬자리까지 얻는 아이러니가 이 작품의 메시지인 셈이다.

비극적인 최후를 맞는 무산자와 타락한 대가로 영화를 누리는 유산자 사이의 폭력적인 구조는 「농민」의 순만과 지주 양씨와의 관계에서도 그대로 드러난다. 순만은 순진하고 무식하여 빼앗기기만 하는 인물이며 양씨는 상황에 따라 보호색을 띠는 인물이다. 순진하고 무식하여 순만은 징용에까지 끌려가고 아내를 잃지만, 양씨는 중일전쟁·태평양전쟁 시에는 일본 군부에 비행기를 헌납하고 도평의원의 지위까지 얻었으며 광복을 맞자 재빨리 공산주의자로 변신하여 농민의 지도자 행세를 하는 희화적인 인물이다.

광복 후의 농촌을 배경으로 삼은 「쌀과 달」의 경우도 이러한 구조적 모순은 상존한다. 일자무식 농사꾼 만삼과 숙모의 속물근성과 경찰의 폭력성이 뚜렷이 대비된다. 숙모는 쌀을 가졌고 경찰은 권력을 가졌다. 만삼이 가진 것은 오직 순수성 하나뿐이다. 이 순수성은 가진 자의 속물근성과 폭력성에 비참하게 유린당한다. 시대가 바뀌어도 부르주아 사회는 여전히 부패하고, 부르주아 사회의 탐욕과 부패를 형상적으로 인식하는 한 비판적 리얼리즘은 사회의 변화와 아무 상관없이 존속된다는 점을 극명하게 보여주었다.

「창고 근처 사람들」「농민」「쌀과 달」은 20년대 조명희의 「낙동강」, 30년대 이기영의 「서화」, 이무영의 「제1과 제1장」 등 농민소설의 계보를 40년대에 홍구범이 훌륭히 이어받았다고 볼 수 있다.

3

비판적 리얼리즘의 경향에 이어 두 번째로 드러나는 특징은 의식의 사물화 현상이다. 자본주의 시장경제 체제하의 사회는 교환가치(물질숭배)의 지배를 받는다. 교환가치의 지배를 받는 사회는 타락하고 마침내 인간의 의식까지 물질화된다. 이때 소수의 사람들은 사용가치(진정한 가치)를 추구하나 그들은 타락한 사회로부터 소외된다.

광복 후 간도에서 이주한 귀환민 가정을 그리고 있는 「봄이 오면」은 의식의 물질화를 극명하게 보여주는 작품이다. 초점 인물 순희를 제외한 모든 인물들이 물질가치의 지배를 받는다. 오직 순희만이 진정한 가치를 추구할 뿐 순희를 둘러싼 모든 인물들은 타락하고 말았다. 학교에 보내 달라는 자기 딸에게 어머니는 매질을 하고 아버지는 그런 딸을 술집에 보내려고 음모를 꾸민다. 이를 관찰하는 작중 화자 순녀는 잔꾀를 부려 물건을 판다. 부모는 물론 주변 인물들 그리고 어린 동생까지 모두 물질에 얽매어 있다. 그래서 독자는 봄이 오면 희망이 찾아오는 것이 아니라 순희의 끔찍한 희생이 두려워지는 것이다.

「구일장」은 윤리적으로 비판받아야 마땅한 작중 주인공 송진두가 도리어 애국자로 둔갑하여 어머니의 장례를 구일장으로 치른다는 희극적인 작품이다. 처음엔 화장으로 간단히 치를 작정이었으나 자위대원들의 권고와 재당숙의 이기심이 더해져 3일장, 5일장, 9일장으로까지 확대되었다. 문제는 자신이 장례식의 주체임에도 불구하고 주변 사람들의 부추김에 못 이기는 체하며 따라가는 그의 모습에서, 부지불식간에 의식이 물질화되어 가는 인간의 초상을 만나게 된다. 어머니의 죽음조차도 교환가치로 환산시키는 물질화, 이는 송진두의 자리에 오늘을 살고 있는 어느 누구의 이름을 대치시켜도 잘 어울릴 만큼 공포스럽다.

이야기는 하나의 계산이라는 말이 있다. 「서울 길」은 모파상의 「비곗덩어리」를 연상시킨다. 모파상이 전쟁과 굶주림의 상황에서 부르주아 계층과 프롤레타리아 계층을 제비라는 마차의 좁은 공간에 배치하고 부르주아 계층의 허위의식과 프롤레타리아 계층의 순수성을 대비시켰다면, 홍구범은 광복 후의 혼란과 굶주림이라는 상황에서 여러 유형의 인물들을 트럭이라는 좁은 공간에 배치해놓고 각각 인물들의 성격을 백일하에 드러내놓는다. 트럭에 배치된 인물들은 화주, 화물차 운전사, 조수, 중년 부부 그리고 최치석 노인이다. 화주는 시골 쌀을 서울에 팔러 가는 장사꾼이며, 운전사와 조수는 그 쌀의 운반 책임자이며, 중년 부부는 서울로 돈 벌러 떠나는 가족이고, 최 노인은 아들을 징용에서 잃고 고학하는 손자가 위독하다는 전보를 받은 아픔을 지닌 노인이다.

「비곗덩어리」는 굶주린 상태에서 그들 앞에 놓인 음식이 인물들의 내면의식을 드러내게 하는 동기로 작용하지만, 「서울 길」은 서울까지 가는 여비가 인물들의 내면의식을 드러내는 동기로 작용된다. 조수가 중년 부부와 최 노인에게 요구하는 액수는 십 리에 십 원씩이다. 최 노인은 음성에서 탔으니까 이백구십 원을 내라고 한다. 노인은 가진 돈 이백 원을 모두 털린다. 터무니없이 비싼 여비는 조수와 운전사의 술값으로 쓰인다. 조수는 숨 돌릴 만하면 노인에게 나머지 돈을 요구한다. 경안(경기도 광주)에 와서 노인을 강제로 끌어내린다. 그리고 차에 오르려는 노인을 발길로 차버린다. 노인은 지팡이로 땅을 치고 달리는 트럭에서는 조수의 노랫소리가 들린다.

조수와 운전사와 화주에게는 이미 노인을 인간으로 보는 눈이 멀어 있다. 노인에 대한 공경심은 차치하고라도 노인이 품고 있는 아픔과 급한 사정도 보이지 않는다. 사람을 사람으로 보는 것이 아니라 화폐로 인식하기 때문이다. 중년 부부가 객관적 위치에 있지만 그마저 화폐를 좇아가는 인물들이기 때문에 이처럼 난폭한 광경을 바라보고만 있을 수밖에 없는 것이다. 교환가치의 지배를 받아 물질화된 의식이 전통적인 미덕이나 도덕성을 짓뭉개버리는 황폐화된 현실을 고발한 작품이다.

「탄식」에 오면 인물의 고유명사가 사라진다. 작중 인물이 K이고 R이다. 고유명사가 사라졌다는 것은 동시대의 보편적 성격을 드러내기 위함이다. 현대인들은 개성을 상실했기 때문에 고유명사를 쓸 수 없다는 로브그리예의 누보로망을 닮아 있다. 즉 자본주의 체제하의 인간들은 모두 교환가치의 지배를 받으며 결국 의식조차 물질화되어 공장에서 생산되는 나사처럼 획일화되었다는 의미의 다른 표현이다.

이 작품은 R이 절친한 친구 K가 돈을 요구할 때마다 거절하지 못하다가 마침내 거절하고는 거절하는 데 얼굴 붉힌 것을 탄식한다는 골격을 담고 있다. 이러한 외형적 진술 내면에는 탄식과는 정반대의 역설적 의미가 내포되어 있다. R의 탄식 횟수에 비례하여 인간성을 상실해가는, 타락해가는 모습이 점층적으로 가시화된다. 친구 사이를 연결하던 우정의 자리에 화폐가 끼어들면서 진정한 친구관계의 사슬이 끊어지는 비극성이 예리하게 드리워져 있다. 40년대 정치적 혼란과 자본주의로 이입되는 시기에 이만큼의 통찰력을 보여준 점은 홍구범의 자랑이라 할 수 있겠다.

4

위의 두 경향이 사회에 대한 통찰을 바탕을 한 형상적 인식이라면, 세 번째 특징은 자아 회복 혹은 타인과의 관계 회복을 형상화한 작품들이라 하겠다. 「귀거래」 「노리개」는 자아 회복을, 「폭소」 「어떤 부자」 「해방」(콩트) 「만년필」(동화)은 타인과의 관계 회복을 다룬 작품이다.

소설은 지나간 것과 실현되지 않은 것을 충만하게 표현하는 이중성을 지닌 장르이다. 반성을 권장하고 미래에 대한 자유를 얻기 바라는 속성을 갖고 있다. 이러한 이중성은 소설에서 보이지 않는 원리로 작용한다. 이 원리 때문에 작가는 소설을 창작함으로써 자신을 제2의 자아로 창조하고, 독자는 소설을 통하여 새로운 자아로 태어난다.

「귀거래」는 열세 번을 이사한 순구의 이야기이다. 열한 번은 서울에서 이사를 하고, 시골로 이사한 것이 열두 번째, 마지막 열세 번째는 다시 서울로 이사를 한다. 열한 번째까지의 서울 생활과 열세 번째 재상경이라는 겉 이야기에 열두 번째의 시골 생활이 속 이야기로 꾸며진 액자소설이다. 열두 번째 시골로의 이사는 서울에서 물질적으로 견딜 수 없었기 때문이었지만, 열세 번째의 재상경은 마음의 갈등 때문이었다. 물질을 얻어 경제적 형편은 나아졌지만 물질화되어 가는 자신을 발견하고, 물질을 버림으로써 마음의 갈등에서 벗어나 재상경을 결행할 수 있었다.

액자 속의 인물은 쌀장수 이춘과 정신적으로 모자란 박성달이다. 화자는 이 두 인물과 관계를 가지면서도 그들을 관찰하는 위치에 있다. 이춘의 교활함과 박성달의 거짓말로 화자는 그들과 갈등 관계에 처하게 되지만, 그 갈등 관계는 도리어 화자 자신의 내적 갈등을 해소하는 동기로 작용한다. 그들의 교활함과 거짓말을 반면교사로 삼고 자신을 반성하면서 새로운 인간으로 다시 태어난다. 물질과의 관계를 가졌다가 잠시 일탈했던 자아의 회복인 셈이다.

물질의 차원에서 자아를 찾는 「귀거래」와는 달리 「노리개」는 사랑의 차원에서 자아를 회복한다. 작중 주인공 남규는 사랑을 받을 줄만 알았지 사랑을 줄 줄은 몰랐다. 사랑을 받기만 할 때에는 남의 노리갯감이 될 정도로 어리석고 못된 성격의 소유자였지만, 사랑을 주어본 경험을 갖게 되었을 때 비로소 객관 사회의 구성원으로 살아갈 수 있는 심적 바탕이 마련되었다. 받는 사랑보다는 주는 사랑이 한 인간을 얼마나 성장시키는가를 보여주는 작품이다.

이에 비하여 「어떤 부자」 「해방」 「폭소」 「만년필」은 타자와의 관계 회복을 다룬 작품이다. 「어떤 부자」 「해방」은 아버지와 아들 사이의 관계 회복이며, 「만년필」은 할아버지와 손자의 관계 회복이고, 「폭소」는 부부 사이의 관계 회복을 다룬 작품이다.

분열된 자아 극복이나 타자와의 관계 회복이나 모두 자신의 정체성을 찾는다는 점이 이 유형의 작품들이 갖는 미덕이다. 갈등을 극복하고 일탈됐던 자아가 제자리를 찾기 때문이다.

자아 회복이 자신과의 화해라면, 타인과의 관계 회복은 세상과의 화해이다. 화해해야 할 대상은 언제나 가까이에 존재한다. 내부로 파고들면 자아 깊숙이 뻗어가고, 가까운 사람들은 외부로 뻗어가는 첫 관문이다. 물론 각각의 관계마다 관계 회복의 방식은 다르게 나타나지만, 화해하는 그 모든 장면은 평화롭다. 인간과 인간 사이의 평화로운 관계 회복은 아마도 작가가 꿈꾸는 세상이었는지도 모른다.

5

홍구범 소설 대부분이 아이러니적인 풍자성을 띠지만, 특히 「전설」과 「농민」은 풍자의 농도가 짙다. 풍자는 동시대 사회나 한 인간의 결함·악폐·악덕·우행 등을 비꼬고 조소하여 공격하는 어조이다.

「전설」의 황무영은 한말의 중인 계급으로 벼슬자리를 얻어 신분 상승을 꾀하는 인물이다. 벼슬자리를 얻는 일이 어렵게 되자 관군에 들어갔다가 탈출하여 다시 동학에 들어간다. 관군이 동학군을 밀어닥친 순간 민첩하게 관군으로 변신하여 살아남는다. 카멜레온처럼 상황에 따라 보호색을 달리하는 변신의 귀재이다.

「농민」의 지주인 양씨는 중일전쟁이 일어나자 일본군에 비행기 한 대를 헌납하여 사업을 번창시키고 도평의원의 지위도 얻는다. 광복이 오자 그는 공산주의자로 변하여 자신의 쌀을 가난한 사람들에게 나눠주고 소련에게 붙어 나라가 서면 농민들이 잘살 수 있다고 대중 연설을 하는 인물이다.

우리의 근대사는 동학·일제 식민지·광복·미군정·분단이라는 비극적 역정의 연속이었다. 작가는 반봉건·반외세·민족 통합이라는 시대적 요청에 부응하면서 꿋꿋이 견디어온 역사의 승자를 그린 것이 아니라, 오직 자신만의 안위를 목적으로 살아온 패자를 그려냈다. 이는 황무영과 양씨의 지배자에 대한 노예의식과 기회주의적 보신주의에 대한 풍자이자, 우리 근대의 역사에서 아이러니하게 등장한 인물 유형에 대한 풍자인 셈이다.

6

1950년 5월 《협동》 1월호부터 연재하기 시작하여 5월호에서 중단된 장편 소설 「길은 멀다」를 보면, 홍구범이 그간에 다진 필력을 바탕으로 본격적인 소설 쓰기를 시도한 흔적이 역력하다. 문장의 흐름이 장강의 흐름처럼 유려하게 흐른다. 서사 구조가 탄탄하고 인물의 심리 묘사가 치밀하여 소설의 리얼리티가 더욱 돋보인다. 그가 우리에게 마지막으로 들려주는 그의 목소리는 결의에 차 있다.

이제 진녹이가 나올 장면일 것이다. 여기에 작자는 한 마디 부언을 하여두지 않으면 안 되겠다. 그것은 애지가 찾아가는 행동 진전으로부터 진녹이가 나오도록 쓰느냐, 그렇지 않으면 진녹이를 중심으로 이야기를 시작하느냐는 문제에 부닥친 것이다. 대개 이 땅의 독자들은 소설로서의 전체적인 구성보다도, 즉 이야기 줄거리는 째이든 수많이 봉창이 나든, 이런 것은 상관없이 그저 저속한 의미에 있어 재미난 사건만을 중요시하는 때문이다. 만약 이러한 사건만을 골라 찾아 읽는 독자에겐 벌써 이 소설은 낙제인 것임을 작자도 잘 알고 있다. 이제 진녹이가 나오는 이 장면도 애지를 찾아가는 데부터 써야 독자의 구미에 맞을 것이다. 하지만 벌써 그런 독자들은 이 소설에서 눈을 돌렸을 것이며, 이렇다면 차라리 작자가 쓰고 싶은 대로 나아갈 수밖에 없다. 그러므로 해서 작자는 위선 독자들에게 진녹의 인물부터 소개하고자 한다.

장편 연재소설이지만 독자의 구미에 맞는 소설이 아닌 본격적인 소설을 쓰겠다는 일종의 선전포고인 것이다. 그의 목소리를 요약하여 전달하면 이렇다.

작중 주인공은 사랑하는 애지와 진녹이다. 두 인물이 데이트를 약속한 일요일 아침이다. 소설의 첫 부분에서 애지의 가족사 이야기를 쓰고 애지가 진녹을 찾아가는 이야기를 썼으니, 이제 진녹이가 애지를 맞이하는 이야기를 쓰면 흥미로울 텐데 그렇게 쓰면 흥미 중심의 소설이 된다. 독자들은 그런 소설을 원하지만 나는 그런 소설을 쓰지 않겠다, 이다.

이는 장편 연재소설이라 할지라도 우연이 남발하는 스토리 중심 흥미 중심의 소설을 쓰지 않고, 인과관계에 의해 사건이 전개되는 플롯 중심의 예술적 가치가 있는 소설을 쓰겠다는 의지의 표명이다.

이렇게 독자에게 직접 말을 건 다음, 작가는 애지가 진녹을 찾아오는 장면을 쓰지 않고 진녹의 가족사를 장황하게 전개한다. 애지의 가족사에 이어 진녹의 가족사를 서술함으로써 조선시대 신분 사회와 일제 강점기의 구조적 모순을 총체적으로 담아내고, 두 인물의 사랑이 순탄치 못할 것이라거나 혹은 왜곡된 역사에 대한 화해의 통로로 삼고자 하는 의도를 분명히 드러내고 있다.

《협동》은 문예지가 아닌 금융지였다. 금융사의 잡지가 연재소설을 요청하는 이유는 잡지에 대한 흥미를 유발시키기 위함이라는 사실을 작가가 몰랐을 리 없겠으나, 작가는 사측의 의도와는 상관없이 예술로서의 가치가 빛나는 본격적인 장편소설을 쓰고 싶었던 심경을 피력하고 있다.

7

지금까지 홍구범의 문학적 특징을 단편소설 중심으로 살펴보았다. 그 특징을 다시 간략하게 정리하면 다음과 같다.

첫째, 비판적 리얼리즘의 경향이다. 이러한 경향의 소설에서는 부르주아 계층의 추악성과 무산자 계급의 순수성을 극명하게 대비하고, 부르주아 계급의 추악성을 폭로한 반면, 무산자 계급의 순수성은 부각시켰다. 「창고 근처 사람들」 「농민」 「쌀과 달」은 비판적 리얼리즘 계열의 소설에 속하며 2, 30년대 농민소설의 계보를 40년대에 홍구범이 훌륭히 이어받았다고 할 수 있다.

둘째, 의식의 사물화 경향이다. 자본주의 시장경제 체제하에서 인간이 교환가치의 지배를 받게 되면서 마침내 의식까지 물질화되어 가는 과정을 그린 소설들이다. 「봄이 오면」 「서울 길」 「탄식」 등이 여기에 해당된다. 오늘날의 독자가 읽어도 전혀 낡은 느낌이 들지 않는 문학성이 탁

월한 작품들이다.

셋째, 인물의 자아 회복과 타자와의 관계 회복을 형상화한 소설이다. 이러한 소설들은 분열된 자아를 회복하여 자신의 정체성을 찾는다든가 타인과의 갈등을 해소하고 관계를 회복하는 구조를 갖는다. 이는 세계에 대한 홍구범의 갈망이고 꿈이었던 것처럼 보인다. 「귀거래」「노리개」는 자아 회복의 내용을, 「어떤 부자」「폭소」「해방」「만년필」은 타자와의 관계 회복을 담고 있다. 이 두 유형의 소설은 모두 독자에게 평화롭게 읽혀진다는 특징이 있다.

넷째, 신랄한 풍자성을 띤 소설이다. 지배자에 대한 노예근성으로 자신만의 안위를 얻기 위해 보호색을 띠는 인물들을 날카롭게 비판하고자 하는 의도로 씌어진 작품들이다. 「전설」「농민」 등이 이에 해당하며, 여기에서부터는 본격적인 소설가로서의 면모가 드러난다.

홍구범은 2, 30년대 선배 작가들의 소설을 충실히 이어받은 광복기 문단의 탁월한 신인 작가였다. 질적으로나 양적으로 1940년대 후반, 즉 광복기의 빛나는 업적이었다. 발표된 작품마다 작품들의 수준의 격차를 보이지 않는다. 동시대의 작가들에 비해서도 결코 문학성이 뒤지지 않는다. 홍구범의 소설로 해서 광복기 우리 소설 문학은 더욱 풍성해졌다.

1923년 (1세) 충북 중원군 신니면 원평리 104번지, 지금의 충주시에서 아버지 홍기하, 어머니 이용구 사이에서 6월 15일 출생하였다.

1935년 (13세) 용원국민학교 졸업. 아쉽게도 1945년 이전의 학적부는 보관되어 있지 않다고 한다. 졸업 후 중동중학교에 입학하였으나 얼마 안 되어 중퇴하였다고 하나, 중동중에는 1945년 이전의 입 · 퇴학 자료가 보관되어 있지 않다.

1940년 (18세) 경남 사천의 다솔사에 요양 중인 김동리를 찾아가 소설을 배우고 싶다고 하면서 소설 한 편을 김동리에게 보여줬는데 김동리는 틀림없이 큰 작가가 될 사람이라 판단하고 그해 여름을 절에서 함께 지냈다고 한다. 이때 시인 이정호와 홍구범은 절친하게 보냈다. 이후 김동리가 요양을 마치면서 홍구범도 고향으로 돌아왔다.

1943년 (21세) 안동 김씨 김난식과 혼인. 김난식의 부친 김태연은 1945년 광복 후 충주 군수로 취임하였다.

1944년 (22세) 충주시 용산리 383번지에서 4월 9일 장남 수영 출생. 이 시기에 충주 군청에 잠시 근무한 것으로 추정.

1945년 (23세) 광복 직후, 서울에서 김동리를 다시 만나게 됨. 우익측 문화 단체인 「중앙문화협회」(9월 18일 창설)에서 김동리의 소개로 조연현과 처음 만남.

1946년 (24세) 중원군 신니면 원평리 104번지에서 2월 16일 차남 우영 출생. 고향을 떠나 거처를 서울로 옮김. 이후 김동리 · 조연현과 두터운 교분을 쌓으며, 조연현과 함께 《민주일보》《민중일보》 편집 기자를 역임하였고, 「청년문학가협회」 간부 회원으로 문단 활동을 시작함.

1947년 (25세) 단편소설 「봄이 오면」으로 《백민》 5월호에 등단함. 김동리의 추천을 받음. 수필 「자연으로 향하는 마음」, 단편 「탄식」, 평론 「문학인과 노예근성」, 콩트 「해방」 등의 작품을 잡지와 신문에 발표함. 홍구범 · 조진대 「해방작가 2인집」을 오는 봄에 출간 예정이라는 기사 광고가 《민중일보》 11월 16일자에 실림. 이 시기에 「미소」 「소년과 눈물」 「을지로에서」 「망골」 등의 콩트가 씌어졌을 것으로 추정됨.

1948년 (26세) 7월 6일 중원군 주덕면 신양리 15번지에서 외동딸 증영 출생. 서울을 잠시 떠나 처가의 양조장에서 일을 하면서 지냄. 이 때의 경험을 바탕으로 단편 「귀거래」가 씌어짐.

1949년 (27세) 셋방살이를 하다 문서가 없는 성냥갑만 한 집을 마련하였다. 《민국일보》 《평화일보》《민족공론》에서 잠깐씩 기자 생활을 함. 한국문학가협회 대변지 《문예》(사장 모윤숙, 주간 김동리, 편집 조연현, 경리 하한수)에서 편집 실무를 맡았음. 가족은 시골에 두고 혼자 김동리 집에서 기거함. 왕성한 작품 활동으로 '화제작 제조기'란 명성을 얻었다. 《문예》에서 추천제가 생기면서 염상섭, 김동리가 소설의 추천을 담당하였다. 추천제 이전에 김동리의 추천으로 등단한 소설가는 홍구범뿐이라고 한다.

1950년 (28세) 6월 27일 문예사에서 조연현과 퇴근을 같이함. 이후 조연현이 숨어서 지내던 중 얼마동안 몇 번 홍구범이 찾아왔다고 한다. 그 두 사람이 마지막으로 만난 때는 8월 12일경이다. 혜화동 로터리에서 보안서원에게 체포되어 자수서를 쓰고, 조선문학가동맹 가입을 강요당하여 시키는 대로 수속을 밟고 석방되었다. 조연현에게 시골로 가겠다고 말하고 떠난 뒤 소식이 끊겼다. 9·28 서울 수복 후 홍구범의 집에 다녀온 시인 서정태의 보고에 의하면 혜화동 로터리에서 체포되었다가 석방된 뒤 5, 6일 후에 다시 보안서원에게 납치되었다고 전해진다. 당시 홍구범의 집은 미아리에 있었으며, 그는 아침 시간에 잠옷차림이었다고 한다.

1956년 (34세) 고희준 저 《모범 중등 작문》 홍인문화사 (1차 교육 과정)에 「작가일기」의 7월 3일자 내용이 실림.

1971년 (49세) 외동딸 증영 박성구와 혼인.

1972년 (50세) 장남 수영 전주 이씨 이상술과 혼인.

1973년 (51세) 충주시 충의동 안산부인과 병원에서 8월 23일 손녀 민아 출생

1975년 (53세) 충주시 중원군 주덕면 신양리 160번지에서 5월 10일 장손 승우 출생.

1977년 (55세) 충주시 중원군 주덕면 신양리 160번지에서 3월 30일 손녀 애연 출생.

1981년 (59세) 차남 우영 김왕배와 혼인. 3월 《중원문학》 2집에 '잊혀진 향토 출신 작가 홍구범을 찾아'라는 특집이 마련되어 연보와 단편소설 「어떤 부자」, 수필 「작가일기」가 소개됨.

1995년 (73세) 10월 26일 제2회 충북민족예술제 기간 중 청주 예술의 전당 소극장에서 '홍구범 문학제'가 개최되어 권희돈에 의해 '홍구범의 생애와 문학'이 조명

되고, 박종관 연출가의 각색으로 연극「창고 근처 사람들」이 상연되었음.

2007년 (85세) 11월 3일 충북작가회의 주최 제2회 '홍구범 문학제' 기간 중 권희돈이 엮은 단편소설집 『창고 근처 사람들』(푸른사상사)의 출판기념회를 가짐.

2008년 (86세) 12월 충북작가회의 주최 제3회 '홍구범 문학제' 기간 중 충북 중원군 원평리 미륵이 있는 마을에 '홍구범 문학비'를 세움.

2009년 (87세) 2월 《홍구범전집》(권희돈 엮음)이 한국문화예술위원회 작고문인사업 연구 부문에 선정되어 현대문학사에서 출간됨. 2월 현재 장남 수영 씨는 충주시에 거처하면서 용원리 97번지에서 양조장을 운영하고 있으며, 슬하에 친손자, 친손녀, 외손자, 외손녀를 두고 있음.

■ 단편소설

1947년	「봄이 오면」, 《백민》 5월	
	「탄식」, 《백민》 11월	
1948년	「폭소」, 《구국》 1월	
1949년	「귀거래」, 《민성》 2월	
	「창고 근처 사람들」, 《백민》 3월	
	「서울 길」, 《해동공론》 3월	
	「농민」, 《문예》 8월	
	「노리개」, 《신천지》 8월	
	「쌀과 달」, 《민족문화》 9월	
	「전설」, 《문예》 11월	
1950년	「어떤 부자」, 《백민》 2월	
	「구일장」, 《문예》 2월	
	「왜 우는가」(미발견)	
	「미륵이 있는 마을」(미발견)	

■ 중편소설

1950년	「불 그림자」(1회), 《혜성》 1월
	「불 그림자」(2회), 《혜성》 3월(미발굴)
	「불 그림자」(3회), 《혜성》 5월

■ 장편소설

1950년	「길은 멀다」(1회)*, 《협동》 1월

* 「길은 멀다」 1회는 1950년 4월 《부인》에 「어머니와 딸」이라는 제목으로 다시 실렸다.

「길은 멀다」(2회),《협동》3월

　　「길은 멀다」(3회),《협동》4월

　　「길은 멀다」(4회),《협동》5월

■ 수필

1947년　「자연으로 향하는 마음」,《민중일보》6월 8일

1949년　「작가 일기」,《문예》9월

　　「코 큰 문청」,《신천지》10월

　　「평론가 조연현」,**,《영문》11월

　　「인간 김진섭」,《문예》12월

1956년　「작가 일기」중 7월 3일자, 고희준『모범 중등 작문』(1차 교육 과정), 홍인
　　문화사

■ 평론

1947년　「문학인과 노예근성」,《대조》4월

1948년　「비평과 문학」,《해동공론》3월

■ 콩트 · 단상

1947년　콩트「해방」《민중일보》11월 16일

　　콩트「미소」「소년과 눈물」「을지로에서」「망골」(추정***)

1949년　단상「문인송년단상」,《한국공론》12월

■ 동화

1949년　「만년필」,《소년》4월

　　「아버지와 아들」,《소년》8월

　　「동무는 떠났다」,****,《소년》12월

** 이 글은 조연현의 「홍구범의 인간과 문학」이란 글과 상호 비평한 것임.
*** 《민중일보》11월 16일자에 홍구범 · 조진대 「해방작가 2인집」을 오는 봄에 출간 예정이라는 기사 광고
　가 실린 것으로 보아, 이 시기에 등의 콩트가 쓰여졌을 것으로 추정됨.
**** 이 작품은 「노리개」를 소년들의 수준에 맞게 개작한 작품임.

■ 시나리오

「황진이」(미발견)

|연구 자료 1| 홍구범 관련 신문 · 잡지 목록

곽종원, 「상징 · 감상 · 폭로」, (《백민》 33인집을 읽고), 《서울신문》 1950년 2월 23~
    26일

김영진, 「최근의 창작계」, (《백민》 33인집을 읽고), 《경향신문》 1950년 12월 15~17일

임서하, 「창조의식의 빈곤」, (《백민》 33인집을 읽고), 《한성일보》 1950년 2월 11, 12, 14일

김동리, 「상반기의 작단」, 《문예》 1949년 8월

———, 「신진의 활약」, 《문예》 1949년 11월

백 철, 「분산경향과 세부의 과잉」, 《민성》, 1949년 9월

———, 「1949년도의 우리 문학계」, 《한국공론》, 1949년 12월

임긍재, 「1949년도 창작계 총평」, 출처 미확인, 1949년 1월~7월

조연현, 「신진작가군의 편모」, 《구국》, 창간호, 1948년 1월

———, 「신진작가군의 편모」, 《구국》, 제1권, 제2호, 1948년 3월

———, 「문화계 1년의 회고와 전망」, 《신천지》, 1949년 12월

———, 「1949년도 문단총평」, 《문예》, 1950년 1월

———, 「신인과 신세대 (일군의 신진 작가에 대하야)」, 《신천지》, 1950년 5월

조석제, 「해방문단 5년의 회고」, 《신천지》, 1950년 1월

|연구 자료 2| 홍구범 관련 서지 목록

강진호, 『한국문단 이면사』, 깊은 샘, 1999년 10월

권영민, 『한국문학 50년』, 문학사상사, 1995년 9월

김명인, 『조연현, 비극적 세계관과 파시즘 사이』, 소명출판, 2004년 9월

김윤식, 『내가 살아온 20세기 문학과 사상』, 문학사상사, 2005년 4월

———, 『해방공간 한국 작가의 민족문학 글쓰기론』, 서울대학교 출판부, 2006년 4월

———, 『한국소설사』, 문학동네, 2000년 9월

김 철, 『구체성의 시학』, 실천문학사, 1993년 10월

박태일, 『한국근대문학의 실증과 방법』, 소명출판, 2004년 3월

송영순, 『모윤숙 시 연구』, 국학자료원, 1997년 8월

유종호, 『한국현대문학 50년』, 민음사, 1995년 12월
임헌영, 『변혁운동과 문학』, 범우사, 1989년 4월
──, 『해방전후사의 인식1』, 한길사, 2004년 5월
최동호, 『남북한 현대문학사』, 나남출판, 1995년 8월
현길언, 『소설에서 만나는 한국인의 얼굴』, 2008년 3월

| 연구 자료 3 | 홍구범 관련 연구 목록

권희돈, 『한국현대소설 속의 독자 체험』, 태학사, 2004년 8월
──, 「홍구범 소설 연구」, 《청주문학》 2호, 한국민예총충북지회문학위원회, 1996년
　　여름
──, 「광복기 소설 연구(홍구범의 경우)」, 《새국어교육》 63호, 한국국어교육학
　　회, 2002년 1월
──, 「홍구범의 서울 길 연구」, 《인문과학논집》 38집, 청주대한국문화연구소,
　　2009년 2월
김성렬, 「광복직후 좌우대립기의 문학 연구」, 고려대학교 박사학위논문, 1989년
김영도, 「홍구범 단편소설의 인물 연구」, 청주대학교 석사학위논문, 2008년 8월
김외곤, 「홍구범 소설 연구」, 《호서문화논총》 14집, 1995년
이우용, 『해방공간의 문학연구』, 태학사, 1990년
중원문학회 편, 《중원문학》 2집, 1981년 봄

＊ 이 책은 작고문인선집발간사업으로 선정되어 문예진흥기금을 지원받았고, 청주대학교 국
어문화원 연구진의 도움을 받아 발간되었습니다.

한국문학의재발견-작고문인선집

홍구범 전집

지은이 ㅣ 홍구범
엮은이 ㅣ 권희돈
기 획 ㅣ 한국문화예술위원회
펴낸이 ㅣ 양숙진

초판 1쇄 펴낸날 ㅣ 2009년 3월 10일

펴낸곳 ㅣ ㈜현대문학
등록번호 ㅣ 제1-452호
주소 ㅣ 137-905 서울시 서초구 잠원동 41-10
전화 ㅣ 516-3770
팩스 ㅣ 516-5433
홈페이지 www.hdmh.co.kr

ⓒ 2009, 현대문학

값 12,000원

ISBN 978-89-7275-518-0 04810
ISBN 978-89-7275-513-5 (세트)